U0623613

你所不知道的西游秘密

图书在版编目（CIP）数据

问道西游：你所不知道的西游秘密 / 孙卫卫著 .
北京：中国文史出版社，2024. 6 --ISBN 978-7-5205-4750-5

Ⅰ. I207. 414

中国国家版本馆 CIP 数据核字第 20249RQ960 号

责任编辑：胡福星

出版发行：**中国文史出版社**
社　　址：北京市海淀区西八里庄路 69 号　　邮编：100142
电　　话：010-81136606 81136602 81136603 81136642（发行部）
传　　真：010-81136655
印　　装：廊坊市海涛印刷有限公司
经　　销：全国新华书店
开　　本：787×1092　1/16
印　　张：23.75
字　　数：303 千字
版　　次：2025 年 1 月北京第 1 版
印　　次：2025 年 1 月第 1 次印刷
定　　价：78.00 元

前 言

《西游记》又火了，这次是因为《黑神话：悟空》。

的确，好像每过几年，《西游记》都会登上“热搜”。想当年，央视86版《西游记》电视剧火遍全国大江南北，甚至风靡东南亚；再后来，周星驰的《大话西游》系列电影让70、80后青年如痴如狂；而现在，不要说国内玩家，甚至有国外玩家为了玩转《黑神话：悟空》，主动去阅读《西游记》原著。

《西游记》，的确堪称中国的国民神话，深入人心，经久不衰，即便历经几百年，仍然能够焕发青春，走向世界。

不过，人们对《西游记》的理解却不尽相同。比如央视86版电视剧《西游记》为了照顾普通人的审美，而对原著进行了大众化的诠释；而无论是《大话西游》系列电影，还是《黑神话：悟空》游戏，都对《西游记》进行了大量的想象和重构。当然，直到现在，网上网下对《西游记》的各种解读也还是非常多。

那么，我为什么还想再聊聊《西游记》呢？

因为，虽然《西游记》的故事很多人都知道，聊西游的人也很多，但我认为，这里面有两点不足，甚至可以说是两大误区。

第一，很多人都认为《西游记》仅仅是一部“好玩”的故事。《西游记》在中国虽然家喻户晓，但是绝大多数人其实主要是通过两个渠道，一是看电视剧，二是听评书，真正读过原著的恐怕并不多。而无论是看电视剧还是听评书，《西游记》给人的最大感觉都是“好玩”。小朋友们每到寒暑假，还特别喜欢看电视剧《西游记》，因为好玩啊——神仙妖怪，或佛或魔，上天入地，倒海翻江，确实挺好玩的。评书也是一样，大家主要觉得《西游记》的故事情节很精彩，一会儿当神仙，一会儿做妖怪。有多少人知道、或者说会去思考《西游记》蕴含的思想价值呢？《西游记》作为中国古典四大名著之一，难道仅仅是因为它“好玩”吗？显然不是。

第二，和“好玩”相联系，现在网上网下许多对《西游记》的解读，也喜欢“戏说”“趣说”，弄得玄玄乎乎、神神道道的，读者似乎还不少，大家觉得很有“意思”。比如说，孙悟空的诞生其实是一个阴谋，目的是破坏天庭现有的秩序，以便重新分配权力；比如说，沙和尚之所以被贬流沙河，是因为他调戏了玉皇大帝的小妾；比如说，红孩儿为什么会喷三昧真火？因为他是太上老君和铁扇公主的私生子，等等。是不是挺好玩？的确挺好玩，而且让人“耳目一新”。但是你想一想，这真的是在解读《西游记》吗？这真的有助于你理解《西游记》吗？我想，答案应该是否定的。坦率地说，这样的“戏说”“趣说”很像那些垃圾食品，当时觉得很好吃，但没什么营养，甚至对身体还有害。同样，对《西游记》的“戏说”“趣说”虽然可以让你一时感觉好玩，但充其量也只能作为茶余饭后搞笑的谈资，却不会增加你对古典名著的理解。垃圾食品吃多了，会把你的胃口搞坏；同样，“戏说”“趣说”看多了，会以为《西游记》真的就是那样。

而本书试图告诉你的就是：《西游记》到底是一本什么样的书，它对我们的人生和成长究竟有怎样的意义和价值。

具体来说，本书试图达到以下两个目的。

第一，让你真正“了解”《西游记》。

前面说到，虽然每个人都知道《西游记》，但真正读过原著的人并不多，即便读过原著，也缺乏系统的概括和总结。所以，其实大多数人对《西游记》的了解是很不够的。比如，孙悟空为什么能够得到菩提祖师的喜欢？唐僧有几个脚指头？紧箍咒的“学名”叫什么？如来佛是怎么策划传经行动的？为什么很多人喜欢猪八戒？沙和尚为什么也能修成正果？再比如,《西游记》中最可怜的妖怪是谁？最厉害的妖怪是谁？最痴情的妖怪是谁？取经路上最危险的是什么时候？等等等等，相信大家并不一定那么清楚。而我帮助大家进行了详细的梳理和概括，让大家对《西游记》有一个更加清晰的了解。

第二，让你真正“理解”《西游记》。

“了解”是“理解”的前提，但是“了解”还不等于“理解”。对于《西游记》里面的人物、故事、情节，一般人也都或多或少了解一些，但是他们想过《西游记》到底要表达什么吗？可能并不会去多想；或者因为知识、能力、水平等限制，也想不了那么多。比如说，孙悟空明明是一只猴子，猴子最喜欢吃桃子了，玉皇大帝难道不知道吗？他为什么还要让孙悟空去看管蟠桃园呢？比如说，唐僧取经要走十万八千里，孙悟空的筋斗云为什么正好也是十万八千里？为什么不让孙悟空一个筋斗飞过去取回来呢？再比如，唐僧为什么偏爱猪八戒却对孙悟空若即若离？孙悟空的火眼金睛为什么看不出如来佛手指变的柱子？几个老树精和美丽的杏仙姑娘为什么要被打死？曾经战无不胜的齐天大圣后来为什么打不过许多妖怪？等等。如果对这些问题不“理解”，那肯定也不能说读懂了《西游记》。

当然啦，肯定有人会说，你能保证你的理解就正确吗？《西游记》是一部古典名著，博大精深，岂是一般人能够参透的？的确，《西游记》其实很深奥，绝不仅仅是“好玩”那么简单，每个人的理解也不可能真正到位，更不可能得到所有人的认同。但是至少，我在“试图”去理解，而不只是停留于“好玩”和“搞笑”。我的理解也许不对或不全面，但是至少可以给那些希望理解《西游记》的人一点启发。

不过，这里我也要说明，《西游记》的宗教意味其实很浓，真要完全领悟它的内涵，不是一般人能够做到的。我对宗教没有研究，也没有能力对它进行宗教化的阐释。说实话，真要有人从宗教方面进行阐释，恐怕你也未必感兴趣。我更侧重于《西游记》的文化意义和人生价值。所谓《问道西游》，这里有两层意思：一是本书采取提问的形式，通过问题引领来展开阐述；二是本书阐述的重点在于西游之“道”。当然，“道”这个概念太宏大，也太玄妙了，我们这里所说的“道”既不是道家的“道”，也不是佛家的“道”，而主要是人生之道、生活之道、成长之道，只是自己的一点小感想，仅此而已。

另外，本书中引用的《西游记》原文，主要依据人民文学出版社 2020 年版《西游记》，并部分参考了中华书局 2014 年版《西游记》。

孙卫卫

2024 年 10 月

目录

第〇〇一问

《西游记》的主题究竟是什么

问道西游，我们先问什么呢？我想，就从《西游记》的主题说起吧。

前面讲到，现在很多人都把《西游记》仅仅当作一个“好玩”的故事，甚至对它进行“戏说”“趣说”，把它弄成“阴谋论”或玄幻故事，这是不可能真正理解《西游记》的。那么，肯定有人会问，你既然认为《西游记》绝不仅是好玩那么简单，那在你看来，《西游记》的主题究竟是什么呢？

关于《西游记》的主题，其实也是众说纷纭。下面就先选几种主要的给大家介绍一下。

第一，弘佛说。

这个很好理解。因为唐僧不远万里到西天取经，取的是所谓的“三藏真经”。这“三藏真经”即“《法》一藏，谈天；《论》一藏，说地；《经》一藏，度鬼”，它们都是佛教的经典。而且，“三藏真经”都在如来佛那里，如来佛又是佛教的至尊。显然，西天取经就是要取佛教的经，是要把佛教的思想传播到东土大唐。这当然是对佛教的宣传，是对佛法的弘扬。

第二，证道说。

这种观点和上一种正好相反，认为《西游记》虽然明面上在写佛，实际上却在“谤佛”，它真正要弘扬的，是道家的思想，特别是道家所谓的“金丹大道”。因为在《西游记》里面，同样有许多道家的人物，比如玉皇大帝、太上老君等，还经常出现一些道家的术语，比如“金公”“木母”“刀圭”等。而且，更重要的是，《西游记》中的唐僧完全不像什么“高僧”“圣僧”，他懦弱、胆小、是非不分，与历史上那个真实的玄奘法师有着天壤之别，简直是对佛教的侮辱。所以，据说当初央视 1986 年版《西游记》曾请中国佛教协会会长赵朴初先生题写片名，却遭到了拒绝，因为赵朴初认为《西游记》本身就是对佛教的不尊重。

第三，讽刺说。

就是说，《西游记》是借神魔故事对统治者的讽刺。比如说，在《西游记》中，玉皇大帝是“最高领导”，可这个最高领导给人的感觉却是既无能又昏庸。唐僧到西天取经，可是取经路上遇到的那么多妖怪，都与高层有关系。太上老君、南极星君、文殊菩萨、普贤菩萨、观音菩萨、太阴星君、弥勒佛……这些神仙界的顶级人物，都默许甚至纵容自己的童子或坐骑下界为妖，就连至高至尊的如来佛祖竟然也和妖怪是亲戚。这不是对统治者的讽刺又是什么呢？

第四，革命说。

这种观点很有意思，上了年纪的人大多能明白，而比较年轻的读者可能不太清楚。在几十年前的中国，对农民起义非常推崇，陈胜、吴广、黄巢、李自成等农民起义的领袖都被视为反抗封建压迫的英雄。而孙悟空呢，也是这么一个“草根”，一个大无畏的反抗强权的“革命”战士。他藐视天庭，敢于斗争，把以玉皇大帝为代表的旧世界打了个稀烂。就连伟人也通过诗词赞扬他的这种“革命精神”：“金猴奋起千钧棒，玉宇澄清万里埃。今日欢呼孙大圣，只缘妖雾又重来。”

其他一些说法，比如释儒说、劝学说、志怪说，等等，大家可以自行上网搜索，因为篇幅关系，这里就不再一一展开了。

当然，还有另外一种观点，这也是我比较赞成的，那就是修心说。

也就是说，《西游记》是一部修行之书，它的主题是修心、修行。不论是佛家还是道家，他们虽有分歧，却都是要修心、修行的。而《西游记》就是对修心的最好阐释，西天取经就是漫长的修心之路。

其实，“修心说”并不是什么新鲜的观点。但是近年来，在一系列“大话”“戏说”的笼罩之下，它却越来越不为人们所熟知。因此，非常有必要重新提起。

我之所以赞成修心说，主要基于以下几点理由。

第一，《西游记》第一回，美猴王不远万里，历尽艰辛，外出拜师学艺，最后来到了哪里呢？菩提祖师这里。菩提祖师住在什么地方？灵台方寸山，斜月三星洞。一看这个地名，就绝对不一般，肯定是有寓意的。斜月三星，一弯斜斜的月亮，上面有三颗星，很显然，这是一个“心”字。灵台方寸，有两种解释——一种解释：方寸是心，所谓“方寸大乱”，即指心里烦乱；灵台也是心，灵即心灵。也就是说，无论是“灵台方寸山”，还是“斜月三星洞”，都是“心”的意思。另一种解释：灵台方寸，即“灵”的上半部和“寸”的组合，是一个“寻”字。按照这种解释，“灵台方寸山，斜月三星洞”，是“寻心”的意思。

不管哪种解释，显然，无论是“心”还是“寻心”，都与“心”有关，讲的都是“修心”。

第二，看过原著的读者肯定都知道，在《西游记》中，孙悟空经常被称作“心猿”，而白龙马经常被称作“意马”，两者合起来就是“心猿意马”。《西游记》总共一百回，而以“心猿”或“意马”为回目的就有十九回之多，如“八卦炉中逃大圣 五行山下定心猿”“心猿钻透阴阳窍 魔王还归大道真”“蛇盘山诸神暗佑 鹰愁涧意马收缰”……“心猿意马”什么意思？它是表示一个人心神不定、不得安宁的状态。而修行、修心，最讲究“定”，所谓“禅定”。西天取经的过程，就是破除心猿意马的过程，就是要让“心猿归正”“意马收缰”。在《西游记》的第九十八回，历经十万八千里，唐僧师徒终于到达灵山，这一回的回目即为“猿熟马驯方脱壳 功成行满见真如”——取经成功，即意味着“猿熟马驯”，不再“心猿意马”。结合前面美猴王的“灵台方寸山，斜月三星洞”之旅，《西游记》可以说是始于修心，又终于修心。

第三，唐僧是一个凡人，他以凡人之躯，到十万八千里远的地方去取经，可想而知，非常人所能做到。事实上，唐僧每到一处都担惊受怕，甚至常常一听说有妖怪，就吓得“跌下马来”。那么，唐僧如何克服自己的恐惧、安定自己的内心呢？靠口诵《多心经》（今通简称《心经》，本书以《西游记》原本中的简称《多心经》为准）。《多心经》全称为《般若波罗蜜多心经》，其中“空不异色，色不异空；色即是空，空即是色”这样的句子大多数人都听说过，虽然我们并不一定都能理解它的深意，但至少知道它讲的也是“修心”。修心要到什么境界呢？“是故空中无色，无受想行识，无眼耳鼻舌身意，无色声香味触法”“心无挂碍”“无有恐怖，远离颠倒梦想”。

由此也可见，修心，其实就是西天取经的目的，也是《西游记》的主题。

第四，在《西游记》每一回的回首，都常常会有一首诗，有的就是佛教中所谓的“偈子”，这些诗或偈子同样表达了修心的主题。比如第二十三回“三藏不忘本 四圣试禅心”的开头就有一首诗：

奉法西来道路赊，秋风淅淅落霜花。
乖猿牢锁绳休解，劣马勤兜鞭莫加。
木母金公原自合，黄婆赤子本无差。
咬开铁弹真消息，般若波罗到彼家。

第五十六回“神狂诛草寇 道昧放心猿”的开头也有一首诗：

灵台无物谓之清，寂寂全无一念生。
猿马牢收休放荡，精神谨慎莫峥嵘。
除六贼，悟三乘，万缘都罢自分明。
色除永灭超真界，坐享西方极乐城。

我们都知道，在古典小说中，全书的开篇、结尾，以及每一回回首的诗都非常重要，它们起着画龙点睛的作用，有的更是直接道出了全书或本回的主题。我们仔细看前面的两首诗，即使不懂宗教，也大约能够知道，它们讲的也是“修心”。

从上面列举的几点可以看出，“修心”显然是《西游记》非常明确的主题。明代学者谢肇淛在谈到《西游记》时也说：

《西游》曼衍虚诞，而其纵横变化，以猿为心之神，以猪为意之驰，其始之放纵，上天下地，莫能禁制，而归于紧箍一咒，能使心猿驯伏，至死靡他，盖亦求放心之喻，非浪作也。

同样讲的是“修心”。什么是“求放心”呢？就是要找回丢失的本心。“求放心”的过程，就是“修行”“修心”的过程。

当然，我们前面说了，这里再重复一遍，《西游记》有着浓厚的宗教意味，宗教里面所说的“修心”不是一般人能够理解的。我们大多数人都不是教徒，我们也没有必要仅仅从宗教的意义上去理解“修心”。事实上，即使在普通的生活中，我们每个人也都需要“修行”“修心”。正如人民文学出版社《西游记》前言中所说的：“无论取经四众，还是读者，都能在这一精神漫游中经受灵魂被洗礼的痛苦与愉悦，从而领悟人生的真谛……我们完全有理由从当下的立场出发，跟随取经四众的脚步，对他们充满艰辛与欢乐的历程，作出符合自己人生体验的印证与理解。”而本书也重点围绕“读懂西游，悟透人生”这一主题，希望能带给你些许的思考和启迪。

第〇〇二问

孙悟空“小时候”为什么是个石猴

孙悟空这个名字可是太响亮了，如雷贯耳。我们应该也都知道，孙悟空是从石头里面生出来的，后来又变成了一只猴子。可是，大家有没有想过：孙悟空“小时候”为什么是个石猴呢？

《西游记》第一回，猴王到了菩提祖师那里，祖师问他父母姓名，猴王说没有父母，祖师便说：“既无父母，想是树上生的？”

是啊，孙悟空为什么不能是树上生的呢？为什么是从石头里蹦出来的呢？

这个问题好像司空见惯了，平常到一般人根本不会去多想。其实，这里面大有深意，甚至可以说，它是解读整部《西游记》的关键。

我们先来看看原文究竟是怎么说的。在《西游记》第一回，就介绍了石猴诞生的故事：

那座山正当顶上，有一块仙石。其石有三丈六尺五寸高，有二丈四尺围圆。三丈六尺五寸高，按周天三百六十五度；二丈四尺围圆，按政历二十四气。

上有九窍八孔，按九宫八卦。四面更无树木遮阴，左右倒有芝兰相衬。盖自开辟以来，每受天真地秀，日精月华，感之既久，遂有灵通之意。内育仙胞，一日迸裂，产一石卵，似圆球样大。因见风，化作一个石猴。

请大家注意，这块石头高三丈六尺五寸，正好符合周天三百六十五度；有二丈四尺围圆，正好符合二十四节气；上有九窍八孔，正好符合九宫八卦。怎么就那么巧呢？只能说，孙悟空是天地化育的，他是天地之子、自然之子。

而石头是什么东西呢？它是天地之间最原始、最朴实的东西。我们应该都知道，人虽然是万物之灵，但是人的历史其实非常短，人是由动物变来的。当然，动物也不是从来就有的，在还没有动物的时候，便有了植物。据科学研究表明，在大约 40 亿年前，地球上出现了单细胞生物；大约 4.5 亿年前，出现了苔藓植物和蕨类植物。那么，请大家想一想，在那更遥远的原始鸿蒙时代，地球上连植物都没有，只有什么呢？

只有石头。

地球的主要成分就是各种岩石。

所以说，石头是最原始的东西。最“原始”意味着什么？意味着它什么也不是。什么也不是，就是“无”，就是“空”。

也就是说，孙悟空原本什么也不是，他是一片“空无”。

然而，世间的一切正是从“空”和“无”里面产生的。老子在《道德经》里面告诉我们：“天下万物生于有，有生于无。”

正因为“无”，才孕育了“有”；正因为“无”，才有了“有”的无限可能。

我们暂时先离开《西游记》，来看一看《红楼梦》。熟悉《红楼梦》的读者应该都知道，《红楼梦》也叫《石头记》，贾宝玉原本也是青埂峰上的一块石头。

原来女娲氏炼石补天之时，于大荒山无稽崖炼成高经十二丈、方经二十四丈顽石三万六千五百零一块。娲皇氏只用了三万六千五百块，只单单剩了一块未用，便弃在此山青埂峰下。谁知此石自经煅炼之后，灵性已通，因见众石俱得补天，独自己无材不堪入选，遂自怨自叹，日夜悲号惭愧。

这块石头为什么自怨自叹、日夜悲号呢？因为它不甘心只做一块石头，石头这个东西太没用了，它是“无”。后来，山上来了一僧一道，石头听他们“谈那人世间荣耀繁华，心切慕之”，便请他们把自己带入红尘，“在那富贵场中、温柔乡里受享几年”。僧道告诉它，“那红尘中有却有些乐事，但不能永远依恃；况又有‘美中不足，好事多魔’八个字紧相连属，瞬息间则又乐极悲生，人非物换，究竟是到头一梦，万境归空，倒不如不去的好”。可石头不甘心，它“凡心已炽”，根本听不进僧道的劝告，“乃复苦求再四”。于是，僧道把石头变作一块美玉，把它带到了所谓“昌明隆盛之邦，诗礼簪缨之族，花柳繁华地，温柔富贵乡”。

石头化作贾宝玉。贾宝玉在一群女孩堆中度过了一十九年，最后看破红尘，重回青埂峰。

《西游记》里的石头，和《红楼梦》里的石头，有异曲同工之妙。

正因为是“无”，才希望化为“有”；正因为什么都“不是”，才可能什么都“是”。

也就是说，在那块最原始、最朴实、最虚无的石头面前，存在着无限的可能。

孙悟空原本是块石头，在孙悟空面前，也存在着无限的可能。

他可能成佛，也可能成魔。

孙悟空到底是神仙还是妖怪？

孙悟空第一次跟太白金星来到天庭时，原文有这么一段描写：

金星奏道："臣领圣旨，已宣妖仙到了。"玉帝垂帘问曰："那个是妖仙？"悟空却才躬身答应道："老孙便是。"

太白金星称孙悟空是妖仙，玉皇大帝认为孙悟空是妖仙，连孙悟空自己也承认自己是妖仙。

妖仙——既是神仙，也是妖怪；或者说，孙悟空既可能成神仙，也可能成妖怪。

大闹天宫时，孙悟空大战诸神。原文是这样描述的：

圆陀陀，光灼灼，亘古常存人怎学？入火不能焚，入水何曾溺？光明一颗摩尼珠，剑戟刀枪伤不着。也能善，也能恶，眼前善恶凭他作。善时成佛与成仙，恶处披毛并带角。无穷变化闹天宫，雷将神兵不可捉。

"也能善，也能恶，眼前善恶凭他作。善时成佛与成仙，恶处披毛并带角。"这就是孙悟空。

孙悟空曾经上了天庭，还做了天庭的官，甚至被封为"齐天大圣"，他当然是神仙。可是大家应该也都记得，孙悟空也经常被称作"妖猴"。所谓"妖猴"，当然也就是猴子当中的妖怪。

就在孙悟空做了齐天大圣以后，原著还这样写道：

话表齐天大圣到底是个妖猴，更不知官衔品从，也不较俸禄高低，但只注名便了。

此时的孙悟空，既是齐天大圣，也是妖猴；他既是神仙，也是妖怪。

事实上，孙悟空也曾直接说过自己是妖怪。在和熊罴怪交手时，他先是非常自豪地介绍了自己的“辉煌”经历，最后总结道：

“你去乾坤四海问一问，我是历代驰名第一妖！”

不仅是妖怪，还是历代第一妖！

在黄风岭的时候，孙悟空对老王头这样介绍自己：

“老孙祖贯东胜神洲海东傲来国花果山水帘洞居住。自小儿学做妖怪，称名悟空……”

自小是妖怪，后来上天成了神仙；反下天庭之后，又成了妖怪；保护唐僧西天取经，则既是神仙又是妖怪。

孙悟空，正是这么一个妖仙并存、佛魔同体的人物。

我想起了法国著名哲学家萨特的一句名言：“存在先于本质。”

这句话看起来不好懂，其实也很简单：我们每个人都是首先存在，然后才自由地造就自己的本质。也就是说，我们本来什么都不是，我们是一片空无；在我们面前存在着无限的可能，我们将来到底会成为什么样的人，全靠我们自己。

从这个意义上说，我们每个人都是孙悟空，我们每个人也都是一块石头。

石头还有另外一层含义，那就是“顽”。

石头很坚硬，很难变化形状，所以我们经常会把“顽”和“石”两个字连在一起，所谓“顽石”。

有时候，我们形容一个人固执愚昧，会说他是“花岗岩脑袋”。花岗岩，自然也是一种石头，是比一般石头更硬的石头。

孙悟空“顽”吗？

顽。在他的身上，佛性与妖性并存。要让顽石开悟，必须付出巨大的努力和代价。

所谓“鸿蒙初辟原无性，打破顽空须悟空”。

关于孙悟空的“顽”，以后还会详细讲到，这里先不展开。

孙悟空是一块“顽石”，石头不会走路，它需要变成一个动物。

变成什么动物呢？猴子。

为什么不是兔子？为什么不是牛或马？

因为猴子和顽石有一点非常像，猴子也很“顽劣”。

猴子喜欢上蹿下跳、左冲右突，似乎从来没有安静的时候。

发现了水帘洞后，吴承恩描写了猴子们的反应：

那些猴有胆大的，都跳进去了；胆小的，一个个伸头缩颈，抓耳挠腮，大声叫喊，缠一会，也都进去了。跳过桥头，一个个抢盆夺碗，占灶争床，搬过来，移过去，正是猴性顽劣，再无一个宁时，只搬得力倦神疲方止。

“猴性顽劣，再无一个宁时。”这就是猴子，也就是孙悟空。

孙悟空从太上老君的八卦炉中跳出后，原著中写了三首诗，其中一首是这样说的：

猿猴道体配人心，心即猿猴意思深。
大圣齐天非假论，官封“弼马”是知音。
马猿合作心和意，紧缚牢拴莫外寻。
万相归真从一理，如来同契住双林。

“心即猿猴意思深”，深在哪儿呢？猿猴之心就是躁动之心、散乱之心、不安之心。所以，要“紧缚牢拴”，不要心猿意马。

孙悟空是一块石头，在他面前有无限的可能性；孙悟空又是一只猴子，他跳跃无状、起伏不定、心神散乱、妄想纷飞。他很难安宁。

所以，他需要修行。

第〇〇三问

小石猴凭什么能当猴王

孙悟空原本只是个小石猴，他同样顽劣，同样好动，他有着和其他猴子一样的天性。可是，他又不是个普通的猴子，没过多久，小石猴就当上了猴王。

小小的石猴凭什么能当猴王呢？难道是他力气大？当然不是，因为此时的小石猴没有任何过人的法术和本领。小石猴平时主要都干什么呢？原著是这样写的：

> 那猴在山中，却会行走跳跃，食草木，饮涧泉，采山花，觅树果……

也就是说，他和猴子的习性是一模一样的，谁也没看出来他和别的猴子有什么不同。

那是不是因为小石猴资历深呢？我们都知道，当领导也是要讲论资排辈的，有时候还非常重要。不过，这更不可能。小石猴才生出来几天？猴群里的老猴子多的是，最著名的就是两个通背猿猴和两个赤尻马猴。他们的年龄比小石猴长，估计可能是小石猴爷爷级别的；他们的知识也比小石猴丰富，小石猴做了猴王以后，很多事情都还是他们告诉猴王的，比如哪里有神仙，哪里能找到兵器，等等。照理说，几个老猴子更有资格做猴王，小石猴算什么呢？

然而，小石猴还真就当了猴王。

有人可能会说，小石猴之所以当了猴王，纯粹是偶然的原因，它跳进了水帘洞。其实不然。细想之下，小石猴也还是有他的特点的。正是这些特点，或者说是优点，使得他当上了猴王，也当好了猴王。

第一，勇敢无畏。

是的，小石猴跳进了水帘洞，好像是偶然的。但是为什么其他猴子都不敢跳呢？我们可能也知道，猴子是怕水的，它们在树上自由自在，却和水没多大缘分。我们来看原文是怎么写的：

一群猴子耍了一会，却去那山涧中洗澡。见那股涧水奔流，真个似滚瓜涌溅。古云："禽有禽言，兽有兽语。"众猴都道："这股水不知是那里的水。我们今日赶闲无事，顺涧边往上溜头寻看源流，耍子去耶！"喊一声，都拖男挈女，呼弟呼兄，一齐跑来，顺涧爬山，直至源流之处，乃是一股瀑布飞泉。但见那：

一派白虹起，千寻雪浪飞。
海风吹不断，江月照还依。
冷气分青嶂，馀流润翠微。
潺湲名瀑布，真似挂帘帷。

众猴拍手称扬道："好水！好水！原来此处远通山脚之下，直接大海之波。"又道："那一个有本事的，钻进去寻个源头出来，不伤身体者，我等即拜他为王。"连呼了三声，忽见丛杂中跳出一个石猴，应声高叫道："我进去！我进去！"

这里有两点值得大家注意。其一，"此处远通山脚之下，直接大海之波"。也就是说，这个水流是通向大海的，如果失足落水，就会被冲入大海，性命顷刻休矣，可以说是非常危险。其二，正因为非常危险，所以猴子们都不敢往里跳。做猴王的诱惑自然是很大的，但即便如此大的诱惑，也没有一个猴子敢于冒险尝试。因此，连呼了三声也没人答应。

而那个名不见经传、普通得不能再普通的小石猴却应声高叫：“我进去，我进去。”

小石猴难道不知道其中的危险吗？他当然知道，但他勇敢无畏，敢于冒险。他知道，这是一个机会，一个挑战自己、展露自己的机会，一旦抓住这个机会，自己的“猴生”就可以上一个台阶。

所以，不要总抱怨自己没有机会。想一想，你有小石猴这样的勇气吗？

第二，居安思危。

小石猴做了猴王之后，称为“美猴王”，日子过得非常轻松快活，原文是这样说的：

春采百花为饮食，夏寻诸果作生涯。
秋收芋栗延时节，冬觅黄精度岁华。

有吃有喝，似乎没什么烦心事。请大家想一想，如果你过着这样的生活，你会不会很满足？可能很多人都会。如果你开了公司，业绩很稳定，你还会不会想着它的百年大计、千年大计？可能很多人都不会——既然现在一切都挺好，为什么还要考虑那么长远的事呢？再说了，以后的事情谁说得准呢？

但美猴王不这样想。他不仅不这样想，居然还淌眼泪了。

美猴王享乐天真，何期有三五百载。一日，与群猴喜宴之间，忽然忧恼，堕下泪来。

好好的为什么要流泪呢？原来，他想到了将来。

猴王道："我虽在欢喜之时，却有一点儿远虑，故此烦恼。"众猴又笑道："大王好不知足！我等日日欢会，在仙山福地，古洞神洲，不伏麒麟辖，不伏凤凰管，又不伏人间王位所拘束，自由自在，乃无量之福，为何远虑而忧也？"猴王道："今日虽不归人王法律，不惧禽兽威服，将来年老血衰，暗中有阎王老子管着，一旦身亡，可不枉生世界之中，不得久注天人之内？"

"虽在欢喜之时，却有一点儿远虑。"这是多么难能可贵的品质！其他猴子根本不以为然，还笑猴王不知足。猴王为什么是猴王呢？这一点显然也是重要原因，在这方面，其他猴子和猴王不是一个层级的。正因为有了这么"一点儿远虑"，猴王才远渡重洋，外出求仙，从而使得自己的"猴生"再上一个台阶。试想一下，如果没有这点儿远虑，猴王在三五百年后也就死了。

猴王的远虑还不止这一次。后来，他学成归来，回到花果山，剿灭了混世魔王。这时候，花果山应该是比较太平的，加上孙悟空今非昔比的功夫，轻易不会有人来挑战花果山，孙悟空只需坐享清福即可。但他却又有了新的忧虑：

"我等在此，恐作耍成真，或惊动人王，或有禽王、兽王认此犯头，说我们操兵造反，兴师来相杀，汝等都是竹竿木刀，如何对敌？须得锋利剑戟方可。如今奈何？"

于是，他又亲自出马，给猴子们弄来了许多兵器。

猴子们有兵器了，孙悟空把他们训练成了一支四万七千人的部队，花果山的七十二洞妖王也齐来参拜。至此，在花果山这个地面上，孙悟空算是实现了大一统。

然而，他又开始担忧了，因为他自己还没有称手的兵器。

结果，他再次亲自出马，进入东海龙宫，讨得金箍棒。

得到金箍棒以后，孙悟空当着众猴和众妖的面，演示了一遍它的厉害。那金箍棒“上抵三十三天，下至十八层地狱，把些虎豹狼虫，满山群怪，七十二洞妖王，都唬得磕头礼拜，战兢兢魄散魂飞”。这下算是把花果山所有的猴子和妖怪都彻底镇住了，孙悟空在花果山的地位犹如磐石，再无人可以撼动。后来孙悟空经常上天，一去就是或半年或百十年，为什么花果山却从来没有另一个猴子或者妖怪敢于僭越称王？就是因为孙悟空给他们带来了深刻的灵魂的震撼，他们根本不敢打这个主意。

做猴做到这个分上，可以说已经到了极致了。

但是，孙悟空又做了一个梦，梦见自己被小鬼勾去了。原来，你再厉害、再快活、再得意，却逃不过一死，你还是有阎王管着的。

孙悟空果断出手，大闹幽冥界，在生死簿上勾掉了自己的名字。

这几次事件，一个连着一个。可以看出，孙悟空有着深深的忧患意识。他头脑清醒，居安思危，时刻不忘提升自己和族群的能力，也因此赢得了猴子和各洞妖王的衷心拥戴。

第三，广纳善言。

领导要有本事，但是又不能刚愎自用。这是一对矛盾，因为有本事的人往往会刚愎自用——既然自己这么有本事，为什么要听别人的呢？别的不说，那个大家都很熟悉又都为他惋惜的楚霸王不就是这样吗？楚霸王项羽“力拔山兮气盖世”，他以为靠自己的本事就能一统天下，对手下那些谋士的话不以为然。孙悟空呢，不仅有本事，也听得进话，非常善于“纳谏”。

前面说到的孙悟空几次因为忧患而进行的作为，几乎都跟几个老猴子的“进谏”有关。第一次，孙悟空担忧不得长生，是通背猿猴告诉孙悟空，世上的佛、仙与神圣三种人不归阎王老子所管，要想长生，必须去找神仙学艺。孙悟空一听，二话没说，立即决定外出寻师。第二次，孙悟空担忧猴子们没有兵器，四个老猴对孙悟空说：

“我们这山向东去，有二百里水面，那厢乃傲来国界。那国界中有一王位，满城中军民无数，必有金银铜铁等匠作。大王若去那里，或买或造些兵器，教演我等，守护山场，诚所谓保泰长久之机也。”

孙悟空又采纳了他们的建议，到傲来国弄来了兵器。

第三次，孙悟空说自己没有称手的兵器，还是四个老猴对孙悟空说：

“大王既有此神通，我们这铁板桥下，水通东海龙宫。大王若肯下去，寻着老龙王，问他要件甚么兵器，却不趁心？”

孙悟空再次采纳他们的建议，来到龙宫，讨到了金箍棒。

第四，善于用人。

这一点和上面一点很有关系，但还不完全是一回事。孙悟空从一个小石猴变成了猴王，权力的滋味想必也是非常不错的。但是，有了权力，也可能很累，因为需要操心的事情太多，到头来可能还落不下好。那么在这方面孙悟空做得怎么样呢？应该说也是相当可以的，值得很多当领导的学习。

首先，孙悟空喜欢用人。

有人可能会说，你这不是废话吗，哪个领导不喜欢用人？那可不一定。有的领导就喜欢事必躬亲，特别是那些自身能力强的领导，他总是觉得别人不如自己，不太相信别人能把事情做好。而孙悟空不是这样。孙悟空的能力已经够强的了，但他同样喜欢用人。早在孙悟空刚刚当上猴王的时候，他就知道用人了。

美猴王领一群猿猴、猕猴、马猴等，分派了君臣佐使，朝游花果山，暮宿水帘洞，合契同情，不入飞鸟之丛，不从走兽之类，独自为王，不胜欢乐。

君臣佐使都是谁呢？书中没说。这时候，猴群的规模还不是很大。而在孙悟空替猴子们弄到兵器之后，花果山猴兵部队正式成立，这支部队有四万七千人之多，相当于今天的一个集团军。管理这样一支庞大的集团军要不要水平？当然要。结果，在这支部队里，“也有随班操备的，也有随节征粮的，齐齐整整，把一座花果山造得似铁桶金城”。虽然没说孙悟空具体用了谁，但是显然，猴王的用人水平是一流的。

等到孙悟空自己也得到了金箍棒，他心情大悦，也正式开始“封猴”。

此时遂大开旗鼓，响振铜锣。广设珍馐百味，满斟椰液萄浆，与众饮宴多时。却又依前教演。猴王将那四个老猴封为健将；将两个赤尻马猴唤作马、流二元帅；两个通背猿猴唤做崩、芭二将军。

老猴子有的当了元帅，有的做了将军，更是心甘情愿地为孙悟空卖命。而且从此以后，几个老猴子都是一切唯孙悟空之命是从，哪怕孙悟空上天去了，跟唐僧到西天取经，他们也从未有过二心。比如孙悟空上天做了齐天大圣，后来因为偷桃偷酒偷丹，感觉大事不好，便逃回花果山。他以为自己离开花果山只有半年，可实际上人间已经过了百十年。等他按落云头时，看到的是这一番景象：

但见那旌旗闪灼，戈戟光辉，原来是四健将与七十二洞妖王，在那里演习武艺。

可见，孙悟空没有用错人，四健将非常负责，训练部队一直兢兢业业。

其次，孙悟空能够放权。

善于用人的一个重要方面，就是能够放权。你用了人家，却又不放权给他，结果就是表面用了而实际上等于没用，他心里不舒服，你心里也不舒服，最后事情还没做好。孙悟空用了几个老猴子，有没有放权呢？完全地放权。上面说到孙悟空封了几个老猴子做了元帅、将军后，便“将那安营下寨、赏罚诸事，都付与四健将维持”，他自己完全不管日常事务。

表面上看，孙悟空好像做了甩手掌柜，但其实不然。作为领导，他应该抓大放小，把最重要的事情搞定。对孙悟空来说，最重要的事情其实不在内部而在外部，那就是时刻警惕可能的威胁。如果外部出现了强大的威胁，也只有孙悟空才能摆平，他必须把主要精力放在这方面，而不是在花果山的日常事务上纠缠。孙悟空的本事当然是够可以的了，他现在缺乏的是朋友、是人脉。所以，他把腾出来的时间主要用来结交各路豪杰。

他放下心，日逐腾云驾雾，遨游四海，行乐千山。施武艺，遍访英豪；弄神通，广交贤友。此时又会了个七弟兄，乃牛魔王、蛟魔王、鹏魔王、狮驼王、猕猴王、㺄狨王，连自家美猴王七个。日逐讲文论武，走斝传觞，弦歌吹舞，朝去暮回，无般儿不乐。

看起来他只是在吃吃喝喝，但能和这些魔王们“打成一片”，也是只有他这个猴王才能做到的。虽然在这个过程中，孙悟空也交了不少没什么用的酒肉朋友，但至少在那一段时间里，他为花果山争取到了非常好的外部环境。如果不是因为孙悟空自己在天上偷桃偷酒偷丹，是没有什么敌人来跟花果山作对的。

勇敢无畏，居安思危，广纳善言，善于用人。以上几点，就是孙悟空能够做稳花果山猴王的关键。你以为呢？

第〇〇四问

孙悟空为什么能得到菩提祖师的喜欢

猴王决定外出寻仙，经过十几年的长途跋涉，终于来到了“灵台方寸山，斜月三星洞”，见到了菩提祖师。

菩提祖师当时有没有别的弟子呢？当然有，而且还不少。猴王在山中遇到樵夫的时候，樵夫明确告诉他：“那祖师出去的徒弟，也不计其数，见今还有三四十人从他修行。”在菩提祖师收了孙悟空做徒弟之后，原文也说道：“即命大众引孙悟空出二门外……悟空到了门外，又拜了大众师兄，就于廊庑之间，安排寝处。”可见，菩提祖师的弟子挺多的，绝非只有孙悟空一个。再有，孙悟空是后来的，他是师弟，他来了以后，整天跟着“众师兄学言语礼貌，讲经论道，习字焚香……”那么问题来了，菩提祖师既然已经有了那么多弟子，孙悟空还只是个后来的小师弟，祖师却为什么要传授功夫和法术给孙悟空而不传授给别人呢？

有人可能会说了，你怎么知道祖师没传授功夫和法术给别的弟子？或许，祖师也传授了一些给别的弟子，但至少没有传授很厉害的功夫和法术，比如筋斗云、七十二变之类，这从后来孙悟空在众人面前变松树一事就可以明显看出。大家要孙悟空变棵松树，孙悟空就变了，结果引来众人一片喝彩。我们都知道，《西游记》中会变化的神仙很多，变棵松树根本不算什么，可是大家却都鼓掌欢呼。显然，其他人都不会这种变化，祖师根本没教给他们这种法术。

祖师的其他弟子也都很不理解，为什么自己在祖师身边这么多年，祖师却没有传授高级功夫给自己呢？他们问孙悟空："悟空，你是那世修来的缘法？"真的是孙悟空和菩提祖师有缘吗？当然不是。菩提祖师之所以愿意传授高级功夫给孙悟空，自然是因为祖师喜欢孙悟空，而孙悟空能够得到祖师的喜欢，肯定也不是没有原因的。

总结一下，这个原因大概有以下几点。

第一，诚心正意。

菩提祖师从一开始就喜欢孙悟空吗？并不是。孙悟空刚见到祖师的时候，祖师问他是从哪儿来的，孙悟空说从东胜神洲来，结果祖师大怒。

> 祖师喝令："赶出去！他本是个撒诈捣虚之徒，那里修甚么道果！"

祖师为什么这么生气？因为一般来说，不可能有人能越过两重大海来到这里，祖师认为孙悟空在撒谎。结果在孙悟空解释之后，祖师的气马上就消了。

> 猴王慌忙磕头不住道："弟子是老实之言，决无虚诈。"祖师道："你既老实，怎么说东胜神洲？那去处到我这里，隔两重大海，一座南赡部洲，如何就得到此？"猴王叩头道："弟子飘洋过海，登界游方，有十数个年头，方才访到此处。"

一个猴子，能有如此毅力，在海上漂泊十几年寻到这里，可见他的心诚。这十几年他都受了哪些苦呢？通过原著我们知道，当初猴王只身一人，撑着一个木阀子，“飘飘荡荡，径向大海之中”。在南赡部洲待了八九年，他“独自个依前作筏，又飘过西海，直至西牛贺洲地界”。

菩提祖师虽然没有细问，但应该也能想象得到：这个猴子能来到这里，也是着实不易啊！估计此时祖师心里已经活动了：此猴说不定真的是个可造之才呢。

到底是不是可造之才呢？还得继续考验考验。于是，祖师答应收下孙悟空，但是并不传授他什么功夫。

孙悟空平时都干些什么呢？

> 那祖师即命大众引孙悟空出二门外，教他洒扫应对、进退周旋之节。众仙奉行而出。悟空到门外，又拜了大众师兄，就于廊庑之间，安排寝处。次早，与众师兄学言语礼貌，讲经论道，习字焚香，每日如此。闲时即扫地锄园，养花修树，寻柴燃火，挑水运浆。凡所用之物，无一不备。在洞中不觉倏六七年。

千辛万苦跑来拜神仙，是为了学本事、求长生的，可现在每天只是跟着师兄们扫地锄园、养花修树、寻柴燃火、挑水运浆，也就是做一些杂活，而且一干就是六七年。换了你，你会怎么想？你能坚持下来吗？

有的人总喜欢抱怨自己没有机会，怪这个怪那个，却很少去反思自己的所作所为：是否能够把平时的每一件小事做好？是否为了做一件事情而百折不挠？是否在低谷的时候绝不放弃，坚持提升自己？

孙悟空做到了，他一直在坚持，即便是打杂，他也做得无怨无悔。

就从这一点来看，他也不是一般的猴。

祖师看在眼里，喜在心上。弟子寻一个好师父很难，师父得到一个好弟子也是不容易的。现在，这个弟子出现了。

菩提祖师暗示孙悟空，要他半夜三更去自己的房间。孙悟空来找祖师：

你看他从旧路径至后门外，只见那门儿半开半掩。悟空喜道："老师父果然注意与我传道，故此开着门也。"即曳步近前，侧身进得门里，只走到祖师寝榻之下。见祖师踡跼身躯，朝里睡着了。悟空不敢惊动，即跪在榻前。那祖师不多时觉来，舒开两足，口中自吟道：

"难！难！难！道最玄，莫把金丹作等闲。不遇至人传妙诀，空言口困舌头干！"

悟空应声叫道："师父，弟子在此跪候多时。"

祖师还在睡觉，孙悟空便跪在祖师床前，等候祖师醒来。想当初猴王刚来到祖师门口时，也是非常恭敬——"看够多时，不敢敲门。且去跳上松枝头，摘松子吃了顽耍。"一个猴子，何时有这样的耐性？但此时的孙悟空却做到了，他的诚心正意足以让祖师感动。刘备要请诸葛亮出山，诸葛亮明明也有出山之意，却故意躲着不见，为何？就是要考验一下刘备的诚意。没有诚意的人是不值得交往的，他也不可能把事情做好，到头来反而耽误了自己的一片苦心。

第二，纯真无邪。

菩提祖师初次见到猴王，听他说是越过两重大海而来，已经开始注意他了。不过，接下来祖师又问了猴王几个问题，祖师更是心中暗喜。我们来看原文：

祖师道："既是逐渐行来的，也罢。你姓甚么？"猴王又道："我无性。人若骂我，我也不恼；若打我，我也不嗔，只是陪个礼儿就罢了。一生无性。"祖师道："不是这个性。你父母原来姓甚么？"猴王道："我也无父母。"

祖师道："既无父母，想是树上生的？"猴王道："我虽不是树上生，却是石里长的。我只记得花果山上有一块仙石，其年石破，我便生也。"祖师闻言暗喜，道："这等说，却是个天地生成的。你起来走走我看。"

这段对话看似平常，其实很有玄机。祖师为什么"闻言暗喜"？因为他从猴王身上看到了两个非常重要的特征，这也是祖师特别看重的。其一，猴王说自己无父无母，是块石头变的。祖师马上意识到，这个猴子不简单，他是天地生成的。既然是天地生成的，那必然是个灵物，秉承了天地的精华。此等"人物"，可遇而不可求啊！再有，我们前面讲过，石头代表着原始、原初，它是"无"；而正因为它是"无"，所以才能"无中生有"，它有着将来的"有"的无限可能。菩提祖师问猴王姓什么，猴王说："我无性。人若骂我，我也不恼；若打我，我也不嗔，只是陪个礼儿就罢了。一生无性。"猴子本来是听错了祖师的话，答非所问，然而，正是这个答非所问，传达了一个重要信息：我是一块石头，我本无性，我是"无"。我们都知道，对于修行来说，"无"太重要了，要达到"无"的境界是相当困难的。而猴王此时就能做到"一生无性"，太难能可贵了。

所以，祖师"闻言暗喜"。接着，祖师又"赐"给猴王一个姓：孙。

祖师笑道："你身躯虽是鄙陋，却像个食松果的猢狲。我与你就身上取个姓氏，意思教你姓'猢'。'猢'字去了个兽傍，乃是个古月。古者，老也；月者，阴也。老阴不能化育，教你姓'狲'倒好。'狲'字去了兽傍，乃是个子系。子者，儿男也；系者，婴细也。正合婴儿之本论。教你姓'孙'罢。"

为什么让他姓孙呢？这里面寄托了祖师对猴王的想象和期待：希望他像个婴儿，真的能做到"一生无性"，纯真无邪。婴儿刚生下来，什么都不懂，什么都不会，但他最大的优点就是"纯"，就是"真"，其实也就是"无"。修行的最高境界，不也是这几点吗？

第三，善于领悟。

菩提祖师内心已经看好孙悟空，但他并不表露出来，他不着急，他希望能有一个契机，让孙悟空自行领悟。

而孙悟空呢，一直在打杂。时间就这样过去了六七年，这个机会终于来了。

这一天，菩提祖师又和往常一样，在台上讲课，可孙悟空的表现却和往常不一样。

孙悟空在旁闻讲，喜得他抓耳挠腮，眉花眼笑，忍不住手之舞之，足之蹈之。

孙悟空好像“开悟”了。不过祖师还有些不确定，他问孙悟空为什么“颠狂跃舞”、不好好听讲。孙悟空回答道：“弟子诚心听讲，听到老师父妙音处，喜不自胜，故不觉作此踊跃之状。望师父恕罪！”此时，菩提祖师已经基本确认，孙悟空的确有“道心”。他又问孙悟空：你到我这儿来几年了？孙悟空说：我也不知道来了几年，只记得后山的桃子熟了七次，我已经吃了七次饱桃了。来了七年了，只是默默地干活，从来没有什么过分的要求，这个“一生无性”的猴子不简单啊！这时候，祖师便决定了，要传本事给孙悟空。

祖师道：“那山唤名烂桃山。你既吃七次，想是七年了。你今要从我学些甚么道？”

师父主动问弟子要学什么，显然，他已经“看中”这个弟子了。所以，尽管后来孙悟空说这个也不学，那个也不学，祖师也并没有真的生气，他给孙悟空留了一个哑谜：“将悟空头上打了三下，倒背着手，走入里面，将中门关了，撇下大众而去。”——祖师要最后测试一下孙悟空的悟性。

其他弟子都被吓坏了，以为祖师真的生气了。可孙悟空没有，他参透了祖师的意思，半夜三更来到祖师房里，跪在祖师床前，等候祖师醒来。

祖师闻得声音是悟空即起，披衣盘坐，喝道：“这猢狲！你不在前边去睡，却来我这后边作甚？”悟空道：“师父昨日坛前对众相允，教弟子三更时候，从后门里传我道理，故此大胆径拜老爷榻下。”

结果，祖师再次大喜。

祖师听说，十分欢喜，暗自寻思道：“这厮果然是个天地生成的！不然，何就打破我盘中之暗谜也？”

祖师高兴的心情溢于言表，他都忍不住把自己的心情告诉孙悟空了。

祖师道：“你今有缘，我亦喜说。既识得盘中暗谜，你近前来，仔细听之，当传与你长生之妙道也。”

或许，正因为孙悟空“无性”，才能有这样的“悟性”；正因为此时的孙悟空像个婴儿，才能一学就会、一通百通。《射雕英雄传》中的郭靖不也是因为朴实木讷，才学会了降龙十八掌吗？很多事情就是这样，你越是精明，越是找不到窍门；你呆头呆脑的，反而心地单纯，反倒能够参悟玄机。

菩提祖师把长生妙道传给了孙悟空。孙悟空也没有辜负祖师的期望，他连夜学习，将口诀牢记在心。等他已经“得了好事”，其他人还在睡梦中呢。

综合以上几点，孙悟空能够得到菩提祖师的喜欢，不是没有原因的，能做到这几点的人，的确也非常不简单。

不过，话又说回来，在菩提祖师身边学功夫的孙悟空，很“真”，很“纯”，“一生无性”，那么，等到学成功夫以后，他还是这样吗？他还能做到“无”和“空”吗？他还能做到“人若骂我，我也不恼；若打我，我也不嗔”吗？

非也。

他长本事了，他变了。所以，他还要继续悟，尤其是要“悟空”。

关于这些，我们以后再说。

第〇〇五问

菩提祖师为什么把孙悟空赶走

上一回我们说到，菩提祖师很喜欢孙悟空，所以才传授了长生之法、七十二变和筋斗云。对此，有人可能会质疑：你这个说法不对，菩提祖师既然那么喜欢孙悟空，那后来为什么又把他赶走了呢？这不是矛盾吗？

的确，看起来似乎有点矛盾。但其实只要多想一想，就一点也不矛盾了。

很简单，因为人是会变的。现在的你，不等于以前的你；我以前喜欢你，也不等于我现在还喜欢你。

我们只要想一想自己，或者看看身边的其他人，许多人小时候是不是都挺乖、挺可爱，可随着年龄渐长，尤其是到了青春期，他的个性、性格、心理都发生了很大的变化，甚至变得非常叛逆——小时候是“无性”的，长大了却特别有“个性”。

孙悟空，就是这么一个人。

菩提祖师之所以赶走孙悟空，直接的原因是孙悟空在师兄们面前变了棵松树。在一般人看来，这好像不是多大的事，甚至算不上错误，但菩提祖师不这么看。

通过这件小事，菩提祖师看到了孙悟空的另一面。前面我们说过，靠着对孙悟空的长期观察，菩提祖师觉得这个猴子身上有不少优点。但现在，祖师看到了他的毛病。

这个毛病是什么呢？

喜欢卖弄。

我们来看菩提祖师是怎么说孙悟空的。孙悟空在众人面前变了棵松树，惊动了菩提祖师。开始的时候，祖师只是问："何人在此喧哗？"但是当大家说明情况以后，祖师并没有怪孙悟空吵了大家，也没有怪他变得不好，而是说：

> "悟空，过来！我问你：弄甚么精神，变甚么松树？这个工夫，可好在人前卖弄？假如你见别人有，不要求他？别人见你有，必然求你。你若畏祸，却要传他；若不传他，必然加害：你之性命又不可保。"

变棵松树是小事，可是由此反映的问题却是大事。菩提祖师看出了孙悟空的本质。

菩提祖师是不是小题大做了呢？还真不是，孙悟空后来也一直喜欢卖弄。我们看上面菩提祖师说的这一段话，是不是有似曾相识之感？是不是还有别人在什么时候说过？

的确还有人说过，他就是唐僧，孙悟空的另一位师父。

在西天取经的路上，唐僧和孙悟空两人来到了观音院。观音院里的和尚们听说唐僧是东土来的，就问他们有没有什么宝贝。唐僧说没有，就算有，这么远也不好带啊！可孙悟空却说，我们那件锦襕袈裟不是宝贝吗，拿给他们看看。这时，唐僧对孙悟空说：

> "你不曾理会得。古人有云：'珍奇玩好之物，不可使见贪婪奸伪之人。'

倘若一经人目，必动其心；既动其心，必生其计。汝是个畏祸的，索之而必应其求，可也；不然，则殒身灭命，皆起于此。事不小矣。”

唐僧说的意思和菩提祖师说的几乎一模一样。可孙悟空不听，他一定要卖弄，还是把袈裟拿了出来，结果引来杀身之祸。

菩提祖师认为孙悟空的这个毛病非常严重，将来必然惹祸，说不定还会连累自己。所以，他不仅严厉批评了孙悟空，甚至连弟子都不要做了，直接把孙悟空赶走。

祖师还放下话来：

“你这去，定生不良。凭你怎么惹祸行凶，却不许说是我的徒弟。你说出半个字来，我就知之，把你这猢狲剥皮剉骨，将神魂贬在九幽之处，教你万劫不得番身！”

在祖师眼里，孙悟空极有可能变成一个“惹祸行凶”的“不良”的家伙。

为什么以前那个看起来“一生无性”“人畜无害”的猴子，以后却会“定生不良”？

因为他变了，他“长本事”了。

那么，孙悟空到底有没有“惹祸行凶”“定生不良”呢？

当然有。

取经路上的事我们暂且不说，我们只来看孙悟空回到花果山以后做了哪些“不良”之事。

第一，坑蒙拐骗，偷鸡摸狗。

孙悟空从菩提祖师那里回来以后，继续做他的猴王。前面说过，孙悟空很有忧患意识，没过几天他就意识到，猴子们没有锋利的兵器。这时，几个老猴子告诉他，向东两百里傲来国城中有铁匠铺，可以去那里买些或造些兵器。孙悟空采纳了老猴子的建议，驾起筋斗云，很快便飞到了城池上空。应该说，直到此时，孙悟空还是想来买兵器的。不过，突然之间，他的想法变了：

“这里定有现成的兵器，我待下去买他几件，还不如使个神通觅他几件倒好。”

什么叫“觅”？其实就是偷。为什么他突然不想“买”而是要“觅”了呢？因为他有了“觅”的手段，他可以“使个神通”。如果说他没有这个手段和神通，那肯定还只能老老实实地“买”。可现在不需要那么“麻烦”了，而且还省钱。长了本事，有了手段，人会变的。

结果，孙悟空弄阵狂风，吹得天昏地暗，趁乱到人家的兵器库中拿了许多刀枪剑戟之类，并变出无数个小猴子搬了回来。

后来到了天上，孙悟空做了齐天大圣，过了几天消停日子。再后来，玉帝让他看管蟠桃园，事情又来了：孙悟空监守自盗，躲在树上吃桃；七仙女来摘桃，他使个定身法把她们全定住；然后他自己去赴蟠桃会，半路上遇到赤脚大仙，又骗赤脚大仙说今年要先到通明殿演礼；到了瑶池以后，他又弄些瞌睡虫把那些布置蟠桃园的员工都困倒，自己大肆喝酒；喝醉了酒又偷吃老君的仙丹；逃回花果山以后，又再次飞到瑶池偷酒给猴子们喝。

说这时候的孙悟空喜欢“坑蒙拐骗，偷鸡摸狗”，是不是没有冤枉他呢？

其实，孙悟空喜欢“坑蒙拐骗偷”，这是尽人皆知的事情，无论神仙还是妖怪。我们不妨来看几个事例。

第二十六回，为了救活镇元子的人参果树，孙悟空到处访仙，来到了东华帝君处，见到了东华帝君的弟子东方朔。孙悟空对东方朔笑道：“这个小贼在这里哩！帝君处没有桃子你偷吃！”东方朔则回孙悟空道：“老贼，你来这里怎的？我师父没有仙丹你偷吃。”——东方朔认为孙悟空是个“老贼”。

第三十九回，为了救活乌鸡国国王，孙悟空去找太上老君，想讨几粒九转还魂丹。老君起初不愿给，可后来一想：“这猴子惫懒哩，说去说去，只怕溜进来就偷。”于是便叫仙童拿一粒给孙悟空，并对他说：“你这猴子，手脚不稳。我把这‘还魂丹’送你一丸罢。”——太上老君是何等样人，却也担心孙悟空“手脚不稳”，怕他来偷。

第四十二回，孙悟空拿红孩儿的三昧真火没有办法，向观音菩萨求救。观音菩萨用玉净瓶装了一海的水，对孙悟空说：“我这瓶中甘露水浆，比那龙王的私雨不同，能灭那妖精的三昧火。待要与你拿了去，你却拿不动；待要着善财龙女与你同去，你却又不是好心，专一只会骗人。你见我这龙女貌美，净瓶又是个宝物，你假若骗了去，却那有工夫又来寻你？你须是留些须甚么东西作当。”——连观音也怕孙悟空骗她东西，而且说孙悟空“专一只会骗人”。

第五十二回，孙悟空遇到独角兕大王，兕大王问他是谁，孙悟空一通夸耀式的自我介绍之后，兕大王便说：“你原来是个偷天的大贼！”——看来孙悟空的贼名传遍天下了。

别人认为孙悟空是个贼，孙悟空自己也承认自己是个贼。在万寿山五庄观，他去偷人参果，起先因为没有用金击子，敲了一个果子，果子却落地不见了。孙悟空便拘出此方土地，对他说：“你不知老孙是盖天下有名的贼头。我当年偷蟠桃、盗御酒、窃灵丹，也不曾有人敢与我分用；怎么今日偷他一果子，你就抽了我的头分去了！”——孙悟空不仅是贼，还是贼头，而且，他自己好像还以贼头为自豪。

是的，孙悟空不仅坑蒙拐骗偷，还对此不以为然。

大闹天宫以后，天兵天将来捉拿孙悟空，九曜星曾经骂他：“你这不知死活的弼马温！你犯了十恶之罪，先偷桃，后偷酒，搅乱了蟠桃大会，又窃了老君仙丹，又将御酒偷来此处享乐，你罪加罪，岂不知之？”

孙悟空怎么说的呢？

> 大圣笑道：“这几桩事，实有！实有！但如今你怎么？”

意思很明显：就是我偷的，你能怎的？

第二，巧取豪夺，还要无赖。

这和坑蒙拐骗偷分不开，喜欢坑蒙拐骗偷的人一般都会耍无赖。我们知道，孙悟空的金箍棒是从东海龙王那里得到的。照理说，东海龙王敖广把金箍棒这个宝贝给了孙悟空，龙王待孙悟空算是不错的了。可在得到金箍棒之后，孙悟空又说，先前没有金箍棒也就罢了，现在有了金箍棒，身上又没有相称的衣服，你干脆再送我一副披挂吧。龙王说没有。这时，孙悟空什么反应呢？

> 悟空道：“‘一客不犯二主’。若没有，我也定不出此门。”龙王道：“烦上仙再转一海，或者有之。”悟空又道：“‘走三家不如坐一家’。千万告求一副。”龙王道：“委的没有，如有即当奉承。”悟空道：“真个没有，就和你试试此铁！”

意思就是：你不给我就不走了，实在把老子惹急了，就用你的金箍棒试试你的头。

是不是很无赖？

后来，东海龙王把几个兄弟——西海龙王、南海龙王、北海龙王都叫来，大家一起给他凑了副披挂。孙悟空很满意。

满意了你也该感谢人家才是吧，可孙悟空是什么态度呢？

悟空将金冠、金甲、云履都穿戴停当，使动如意棒，一路打出去，对众龙道：“聒噪！聒噪！”

穿着人家送的披挂，使着人家送的金箍棒，还要一路打将出去。这样的人不是无赖是什么？

第三，喜欢结交酒肉朋友。

前面说过，孙悟空喜欢交朋友，这并不能算是缺点。但是，孙悟空交朋友的确也有点滥，交了不少酒肉朋友。得到金箍棒以后，孙悟空越发得意，开始了他的交友生涯。

他放下心，日逐腾云驾雾，遨游四海，行乐千山。施武艺，遍访英豪；弄神通，广交贤友。此时又会了个七弟兄，乃牛魔王、蛟魔王、鹏魔王、狮狔王、猕猴王、狨狨王，连自家美猴王七个。日逐讲文论武，走斝传觞，弦歌吹舞，朝去暮回，无般儿不乐。

“走斝传觞”什么意思？就是在一起喝酒，醉醺醺的。孙悟空和这些魔头们整天就是在一起玩，一起喝酒耍乐。

为什么说这些人多是酒肉朋友呢？因为孙悟空大闹天宫，他那结义七兄弟，没有一个来帮忙的。后来被压五行山五百年，孙悟空自己说“更无一个相知的来看我一看”。结义兄弟还不算相知吗？可七兄弟也是没露过一次面，只有几个附近的山民经常在他脸上薅草。可想而知，孙悟空交的这些朋友都是什么货色。

当然话说回来，孙悟空对他那些“朋友”也不怎么样。天兵天将围剿花果山，孙悟空派独角鬼王率七十二洞妖王出战，结果全被天兵天将给抓去了。四健将哭着来跟他报告，他却说：“古人云：‘杀人一万，自损三千。’况捉了去的头目乃是虎豹狼虫、獾獐狐狢之类，我同类者未伤一个，何须烦恼？”——孙悟空何尝真拿这些人当朋友看呢？

第四，喜欢打打杀杀，也经常滥杀无辜。

没本事的时候特别想学本事，有了本事马上就要“显本事”，而“显本事”最直接的途径就是以势凌人，打打杀杀。这是很多人的通病，孙悟空也不例外。孙悟空从菩提祖师那里学了本事回来，立即就去找混世魔王算账，把混世魔王和水脏洞里的小妖怪全部打死；后来，他到龙宫里搅弄一通，得到了金箍棒；再后来，又扰乱幽冥地府，把生死簿上自己和其他猴属的名字全部勾销，勾完之后还要“捽下簿子道：‘了帐！了帐！今番不伏你管了！’一路棒，打出幽冥界”。

有人可能会说，孙悟空打的都是妖怪，那些妖怪活该被打死，怎么能说是孙悟空滥杀无辜呢？孙悟空打死的真的都是妖怪吗？我们来看第二十七回，就是“三打白骨精”那一回。在这一回中，孙悟空打死了白骨精变化的少女，唐僧怪罪于他，说这个姑娘是来送饭给我们吃的，人家这么善良，怎么会是妖怪，你怎么可以把她打死呢？孙悟空却说：

> 师父，你那里认得！老孙在水帘洞里做妖魔时，若想人肉吃，便是这等：或变金银，或变庄台，或变醉人，或变女色。有那等痴心的爱上我，我就迷他到洞里，尽意随心，或蒸或煮受用。吃不了，还要晒干了防天阴哩！

孙悟空说得非常清楚，若想人肉吃，就变作妖怪，把他弄进洞里害死。孙悟空滥杀了多少无辜，吃了多少人肉，我们可以自己体会。

坑蒙拐骗，偷鸡摸狗；巧取豪夺，还耍无赖；喜欢结交酒肉朋友；喜欢打打杀杀，也经常滥杀无辜。这么一说，是不是颠覆了很多人心目中孙悟空的“光辉”形象？但是我们对照原文，仔细想想是不是这样？实际上，从菩提祖师那里回到花果山的孙悟空，正在经历他的“青春期”。青春期都会有些叛逆，这很正常，不然为什么那么多人喜欢古惑仔呢？

是的，此时的孙悟空就像个古惑仔，自以为有一身的本事，但也有一身的臭毛病。

不过，和我们青春期时候一样，我们自己并不认为那是什么臭毛病，反而觉得很正常，那些看不惯的人才不正常。同样，在花果山，那时节，好山好水好风光，天高地远我称王。仗着一身的本事，孙悟空这个古惑仔逍遥快活，度过了他一生中最自由自在的时光。

第〇〇六问

弼马温这个官到底小不小

孙悟空第一次上天，做了弼马温。后来，他嫌官小，气得把办公桌推倒，从耳朵里取出金箍棒，一路打出南天门。

这个桥段大家都非常熟悉。当然，很多人都为孙悟空鸣不平，认为玉皇大帝太看不起人了，用这么个小官来糊弄孙悟空。

那么我们要问一问了：弼马温这个官真的很小吗？

首先，我们要弄清楚，天庭为什么要养马？当然只有两种可能。第一，为了吃马肉；第二，把马作为坐骑。

我们先来看第一种可能，是不是为了吃马肉呢？应该不是。因为大家都知道，马肉并不好吃。我们平时吃猪肉，吃牛肉，吃羊肉，但吃马肉的人极少。有人可能说，那是因为马比较少。马真的少吗？其实草原上的马并不比牛少。

孙悟空后来大闹天宫，被如来佛收服后，玉皇大帝专门设宴招待如来。玉帝的宴席，档次自然非常高。那么，宴会上都吃些什么呢？原文中说，有“龙肝凤髓，玉液蟠桃”。后来，南极寿星来到，献上“紫芝瑶草，碧藕金丹”；赤脚大仙又来，献上“交梨二颗，火枣数枚”。——宴会上根本就没有马肉的影子。

因此，只有第二种可能，马是天兵天将的坐骑。

有人可能会说了，天上的那些神仙们不都会腾云驾雾吗？孙悟空更是一个筋斗十万八千里，他们还用得着把马作为坐骑吗？神仙会腾云驾雾不假，但腾云驾雾也是要耗费体力的，有时候同样需要骑马。我们可能知道，《水浒传》里有个“神行太保”戴宗，可以日行八百里。可他真的一天跑了八百里，肯定也是非常累的。对那些神仙来说，应该有时候腾云驾雾，有时候也可以骑骑马。

我们再来看孙悟空刚到御马监的时候，看到那些天马都是什么样子。原文是这样写的：

> 骅骝骐骥，騄駬纤离；龙媒紫燕，挟翼骕骦；駃騠银騔，騕褭飞黄；騊駼翻羽，赤兔超光；逾辉弥景，腾雾胜黄；追风绝地，飞翮奔霄；逸飘赤电，铜爵浮云；骢珑虎騳，绝尘紫鳞；四极大宛，八骏九逸，千里绝群，此等良马，一个个，嘶风逐电精神壮，踏雾登云气力长。

我们看这段描写，这些马如此神威勇猛，绝不可能是用来食用的，它们是神仙们的坐骑。地位特别高的神仙有自己的专用坐骑，比如观音菩萨的坐骑是金毛犼，文殊菩萨的坐骑是青狮，普贤菩萨的坐骑是白象，太上老君的坐骑是青牛，南极寿星的坐骑是白鹿，太乙救苦天尊的坐骑是九头狮子……而那些地位相对较低的神仙则没有自己的专用坐骑，但他们出行的时候可以到御马监借出天马来骑。神仙们骑着天马，平时优哉游哉地闲逛，战时则靠它在战场上驰骋。

弄清楚天马的作用以后，我们就可以给弼马温这个官进行定位了。

弼马温，实际上就相当于现在的中央机关车队队长。

官阶可能并不算高，但地位还是有的。不管怎么说，也算是一步登天，在最高机关里混到编制了。

弼马温真的是养马的吗？也是，也不是。说是，因为弼马温的确管着天马；说不是，因为他根本不需要自己去养马。

御马监也是个衙门，孙悟空手下还是有不少人的。孙悟空是御马监的“正堂管事”，此外，御马监里还有“监臣、监副、典簿、力士大小官员人等”。孙悟空做了弼马温以后，便开始分派手下人干活。原文是这样写的：

> 这猴王查看了文簿，点明了马数。本监中典簿管征备草料；力士官管刷洗马匹、扎草、饮水、煮料；监丞、监副辅佐催办；弼马昼夜不睡，滋养马匹。

我们看到，真正落实到养马都有专人负责，孙悟空自己是不用亲自上阵的。孙悟空说自己只是个“养马的”，显然并不准确。

就好比今天，让你去养马，你可能不乐意。但是如果让你去做一家养马公司的经理，你肯定挺高兴。这两者能一样吗？

而且，孙悟空觉得弼马温官小，别人可能不觉得。

弼马温这个职位是武曲星君推荐的。玉帝招安孙悟空，问诸位大臣哪个地方职位还有空缺，武曲星君启奏说：“天宫里各宫各殿，各方各处，都不少官，只是御马监缺个正堂管事。”从武曲星君的话里，我们可以明显感觉到，天庭的职位也是非常紧张的，各个地方的编制都满了，只有御马监还缺个正职。可以想象，这个唯一空缺的正职，该有多少人盯着啊！别的不说，御马监的监臣、监副难道不想吗？他们可能已经在御马监干了好多年，头发都熬白了，现在空出一个正职，本来以为自己机会来了，可上面突然空降一只猴子，心中的懊恼、失望乃至不满可想而知。所以，当孙悟空偶尔问起自己这个弼马温到底是多大的官时，那些监臣监副们极力贬低，说它就是个“没品”“未入流”“只好与他看马”，彻底激怒了孙悟空。但是当孙悟空真的走了以后，谁知道他们的心里是不是乐开花了呢？

还有几点可以证明弼马温这个官其实含金量并不小。其一，当孙悟空拿出金箍棒打到南天门时，天兵天将都不敢拦他。为什么呢？

众天丁知他受了仙箓，乃是个弼马温，不敢阻当，让他打出天门去了。

弼马温官再小，也是有正式编制的。有了正式编制，就享有天庭的诸多权利，比如可以在天庭自由行走。所以，天兵天将都不敢拦他。想一想，如果你可以在最高机关里来去自如，你是不是也挺嘚瑟？光是这一项权利，不知道就有多少人羡慕呢！

其二，我们可能知道，二郎神是玉帝的外甥，但因两人有矛盾，所以二郎神一直居住在灌江口。后来，因为孙悟空大闹天宫，观音菩萨向玉帝举荐二郎神，二郎神也答应前来助战。在太上老君金钢琢的帮助下，二郎神抓住了孙悟空。照理说，这是一个极好的请功的机会，二郎神手下的兄弟也说，赶紧押着孙悟空去跟玉帝请功。但是二郎神却说不行。为什么？

真君道：“贤弟，汝等未受天箓，不得面见玉帝……”

在天庭没有职位就不能面见玉帝，可见有没有职位非常重要，哪怕这个职位并不高，但它的附加值很多。对此，孙悟空一点意识也没有。

其三，孙悟空回到花果山后，马上就有独角鬼王来求见，而且一进门就倒身下拜。孙悟空不理解，他跟独角鬼王应该平时也没什么来往。所以他问鬼王：“你见我何干？”——孙悟空以为他来有什么事。可鬼王是怎

么回答的呢?

“久闻大王招贤，无由得见；今见大王授了天禄，得意荣归，特献赭黄袍一件，与大王称庆。肯不弃鄙贱，收纳小人，亦得效犬马之劳。”

鬼王见了孙悟空是何等谦卑，跪在地上不说，还口称“小人”，愿效犬马之劳。鬼王为什么以前不来投靠孙悟空现在却来了呢？并不是因为孙悟空本领大，而是因为孙悟空“授了天禄”。也就是说，在鬼王看来，只要上了天，在天上有了编制，就是了不起的成就，他也就甘愿来降。

当然，为了表示诚意，得献上一点礼物。独角鬼王献上的是什么呢？赭黄袍。这个赭黄袍可不是一般的衣服，它是国王或皇帝专用的。吴承恩所写《西游记》说的是唐朝的事，唐太宗李世民穿的就是赭黄袍。而在《新唐书》中明确记载:“初, 隋文帝听朝之服, 以赭黄文绫袍, 乌纱帽, 折上巾, 六合鞾，与贵臣通服……至唐高祖，以赭黄袍、巾带为常服……既而天子袍衫稍用赤、黄，遂禁臣民服。”普通人是禁止穿赭黄袍的。后来唐僧师徒到了乌鸡国，唐僧夜里梦见一人，此人也是“身穿一领飞龙舞赭黄袍”。唐僧一看，马上就知道他是个国王。这个独角鬼王不知道什么时候害了某国的国王，得到了赭黄袍，却一直没找到合适的主人。这下好了，孙悟空出现了，正好把赭黄袍献给孙悟空。在来之前，鬼王并不知道孙悟空在天上做了什么官，可在他的心目中，只要上了天庭，有了天禄，就是他心目中的国王!

以上种种都可以说明，弼马温这个官在天庭或许是个小官，但对于还没有进入天庭的人来说其实并不算小，而且还附带有许多“福利”。孙悟空只是个“草根”，他到东海龙宫索要金箍棒和披挂，还把金箍棒弄得又粗又长，直捅到天上去，又扰乱幽冥界，私改生死簿，可以说是“严重破坏社会秩序”。玉皇大帝不仅没有治他的罪，反而采纳太白金星的进言，让他进入天庭，给他一个编制，还让他做了中央车队的队长，对他也是够意思了。所以，当玉帝听说孙悟空嫌官小不辞而别时，很不理解：“凡授官职，皆由卑而尊，为何嫌小？”是啊，一下子给你个车队队长当当，已经不小了，你怎么还不满意呢？再说了，就算嫌小，也要一步一步来啊，怎么可能一下子让你做个高级干部呢？

我们读《西游记》，尤其是看电视剧《西游记》，总习惯于站在孙悟空的立场考虑问题，觉得孙悟空是个英雄，而英雄所做的一切自然都是合理的。但是如果换一个立场，可能看法就会发生改变。如果你是一个草根，突然让你进入中央机关，你会嫌官小吗？

第〇〇七问

玉皇大帝为什么让孙悟空这个猴子看管蟠桃园

上回说到，孙悟空嫌弼马温官小，把桌子一推，干脆一走了之。回到花果山之后，直接树起一面旗帜：齐天大圣。

玉皇大帝再次听了太白金星的话，就封孙悟空做了齐天大圣，后来又让他看管蟠桃园。

结果，孙悟空偷吃蟠桃，还搅乱了蟠桃大会，再次犯下“严重罪行”。

谁不知道猴子爱吃桃呢？虽说孙悟空不是一般的猴，可他毕竟还是只猴子。

而且，那桃还不是普通的桃子，它是蟠桃，专门招待“贵宾”用的。不用说，这桃子不仅看起来比普通的桃子更好看，吃起来肯定也比普通的桃子味道更好。更用命的是，这桃子还有特殊的功用：最差的一千二百株，人吃了“成仙了道，体健身轻”；较好的一千二百株，人吃了“霞举飞升，长生不老”；最好的一千二百株，人吃了“与天地同寿，日月同庚”。

这玉皇大帝是不是傻啊，你让一只猴子去看管蟠桃，不是和让猫去看管鱼塘一样吗？你这不等于是把做好的肉包子往狗嘴里送吗？

所以就有人说，吴承恩在这里其实是讽刺统治者，说他们有眼无珠，不会用人。

孙悟空自己也是这么认为的。他嫌弼马温官小，回到花果山后，猴子们问他在天上担任什么官职，孙悟空说：

“不好说！不好说！活活的羞杀人！那玉帝不会用人，他见老孙这般模样，封我做个甚么‘弼马温’，原来是与他养马，未入流品之类。”

后来，独角鬼王来归顺，还送了孙悟空一件赭黄袍。鬼王也问孙悟空在天上担任什么官职，孙悟空又说：

“玉帝轻贤，封我做个甚么‘弼马温’！”

再后来，天兵天将围剿花果山，托塔李天王的先锋巨灵神打上门来，孙悟空对他也是这么说的：

“快早回天，对玉皇说他甚不用贤！老孙有无穷的本事，为何教我替他养马？”

孙悟空三次说玉帝不会用人。玉帝不会用人，似乎是板上钉钉了。

可是，玉皇大帝何许人也？他是“高天上圣大慈仁者玉皇大天尊玄穹高上帝”。天上的众神众仙，海里的龙王水族，阴间的阎王判官，都在他的管辖之内，他是群神之首。佛道两家虽有争持，也对玉帝俯首称臣。你说他不会用人？

而且，通观整部《西游记》，我们也没看出其他地方能反映出玉帝不会用人的。天上的神仙虽然众多，但是大家对玉帝一句怨言都没有。如来佛不是很牛吗，却也非常维护玉帝。孙悟空大闹天宫，如来佛应玉帝之请前来收服孙悟空时，孙悟空要如来佛劝玉帝把位置让给自己，如来便对孙悟空说："你那厮乃是个猴子成精，焉敢欺心，要夺玉皇上帝龙位？他自幼修持，苦历过一千七百五十劫。每劫该十二万九千六百年。你算，他该多少年数，方能享受此无极大道？"可见，玉帝还是很得人心的，并非孙悟空说的那么昏庸。

也有人说，玉帝之所以让孙悟空看管蟠桃园，是因为蟠桃快没了，蟠桃树上不结桃子了，所以故意让孙悟空偷吃，然后拿孙悟空顶罪，为自己取消蟠桃大会找台阶。这个理由纯属戏说，原著中找不到任何证据，而且也不能成立。蟠桃真的没了吗？或者，蟠桃越来越少，玉帝不想再让神仙们来吃了，有限的桃子自己独享？非也。在如来佛降伏孙悟空后，神仙们举办了隆重的"安天大会"。出席本次大会的有：玉清元始天尊、上清灵宝天尊、太清道德天尊、五炁真君、五斗星君、三官四圣、九曜真君、左辅、右弼、天王、哪吒……当然还有玉帝和如来佛本人。而正是在这次大会上，王母娘娘亲自去摘了一些大桃奉上。对这些大桃，原文是这么描述的：

半红半绿喷甘香，艳丽仙根万载长。
堪笑武陵源上种，争如天府更奇强！
紫纹娇嫩寰中少，缃核清甜世莫双。
延寿延年能易体，有缘食者自非常。

显然，蟠桃不仅质量好，而且数量多，天上的神仙们大多来了，也没说不够吃的。如果玉帝真的想以孙悟空偷桃为借口取消蟠桃宴，他就应该告诉大家以后没有桃子吃了，因为全被那个该死的猴子偷吃光了，又怎么会让王母娘娘再次奉上如此诱人的蟠桃呢？

所以，玉帝让孙悟空看管蟠桃园，必然另有原因。

仔细阅读原著就会发现，玉帝让孙悟空看管蟠桃园其实是故意的，而且“蓄谋已久”。

为什么这么说?

我们来看孙悟空二次上天，要做齐天大圣的时候，玉帝是怎么安排的。玉帝答应了孙悟空的要求，就封他做了个齐天大圣，还特地派人给他建造了一座齐天大圣府。但是请注意，以往对付孙悟空这样的妖猴，玉帝总是要征求大臣们的意见, 诸如应该怎么办啊、哪里缺个管事啊, 等等, 然后“依卿所奏”。但这次他没有，在召见孙悟空，当面宣布封他做齐天大圣之后，玉帝随即就命“工干官”盖房子去了。而且，关键的关键，他让人把齐天大圣府建在什么地方呢?

蟠桃园旁边，准确地说，“在蟠桃园右首”。

可见，玉帝早就有所打算了。而且，应该早就派人考察过了，蟠桃园旁边是可以盖房子的。

那么，他这样做的目的是什么呢?

有两种可能: 一是“钓鱼执法”, 故意引孙悟空上钩, 让他去偷吃蟠桃, 然后加罪于他；二是磨炼孙悟空的心志，看他能不能抵挡住诱惑。

两种都是“故意”，但是出发点不一样，一是恶意，一是善意。

“钓鱼执法”貌似很像，但细想之下，也不成立。

因为玉帝没必要“钓鱼”。“钓鱼”是为了让鱼上钩，以便拿到犯罪的证据，可孙悟空已经是一个“罪犯”了。他搅扰龙宫，强索披挂，大闹幽冥界，勾销生死簿，还推翻办公桌，弃官而走，天庭已经派托塔李天王和哪吒带兵去擒他。如果玉帝真的要加罪于孙悟空，这些都是现成的罪名，为什么还要费那么大事，再给他安一个罪名呢?再说了，前面派李天王等人去拿他没拿住，就算他以后再犯罪了，就一定能拿住吗?

所以，只能说玉帝是善意的。这是玉帝的一片苦心，他要磨炼孙悟空，考验孙悟空，拯救孙悟空。

许多人可能接受不了：这是不是把玉帝想得太好了？他在我们眼里可一直是个“昏君”啊！

一直以为的事情并不一定就正确。在清朝末年，不是还有许多人一直以为洋人的腿不会打弯吗？

当然，我们最终还是要凭证据说话。为什么说玉帝是出于善意，是要磨炼孙悟空的心志呢？

我们先来看当初玉帝为什么答应太白金星，把孙悟空招上天来做弼马温的。这个话玉帝当时没说，但是后来对观音菩萨说了。孙悟空大闹天宫，观音菩萨来问“妖猴出自何处”，玉帝是这么对菩萨说的：

“妖猴乃东胜神洲傲来国花果山石卵化生的。当时生出，即目运金光，射冲斗府。始不介意，继而成精，降龙伏虎，自削死籍。当有龙王、阎王启奏，朕欲擒拿，是长庚星启奏道：‘三界之间，凡有九窍者，可以成仙。’朕即施教育贤，宣他上界，封为御马监弼马温官……”

玉帝说得很明确，“施教育贤，宣他上界”。也就是说，玉帝是本着培育人才的目的，希望孙悟空能够走上正轨。

我们再来看齐天大圣府的结构。天庭也是衙门，衙门都是有特定的结构和编制的。那么，齐天大圣府是个什么样的结构呢？

原文中明确写道：大圣府设两个司，“一名安静司，一名宁神司”。

意思非常清楚，就是要让孙悟空“安静”“宁神”。因为他上蹿下跳、到处惹事，初出茅庐却心比天高。总之一句话：孙悟空的“欲望”太强，心不静、神不宁。

很可能是通过几次接触，玉帝就看出了孙悟空的本质：这个猴王毕竟是个猴子，很难有定心的时候，给他个弼马温还嫌小，居然要做齐天大圣，他需要“安静”“宁神”。

玉帝不仅给孙悟空建造了齐天大圣府，而且还对孙悟空抚慰有加。我们再来看原文：

又差五斗星君送悟空去到任，外赐御酒二瓶，金花十朵，着他安心定志，再勿胡为。

注意，这里再次表明了玉帝的意思，是要孙悟空“安心定志，再勿胡为”。

如果能够挨着蟠桃园，却抗拒了桃子的诱惑，这对孙悟空的心性修持该起到多大的作用啊！

美国斯坦福大学的一位教授曾做过所谓的“糖果实验”。他来到幼儿园的一间教室，在孩子们面前的桌子上分别放上一颗糖。教授告诉孩子，老师一会儿就出去了，二十分钟后才能回来，你们可以吃糖果，但是马上吃的话，就只能吃这一颗，而如果等到二十分钟以后老师回来再吃的话，老师还会再奖励他一颗。结果，有的孩子马上就吃了，而有的孩子抵抗住了诱惑，等到老师回来才吃。

多年以后的跟踪调查发现，那些能够抗拒诱惑的孩子，更加独立、自信，成绩也更好。

可见，是否能够抵抗诱惑，对人生有着重要的意义。

有人可能会说，有权有势的人才有诱惑，我什么都没有，哪有什么诱惑？

无权无势的人就没有诱惑吗？你早上不想起床，只想赖在被窝里，是不是诱惑？你不想上班，只想每天打游戏，是不是诱惑？

所以说，诱惑每个人都有，一个有所作为的人，必定不会成为诱惑的奴隶。

我们再回到《西游记》。入住齐天大圣府以后，孙悟空虽然不管事，但是品级不低，跟许多“领导”都能攀上话了。于是他便整天会友游宫、交朋结义，和那九曜星、五方将、二十八宿、四大天王、十二元辰、五方五老、普天星相、河汉群神等等，都称兄道弟的，今日东游，明天西荡，好不快活。蟠桃园就在他家旁边，他不可能没看见，但或许因为他还不知道蟠桃的美味和功效，或许因为他还没来得及闲下来，反正很长一段时间里，孙悟空没动过蟠桃的心思。

为了进一步考验孙悟空，玉帝决定加码。

这一天，天师许旌阳启奏，说孙悟空到处闲逛，容易生事，最好还是给他一件事做做。意思就是说，孙悟空在天庭做个“不管部”部长可不行，还是让他管点事才好。

让孙悟空管点事，可是管点什么事呢？按照以往的惯例，玉帝应该问问大臣们哪里有空缺的职位。可这一次没有，他把孙悟空招来以后，直接就任命孙悟空为蟠桃园园长了。

玉帝道：“朕见你身闲无事，与你件执事。你且权管那蟠桃园，早晚好生在意。”

玉帝怎么知道蟠桃园缺一个园长呢？他为什么谁也不商量，马上就让孙悟空去管理蟠桃园呢？显然，这一切都是玉帝事先安排好的。我们可以推理，包括许天师的这一次上奏，很可能也是玉帝授意的。估计当初建造齐天大圣府的选址，玉帝也是派许天师去考察的。

以孙悟空疾恶如仇又喜欢弄神通显手段的性格，让他当个公安部部长最合适不过了，可玉帝却让他去做蟠桃园的园长。

当然，前面说了，这是早就安排好了的——先让孙悟空住在蟠桃园旁边，再让他去看管蟠桃园。

以前只是蟠桃园的邻居，现在却成了自己的“家”；以前蟠桃园有别人看管，进出显然也不方便，现在却成了它的主人，直接就住在里面。

把骨头送到狗的嘴边，看你能不能忍得住。

此时的孙悟空，正是年少轻狂的时候，什么都不放在眼里，什么都欲取欲求。

他当然忍不住，他也不想忍，他想干什么就干什么。

于是，孙悟空终于还是没有通过玉帝的考验。他把桃子吃了个不亦乐乎，还定住七仙女，哄骗赤脚大仙，进而偷酒、偷丹，搅乱蟠桃大会，最后被如来佛挥动巨掌，压在五行山下。

五百年。这下，他有足够的时间，可以慢慢地安静、宁神了。

而对孙悟空来说，人生的修行，才刚刚开始。

第〇〇八问

孙悟空大闹天宫是在反抗压迫吗

孙悟空大闹天宫，一直为人们所津津乐道。很多时候，我们都把孙悟空当作一个反抗压迫、敢于斗争的英雄来崇拜。当然，他也是一个不折不扣的“正面”形象。所以，后来孙悟空被压五行山，许多人对他也特别同情，电视剧中《五百年沧海桑田》的插曲，更是让无数人听了落泪。

孙悟空大闹天宫真的是在反抗压迫吗？作者吴承恩对孙悟空的这一行为到底是什么态度呢？

要弄清这些问题，我们当然还得从原文入手，不能离开原著去妄自猜测。

前面说到，孙悟空做了几天弼马温，因为嫌官小，一气之下推倒办公桌，打出南天门，重回花果山。觉得工作不满意可以不干，但是一路打将出去却有些过分。回到花果山以后，在独角鬼王的提议下，孙悟空干脆竖起了“齐天大圣”的旗号，明显是在向玉帝示威——你让我做弼马温，我根本看不上。老子要做齐天大圣，跟你一样大！

我们看《西游记》，应该会有这样一种感觉：玉帝的脾气其实还是比较好的，并不喜欢一上来就动刀动枪。想当初孙悟空刚到天庭的时候，根本不知道参拜玉帝，说话也大大咧咧，天庭的大臣们都“大惊失色”，说孙悟空该死。但玉帝并不介意，他传旨道：“那孙悟空乃下界妖仙，初得人身，不知朝礼，且姑恕罪。”可是这一回，他也有点生气了：你居然还要做齐天大圣？你以为你是老几？

托塔李天王和哪吒下界来与孙悟空交战，结果战败。此时，太白金星再次上奏，请玉帝就封孙悟空做个齐天大圣。我们可以设想一下，如果你是古代某个王朝的国王或皇帝，突然民间有个人说要做齐天大圣，你会答应吗？恐怕任何人都不会答应。不仅不会答应，此人还会被定为谋逆大罪，满门抄斩，株连九族。可是玉帝竟然又答应了，他并不计较这些。

玉帝为什么答应孙悟空这个无理要求呢，他是怎么考虑的？我们看太白金星的话。太白金星对玉帝说：

“名是齐天大圣，只不与他事管，不与他俸禄，且养在天壤之间，收他的邪心，使不生狂妄，庶乾坤安靖，海宇清宁也。”

太白金星实际上说了三层意思。其一，虽然让孙悟空做了齐天大圣，好像玉帝面子上不好看，但其实孙悟空既没有官职，也没有俸禄，是个虚职，玉帝您不用担心；其二，这样做的目的是要收孙悟空的心，是要挽救他，这也是行善积德啊；其三，这样做的效果非常好，既不用动刀兵，还能使天下安定，海晏河清，很划算。

玉帝本来就是个“鸽派”，觉得太白金星说得也有道理，于是再次开言，“依卿所奏”，同意了太白金星的提议。

站在客观的角度上，我们应该说，玉皇大帝的胸怀还是比较宽广的，他非但没有过分为难孙悟空，反而想“治病救人”。

于是，就发生了我们上回讲到的那一幕：玉帝故意把齐天大圣府建在蟠桃园旁边，后来又让孙悟空直接看管蟠桃园，用强大的诱惑来磨炼他的心志。

但是孙悟空没有经受住考验。

有人可能会说，孙悟空大闹天宫，直接的原因是玉帝和王母娘娘办蟠桃宴没有请孙悟空，太小看人了，孙悟空岂有不反之理?

那我们又要来深究一下了：玉帝和王母娘娘办蟠桃宴，为什么一定要请孙悟空呢?

我们还是来看看原文是怎么说的。七仙女到蟠桃园来摘桃，孙悟空问她们蟠桃宴都请了谁，七仙女说：

> “上会自有旧规。请的是西天佛老、菩萨、圣僧、罗汉，南方南极观音，东方崇恩圣帝、十洲三岛仙翁，北方北极玄灵，中央黄极黄角大仙，——这个是五方五老。还有五斗星君，上八洞三清、四帝、太乙天仙等众；中八洞玉皇、九垒、海岳神仙；下八洞幽冥教主、注世地仙。各宫各殿大小尊神，俱一齐赴蟠桃嘉会。”

七仙女除了介绍各位嘉宾，还特别强调，“上会自有旧规”，意思就是说，这是过去定下来的。此时，孙悟空应该已经知道名单中没有自己了，但是他又追问一句：“可请我么?”七仙女回答：“不曾听得说。”孙悟空很不满意：“我乃齐天大圣，就请我老孙做个席尊，有何不可?”孙悟空的意思也很明显：我都是齐天大圣了，和天一样大，什么宴会我不能参加?七仙女只是来摘桃的，请不请谁并不在于她们，所以她们也不好说什么，于是再次强调：“此是上会旧规，今会不知如何。”

应该说，七仙女的回答非常得体，毫无问题，也不存在冒犯孙悟空的情况。但孙悟空却使坏了，他用定身法把七仙女定住，自己直奔瑶池而去。

那么，玉皇大帝为什么没请孙悟空呢？这里有两种可能：其一，把孙悟空忘了。因为蟠桃大会已经举办了好多年，请谁不请谁都有“旧规”，按照以前的名单来就行了。孙悟空是个新人，名单上没有他，一时忘记增补也是完全可能的。类似的事情，我想在机关工作的同志都可以理解。

其二，孙悟空还不够格。孙悟空都是齐天大圣了，怎么还不够格呢？这个我们还要从齐天大圣的实际地位说起。

我们首先来看看齐天大圣到底是个什么级别。在孙悟空看来，既然“齐天”了，那肯定是大到极点，和玉帝是平起平坐的。但事实上真是这样吗？我们再来回顾一下当初玉帝为孙悟空建造齐天大圣府时，大圣府是个什么样的编制，原文明确写道：

> 府内设个二司：一名安静司，一名宁神司。司俱有仙吏，左右扶持。

大圣府下辖两个司。“司”是个什么级别呢？相当于厅级，厅、司、局是同一个级别，具体到地方和部队，则是市级或师级。而大圣府是司的上一级单位，也就是说，大圣府相当于省部级单位。

有人可能会说，你这用的是现在的官制，吴承恩是明朝人，他写小说的时候肯定是用的明朝的官制。那么，按照明朝的官制，大圣府是什么级别呢？明朝设六部，即吏部、户部、礼部、兵部、刑部、工部，各部部长为尚书（正二品），副职为左、右侍郎（正三品）；各部下设司，司长为郎中（正五品），副职为员外郎（从五品）。可见，明朝“司”这个级别和现在是一样的，都是“部”的下一级单位。因此，按照明朝的官制，齐天大圣府也是省部级单位。

省部级领导的地位自然是不低的，但是和皇帝比，还差得很远。

而且，齐天大圣虽然是个“省部级领导”，却既没有实际职位，又没有工资拿，也就是既无官也无禄，是个彻头彻尾的虚职！

当然，玉帝后来让孙悟空管理蟠桃园，好像是有了实际的职位，但蟠桃园园长这个职位肯定也不高，可能连弼马温都比不上。

因此，就算是玉帝并没有忘记孙悟空，却没有请他去赴蟠桃宴，从玉帝的角度看，也是可以理解的——孙悟空实际的身份、级别都还不够。

那为什么孙悟空如此愤怒，以至于干出偷酒、偷丹，最后大闹天宫的惊人之举呢?

是不是因为孙悟空特别想吃蟠桃，特别想喝蟠桃宴上的酒呢?

当然不是。王母娘娘办蟠桃宴，主要是请神仙们吃蟠桃，蟠桃可以延寿。而孙悟空自己就是蟠桃园的园长，整天守着蟠桃园，他要是想吃蟠桃，什么时候不能吃呢，还用得着去蟠桃宴吗？蟠桃宴上每个人才能分到几个桃子？孙悟空在蟠桃园里却可以随便吃。事实上，蟠桃已经被他偷吃了许多，七仙女来摘桃的时候，都很难找到满意的大桃子。至于说酒，应该也不是孙悟空所看重的，想喝酒哪儿弄不到呢？他和三清四帝、九曜星、五方将都称朋道友的，能没有酒喝吗？再说了，他当初上任的时候，玉帝不是还专门赐给他两瓶御酒吗?

真正让孙悟空不能忍受的，是他觉得天庭没拿他当回事。因为在他自己的认知里，他是齐天大圣，他的身份、级别是完全够的——一个蟠桃宴有什么了不起，为什么不请我?

而支撑他这种认知的，则是他“无穷的本事”。

也就是说，孙悟空认为：因为我有“无穷的本事”，所以才能做齐天大圣；我既然做了齐天大圣，那天上的什么事我都可以参与。

早在当初和巨灵神交战时，孙悟空就愤愤不平。他对巨灵神说道：

“泼毛神，休夸大口，少弄长舌！我本待一棒打死你，恐无人去报信。且留你性命，快早回天，对玉皇说他甚不用贤！老孙有无穷的本事，为何教我替他养马？你看我这旌旗上字号，若依此字号升官，我就不动刀兵，自然的天地清泰。如若不依，时间就打上灵霄宝殿，教他龙床定坐不成！”

正因为有“无穷的本事”，所以老子怎么可能给你养马？玉帝你也太不会用人了，我要做齐天大圣。

可是，玉帝让孙悟空做了齐天大圣，玉帝该是“用贤”了吧？孙悟空该满足了吧？

没有。因为玉帝吃饭没有请他。

我们可以设想，即使蟠桃宴请了孙悟空，他就会满足吗？

不可能。如果下一次玉帝召集群臣商议军机大事，而没有请孙悟空，他肯定还会不满的。

没有本事的时候，孙悟空“一生无性”“人若骂我，我也不恼；若打我，我也不嗔”。而此时的孙悟空，因为有了一点本事，便自视甚高，永不满足，稍有一点不如意便跳将起来。

所以，《西游记》第四回的回目是：“官封弼马心何足 名注齐天意未宁。”

这也是吴承恩给出的对孙悟空大闹天宫的态度。

孙悟空还是只猴子，他上下翻飞，心神不宁。他的“心”，他的“意”离真正的宁静还差得很远；他需要“安静”“宁神”。

第〇〇九问

孙悟空的火眼金睛为什么看不出如来佛手指变的柱子

看了前面的几回，有些朋友可能会感到惊讶：你讲的孙悟空和我以前的认知不一样啊，你这样解读都颠覆我三观了。和以前的认知不一样是完全可以理解的，毕竟对一部文学作品的理解也是见仁见智，关键要看是不是有理有据，能不能够自圆其说。我们在前面就详细论证了，《西游记》的主题乃是“修心”，而大闹天宫时期的孙悟空，就好像青春期的我们，敢想、敢闯、敢干，但想要的东西太多，总是“欲求不满”。他需要修行。

孙悟空的“欲求不满”还在继续。玉帝把如来佛请来收服孙悟空，如来佛跟孙悟空打赌，说孙悟空跳不出自己的手掌心。孙悟空不信，一个筋斗飞上天，看到几根肉红色的柱子，以为到了天边，谁知道那些柱子是如来佛的手指变的。孙悟空输了，被如来佛压在五行山下。

这个故事大家都非常熟悉。可大家有没有想过：孙悟空不是在太上老君的八卦炉里炼成了火眼金睛吗，为什么连如来佛的手指都认不出来？

有人肯定会说，如来佛是何等法力，孙悟空和如来佛比起来还差得远呢，他当然认不出来。

这种解释很自然。不过，我们也可以尝试另外一种解释，大家看看有没有道理。

不知道大家还记不记得小时候曾经学过的一篇童话故事，它的名字叫作“渔夫和金鱼的故事”。故事很简单，这里我们再重温一下。

很久以前，有一对老夫妻，他们住在大海边一个破旧的小木屋里。老头是个渔夫，每天出海打鱼，老太婆则在家里纺纱织布。有一天，老头捕到一条金鱼。这条金鱼不是普通的鱼，她开口说话了，请求渔夫放了她，并说可以满足渔夫的一切要求。渔夫心眼好啊，便把金鱼放回大海，什么东西也没要，回到了家。老太婆听说以后，对老头很不满："既然金鱼说可以满足你的一切要求，那你为什么不跟金鱼提点要求呢？你赶紧回去跟她说，我需要一个新木盆。"于是，渔夫来到大海边，唤出了金鱼，说自己的老太婆想要个新木盆。金鱼便给老太婆变了一个新木盆。有了新木盆，老太婆很是高兴。可没过几天，她又要新房子，金鱼给她变出了新房子。接着，老太婆要做贵妇人，金鱼让她做上了贵妇人；老太婆要做女王，金鱼让她当上了女王。最后，老太婆居然要做海上的女霸王，让金鱼来侍候她。

结果，金鱼什么也没说，只是把尾巴划了一下，便游走了。等渔夫回到家门口的时候，他看到，房子还是原来那个破旧的小木屋，老太婆还是原来那个老太婆，她坐在门槛上，面前还是那只破木盆。

为什么要重提这个故事呢？它跟孙悟空有什么关系呢？

很有关系。因为大闹天宫时候的孙悟空就像那个老太婆。

他不仅是个古惑仔，还心比天高，永不知足。

前面说到，孙悟空到龙宫讨了金箍棒，得到金箍棒还不满足，又索要披挂，还一路打将出去。接着，他又大闹幽冥界，勾了自己的名字，还是一路打将出去。玉帝不仅没治他的罪，反而让他做了弼马温，并派木德星官送他去上任。结果孙悟空只做了十几天，就嫌官小，辞职报告也不打一个，便把办公桌推倒，还拿出金箍棒，又是一路打将出去，径自回了花果山。

后来，孙悟空又要做齐天大圣。这个要求其实挺无理的，但玉帝又答应了他的要求，特地为他建造了齐天大圣府，并派五斗星君送他去上任，还赐了他御酒二瓶，金花十朵。可因为蟠桃宴没有请他，他就扰乱蟠桃会，偷酒偷丹，最后和天兵天将大战一场。

和天兵天将打斗就算完了吗？没有。“官封弼马心何足，名注齐天意未宁。”这一次，齐天大圣他也看不上了，他要坐玉皇大帝的位置。

如来佛见到孙悟空时候，问孙悟空的来历，孙悟空是这样介绍自己的：

“天地生成灵混仙，花果山中一老猿。
水帘洞里为家业，拜友寻师悟太玄。
炼就长生多少法，学来变化广无边。
因在凡间嫌地窄，立心端要住瑶天。
灵霄宝殿非他久，历代人王有分传。
强者为尊该让我，英雄只此敢争先。”

“因在凡间嫌地窄，立心端要住瑶天。”地球上都容不下他了，他要“上天”，要玉帝让位，他要做灵霄宝殿的主人。

如来佛说，玉帝能坐到那个位置，不是没有原因的，他光修行就经历了226800000年，你才初世为人，怎么敢说这个大话？孙悟空的回答是：

“常言道：‘皇帝轮流做，明年到我家。’只教他搬出去，将天宫让与我，便罢了；若还不让，定要搅攘，永不清平！”

他一定要做“玉帝”，否则就一直捣乱，叫你们都没好日子过。

此时的孙悟空，像不像“渔夫和金鱼”故事里面的老太婆？

孙悟空贪吗？很多人可能都会说：猪八戒很贪，孙悟空不爱吃不爱喝，还不近女色，他怎么会贪呢？

其实不然。

孙悟空贪的是“名”（以后还会专门讲这个问题）。

他总觉得自己有“无穷的本事”，他最痛恨别人看不起自己；甚至他觉得老子就是天下第一，想要什么就应该有什么。

我们再来看原文：

大圣行时，忽见有五根肉红柱子，撑着一股青气。他道："此间乃尽头路了。这番回去，如来作证，灵霄宫定是我坐也。"又思量说："且住！等我留下些记号，方好与如来说话。"拔下一根毫毛，吹口仙气，叫："变！"变作一管浓墨双毫笔，在那中间柱子上写一行大字云："齐天大圣，到此一游。"写毕，收了毫毛。又不庄尊，却在第一根柱子根下，撒了一泡猴尿。翻转筋斗云，径回本处，站在如来掌内道："我已去，今来了。你教玉帝让天宫与我。"

灵霄宝殿我坐定了，你赶紧叫玉帝把天宫让给我。这时候，孙悟空的眼里只有玉帝的宝座，他成了一个官迷。他早已不是那个"一生无性"的小石猴。

他的"欲望"其实也很强，他被这种"欲望"蒙蔽了双眼。

而且，他还在柱子根下撒尿。此时的孙悟空，成了一个随地大小便、不能控制自己的"动物"，哪还有一点仙气？

所以，明明是五根手指变成的肉红色的柱子，他的火眼金睛却看不出来。

对于孙悟空大闹天宫，上回说到，吴承恩用第四回的回目，已经表明了自己的态度："官封弼马心何足 名注齐天意未宁。"

有人可能还不服气：这真是作者的看法吗？这真是《西游记》的原意吗？我一直认为孙悟空大闹天宫是"正面形象"，这样一来，我以前的《西游记》不是白读了吗？

如果你不服气，那么下面这些众多的"证据"肯定会让你服气。

我们先来看第七回一开篇：

富贵功名，前缘分定，为人切莫欺心。正大光明，忠良善果弥深。些些狂妄天加谴，眼前不遇待时临。问东君因甚，如今祸害相侵。只为心高图罔极，不分上下乱规箴。

说得很清楚，孙悟空大闹天宫是"欺心"，是"狂妄天加谴"，是"只为心高图罔极，不分上下乱规箴"。

还是第七回，孙悟空被如来佛压住后，众雷神与阿傩、迦叶，一个个合掌称扬道：善哉！善哉！

“当年卵化学为人，立志修行果道真。
万劫无移居胜境，一朝有变散精神。
欺天罔上思高位，凌圣偷丹乱大伦。
恶贯满盈今有报，不知何日得翻身。”

孙悟空是“欺天罔上”，是“乱大伦”，是“恶贯满盈”。

第七回的结尾还有一首诗：

伏逞豪强大势兴，降龙伏虎弄乖能。
偷桃偷酒游天府，受箓承恩在玉京。
恶贯满盈身受困，善根不绝气还升。
果然脱得如来手，且待唐朝出圣僧。

同样是说孙悟空“恶贯满盈”。

第八回，如来佛收服孙悟空后回到灵山，大家都来礼拜如来，并问是谁人大闹天宫。如来说：“那厮乃花果山产的一妖猴，罪恶滔天，不可名状……”——如来认为孙悟空是“罪恶滔天”。

第十四回，孙悟空因打死六个“毛贼”，被唐僧一顿数落，他就气愤不过，离开唐僧而去。孙悟空到了东海龙王那里，龙王起先还不知道孙悟空已经做了和尚跟着唐僧取经，后来听孙悟空介绍后，龙王便说：“这等真是可贺！可贺！这才叫做改邪归正，惩创善心。”——龙王认为孙悟空以前是“邪”。

第十五回，为了降伏小白龙，孙悟空去找观音菩萨。见到观音时，孙悟空怪观音为什么教唐僧念紧箍咒。观音菩萨说：“你这猴子！你不遵教令，不受正果，若不如此拘系你，你又诳上欺天，知甚好歹！”——观音也认为，当初孙悟空大闹天宫是“诳上欺天”，不知好歹。

或许有人仍然会说，这些还不足为凭，因为都是别人说的——欲加之罪，何患无辞？

那么，孙悟空自己是怎么评价当初大闹天宫的行为的呢？

第十四回，孙悟空被压五行山，唐僧为了救他，来到他的面前。孙悟空对唐僧说：

“我是五百年前大闹天宫的齐天大圣。只因犯了诳上之罪，被佛祖压于此处。”

孙悟空承认自己犯了“诳上之罪”。

第十五回，孙悟空与小白龙争斗。小白龙躲到水里，孙悟空很着急，拘出山神土地，对他们说，小白龙把师父的白马给吃了。山神土地很惊讶：没听说大圣有什么师父啊，哪来的师父的白马呢？孙悟空告诉他们：

“你等是也不知：我只为那诳上的勾当，整受了这五百年的苦难。今蒙观音菩萨劝善，着唐朝驾下真僧救出我来，教我跟他做徒弟，往西天去拜佛求经。”

再一次承认自己当初的行为是“诳上”。

第十九回，孙悟空遇到猪八戒。八戒说，你为什么上门来欺负我，是不是我老丈人请你来降我的？孙悟空说：

“你丈人不曾去请我。因是老孙改邪归正，弃道从僧，保护一个东土大唐驾下御弟，叫做三藏法师，往西天拜佛求经。路过高庄借宿，那高老儿因话说起，就请我救他女儿，拿你这馕糠的夯货！”

孙悟空认为自己现在“改邪归正”了，换句话说，以前大闹天宫是“邪”。

第五十二回，孙悟空跟独角兕大王介绍自己，其中说道：

“自小生来手段强，乾坤万里有名扬。
当时颖悟修仙道，昔日传来不老方。
立志拜投方寸地，虔心参见圣人乡。
学成变化无量法，宇宙长空任我狂。
闲在山前将虎伏，闷来海内把龙降。
祖居花果称王位，水帘洞里逞刚强。
几番有意图天界，数次无知夺上方。”

“宇宙长空任我狂”“数次无知夺上方”。一个“狂”字，一个“无知”，表明了孙悟空自己对过去的认识。

孙悟空是多么要强，又多么好面子的一个人，他绝不肯轻易贬低自己。可他一次又一次地说自己“诳上”“无知”。

年少轻狂，这也是许多人人生的真实写照。所谓人不轻狂枉少年。

年轻的时候，经常会有很多的欲望，要房，要车，要钱，要事业，要美女。不仅要，而且越多越好，越大越好，越漂亮越好，好像没有满足的时候。及至人到中年，才觉得，有些东西其实并不是非有不可的；幸福，既需要做加法，也需要做减法。

简单的生活，其实也很好。所谓平平淡淡才是真。

有欲望当然并不是坏事，人要是没有了欲望，就成了一潭死水，了无生气。

但是欲望也不宜过分。心理学上有一个名词，叫作“合理期望”。不合理的期望，等于给自己编织了一个牢笼。

古人云：“人心苦不足，既得陇，复望蜀。”得陇望蜀，自然不可能幸福。

不比较，不计较，好好吃饭，好好睡觉。看似简单，其实是人生的大境界。

年少轻狂，当然可以原谅。但是，它不可能持续。

孙悟空终于为自己的轻狂付出了代价。他被压五行山，他的人生陷入了空前的低谷。

他要等待一个人的出现。正是这个人，把他带上了漫漫的修心之路。

第一十问

唐僧真的很窝囊吗

孙悟空被压五行山，他的故事暂告一个段落。下面该说说唐僧了。

唐僧自然也是《西游记》的绝对主角，但很多人并不喜欢他，觉得他不仅胆小、无能，还是非不分，经常冤枉孙悟空，实在看不出来他有何德何能可以当孙悟空的师父，可以做西天取经的“领导”。

我想说的是，其实我们并不是特别了解唐僧。或许我们对唐僧的了解主要来自电视剧，也或许即便读了原著，也没太注意其中的细节，更没有去探究其中的奥秘。

比如，一个简单的问题：唐僧有几个脚指头？

可能有的人知道，有的人不知道。

唐僧的身世，其实挺惨的，他能长大成人，最后成为高僧，本身就是一个传奇。

唐僧的父亲名叫陈光蕊。

说起来，陈光蕊也是个苦孩子，他的父亲应该已经不在了。我们读遍《西游记》，只看到陈光蕊的母亲，却从来没看到过他的父亲。他的父亲什么时候死的，我们不得而知，总之，陈光蕊只和母亲两人相依为命，一直住在海州弘农县聚贤庄。

好在小光蕊很懂事，学习非常刻苦，他现在差的只是一个机会。机会很快来了，某一年，朝廷放榜取士，陈光蕊一试成名，唐太宗御笔亲赐为状元。于是，陈光蕊跨马游街，却正遇丞相殷开山的女儿殷温娇抛绣球招亲，又可可地被小姐的绣球打中，成了丞相的女婿。

说到这里，要多啰唆几句。堂堂当朝丞相，女儿为什么要抛绣球招亲呢？绣球落到何处，可是有极大的偶然性的，砸到自己意中人的概率非常小。于是，有人就展开想象的翅膀，说这是因为殷温娇不守妇德，与人有染，父亲大人不同意两人的亲事，而温娇小姐此时已有身孕，丞相不得已才出此下策，急急地要把女儿早早嫁出去。还是我们一开始就说过的，类似的解读虽然看起来好玩，但只是“戏说”，对真正理解《西游记》并无帮助。我倒宁愿相信这只是作者写作的需要，使得故事的展开更具有戏剧性。我们也没有必要对每个情节、每个字眼都去较真，否则很多书就没法读了。比如《西游记》中曾写到黄风岭、流沙河、通天河都有八百里宽。黄风岭是一座山，八百里宽还说得过去，一条河八百里宽怎么可能？八百里什么概念？相当于北京到济南。即便古代长度单位和今天不太一样，地球上也不存在八百里宽的河。再比如，唐僧曾经被金鱼精捉到水里，还关在水底的一个石匣子里。结果，唐僧待在石匣子里一边哭一边吟诗。要知道，此时的唐僧并不是什么金蝉子，他是一个不折不扣的凡人，他怎么可能待在水底不死呢？另外，西天取经经过十来个国家，怎么唐僧他们说的话别人还都能听懂呢？难道那个时候西域诸国每个老百姓都会中文？显然，如果我们这样读书，那就钻进死胡同了。

好了，言归正传。

话说陈光蕊迎来了他人生的高光时刻，所谓“洞房花烛夜，金榜题名时”。和殷小姐成婚的第二天，唐太宗即下旨，任命陈光蕊为江州州主。于是，光蕊便带着新婚的妻子一同赶赴江州。谁知来到洪江渡口时，艄公刘洪见到殷小姐的美貌，便色胆包天，把陈光蕊打死，自己却又假扮作陈光蕊，带着殷小姐赴江州上任。

殷小姐痛不欲生，无奈当时已有身孕。为了孩子，她只得忍辱负重，屈身侍贼。等到孩子生下来的那一天，殷小姐突然梦见神仙叮嘱：刘洪回来一定会害这个孩子，这孩子将来前程远大，你一定要用心保护。殷小姐没有办法，只得抱着孩子，来到江边，把婴儿放在一块木板上，让他随水漂走。为了日后母子相认，殷温娇将孩子左脚一个小指咬下，并写了一封血书，放在孩子的包裹里。

于是我们知道了，唐僧原来只有九个脚指头。

木板顺水而下，一直流到金山寺，被寺里的法明和尚看见。法明慈悲为怀，救起了孩子。因为这个孩子是从江里漂来的，所以给他取了个小名叫作“江流儿”。

小江流儿一直在寺庙里长大，平时随着师父读经念佛。原文中说，唐僧“自幼为僧，出娘胎就持斋受戒”。可见，唐僧打小就一直过着清贫朴素的生活。

后来，唐僧听说了自己的身世，找到了殷温娇。殷温娇叫他脱了鞋袜，一看果然只有九个指头，母子俩抱头痛哭。

唐僧又找到外公殷开山，把这些年的事情一一都向外公做了汇报。殷开山带兵剿灭了刘洪，陈光蕊也复活了。

只是，殷小姐羞愤交加，自尽身亡。

“金蝉遭贬第一难，出胎几杀第二难。满月抛江第三难，寻亲报冤第四难。”唐僧啊，九九八十一难，从没出生就开始遭难，出生以后更是一难接一难。他只能一难一难地熬啊！

说起来，他前世也是如来佛的徒弟，在如来佛身边侍奉如来佛，如来佛也挺器重他的。

镇元子为地仙之祖，其地位不可谓不高，法力也不可谓不深。唐僧师徒来到五庄观时，清风、明月两个童子曾对唐僧这样介绍自己的师父：“三清是家师的朋友，四帝是家师的故人；九曜是家师的晚辈，元辰是家师的下宾。”后来，孙悟空他们偷吃人参果，镇元子轻而易举就把他们擒获，孙悟空、猪八戒、沙和尚毫无还手之力。可就是这么一个厉害的人物，却对唐僧礼遇有加。为什么呢？第十四回的回目就叫“万寿山大仙留故友五庄观行者窃人参”。原来，唐僧的前世是金蝉子，而金蝉子是镇元子的“故友”。镇元子家里有棵人参果树，这人参果树“三千年一开花，三千年一结果，再三千年才得熟，短头一万年方得吃。似这万年，只结得三十个果子”。可见，这人参果是何等珍贵，可能比蟠桃还要稀有。但就是这么珍贵稀有的东西，镇元子在上天开会之前，还特地嘱咐童子，要他们敲两个给唐僧吃。我们来看镇元子与童子的一段对话。

镇元子分付二童道：“不可违了大天尊的简帖，要往弥罗宫听讲，你两个在家仔细。不日有一个故人从此经过，却莫怠慢了他。可将我人参果打两个与他吃，权表旧日之情。”二童道：“师父的故人是谁？望说与弟子，好接待。”大仙道：“他是东土大唐驾下的圣僧，道号三藏，今往西天拜佛求经的和尚。”二童笑道：“孔子云：‘道不同，不相为谋。’我等是太乙玄门，怎么与那和尚做甚相识！”大仙道：“你那里得知。那和尚乃金蝉子转生，西方圣老如来佛第二个徒弟。五百年前，我与他在‘兰盆会’上相识，他曾亲手传茶。佛子敬我，故此是为故人也。”

我们都知道唐僧是金蝉子转世，可金蝉子到底是个什么样的人，原文中并没有正面说明，而这也是全书中唯一一处借别人之口对金蝉子的描述。可以看出，金蝉子侍奉在如来佛身边，镇元子到天上去开会，金蝉子曾传茶与他。所以，镇元子称金蝉子为“故人”。

可就是这么一个地位崇高的金蝉子，现在却转世为唐僧。

现在的唐僧，是一个凡人。他没有任何武功，没有任何法力，甚至他对自己的前世也没有任何记忆。

唐僧的前世还做了什么呢？

几乎所有妖怪都知道，吃唐僧肉可以长生不老。为什么呢？因为“唐僧乃金蝉长老临凡，十世修行的好人，一点元阳未泄”。原来，唐僧不止一次转世。这一回转生为唐僧，已经是第十次了。

那么，前九世他都在干什么呢？

原著中并没有交代，但我们通过某些文字，或许可以寻找到一点蛛丝马迹。

第八回，观音菩萨奉如来佛旨意，到东土寻找取经人，还要给取经人配备几个徒弟。行到流沙河，遇到一个妖怪，妖怪对菩萨说：

“菩萨，我在此间吃人无数，向来有几次取经人来，都被我吃了。凡吃的人头，抛落流沙，竟沉水底。这个水，鹅毛也不能浮。惟有九个取经人的骷髅，浮在水面，再不能沉。我以为异物，将索儿穿在一处，闲时拿来顽耍。这去，但恐取经人不得到此，却不是反误了我的前程也？”

这个妖怪就是后来的沙僧，菩萨为他取名叫沙悟净。沙僧说，他已经吃了九个取经人了。

这九个取经人是谁？

唐僧十世修行，前九世会不会也是他来取经，结果都被沙僧给吃了呢？

有人可能会说，那不可能，就算沙僧吃了九个取经人，也不一定就是唐僧啊。

但是，为什么正好是九个呢？而且，更为重要的是，第二十二回，唐僧来到流沙河，收了沙僧做徒弟，沙僧按照观音菩萨的教导，用骷髅把唐僧送过河去。

那悟净不敢怠慢，即将颈项下挂的骷髅取下，用索子结作九宫，把菩萨的葫芦安在当中，请师父下岸。那长老遂登法船，坐于上面，果然稳似轻舟。

九个骷髅，正好穿成九宫，唐僧坐在当中。

而且，还有一首诗：

五行匹配合天真，认得从前旧主人。
炼己立基为妙用，辨明邪正见原因。
金来归性还同类，木去求情共复伦。
二土全功成寂寞，调和水火没纤尘。

“认得从前旧主人”，旧主人是谁？

只有唐僧。

所以，前九世的唐僧也在努力取经，应该也是如来佛让他来的。但是，他一次次地失败。不光失败，还被妖怪抓、被妖怪吃，只剩下一个个骷髅。

第十世的唐僧，并没有前世的记忆。骷髅认得他，他却并不认得骷髅。

但他又在奋力西行。

现在，你还觉得唐僧很窝囊、很无能吗？

第一十一问

唐僧为什么那么胆小

唐僧的法名叫作陈玄奘，我们也都知道，他的原型是唐朝的玄奘法师。历史上的玄奘法师也姓陈，他曾西行求法，经由新疆和中亚地区，最后来到印度。玄奘法师历经十七年（一说十九年），从印度带回了不少佛教经典，受到很多人的敬仰。可以说，历史上的陈玄奘是个著名的高僧。

《西游记》中的唐僧也是一个高僧。前面说到，唐僧自小就在寺庙中长大，长年累月跟着师父学习佛教经典。就是说，对于宗教典籍来说，唐僧是有“童子功”的，别人很难比拟。果然，后来唐太宗举办水陆大法会，要找一个高僧做“坛主”。三位大臣和僧侣界领袖在一起“逐一从头查选”，终于选出了一名有“有德行的高僧”。

他就是陈玄奘。

原文中对陈玄奘是这样描写的：

这个人自幼为僧，出娘胎就持斋受戒。他外公见是当朝一路总管殷开山。他父亲陈光蕊，中状元，官拜文渊殿大学士。一心不爱荣华，只喜修持寂灭。

查得他根源又好，德行又高；千经万典，无所不通；佛号仙音，无般不会。

“一心不爱荣华，只喜修持寂灭。”“千经万典，无所不通；佛号仙音，无般不会。”真是多少年都难得出一个的高僧啊！唐太宗非常高兴，还任命他为左僧纲、右僧纲、天下大阐都僧纲。这些官名我们现在看了不太明白，其实大概就相当于全国佛教协会的主席，一把手。

后来，观音菩萨扮作癞头和尚，送了锦襕袈裟和九环锡杖给陈玄奘。唐太宗让陈玄奘穿上试试。结果，玄奘穿上以后，满堂生辉，大臣们都看呆了。

凛凛威颜多雅秀，佛衣可体如裁就。
晖光艳艳满乾坤，结彩纷纷凝宇宙。
朗朗明珠上下排，层层金线穿前后。
兜罗四面锦沿边，万样稀奇铺绮绣。
八宝妆花缚钮丝，金环束领攀绒扣。
佛天大小列高低，星象尊卑分左右。
玄奘法师大有缘，现前此物堪承受。
浑如极乐活阿罗，赛过西方真觉秀。
锡杖叮当斗九环，毗卢帽映多丰厚。
诚为佛子不虚传，胜似菩提无诈谬。

“诚为佛子”“胜似菩提”，这当然不仅是对锦襕袈裟和九环锡杖的赞扬，更是对陈玄奘的赞扬。唐太宗实在忍不住内心的欢喜，叫陈玄奘到大街上去走走，也让群众见识一下高僧的风采。

这去，玄奘再拜谢恩，在那大街上，烈烈轰轰，摇摇摆摆。你看那长安城里，行商坐贾、公子王孙、墨客文人、大男小女，无不争看夸奖，俱道：“好个法师！真是活罗汉下降，活菩萨临凡。”玄奘直至寺里，僧人下榻来迎。一见他披此袈裟，执此锡杖，都道是地藏王来了，各各归依，侍于左右。

“活罗汉下降，活菩萨临凡。”此时的陈玄奘，已经不只是高僧，而成了“圣僧”了。

然而，这个“圣僧”在西天取经的路上，却经常表现得非常胆小，有时候还挺怕事。

唐僧的胆小是出了名的，遇见妖怪甚至只听说前面有妖怪，他就经常吓得跌下马来，魂飞魄散，口不能言。

他还经常哭。有人做过统计，说唐僧在取经路上总共哭了八十多次。

这哪像一个圣僧的作为？

所以有人说，吴承恩写《西游记》，实在是对圣僧的侮辱，意在通过贬低唐僧来诋毁佛教。

前面提到过，有些佛教界人士也不喜欢《西游记》。

大家觉得《西游记》是在故意贬低佛教吗？反正我是不敢苟同。

只要好好读原著，我们就会发现，《西游记》对佛、道两派的态度应该很清楚，明显是在扬佛贬道。

《西游记》里面虽然也写到了佛派“人物”的一些不堪，比如观音院的金池长老、通天河的金鱼精等，但总的说来，道派的“坏人”多得多。

太上老君、镇元子，这两位道派的大神级人物，吴承恩没说他们不好。但是，取经路上的妖魔鬼怪，来自道派的却不少，而且一个比一个坏。

车迟国：虎力大仙、鹿力大仙、羊力大仙三个妖怪变作三位道人，控制国王，虐待佛子。

西凉女国：道人如意真仙私占“落胎泉”，坐收花红酒礼，敛不义之财。

朱紫国：多目怪化身道士，和蜘蛛精勾结，意欲谋害唐僧。

比丘国：国丈也是个道人，他用白面狐狸勾引国王，还要国王取一千一百一十一个小儿心肝做药引。

灭法国：国王要杀一万个和尚，最终被孙悟空剃头，“灭法国”也改为“钦法国”。

相反，整部《西游记》，其主线就是西天取经。西天是哪儿？如来佛祖所在的地方，佛教的圣地。也就是说，唐僧师徒四人是去向佛祖朝圣的。唐僧不仅一路念诵着佛教的经典《般若波罗蜜多心经》，而且，在许多回的开篇，都会有一首诗，这些诗都是表达佛教教义的，也称“偈子”。比如第十四回“心猿归正　六贼无踪”开篇：

佛即心兮心即佛，心佛从来皆要物。
若知无物又无心，便是真如法身佛。
法身佛，没模样，一颗圆光涵万象。
无体之体即真体，无相之相即实相。
非色非空非不空，不来不向不回向。
无异无同无有无，难舍难取难听望。
内外灵光到处同，一佛国在一沙中。
一粒沙含大千界，一个身心万个同。
知之须会无心诀，不染不滞为净业。
善恶千端无所为，便是南无释迦叶。

第五十回“情乱性从因爱欲　神昏心动遇魔头”的开篇：

心地频频扫，尘情细细除，莫教坑堑陷毗卢。常净常清净，方可论元初。
性烛须挑剔，曹溪任吸呼，勿令猿马气声粗。昼夜绵绵息，方显是功夫。

这些我们不一定都能完全看懂，但至少知道，它显然是与佛教有关的。

也就是说，《西游记》中到处都是佛教的教义和经典，说它故意诋毁佛教从何而来呢？

当然，唐僧师徒几人取经成功，最后也都或成佛，或成罗汉；而在《西游记》的结尾，更是大众合掌皈依，都念“南无燃灯古佛，南无药师光王佛，南无释迦牟尼佛……”

《西游记》怎么可能是谤佛之作？

那么，为什么要把唐僧写得那么胆小怕事、谨小慎微呢？

其实，联系我们上一回所讲的，就可以很好地解释。唐僧虽然前世是金蝉子，但他现在不是了，他现在是陈玄奘，他只是一个“凡人”，一个普通人。

既然是普通人，就有普通人的诸多弱点。而“修心”，就是要克服人性的弱点。

为了让“修心”更典型、更有说服力，吴承恩把人性的许多弱点都集中到了唐僧的身上，而且还有所放大。

唐僧胆小。这点前面说过了，他动辄被惊吓，一被抓就哭。

唐僧恋家。每到一座山前，他总要吟一首诗，最后一句几乎都是想家的。比如第三十六回，在乌鸡国的宝林寺，唐僧晚上出门小便，看到明月当天，就开始感慨，作了一首诗，其中有这么几句话：

庾亮有诗传晋史，袁宏不寐泛江船。
光浮杯面寒无力，清映庭中健有仙。
处处窗轩吟白雪，家家院宇弄冰弦。
今宵静玩来山寺，何日相同返故园？

第八十六回，已经快到灵山了，他还是思乡心切。

自从别主来西域，递递迢迢去路遥。
水水山山灾不脱，妖妖怪怪命难逃。
心心只为唐三藏，念念仍求上九霄。
碌碌劳劳何日了，几时行满转唐朝！

唐僧缺乏担当。每次遇到妖怪，他都是想着自己如何脱身；如果他觉得孙悟空处理不当，就会怪孙悟空连累了他。

比如第十四回，孙悟空打死六个“贼人”，唐僧说他：“早还是山野中无人查考，若到城市，倘有人一时冲撞了你，你也行凶，执着棍子乱打伤人，我可做得白客？怎能脱身？”

再比如第二十七回，孙悟空打死白骨精，唐僧非常恼火：“你在这荒郊野外，一连打死三人，还是无人检举，没有对头。倘到城市之中，人烟凑集之处，你拿了那哭丧棒，一时不知好歹，乱打起人来，撞出大祸，教我怎的脱身？”

更典型的是在第五十六回，孙悟空打死了几个强盗，唐僧叫猪八戒弄些土把他们埋了。埋好之后，他焚香祷告：

“……你到森罗殿下兴词，倒树寻根，他姓孙，我姓陈，各居异姓。冤有头，债有主，切莫告我取经僧人。”

连八戒都听不下去了，说师父你也推得忒干净了。

对唐僧的这些“问题”，孙悟空有一次说得很清楚：

“师父，梦从想中来。你未曾上山，先怕妖怪；又愁雷音路远，不能得到；思念长安，不知何日回程；所以心多梦多。似老孙一点真心，专要西方见佛，更无一个梦儿到我。”

怕妖怪，担心路远，思念家乡，这些放在唐僧这样的圣僧身上，似乎不太合情理。在我们的心目中，圣僧应该是明辨是非，镇定自若，刀架在脖子上都面不改色心不跳的。

不过，我们换个思路，假如唐僧只是个普通人，你还会怪他吗？

西行十万八千里，历时十四年，你不会思乡吗？你不担心路远吗？你不怕妖怪吗？

唐僧，其实就是这么一个凡人，一个普通人，他现在并不是金蝉子。

要知道，《西游记》里的凡人并不多，在唐僧的身边，更是没有一个凡人。

孙悟空不必说了，齐天大圣威名远扬；猪八戒、沙和尚都是天上的神将，都能降妖除魔、腾云驾雾；就连骑的马，也是龙变的。

就他一个“凡夫俗子”。

是的，他是“得道高僧”，但在西天取经的路上，他并没有成佛成仙，他还是“江流儿”。

江流儿，自然有江流儿的喜怒哀乐，有江流儿的七情六欲。

西天取经，十万八千里，对孙悟空来说，就是一个筋斗的事。但对于唐僧而言，却是难上加难。无论春夏秋冬，无论风霜雨雪，也无论地阔路平还是崇山峻岭，他都只能一步一步地走。

还经常被妖怪抓去。

我们都知道，唐僧从出生起，便一难接着一难，最后，他经历了九九八十一难。

八十一难中，有的不是唐僧经历的，有的是一难分成了几难，也有的对唐僧并无多大伤害，姑且不算在内。真正称得上“难”的，有二十三次。

这二十三次中，包括唐僧被妖怪捉去十六次。妖怪捉到唐僧后，或捆、或绑、或吊，有时候还吊出了花样。比如蜘蛛精就把唐僧吊了个“仙人指路”：

原来是一只手向前，牵丝吊起，一只手拦腰捆住，将绳吊起；两只脚向后一条绳吊起；三条绳把长老吊在梁上，却是脊背朝上，肚皮朝下。

在狮驼岭的时候，唐僧师徒四人都被妖怪捉到，妖怪要把他们蒸了吃，还把唐僧放在最上面一格。我们应该知道，最上面一格蒸汽是最厉害的，况且唐僧还是个凡人。锅里的火已经烧得旺旺的，此时，如果换成是你，你怕不怕？

红孩儿抓到唐僧后，也是想蒸了吃。

却说那怪自把三藏拿到洞中，选剥了衣服，四马攒蹄，捆在后院里，着小妖打干净水刷洗，要上笼蒸吃哩。

青龙山玄英洞的几个犀牛精同样非常厉害，而且不按常规出牌。他们捉到唐僧后，也不等天阴，也不请亲戚，直接就要吃，而且是煎了吃。

三个老妖正把唐僧拿在那洞中深远处，那里问甚么青红皂白，教小的选剥了衣裳，汲湍中清水洗净，算计要细切细锉，着酥合香油煎吃。

想象一下，别说后来逃出魔爪、得了性命，就是不吃你，却把你剥了衣裳，赤条条地在水中涮洗，你是什么感受？

所以，唐僧很害怕。他比较胆小，看到高山，就担心有妖怪。

他也在努力。他克服自己的恐惧，他控制自己的欲望，他不停地念诵着《般若波罗蜜多心经》。

把唐僧看作普通人，我们就更能理解他。而且，正因为他是江流儿，正因为他只是一个普通人，十万八千里的路程就显得尤为艰难，他最终的成佛也显得尤为可贵。

我们又何尝不是普通人呢？我们都不是神，绝大多数人也没有显赫的地位和权势。在我们人生的道路上，也会遇到让我们害怕的时候、无助的时候，甚至无奈哭泣的时候。这时候，我们可以想一想江流儿，再忍一忍，再挺一挺，或许就过去了。

第一十二问

如来佛是怎么介入传经行动的

上一回说到，唐僧是一个凡人，一个普通人。我们把唐僧当作一个凡人，一个普通人，就可以很好地解释许多事情，比如唐僧和猪八戒的关系、唐僧和孙悟空的关系，等等。关于这些，我们以后再说。现在，我们把唐僧放一放，来谈谈如来佛。

我们都知道，《西游记》讲的主要是唐僧西天取经的故事。西天取经，已经成了人们口中习以为常的词汇。不过，仔细琢磨一下，唐僧西天取经这种说法其实并不准确。

第一，并不是唐僧要到西天取经，真正要取经的是唐太宗。唐僧虽然是佛门弟子、一名有德行的高僧，他对如来佛所在的西天大雷音寺肯定也非常向往，但他自己从来没有主动要去西天取经。原文中明确写道，得知唐太宗要去西天取经后，玄奘上前施礼道："贫僧不才，愿效犬马之劳，与陛下求取真经，祈保我王江山永固。"说得非常清楚，唐僧是"与陛下求取真经"的。临走之前，唐僧对洪福寺的徒弟也说："大抵是受王受宠，不得不尽忠以报国耳。"——唐僧取经是"不得不"去的。后来唐僧师徒路阻通天河，河里的金鱼精“灵感大王”采纳鳜婆的建议，用“人工降雪”把通天河冻住。唐僧看到冰面上有人（实际上是妖怪变化的）走动，就问陈老头那些人是干什么的，陈老头说他们是来往两岸做生意的。唐僧便感慨道：“世间事惟名利最重。似他为利的，舍死忘生；我弟子奉旨全忠，也只是为名，与他能差几何！”这几句话同样告诉我们，唐僧是奉旨取经，只为忠于唐王是也！

第二，唐僧并不是去“取经”，而是去“求经”。“取经”和“求经”一字之差，但含义大有不同。如果真的是“取”，为什么还要那么麻烦呢？如来佛派人送来不就行了吗？我们现在在网上购物，几块钱的东西，卖家还要包邮，为什么？因为他希望你买，所以他巴不得给你送上门来。但是“求”不一样。“求”，我不可能给你送上门来；不仅不会送上门来，还要百般刁难你，让你朝思暮想而不得。

第三，并不是唐僧要去取经或求经，而是如来佛要“传经”。如来佛希望扩大佛教的影响，希望把佛教的经典推广到东土大唐，而无论唐太宗还是唐僧，都只是他传经计划中的一枚棋子。也就是说，表面看起来，是唐僧不远万里到西天取经，而实质上是如来佛迫切地想要传经。当然，直接传是不行的，白送给你，你也不会珍惜，一定要你千辛万苦地来“取”、来“求”。

那么，如来佛是怎么设计传经计划，又是怎么参与传经行动的呢？

首先，确立“高大上”的传经指导思想。

所谓“名不正则言不顺，言不顺则事不成”。出师有名是非常重要的。遍览古今中外的历史，两国交战，几乎没有不说自己是正义之师的。而为了把自己说成是正义之师，就必须找到合适的理由。如来佛传经是为了什么呢？有人说是为了扩张佛派的势力，甚至有人说如来佛是为了对抗观音菩萨，充满了阴谋论。还是前面说过的，这只是一种“戏说”，好玩而已，不必当真。我们来看看原文中是怎么说的。

如来佛在降服孙悟空之后，回到了雷音寺，对众人讲述了自己的光辉事迹，说玉帝举办了“安天大会”，请自己坐了首席，言语之间很是自豪。估计就是从那时候开始，如来佛便产生了传经东土的想法。大约过了五百天（人间五百年），如来佛召集佛教界著名人士，包括各位佛老、揭谛、菩萨、金刚、比丘、僧尼等，举行了隆重的“盂兰盆会”。正是在这次大会上，如来佛提出了传经的指导思想。

如来讲罢，对众言曰：“我观四大部洲，众生善恶，各方不一：东胜神洲者，敬天礼地，心爽气平；北俱芦洲者，虽好杀生，只因糊口，性拙情疏，无多作践；我西牛贺洲者，不贪不杀，养气潜灵，虽无上真，人人固寿；但那南赡部洲者，贪淫乐祸，多杀多争，正所谓口舌凶场，是非恶海。我今有三藏真经，可以劝人为善。”

如来通过这段话告诉大家：我有三藏真经，想传播到东土的南赡部洲；但我绝不是为了我自己，也不是为了我的小集团，而是因为南赡部洲的人民生活在水深火热之中，传经是为了拯救他们，劝他们为善，让他们过上幸福的生活。

指导思想都是要“高大上”的。这样一来，传经不仅占据了道德制高点，而且变成了一件非常光荣的伟业，值得每一个人为之献身。

其次，任命合适的传经负责人。

如来佛是佛祖、佛界的领袖，他可以提出宏大的传经计划，但不可能让他参与每一项具体事务，传经行动还需要一个负责人，一个 CEO。谁担任这个负责人比较合适呢？如来佛没有具体点名，他接着说：

“我有《法》一藏，谈天；《论》一藏，说地；《经》一藏，度鬼。三藏共计三十五部，该一万五千一百四十四卷，乃是修真之经，正善之门。我待要送上东土，叵耐那方众生愚蠢，毁谤真言，不识我法门之旨要，怠慢了瑜迦之正宗。怎么得一个有法力的，去东土寻一个善信，教他苦历千山，询经万水，到我处求取真经，永传东土，劝化众生，却乃是个山大的福缘，海深的善庆。谁肯去走一遭来？”

领导发布一项任务，让属下主动承揽而不是自己指定，这种做法很常见。后来唐太宗要去西天取经，也是问：“谁肯领朕旨意，上西天拜佛求经？”我们看一些战争电影，部队打仗也是如此，首长往往不是直接命令下属如何如何，而是先问：“谁愿意打头阵？”这样做的好处非常多。其一，显得领导非常民主——我没有强迫你，是你自己要求的；其二，可以考验下属的忠诚和能力——我平时待你不薄，我用你的时候看你能不能挺身而出；其三，万一失败了也不是领导的责任——是你自己主动承揽的，我不答应也不好啊！

估计如来佛这时候心中已经有了人选，但他就是不主动说。结果，观音菩萨“行近莲台，礼佛三匝道：‘弟子不才，愿上东土寻一个取经人来也。’”

为什么说如来佛心中已经有了人选呢？因为他看到观音站出来之后，非常高兴。

如来见了，心中大喜道：“别个是也去不得，须是观音尊者，神通广大，方可去得。”

既然别人都去不得，只有观音菩萨最适合，你为什么自己不说呢？——这就是做领导的艺术。

事实证明，观音菩萨很能干，传经计划最后也圆满完成。

当然，在传经、取经的过程中，如来佛的做法也非常值得赞赏。他作为最高领导，制定传经指导思想，任命传经负责人，但一般不直接干预具体事务，具体的事情都由观音菩萨负责。如果用现在的公司制度来比较，如来佛好比董事长，观音菩萨则好比总经理。董事长是管宏观的，不要直接干涉总经理的工作，事必躬亲对董事长来说并不是好事。

最后，提供关键的援助和资源。

制定了指导思想，发布了计划，任命了负责人，董事长的大事便完成了，但也不等于就可以完全甩手不管。如来佛还做了几件事。

一、调配人力资源。

集团的人力资源需要董事长调配、协调，光靠 CEO 是做不到的。唐僧取经，一个人是不可能完成的，还要给他配几个徒弟。

观音菩萨后来找了孙悟空、猪八戒、沙和尚，让他们做唐僧的徒弟，又找了白龙马给唐僧做脚力。要知道，他们都是天庭的“罪犯”。但是观音菩萨却都对他们许诺，只要跟着唐僧西天取经，就可以免除他们的“罪行”。比如观音见到沙僧时就告诉他：

> “你在天有罪，既贬下来，今又这等伤生，正所谓罪上加罪。我今领了佛旨，上东土寻取经人。你何不入我门来，皈依善果，跟那取经人做个徒弟，上西天拜佛求经？我叫飞剑不来穿你。那时节功成免罪，复你本职，心下如何？”

我们都知道，沙僧的前世是卷帘大将。卷帘大将是玉皇大帝的亲随，他打碎了玻璃盏，也是玉皇大帝亲自治的罪。卷帘大将被贬到流沙河以后，玉帝对他还不依不饶，让飞剑七天一次来穿他的胸肋。可见，玉帝对这个昔日的随从是非常不满意的。观音菩萨怎么会忤逆玉皇大帝的意思呢？她有什么权力让飞剑不来穿沙僧呢？又有什么权力让沙僧复本职、得正果呢？只有一种可能，如来佛已经跟玉帝“协调”好了。这样的幕后工作，只有如来佛这样级别的人才能完成，仅靠观音是做不到的。

此外，在唐僧的周围，还有六丁六甲、五方揭谛、四值功曹、一十八位护教伽蓝，共三十九位隐藏的护法神。显然，这只有如来佛才能调得动，观音菩萨是没有这么大的权力的。

二、提供物力资源。

CEO 虽然也掌握一些物力资源，但有些东西，特别是一些“贵重”物品或“神秘”资源，也是董事长才独有的。在取经团队里，唐僧是个和尚，也是个凡人，如来佛为他准备了什么呢？

> 即命阿傩、迦叶，取出锦襕袈裟一领，九环锡杖一根，对菩萨言曰：“这袈裟、锡杖，可与那取经人亲用。若肯坚心来此，穿我的袈裟，免堕轮回；持我的锡杖，不遭毒害。”

而为了约束唐僧的几个神仙徒弟，也为了制伏一路上的妖魔鬼怪，如来佛又给了观音菩萨三件宝贝。

> 如来又取出三个箍儿，递与菩萨道：“此宝唤做‘紧箍儿’；虽是一样三个，但只用各不同。我有‘金紧禁’的咒语三篇。假若路上撞见神通广大的妖魔，你须是劝他学好，跟那取经人做个徒弟。他若不伏使唤，可将此箍儿与他戴在头上，自然见肉生根。各依所用的咒语念一念，眼胀头疼，脑门皆裂，管教他入我门来。”

这三个箍后来一个套在孙悟空头上，一个套在熊罴怪头上，一个套在红孩儿头上，都起到了重要的作用。

三、关键时候亲自出手。

在取经的过程中，都是观音菩萨具体负责，孙悟空也经常向观音求援。一般情况下，如来佛并不直接出手。在孙悟空被青牛精弄得一筹莫展的时候，曾去找过如来佛。但如来佛并没有亲自出面，而是给了他十八粒金丹砂，又派了十八尊罗汉和他同去。

如来佛是不是绝对不出手呢？也不是。遇到重大事件，面临重大危险，连 CEO 也搞不定的时候，他还是要出手的。在西天取经的过程中，如来亲自出手过两次。一次是出面收服六耳猕猴；另一次是出面收服大鹏精。六耳猕猴变作假孙悟空，连观音菩萨也分辨不出来，万不得已，如来佛只得出手。大鹏精法力高强，还是如来佛的舅舅，如来佛调集了“过去、未来、见在的三尊佛像与五百阿罗汉、三千揭谛神，布散左右，把那三个妖王围住”，最终才制服了大鹏精。显然，这也是观音菩萨做不到的。

从以上种种可以看出，在整个传经过程中，如来佛起着举足轻重的作用。他既是传经计划的“总设计师”，也是传经行动最终的决策者。客观地说，如来佛的传经计划非常完美，最后也取得了成功。

当然，计划、准备，还不等于实际的过程。尤其是要把“传经”变成“取经”，还需要具体的谋划。那么，如来佛又是如何让唐太宗心甘情愿、不远万里也要来西天取经的呢？

我们下回再说。

第一十三问

唐太宗为什么一定要到西天取经

书接上回。前面说到，唐僧西天取经的说法其实是不准确的，真正要取经的是唐太宗，更深一层的原因则是如来佛要向东土传经。那么，唐太宗李世民为什么一定要到西天取经呢？他怎么知道西天还有如此“好”的真经？如来佛又是怎么把“传经”变成“取经”的呢？

熟读原著的读者都知道，实际上，唐太宗是被人“设计”了，他掉进了一个“局”。

原著第八回的回目是“我佛造经传极乐　观音奉旨上长安”。经是如来佛“造”的，他要把经传到东土。但是，造经不容易，传经也不容易。三藏真经存于西天大雷音寺，怎么才能把它传播到东土？主动送去是没有用的，送上门的东西谁也不重视，要让东土的人辛辛苦苦来取、来求。

于是，“局”就出笼了。

过程我们就不再重复了。概括一下，这个“局”主要包括以下八个环节：

渔樵攀话→守诚妙算→龙王扣雨→魏征梦斩→太宗魂游→阴司索命→玄奘说法→观音现身。

唐太宗为什么要到西天取经？因为他办了一个水陆大法会，请高僧陈玄奘讲经说法，超度亡灵。而就在水陆大法会上，观音菩萨现身，她对陈玄奘说："你这小乘教法，度不得亡者超升，只可浑俗和光而已；我有大乘佛法三藏，能超亡者升天，能度难人脱苦，能修无量寿身，能作无来无去。"也就是说，你现在讲的小乘佛法没什么用，真正有用的是西天大雷音寺的大乘佛法。于是，唐太宗才下定决心，派人去取。

唐太宗为什么要办水陆大法会？因为他魂游地府，死了一回，在阴司里见到了被他杀害的兄弟李建成和李元吉，以及背阴山、奈何桥、枉死城和十八层地狱里的无数冤魂。这些冤魂都来跟他索命，唐太宗被吓得胆战心惊。所幸的是，阴司的判官崔珏救了唐太宗一命，他对唐太宗千叮咛万嘱咐，叫他回到阳间后，一定要办个水陆法会来超度这些冤魂。

唐太宗好好的为什么会死呢？因为他被泾河龙王的鬼魂纠缠，以致病入膏肓，最后郁郁而终。

唐太宗又为何被泾河龙王的鬼魂纠缠？因为泾河龙王犯了天条，该唐太宗手下大臣魏征处斩。龙王得到算命先生袁守诚的指点，来请唐太宗帮忙，让唐太宗跟魏征说情。可魏征却在和唐太宗下棋时梦斩老龙。于是老龙冤魂不散，认为唐太宗没有履行救他的诺言，扯住唐太宗不放，还到阴司里告唐太宗的状。

泾河龙王犯了什么天条？因为玉帝下旨命令他降雨，他却私自改了降雨时辰，克扣了三寸八点雨数。

泾河龙王为什么要改时辰、扣雨数？因为他来找袁守诚算命，问他最近的天气怎么样。袁守诚说明天午时会下雨，共计三尺三寸零四十八点。老龙王觉得很好笑：下不下雨是我说了算，这回你输定了。可是刚回到水府，就传来玉帝旨意，让他明天行云布雨，而且旨意上所说的下雨时辰、下雨点数，和袁守诚算得一模一样！龙王既惊讶又无奈，他思前想后，听从了鲥军师的建议：明天照样下雨，但是改个时辰，克扣些雨点数，这样一来，袁守诚还是算得不准，还可以拿他问罪。

泾河龙王为什么要故意找袁守诚的碴儿？因为有个叫张稍的渔夫每天来请袁守诚算命，袁守诚让他到哪个地方下网，哪个地方就能轻轻松松捕到许多鱼虾。龙王得知后非常震惊：这袁守诚有如此神通，岂不是水族的克星？长此以往，水族岂不都被捕尽？于是，龙王变作白衣秀士，特意来为难袁守诚，要找借口扯碎他的招牌，把他赶出长安。

泾河龙王又是从哪里得知渔夫张稍每天来找袁守诚算命的呢？原来张稍与好友李定在一起闲聊，李定乃一樵子。两人互相吹牛，张稍因为整天在水上生活，便说自己的“水秀”好；李定则整天在山里转悠，自然说自己的“山清”好。围绕着“山清”“水秀”，两人还一连作了几十首诗。最后，张稍说：李兄，你要保重啊，山里多豺狼虎豹，很凶险。李定却说：你那水里营生才是凶险呢，波翻浪滚的。张稍这才告诉李定一个秘密，说自己打鱼很轻松，只要去找袁守诚算一卦，百下百着，每天都能满载鱼虾而归，何来凶险？而他们两人的对话全被巡水夜叉听到，夜叉又急忙飞报泾河龙王。

以上属于倒推，乃是顺藤摸瓜，可以让我们对唐僧取经的原因有一个回溯。

正推也是一样，正推的顺序就是上面所说的八个环节。我们把这八个环节再重复一遍：

渔樵攀话→守诚妙算→龙王扣雨→魏征梦斩→太宗魂游→阴司索命→玄奘说法→观音现身。

八个环节，前后相连，环环相扣，而且由“小”到“大”，逐渐铺陈，最后达到高潮，犹如一幕精彩的大片！

从两个普通人——渔夫和樵子——的闲聊开始，最后引出贵为皇帝的唐太宗，以及在民间享有盛誉的观音菩萨！

中间看不出一点破绽，还让唐太宗欲罢不能，非取这个真经不可！

这个“局”是谁做的？是如来佛、观音菩萨，还是如来佛和观音菩萨一起？我们不得而知。但至少，如来佛肯定也是参与其中的，有的事单靠观音一人很难完成。这些我们不去深究，我们要探讨的是：做这样一个“局”，要注意些什么？

说“局”似乎不好听，那我们换一个词吧：设计。

通过上面这个成功的设计，我们可以总结出以下几点。

第一，一定要抓住关键人物，做好关键事情。

在上面这个设计中，每个人物、每个环节都不可或缺，但其中有两个人物、两件事情更为关键、更为重要。

两个人物，一个是唐太宗，另一个是袁守诚。

如来佛要传经，要让这个新经广播东土大唐，当然要找一个强有力的人物，他不仅能够起到带头作用，而且最好能让新经通行无阻。

这个人，当然非皇帝莫属。

皇帝不仅具有无上的权力，而且代表了国家；皇帝要取经，就是国家要取经；皇帝说这个经好，老百姓自然趋之若鹜。

试想一下，如果不是唐太宗要取经，而只是某一个僧人，即便经取回来了，又有几人会信奉呢？说不定，皇帝一纸令下，就可以把你千辛万苦取回来的经当众焚毁。

不过，皇帝是何等人物，为什么要听你的摆布，为什么要替你传经呢？何况唐太宗还是史上罕有的雄才大略的君主。

的确很难。也正因为如此，才需要精心地“设计”。

最终，如来佛做到了，唐太宗也成了他传经环节上的一枚棋子。

再来看袁守诚。

把唐太宗扯进这个局，袁守诚功不可没。袁守诚上承渔樵攀话，下接龙王扣雨，没有他，这个局就运转不起来。是袁守诚每天给张稍算命，从而惊动了泾河龙王；是袁守诚面对泾河龙王的挑衅，神情自若地算出第二天的雨数；而且，当泾河龙王违背玉帝旨意，面临即将被斩的命运时，又是袁守诚指点他去找唐太宗求情，从而把唐太宗一下拉入局中！

两件重要的事情，一是唐太宗魂游地府；二是袁守诚让泾河龙王去找唐太宗，都与前面所说的两个关键人物有关。

唐太宗本来已经死了，但被判官崔珏改了天禄总簿，多出二十年阳寿。可是，在送唐太宗还阳的时候，崔判官带他游遍了地府，让他见识了十八层地狱、奈何桥、枉死城的阴森恐怖。尤其在枉死城中，太宗被许多拖腰折臂、有足无头的鬼魅缠住，一个个都向他索命，吓得太宗东躲西藏。这才有了后来的水陆大法会，唐太宗也才会听从观音菩萨指点，一定要从西天取回真经，超度那些亡魂。

但是，唐太宗之所以来到地府，实际上正与泾河龙王的死有关。上面说到，是袁守诚让泾河龙王去找唐太宗帮忙的，但是袁守诚也知道泾河龙王该魏征处斩，那他为什么不叫龙王直接去找魏征呢？魏征虽是唐太宗的臣子，但唐太宗也不清楚魏征什么时候斩龙王，结果在下棋的时候，魏征一梦而斩。让龙王直接去找魏征不是更保险吗？但是，如果龙王找了魏征，整个事件就和唐太宗没有关系了，而魏征可没有唐太宗的号召力，不能保证三藏真经在东土的传播效果。因此，袁守诚的这一指点，在整个的传经“设计”中，显然也是关键一招、神来之笔。

第二，一定要把握关键时刻，促成关键转变。

我们应该都知道量变导致质变的道理。不过，由量变到质变，并不一定是完全自然的，有时候，人为的干预、促进也非常重要。如果没有人为的努力，质变可能会推后很长时间，或者，其变化也没有那么显著。

传经“设计”也是一个由量变到质变的过程。张稍和李定，两个不知名的小人物，只是平常聊聊天，一步一步，最后竟然扯到唐太宗。在这个过程中，似乎每个时刻都很重要，但要说哪一个时刻更为关键，我认为是“观音现身”。

为什么是“观音现身”呢？因为如此宏大的一个“设计”，最后的目的就是要让唐太宗去西天取经。而经过渔樵攀话→守诚妙算→龙王扣雨→魏征梦斩→太宗魂游→阴司索命→玄奘说法这么多环节，终于，唐太宗也办了水陆大法会了。但是，唐太宗就一定要去西天取经吗？不一定。因为在水陆大法会上，完全可以讲现成的小乘佛法，用不着如来佛所说的三藏真经。事实上，当玄奘正在讲坛上说法，癞头和尚告诉他小乘佛法不能超度亡魂时，玄奘虽然有点动心，但此时唐太宗并不以为然。有人向唐太宗报告，说两个疥癞游僧在法会上捣乱，唐太宗随即命令，把这两个和尚抓来。

唐太宗有点不高兴，他责问和尚：

“你既来此处听讲，只该吃些斋便了，为何与我法师乱讲，扰乱经堂，误我佛事？”

和尚再次重复对唐僧说过的话：

“你那法师讲的是小乘教法，度不得亡者升天。我有大乘佛法三藏，可以度亡脱苦，寿身无坏。”

唐太宗依然将信将疑，他让和尚讲来听听。

试想一下，如果此时观音菩萨依然是癞头和尚装扮，他上了讲坛如何能服众？唐太宗又怎么会答应去西天取经？估计观音菩萨也想到了这一点，果断现身。

那菩萨带了木叉，飞上高台，遂踏祥云直至九霄，现出救苦原身，托了净瓶杨柳。左边是木叉惠岸，执着棍，抖擞精神。

菩萨立于空中，手托净瓶杨柳，正是“瑞霭散缤纷，祥光护法身。九霄华汉里，现出女真人”。

大慈大悲救苦救难的观世音菩萨，以前只存在于庙里，而现在居然就在自己眼前。这给所有人都带来了无限的感动和震撼，“唐王朝天礼拜，众文武跪地焚香”，都念“南无观世音菩萨”。

这时候，唐太宗已经完全被征服，他已经非要取经不可了。

观音菩萨再加“砝码”。她从半空中丢下一张简帖，给取经人一个成“正果”的许诺：

“礼上大唐君，西方有妙文。程途十万八千里，大乘进殷勤。此经回上国，能超鬼出群。若有肯去者，求正果金身。”

唐太宗已经急不可耐，他当即问众人：“谁肯领朕旨意，上西天拜佛求经？”

结果，陈玄奘出列：“贫僧不才，愿效犬马之劳。”

传经“设计”完美收场。

第一十四问

猪八戒为什么那么爱吃

唐僧决定去西天取经了。取经路漫漫，一去十万八千里，发生了多少故事。我们暂且把唐僧放下，来说一说猪八戒。

提到猪八戒，我相信，很多人心中马上就会浮现出一个肥头大耳、憨态可掬的猪的形象。

这头猪特别爱吃，他的饭量非常惊人。

八戒一顿到底能吃多少饭呢？

我们都知道，八戒曾在高老庄做女婿。唐僧和孙悟空来到高老庄的时候，高太公曾经对唐僧说起过猪八戒：

“初来时，是一条黑胖汉，后来就变做一个长嘴大耳朵的呆子，脑后又有一溜鬃毛，身体粗糙怕人，头脸就像个猪的模样。食肠却又甚大：一顿要吃三五斗米饭；早间点心，也得百十个烧饼才够。喜得还吃斋素，若再吃荤酒，便是老拙这些家业田产之类，不上半年，就吃个罄净！”

早点就要吃百十个烧饼，这哪是人呢？分明就是猪。一斗米是多少呢？

大概相当于现在的 12.5 斤。三五斗，我们就以最少的三斗计算，也就是说，八戒一顿饭要吃 40 斤米左右，的确有些骇人。

所以，八戒总是叫肚子饿。不知道大家注意到没有，在西天取经的路上，经常说肚子饿要吃饭的，主要是两个人，一是唐僧，二是八戒。唐僧是个凡人，他每天自然都要吃饭，总是要悟空去化斋，结果为此经常遇到妖怪。而八戒呢，他原本是个神仙，也总是要吃；不仅要吃，还要大吃特吃，他的肚子很难有饱的时候。

孙悟空在高老庄收服了八戒，八戒跟着唐僧踏上了西天取经的路途。可刚走出不远，到了黄风岭，八戒就开始抱怨了。

那日正行时，忽然天晚，又见山路旁边有一村舍。三藏道："悟空，你看那日落西山藏火镜，月升东海现冰轮。幸而道旁有一人家，我们且借宿一宵，明日再走。"八戒道："说得是。我老猪也有些饿了，且到人家化些斋吃，有力气，好挑行李。"行者道："这个恋家鬼！你离了家几日，就生报怨！"八戒道："哥呵，似不得你这喝风呵烟的人。我从跟了师父这几日，长忍半肚饥，你可晓得？"

八戒没有抱怨路远，也没有抱怨行李重，而是受不了肚子饿，说自己总是吃不饱饭。唐僧和孙悟空说了八戒几句，八戒连忙辩解，还说自己是"直肠的痴汉"。

好不容易看到前面有一户人家，户主是个老头。老头请他们师徒吃饭。

正说处，又见儿子拿将饭来，摆在桌上，道声："请斋。"三藏就合掌讽《启斋经》。八戒早已吞了一碗。长老的几句经还未了，那呆子又吃够三碗。行者道："这个馕糠！好道汤着饿鬼了！"那老王倒也知趣，见他吃得快，道："这个长老，想着实饿了，快添饭来。"那呆子真个食肠大：看他不抬头，一连就吃有十数碗。三藏、行者俱各吃不上两碗。呆子不住，便还吃哩。老王道：

“仓卒无肴，不敢苦劝，请再进一筋。”三藏、行者俱道：“够了。”八戒道：“老儿滴答甚么！谁和你发课，说甚么五爻六爻，有饭只管添将来就是。”呆子一顿，把他一家子饭都吃得罄尽，还只说才得半饱。

是不是非常有画面感？唐僧吃饭之前要念经，可八戒早已好几碗下肚了，最后把老头家的饭一扫而光。

到了宝林寺，孙悟空拿出自己的金箍棒恐吓，众僧人只好把他们师徒四人迎入房内，并问他们要煮多少米才够吃。八戒说：“小家子和尚！问甚么！一家煮上一石米。”一石米是多少？隋唐时期，大约是 90 斤。一家煮上一石米，别说有几家，就是只一家，90 斤也不是个小数目。八戒并不嫌多，多多益善。

在通天河畔的陈家庄，八戒的食肠之大、吃饭之快更是让人捧腹。我们来看原文：

八戒忍不住问道：“老者，你这盛价，两边走怎的？”老者道：“教他们捧斋来侍奉老爷。”八戒道：“几个人伏侍？”老者道：“八个人。”八戒道：“这八个人伏侍那个？”老者道：“伏侍你四位。”八戒道：“那白面师父，只消一个人；毛脸雷公嘴的，只消两个人；那晦气脸的，要八个人；我得二十个人伏侍方够。”老者道：“这等说，想是你的食肠大些。”八戒道：“也将就看得过。”老者道：“有人，有人。”七大八小，就叫出有三四十人出来。

八戒一个人吃饭，就得二十个人侍候。这待遇，连现在高档酒店的包间也做不到。

陈家庄的人这时候肯定还不相信八戒说的话：你真有这么大的饭量？可接下来的一幕，把他们看傻了。

却将上面排了一张桌，请唐僧上坐；两边摆了三张桌，请他三位坐；前面一张桌，坐了二位老者。先排上素果品菜蔬，然后是面饭、米饭、闲食、粉汤，排得齐齐整整。唐长老举起筋来，先念一卷《启斋经》。那呆子一则有些急吞，二来有些饿了，那里等唐僧经完，拿过红漆木碗来，把一碗白米饭，扑的丢下口去就了了。旁边小的道："这位老爷忒没算计，不笼馒头，怎的把饭笼了，却不污了衣服？"八戒笑道："不曾笼，吃了。"小的道："你不曾举筋，怎么就吃了？"八戒道："儿子们便说谎！分明吃了。不信，再吃与你看。"那小的们，又端了碗，盛一碗递与八戒。呆子幌一幌，又丢下口去就了了。众僮仆见了道："爷爷呀！你是'磨砖砌的喉咙，着实又光又溜'！"那唐僧一卷经还未完，他已五六碗过手了。然后却才同举筋，一齐吃斋。呆子不论米饭面饭，果品闲食，只情一捞乱噇，口里还嚷："添饭！添饭！"

唐僧还在念《启斋经》，八戒已经五六碗下肚，速度之快，让那些服侍的僮仆以为他把饭倒在了袖笼里。于是，八戒当面吃给他们看，"幌一幌"，往嘴里一丢就全下去了。僮仆这才看清，说八戒真是"磨砖砌的喉咙，着实又光又溜"。

猪八戒吃饭不是"吃"，而是"噇"。吴承恩是淮安人，正好和笔者是老乡。这个"噇"字是淮安方言，所谓"噇"，就是直往里面灌的意思。

可这还没完。孙悟空让八戒少吃点，八戒却仍在叫："再蒸去！再蒸去！"

在取经的路上，八戒对于打妖怪这类的事情并不在意，唐僧被抓去了，他也无所谓。但是有一件事，他非常感兴趣，那就是"吃席"。

第五十四回，在西凉女国，女王要跟唐僧成亲。唐僧听从孙悟空的建议，假意先答应下来。于是，八戒开始"闹亲"了，一定要吃"喜酒"，女王连忙叫光禄寺摆宴。

那八戒那管好歹，放开肚子，只情吃起。也不管甚么玉屑米饭、蒸饼、糖糕、蘑菇、香蕈、笋芽、木耳、黄花菜、石花菜、紫菜、蔓菁、芋头、萝菔、山药、黄精，一骨辣噇了个罄尽。喝了五七杯酒，口里嚷道：“看添换来！拿大觥来！再吃几觥，各人干事去。”

没有荤的，素的也将就，八戒又是一通乱噇。

更有意思的事发生在第九十六回。师徒几人到了寇员外家，因为这寇员外立志斋僧，八戒真是如鱼得水，整天胡吃海喝，快活得不得了。可是唐僧着急西行，没住几天就要走，八戒非常不满，甚至都骂上了：

“师父忒也不从人愿！不近人情！老员外大家巨富，许下这等斋僧之愿，今已圆满，又况留得至诚，须住年把，也不妨事，只管要去怎的？放了这等现成好斋不吃，却往人家化募！前头有你甚老爷、老娘家哩？”

气得唐僧这个从不说粗话的人也跟八戒对骂：“你这夯货，只知要吃，更不管回向之因，正是那‘槽里吃食，圈里擦痒’的畜生！”孙悟空还把八戒揪住打了一顿。

唐僧执意要走，寇员外把他们送至十里长亭。已经走出四五十里地了，八戒还在嘟囔：

“放了现成茶饭不吃，清凉瓦屋不住，却要走甚么路，像抢丧踵魂的！如今天晚，倘下起雨来，却如之何！”

这回干脆说唐僧像“抢丧踵魂”。如此骂自己的师父，可见八戒心中有多失落——以后再难吃到寇员外家那样的“大席”了。

喜欢吃，是猪的一大特征，也是猪八戒之所以是猪八戒的重要标志。

猪八戒为什么那么爱吃？爱吃，就是贪食；贪食，是“贪”的重要表现。

猪八戒是“贪”的象征。

贪食，在许多民族的文化中都是忌讳的。不知道大家有没有看过日本动画片《千与千寻》。小女孩千寻和父母误闯神秘小镇，千寻的父母看到小镇上有许多好吃的东西，就不管不顾地吃了起来，结果两人都变成了大肥猪。导演宫崎骏通过这一场景，对人类的贪婪进行了深刻的嘲讽，他试图告诉人们：不要贪食，否则你就会变成猪。

不过，很多人可能没有注意，取经成功后，八戒的饭量大减。

前面说到，在陈家庄的时候，陈老头请唐僧师徒吃饭，八戒要二十个人侍候。等到他们取经回来，再次经过陈家庄，陈老头又请他们吃饭。

陈清领合家人眷，俱出来拜见，拜谢昔日救女儿之恩，随命看茶摆斋。三藏自受了佛祖的仙品、仙肴，又脱了凡胎成佛，全不思凡间之食，二老苦劝，没奈何，略见他意。孙大圣自来不吃烟火食，也道：“够了。”沙僧也不甚吃。八戒也不似前番，就放下碗。行者道：“呆子也不吃了？”八戒道：“不知怎么，脾胃一时就弱了。”

孙悟空吃不下也就算了，他是可以吃铁丸喝铜汁的人，猪八戒却也没胃口，连他自己都不知道怎么回事。

等到回到大唐，唐僧一行都成了取经的功臣，真是要风得风、要雨得雨，八戒想吃一顿大席太容易了，可是八戒竟然不饿了。

这是为什么呢？

原文说得很简单，也很明确：

此时八戒也不嚷茶饭，也不弄喧头。行者、沙僧，个个稳重。只因道果完成，自然安静。

因为“道果完成”。经过十万八千里的路程，十四年的磨难，他们“升级”了，他们不再是原来的自己。

第一十五问

猪八戒为什么总惦记唐僧的行李

我们都知道，猪八戒经常说要散伙。散伙就散伙吧，可他每回都要加上一句：“把行李拿来分了吧。”

唐僧师徒几人都是和尚，而且常年在外，风餐露宿，难道行李里还装了什么宝贝，让八戒总是念念不忘？

唐僧的行李的确有些神秘。行李里都有些什么呢？在原著的第二十三回，有一段明确的描述。

这一回就是“四圣试禅心”那一回。当时，沙和尚刚被收服，师徒几个首次凑齐。唐僧的行李由八戒挑着。走着走着，八戒开始抱怨了，说肚子很饿，担子又重。孙悟空说，那担子是你挑着，我们也不知道有多重。于是，八戒道：

“哥呵，你看数儿么：

四片黄藤篾，长短八条绳。又要防阴雨，毡包三四层。匾担还愁滑，两头钉上钉。铜镶铁打九环杖，篾丝藤缠大斗篷。

似这般许多行李，难为老猪一个逐日家担着走。偏你跟师父做徒弟，拿我做长工！”

也就是说，这个时候的行李里面，主要是一个毡包，一个九环锡杖，一个大斗篷。

九环锡杖唐僧有时候拿，估计多数时候也不拿，不拿的时候，就放在行李里。

唐僧不是还有件锦襕袈裟吗？可能当时他正穿在身上。但他也并不是每天都穿的。在观音院的时候，院里的和尚问他们有什么宝贝，唐僧说没有，孙悟空却说有。

你看他不由分说，急急的走了去，把个包袱解开，早有霞光迸迸；尚有两层油纸裹定，去了纸，取出袈裟，抖开时，红光满室，彩气盈庭。众僧见了，无一个不心欢口赞。真个好袈裟！

显然，锦襕袈裟平时应该是用毡布包着放在行李里的。

毡包里还有一些钱。在鹰愁涧的时候，一个渔翁渡唐僧和孙悟空过河。上岸以后，原文中说："三藏教行者解开包袱，取出大唐的几文钱钞，送与老渔。"到了子母河，一个妇人渡他们师徒过河，当时，唐僧也曾叫沙和尚解开包袱取几文钱给她。出家人尽管可以化斋，但偶尔也还是需要用到点钱的。

除此之外，原著中还提到，唐僧赶走孙悟空，准备写贬书的时候，曾叫沙僧从包袱里取出纸笔，还磨了墨。所以，行李里也有笔墨纸砚。

再就是，还有紫金钵盂、通关文牒，以及一些换身的衣服、帽子、鞋子之类。当然，里面也有少量的干粮。在五庄观的时候，唐僧就曾叫八戒解开包袱取些米粮做饭。

八戒总惦记着分行李，显然，那些旧衣服、旧帽子、笔墨纸砚之类是没什么价值的。不要说八戒，就是现在送给你，你也没兴趣。

八戒也不会要通关文牒。通关文牒只是个文书，相当于介绍信，要沿途的各国给予方便。八戒要散伙回高老庄的话，他只需要腾云驾雾，一会儿就到了，根本用不着通关文牒。

包袱里的干粮呢？八戒可能会要点。但我们都知道，八戒的饭量是非常大的，包袱里的那点干粮，根本不够他吃的。所以，就算他会拿一些干粮，那也不是主要的。

那么，八戒看重的，主要是三件东西：锦襕袈裟、九环锡杖和紫金钵盂，可能还加上一些散碎银子。

这三件东西的确都是宝贝。

我们先来看锦襕袈裟和九环锡杖。关于锦襕袈裟和九环锡杖的珍贵，原文中有多处描写。其一，这两样东西是如来佛亲自交给观音菩萨，而且是为取经人专门配备的。在任命观音菩萨为取经CEO以后，如来佛让阿傩、迦叶取出锦襕袈裟和九环锡杖，对观音菩萨说："这袈裟、锡杖，可与那取经人亲用。若肯坚心来此，穿我的袈裟，免堕轮回；持我的锡杖，不遭毒害。"也就是说，这袈裟和锡杖都不是凡物。

其二，观音菩萨扮作癞头和尚，带着锦襕袈裟和九环锡杖在长安街头叫卖。有人来问价，观音菩萨说："袈裟价值五千两，锡杖价值二千两。"五千两什么概念？吴承恩写《西游记》时是明朝，明朝时的一两银子相当于今天的八百到两千元人民币。我们就以最低的八百元计算，五千两也值四百万元。在同为明朝的小说《金瓶梅》中，夏提刑的官邸才值一千三百两。也就是说，这一件袈裟就可以买好几栋别墅。所以，别人都笑癞头和尚是疯子。后来，宰相萧瑀把他带到朝堂，唐太宗问袈裟和锡杖有什么好处，菩萨便开始正式介绍这两件宝贝：

“这袈裟，龙披一缕，免大鹏吞噬之灾；鹤挂一丝，得超凡入圣之妙。但坐处，有万神朝礼；凡举动，有七佛随身。

这袈裟是冰蚕造炼抽丝，巧匠翻腾为线。仙娥织就，神女机成。方方簇幅绣花缝，片片相帮堆锦簆。玲珑散碎斗妆花，色亮飘光喷宝艳。穿上满身红雾绕，脱来一段彩云飞。三天门外透元光，五岳山前生宝气。重重嵌就西番莲，灼灼悬珠星斗象。四角上有夜明珠，攒顶间一颗祖母绿。虽无全照原本体，也有生光八宝攒。

这袈裟，闲时折叠，遇圣才穿。闲时折叠，千层包裹透虹霓；遇圣才穿，惊动诸天神鬼怕。上边有如意珠、摩尼珠、辟尘珠、定风珠；又有那红玛瑙、紫珊瑚、夜明珠、舍利子。偷月沁白，与日争红。条条仙气盈空，朵朵祥光捧圣。条条仙气盈空，照彻了天关；朵朵祥光捧圣，影遍了世界。照山川，惊虎豹；影海岛，动鱼龙。沿边两道销金锁，扣领连环白玉琮。”

原文比较长，但是实在不好省去，大家平时可能也没怎么看，今天正好好好看看。按照观音菩萨的介绍，锦襕袈裟是冰蚕丝做的，由仙女手工织成，上面镶嵌着夜明珠、祖母绿等许多宝贝，一旦穿上，鬼神皆惊。

九环锡杖呢？菩萨是这样说的：

“铜镶铁造九连环，九节仙藤永驻颜。
入手厌看青骨瘦，下山轻带白云还。
摩呵立祖游天阙，罗卜寻娘破地关。
不染红尘些子秽，喜伴神僧上玉山。”

对九环锡杖，观音没有做更多的描述，应该比锦襕袈裟要差一些。但既然是出于佛祖之手，也自然是件宝物。

其三，观音菩萨把袈裟夸得那么好，真的穿在身上怎么样呢？前面讲到过，当菩萨把袈裟和锡杖“免费”送给陈玄奘，唐太宗让陈玄奘穿上时，大家都惊呆了，说唐僧是“活罗汉下降，活菩萨临凡”。所谓人要衣装，马要鞍装，这锦襕袈裟的确是件稀世珍宝，难怪观音院的金池长老看了直哭，甚至为此起了杀心。

再来看紫金钵盂。钵盂本是僧人化斋用的，普通的钵盂当然不值什么钱。但紫金钵盂不是普通的钵盂，它是唐太宗送的。

唐僧取经临走时，太宗特地送了他一个紫金钵盂，还为他配了一匹马和两个随从。这个紫金钵盂到底是不是宝贝，原著中并没有特别介绍。但是我们知道，在唐僧到了西天雷音寺后，如来佛让阿傩、迦叶传经给他，却因为没有“人事”，阿傩、迦叶只给了他们无字经。后来，几人发现后返回，再次来到阿傩、迦叶处，唐僧向他们献上了紫金钵盂，并说：

“弟子委是穷寒路远，不曾备得人事。这钵盂乃唐王亲手所赐，教弟子持此，沿路化斋。今特奉上，聊表寸心。万望尊者不鄙轻亵，将此收下，待回朝奏上唐王，定有厚谢。只是以有字真经赐下，庶不孤钦差之意，远涉之劳也。”

钵盂虽然只是个化斋的器皿，但不管怎么说，它是唐太宗所赐。皇帝给的东西会差吗？当然不会。即便是一般的东西，沾了帝王的气息，也顿时身价倍增了。所以，阿傩、迦叶得到钵盂后“拿着不放”，并传了有字真经给唐僧。

以上啰啰唆唆说了这么多，大家对这几样东西应该非常了解了。显然，锦襕袈裟、九环锡杖和紫金钵盂都是无价之宝。

两样是佛祖所赐，一样是皇帝所赐。如果放到现在，你淘到一件古代皇帝用过的东西，你就发财了。

对了，猪八戒之所以总惦记唐僧的行李，正是看中了“财”。他不仅贪吃，而且贪财。

行李里的几件宝贝是“大财”，八戒总是盯着，每次说散伙都不忘要分行李。同样，“小财”他也不放过。

有一个细节可能很少有人注意，在《西游记》里，还有一个人藏了“私房钱”。

这个人也是猪八戒。

在原著七十六回，孙悟空捉弄猪八戒，结果八戒被狮驼岭的白象精抓去了。唐僧责怪孙悟空，说你怎么兄弟之间全无相爱之心啊？于是，孙悟空又去救猪八戒。可是，他心里憋屈，就开始想歪点子了。

> 大圣见他那嘴脸，又恨他，又怜他，说道：“怎的好么？他也是龙华会上的一个人。但只恨他动不动分行李散火，又要撺掇师父念《紧箍咒》咒我。我前日曾闻得沙僧说，他攒了些私房，不知可有否。等我且吓他一吓看。”

猪八戒攒了私房钱，还是沙僧第一个知道的，孙悟空反而不清楚。孙悟空变作个蟭蟟虫，在猪八戒耳边叫唤，说自己是个勾司人，是阎王派他来索命的，除非给点盘缠，否则马上就把八戒勾走。八戒果然上当，一阵磨磨叽叽之后，从耳朵里掏出一块银子。

> 八戒道：“可怜，可怜！我自做了和尚到如今，有些善信的人家斋僧，见我食肠大，衬钱比他们略多些儿，我拿了攒在这里，零零碎碎有五钱银子。因不好收拾，前者到城中，央了个银匠煎在一处，他又没天理，偷了我几分，只得四钱六分一块儿。你拿了去罢。”

赚了五钱银子的私房钱，还到城里请银匠“煎在一处”，摁在耳朵里。这猪八戒可真是个财迷啊！

这五钱的银子哪来的呢？原著没有明确交代。按照猪八戒自己的说法，这点银子都是“牙齿上刮下来的”，准备用它买匹布做衣服。但是取经路上他又没经手过钱，如何从“牙齿上刮下来”？倒是第四十八回里可以看出一些蛛丝马迹。在通天河边的陈家庄，悟空八戒变作陈关保和一秤金，救了两个孩子的命，后来当唐僧执意要踏冰渡河时，陈澄和陈清兄弟俩拿出些散碎银两酬谢他们。唐僧坚持不要，说只拿点干粮。这时，孙悟空“用指尖儿捻了一小块，约有四五钱重”，递给了唐僧。注意，这里孙悟空拿给唐僧的银子恰好是四五钱重。怎么会跟八戒的私房钱正好一样？唐僧收了钱以后，肯定会放在包袱里。因此我们有理由猜测，这个钱是八戒偷偷从包袱里拿走的。

这四五钱银子能干什么呢？真的像猪八戒说的那样是用来买布做衣服的吗？也不一定。不知道大家还记不记得这么一个桥段：唐僧师徒到了灭法国，因为国王要杀和尚，所以四人假扮成贩马的客商，住进了一家旅店。店主赵寡妇问他们要上、中、下哪样服务，孙悟空问她这几种服务都包括什么项目、多少钱，赵寡妇说：

> “上样者：五果五菜的筵席，狮仙斗糖桌面，二位一张，请小娘儿来陪唱陪歌。每位该银五钱，连房钱在内。”

也就是说，这上样服务可以体面地吃上一顿，还有姑娘做三陪。食、性，都有了。花费多少呢？五钱银子，八戒的“私房钱”刚刚好！

所谓“蚊子腿再细也是肉”啊！八戒的私房钱虽然不多，也够他享受一回的。

第一十六问

猪八戒到底有多好色

看了前面的两回，细心的读者肯定已经知道了，前面一回是讲八戒贪吃，一回是讲八戒贪财。那大家肯定还会想到八戒的另一贪，就是贪色。

色，是人的欲望的重要方面，宗教修行一般都要求戒色。在《西游记》里，神仙有没有色欲呢？应该也是有的。但他们毕竟是神仙，经过上万年，甚至上亿年的修行，神仙的色欲和凡人相比已经比较淡了。所以，《西游记》里表现神仙色欲的场面很少。但也并不是每个神仙都没有一点色欲，有的神仙可能修行还不够，色欲偶尔也会通过某种方式表现出来。

猪八戒应该就是神仙里面色欲比较重的。八戒比较好色，看过《西游记》的人都知道。

那么，八戒到底有多好色呢？他的好色到底表现在哪些方面呢？下面我们来详细总结一下。

八戒的好色主要表现在以下几个方面。

第一，调戏嫦娥。

这个故事自然是众人皆知。八戒的前身是天蓬元帅，而天蓬元帅之所以被贬下界，就是因为调戏嫦娥。但其中有一些细节许多人可能还没有留意。八戒原来是个什么样的人呢？其实也不是后来这样的。在第一次遇到孙悟空时，当时还在高老庄做女婿的猪刚鬣曾对孙悟空介绍自己：

“自小生来心性拙，贪闲爱懒无休歇。
不曾养性与修真，混沌迷心熬日月。
忽朝闲里遇真仙，就把寒温坐下说。
劝我回心莫堕凡，伤生造下无边业。
有朝大限命终时，八难三途悔不喋。
听言意转要修行，闻语心回求妙诀。
有缘立地拜为师，指示天关并地阙。”

我们看这段文字，八戒“小时候”也没那么坏，只是“心性拙”而已。后来，他遇到了神仙，拜师修行。修行，肯定包括对色欲的控制。八戒应该修行得还不错，所以，他后来“发达”了。

“功圆行满却飞升，天仙对对来迎接。
朗然足下彩云生，身轻体健朝金阙。
玉皇设宴会群仙，各分品级排班列。
敕封元帅管天河，总督水兵称宪节。”

“功圆行满”，就是说，八戒也修炼成仙了，天仙都来接他了，玉帝更是封他为天蓬元帅，让他总管天庭水军，可以说是志得意满。王母娘娘举办蟠桃宴，天蓬元帅也在宾客之列。要知道，这可是孙悟空这个齐天大圣都没有的待遇。

结果，就在蟠桃宴上，八戒酒喝得多了一些。我们都知道，神仙也好，妖怪也罢，是非常忌讳醉酒的。因为一旦醉酒，他就控制不住自己，就要露出原形。而八戒醉酒以后，他原来隐藏多年的色欲便蠢蠢欲动。

我们再来看八戒的自述。

“那时酒醉意昏沉，东倒西歪乱撒泼。
逞雄撞入广寒宫，风流仙子来相接。
见他容貌挟人魂，旧日凡心难得灭。
全无上下失尊卑，扯住嫦娥要陪歇。
再三再四不依从，东躲西藏心不悦。
色胆如天叫似雷，险些震倒天关阙。”

八戒喝醉酒以后，误打误撞进了广寒宫，看到嫦娥之后就要非礼。请注意上面的几句话，八戒是凡心难灭，借着酒劲更是欲火中烧。而且，嫦娥跟他是“上下尊卑”的关系，也就是说，嫦娥是属于宫里的女子，而他虽然身为天蓬元帅，也只是个打工的。但是八戒却色胆包天，“再三再四”地拉着嫦娥，直接就说要陪歇，实在是又粗鲁又庸俗——就算你对嫦娥有意，你也不能这么直接，也要先来点浪漫吧？结果他上来就说“嫦娥，我和你睡觉去来”，与阿 Q 要和吴妈困觉有得一比。再有，这种事毕竟属于隐私，而且严重违反天庭法律，你也应该背着人，小声一点。但他却叫声如雷，差点把房梁都震断。玉帝不打你打谁？结果是，“改刑重责二千锤，肉绽皮开骨将折”，还被撤销所有职务，贬出天关。

第二，虐待卯二姐和高翠兰。

天蓬元帅被贬下界后，投到了福陵山云栈洞，称作猪刚鬣。这个洞里本来有个女人，叫作卯二姐。卯二姐招了猪刚鬣做女婿，猪刚鬣成了个“倒插门”。天蓬元帅是何等人物，即便被贬下界，也不是凡人，卯二姐敢招他做女婿，说明她自己也不一般。也有人说，卯二姐就是后来的玉兔精。这种猜测我们不去深究，我们感到奇怪的是，为什么在猪八戒倒插门一年以后，卯二姐就死了？

不仅卯二姐死了，我们应该也知道，后来猪八戒娶了高老庄的高翠兰，等到唐僧和孙悟空来到高老庄的时候，高翠兰也快死了。当时，猪八戒把高翠兰关在一个小屋里，高太公带孙悟空去看高翠兰。当孙悟空看到高翠兰的时候，高翠兰是什么模样呢？原文中是这样描写的：

云鬓乱堆无掠，玉容未洗尘淄。一片兰心依旧，十分娇态倾颓。樱唇全无气血，腰肢屈屈偎偎。愁蹙蹙，蛾眉淡；瘦怯怯，语声低。

此时的高翠兰非常娇弱，没有什么血色，瘦怯怯、病恹恹的。结过婚的朋友都知道，正常的夫妻生活对女人是一种滋润，女人的脸色会比以前更加红润、更加健康，身体也会更加丰满，而不会越来越瘦。不知道有没有读者看过《金瓶梅》，《金瓶梅》里讲到潘金莲和西门庆在王婆家偷情，潘金莲每次回家，武大郎都看到她的脸红红的。那高翠兰为什么会变成这样呢？

要解开这两个女人的谜，我们需要到另外的地方找答案。在“四圣试禅心”一回中，猪八戒说自己可以把真真、爱爱、怜怜三个女孩都娶了，还自豪地对“丈母娘”说：“我幼年间，也曾学得个熬战之法，管情一个个伏侍得他欢喜。”猪八戒的这个话应该不是吹牛，他有这个能力。

因此，我们可以想象，卯二姐是被猪八戒性虐待致死的。而高翠兰被猪八戒关在小屋里，每天承受着他胖大身躯的折腾，也快死了。原文中还写到，孙悟空假扮高翠兰，独自坐在屋里等猪八戒。猪八戒一来，看到“高翠兰”，什么也不说，一把搂住就要亲嘴。如果剧情正常发展，那接下来肯定是上床睡觉了。难道猪八戒不知道这时候的高翠兰已经娇弱不堪了吗？他当然知道，但他的色欲太强了，他根本顾不上怜香惜玉。以猪八戒的“熬战之法”，不是一般女人受得了的。

第三，要娶三位“美女”。

这就是“著名”的“四圣试禅心”的故事了。文殊菩萨、普贤菩萨、观音菩萨、黎山老母四位神仙，一个变作徐娘半老、风韵犹存的贾夫人，三位变作青春年少、漂亮可爱的女孩，来试唐僧的“禅心”。结果，唐僧的“禅心”没怎么试出来，八戒的“色心”倒被试出来了。照理说，有情欲也是人之常情，但是八戒的表现也的确非常过分。其一，四位神仙变作一母三女几个美女，说是要“坐山招夫”。唐僧没有答应，孙悟空和沙和尚拿猪八戒开心，叫他在这里做女婿。这时八戒说：“胡说！胡说！大家都有此心，独拿老猪出丑。常言道：‘和尚是色中饿鬼。’那个不要如此？”一句话说出了八戒的真实心理，他自己就是“色中饿鬼”，他是非常想留在这里的。其二，说完上面这句话以后，八戒假装说去放马，偷偷跑到后院去找贾夫人。到了后院见到贾夫人，他直接就叫上“娘”了，还在贾夫人面前把自己的本事狠狠地吹嘘了一通。这时候的八戒，眼里只有美色，西天取经的大事早已抛到九霄云外，甚至连师父都不放在眼里，说什么“他又不是我生身父母，干与不干，都在于我”。其三，贾夫人故意戏闹八戒，说不知道把哪个女儿许配给他。八戒居然说：“既怕相争，都与我罢。”三个女孩他都要占着，简直恬不知耻。但八戒却有他的理由：“那个没有三宫六院？就再多几个，你女婿也笑纳了。我幼年间，也曾学得个熬战之法，管情一个个伏侍得她欢喜。”可见八戒的色欲之旺。其四，八戒蒙上头巾撞天婚，结果一个也没捞着，非常丧气但又不甘心，于是干脆对贾夫人说：“娘啊，既是他们不肯招我呵，你招了我罢。”一边叫娘，一边又要和这个“娘”成亲，这就更是有违人伦了。

所以，后来八戒被菩萨吊在树上，一点也不冤枉。

第四，被女王所迷。

唐僧师徒几人来到女儿国，女儿国国王看上了唐僧。孙悟空给唐僧出了个主意，叫作“假亲脱网计”，就是假装先答应国王，然后再找机会逃跑。女王相信了，在光禄寺摆宴招待唐僧师徒。等到女王出现时，猪八戒把女

王看了个真切。

猪八戒在旁，掬着嘴，饧眼观看那女王，却也袅娜。真个：

眉如翠羽，肌似羊脂。脸衬桃花瓣，鬟堆金凤丝。秋波湛湛妖娆态，春笋纤纤娇媚姿。斜軃红绡飘彩艳，高簪珠翠显光辉。说甚么昭君美貌，果然是赛过西施。柳腰微展鸣金珮，莲步轻移动玉肢。月里嫦娥难到此，九天仙子怎如斯。宫妆巧样非凡类，诚然王母降瑶池。

那呆子看到好处，忍不住口嘴流涎，心头撞鹿，一时间骨软筋麻，好便似雪狮子向火，不觉的都化去也。

在猪八戒的眼中，女王比嫦娥还要漂亮，直看得“骨软筋麻”，口水都流下来了。活脱脱一个色鬼的模样。

第五，调戏蜘蛛精。

在濯垢泉，孙悟空发现了七个蜘蛛精。七个美女妖怪正在洗澡，孙悟空变作老鹰把她们的衣服都叼走了。悟空回来告诉了八戒，还说我们不要理她们，快点赶路吧。此时的八戒却一改往日惧怕妖怪的态度，执意要去把女妖怪打死。孙悟空同意后，他就“欢天喜地”地扛着钉钯去了。为什么欢天喜地呢？因为他可以借机会调戏一下几个美女妖怪。

到了濯垢泉边，八戒果然看见有几个美女在河里洗澡，这下他的兴头来了。他开始调戏几个女妖怪：“女菩萨，在这里洗澡哩？也携带我和尚洗洗，何如？”你说你一老和尚，怎么能跟美女在一起洗澡呢？这样的话怎么说得出口呢？但是八戒就是说了。蜘蛛精不答应，八戒干脆变作个鲇鱼精，更加肆意地调戏起蜘蛛精来。

呆子不容说，丢了铁钯，脱了皂锦直裰，扑的跳下水去。那怪心中烦恼，一齐上前要打。不知八戒水势极熟，到水里摇身一变，变做个鲇鱼精。那怪就都摸鱼，赶上拿他不住：东边摸，忽的又渍了西去；西边摸，忽的又渍了东去；滑扢畣的，只在那腿裆里乱钻。原来那水有搀胸之深，水上盘了一会，又盘在水底，都盘倒了，喘嘘嘘的，精神倦怠。

这一段描写，几乎有点少儿不宜。猪八戒简直就是一个老流氓。

以上几处，是比较典型的对猪八戒色欲未泯的描绘。原文中还有其他一些地方，也零星地提到了八戒的这一“特点”。比如在天竺国，月宫玉兔变作公主抛绣球招亲，结果打中了唐僧。八戒知道后，“跌脚捶胸”道：“早知我去好来！都是那沙僧惫懒！你不阻我呵，我径奔彩楼之下，一绣球打着我老猪，那公主招了我，却不美哉，妙哉！”而为了收服玉兔，太阴星君带领几名月宫仙女下界，八戒居然上前把霓裳仙子抱住道：“姐姐，我与你是旧相识，我和你耍子儿去也。”

八戒当初被玉帝打了两千锤，不就是因为调戏月宫嫦娥吗？现在居然还不知收敛，结果又被孙悟空揪住打了两巴掌。

猪八戒，的确是非常好色啊！

第一十七问

猪八戒为什么是头猪

猪八戒为什么是头猪？这个问题听起来有些好笑——猪八戒本来就是头猪，这有什么好问的呢？可是大家想过没有，在取经团队里面，孙悟空是猴子，猪八戒是猪，那为什么作者要安排八戒是猪身，而不是别的呢？比如说，牛、马或者骆驼？它们不都比猪更有脚力、更适合旅行吗？

显然，这里面是有寓意的。中国文化博大精深，我们也知道，好多动物都被赋予了不同的内涵。比如，牛代表着朴实、勤劳；马代表着奋进、卓越；骆驼代表着坚韧、持久；等等。

这些个性显然和猪八戒一点也“不搭”。

所以，八戒不可能是牛、马或者骆驼；最适合他的，就是猪。

猪代表什么呢？虽然现在也有些人喜欢小猪，觉得小猪比较呆萌可爱，小青年谈恋爱时，有时还会亲密地叫对方“小猪猪”，但是，在中国传统民间文化中，猪主要象征着两个方面；一是贪；二是懒。

人们平时经常会说：“你懒得像头猪。”也有人说：“你像头猪，只知道吃了睡，睡了吃。”

“吃了睡，睡了吃。”既贪又懒。

这恰好就是猪八戒。

前面几回，我们讲的实际上就是八戒的“贪”——贪食、贪财、贪色。下面，我们再来看看他的“懒”。

猪八戒懒吗？其实，相对于“贪”来说，八戒的“懒”不算太过分。八戒打过一些妖怪，而且，在取经的路上，好几次也幸亏他的努力，唐僧才能够顺利通过。八戒的本领其实并不小，之所以说他懒，是相对于他的能力而言的，他没有发挥全部的积极性，经常得过且过。

八戒到底有多大本事呢？前面说过，孙悟空第一次见到猪八戒时，八戒曾对悟空介绍自己，说他也曾得到高人的指点。我们来看原文：

> “得传九转大还丹，工夫昼夜无时辍。
> 上至顶门泥丸宫，下至脚板涌泉穴。
> 周流肾水入华池，丹田补得温温热。
> 婴儿姹女配阴阳，铅汞相投分日月。
> 离龙坎虎用调和，灵龟吸尽金乌血。
> 三花聚顶得归根，五气朝元通透彻。”

猪八戒说得很明确，他是吃了九转大还丹的。这个九转大还丹应该是太上老君所特有的，所以有人说，猪八戒实际上是老君的徒弟。这个我们不去深究，但显然八戒的来头并不小。这里面还有很多词，什么婴儿姹女、三花聚顶、五气朝元之类，其实都是修道的术语。能够修到三花聚顶、五气朝元，那是非常高的境界，猪八戒可能有些吹牛的成分，但是应该也不会完全是假的。所以，后来他得道成仙了，被玉帝封为天蓬元帅，总管天庭的水军。天庭的水军总司令也不是什么人都能做的，八戒的本事自然不会差到哪儿去。

因此，在福陵山云栈洞，孙悟空曾和猪八戒进行过一场恶战。原文说，他俩“自二更时分，只斗到东方发白”。二更相当于现在的晚上七点到九点，东方发白，就算是现在的五点，那他们俩也足足打了八个小时以上。能够和孙悟空战满八个小时才落败，一般的妖怪是做不到的。谁能说八戒没有本事？

而且，猪八戒的钉钯非常厉害，所谓“下海掀翻龙住窝，上山抓碎虎狼穴。诸般兵刃且休题，惟有吾当钯最切”。在火焰山的时候，孙悟空变作牛魔王的模样，骗了罗刹女的芭蕉扇。后来，牛魔王又变作猪八戒的模样，把芭蕾扇从孙悟空手中骗回。八戒听说牛魔王变成自己，非常生气。

八戒闻言大怒，举钉钯，当面骂道：“我把你这血皮胀的遭瘟！你怎敢变作你祖宗的模样，骗我师兄，使我兄弟不睦！”你看他没头没脸的使钉钯乱筑。那牛王一则是与行者斗了一日，力倦神疲；二则是见八戒的钉钯凶猛，遮架不住，败阵就走。

牛魔王是何等功夫，他又被称为“大力王”，和孙悟空单打独斗丝毫不落下风。可猪八戒真要发起狠来，连牛魔王都害怕。

再者，猪八戒也有天罡三十六般变化，在西天取经的路上，他也曾数次建功。

显然，以八戒的能耐，是完全可以在取经队伍中起到更大作用的。

不过，就是这么一个身怀绝技的“二师兄”，取经路上却经常偷懒。具体说来，有以下几点表现。

其一，遇到一点困难就想主动放弃。

在唐僧的取经队伍中，猪八戒的意志是最不坚定的。稍微有一点风吹草动，他就想放弃，想分行李散伙。至于其中的复杂原因，我们以后会细说。

不过，八戒自己的意志不坚定，也是非常重要的方面。他害怕困难，害怕面对挑战；他虽然本事并不小，但没有什么自信。

其二，遇到稍微厉害一些的妖怪就怯战。

猪八戒能和孙悟空打满八个小时，对付一般的妖怪其实是没有问题的。但他胆子太小，经常未战先怯。这方面的事例有很多。比如在宝象国，国王问他们谁会降妖，当时孙悟空因为三打白骨精已经被唐僧“驱逐”，回到花果山去了，这时，八戒自告奋勇地说：“自从东土来此，第一会降的是我。”老猪吹起牛来毫不含糊，可真到降妖的时候却疲软了。见到黄袍怪，刚打了八九个回合，八戒就开小差了。

我们来看原文：

那呆子道：“沙僧，你且上前来与他斗着，让老猪出恭来。”他就顾不得沙僧，一溜往那蒿草薜萝、荆棘葛藤里，不分好歹，一顿钻进，那管刮破头皮，搠伤嘴脸，一毂辘睡倒，再也不敢出来。但留半边耳朵，听着梆声。

是不是很有画面感？这种事也只有猪八戒才能做得出来。

再比如，第三十二回，平顶山功曹传信，说前面莲花洞里有毒魔狠怪，专门要吃取经的人。结果把八戒吓得又要散伙，还说“似我们这样软弱的人儿，怎么去得？”——一头又肥又胖的大猪，说“似我们这般软弱的人儿”，听起来是不是很好笑？

第六十七回，在七绝山稀柿衕，听说红鳞大蟒来了，“八戒战战兢兢，伏之于地，把嘴拱开土，埋在地下，却如钉了钉一般。”后来，他把头抬起来，看到两个灯笼。沙僧对他说，那不是灯笼，是妖怪的两个眼睛。八戒更是吓得不行，还对孙悟空说：“哥哥，不要供出我们来。”

第七十五回，在狮驼岭，孙悟空要猪八戒一起去降妖，八戒却被青狮、白象和大鹏几个妖怪吓破了胆，为了逃避上“前线”不惜自损：“哥哥没眼色！

我又粗夯，无甚本事，走路扛风，跟你何益？”

第八十三回，唐僧被老鼠精抓去，孙悟空变作个小虫子钻进她的肚子里，老鼠精迫不得已才把唐僧放出来。孙悟空刚从老鼠精的嘴里钻出来，两人就战在了一起。沙和尚看见以后，便对猪八戒说，我们也去帮助帮助大师兄。可八戒却连连摆手：“不，不，不！他有神通，我们不济。”——还未开战，就说自己“不济”，这就是八戒。

其三，做事敷衍，不愿出全力，甚至为图省事哄骗师父师兄。

这和他打妖怪是一样的，归根到底还是主动性不够，积极性不够，得过且过。比如在第二十八回，唐僧肚子饿了，叫八戒去化斋。结果八戒走出黑松林，没看见什么人家，也没化到斋。但他却不马上回去，而是打起了小算盘：

“我若就回去，对老和尚说没处化斋，他不信我走了这许多路。须是再多幌个时辰，才好去回话。”

于是，他躺在草里睡了许久。结果，斋也没化到，时间也耽误了。沙僧来找他，唐僧又被黄袍怪抓去了。

更典型的发生在第三十二回，孙悟空让八戒二选一，到底是服侍师父还是巡山，八戒选择了巡山。可他根本不想真巡，心里还恨恨的：

“你罢软的老和尚，捉掐的弼马温，面弱的沙和尚！他都在那里自在，捉弄我老猪来蹡路！大家取经，都要望成正果，偏是教我来巡甚么山！……我往那里睡觉去，睡一觉回去，含含糊糊的答应他，只说是巡了山，就了其帐也。”

他真的就找了个草丛，钻在里面睡起觉来。大家可能还记得，八戒为了回去能交差，还编了一通谎话，说什么这里叫石头山，有个石头洞，有个门叫钉钉的铁叶门。呵呵，真是可恨又可笑。

其四，八戒虽然也打妖怪，但经常是“见机行事”。

什么叫“见机行事”？就是他经常是在一边躲着，等到孙悟空快要取胜的时候，才上来抢功。比如在前面说到的第六十七回，八戒本来非常害怕红鳞大蟒，还要孙悟空不要把自己供出来，可是等到孙悟空和红鳞大蟒交战，八戒看到红鳞大蟒并不是那么厉害，孙悟空快要取胜时，他却主动要求参战了。八戒对沙僧说：

“沙僧，你在这里护持，让老猪去帮打帮打，莫教那猴子独干这功，领头一钟酒。”

第七十回中的一个场景就更有意思了。孙悟空打死了“有来有去”，把小妖的尸体带回了朱紫国。八戒看见，赶忙上去筑了一钯，还说：“此是老猪之功。”孙悟空问他，你有什么功？八戒说：“莫赖我！我有证见！你不看一钯筑了九个眼子哩！”呵呵。

第九十回，因为唐僧被天竺国公主的绣球打中，师徒几个都被请上朝堂。其间，孙悟空、猪八戒、沙和尚三人都做了详细的“自我介绍”。八戒是这样说自己的：

“老猪先世为人，贪欢爱懒。一生混沌，乱性迷心……”

贪欢爱懒，乱性迷心，这的确就是猪八戒的写照。虽然后来他还说自己是错投了猪胎，但其实一点也没错投。最适合八戒的，无疑就是猪了。

记住，贪欢爱懒，你也会变成猪。

第一十八问

猪八戒适合做什么事

上回说到，八戒比较懒，但这个懒是相对于他的能力而言的。其实，在西天取经的路上，八戒也是做了不少事的，他也有勤恳努力的时候。《西游记》全书总共一百回，其中就有三回的回目是公开表扬八戒的，即第二十回“黄风岭唐僧有难　半山中八戒争先”、第二十二回“八戒大战流沙河　木叉奉法收悟净”、第六十四回“荆棘岭悟能努力　木仙庵三藏谈诗”。可见，作者吴承恩对猪八戒也是有所肯定的。

那么，八戒最适合做什么事呢？简单地说，就是重活、脏活、累活。八戒是一头猪，他身体壮，力气大，是一个标准的“蓝领”，那些重活、脏活、累活可以说是非他莫属。

在西天取经的路上，八戒都干了哪些重活、脏活、累活呢？我们至少可以想到下面几样。

第一，挑担子。

前面提到，唐僧有个行李担子，里面有些东西还挺珍贵。西天取经十万八千里，历时十四年，经过的许多地方都是崇山峻岭，路面高低不平，非常难走。再挑个担子，可想而知，不仅累，而且麻烦。这个行李担子主要是谁挑着的呢？很多人受电视剧的影响，认为行李主要是沙和尚挑的。其实不然，担子主要是猪八戒挑着的。

我们可以举出以下三点证据。

1. 前面也提到过，在第二十三回，唐僧师徒四人首次聚齐的时候，八戒曾和孙悟空有一段对话。八戒嫌担子重，孙悟空说，自从有了你和沙僧以后，我就没挑过担子，我也不知道它重不重。然后，八戒就说了担子里有哪些东西。最后，他还有两句话：

“似这般许多行李，难为老猪一个逐日家担着走。偏你跟师父做徒弟，拿我做长工！”

这时候沙僧已经加入取经队伍了，可担子却仍是“老猪一个逐日家担着走”。猪八戒有些埋怨。后来，八戒又对孙悟空说：

“我晓得你的尊性高傲，你是定不肯挑；但师父骑的马，那般高大肥盛，只驮着老和尚一个，教他带几件儿，也是弟兄之情。”

可见，八戒虽然身强力壮，但整天挑个担子，还是比较累的，他想着，要是能让白马驮一点就好了。

2. 在乌鸡国，孙悟空救活了老国王以后，师徒几人带着老国王到朝廷去对质。路上，孙悟空对猪八戒说：“八戒，你行李有多重？”八戒回道：“哥哥，这行李日逐挑着，倒也不知有多重。”显然，行李还是八戒一路挑着的。接着，孙悟空叫八戒分一半行李让老国王挑着，八戒很高兴，以为自己以后不用挑行李了。可孙悟空又说，等老国王挑进城，我们捉了妖怪，老国王还去做他的国王。八戒听了才醒悟：“这等说，他只挑四十里路，

我老猪还是长工！”

3. 第一百回，师徒几个取经成功，各人都有“封赏”。其中孙悟空是“炼魔降怪有功”，沙和尚是“登山牵马有功”，而对猪八戒，如来佛是这么说的：

“猪悟能，汝本天河水神，天蓬元帅。为汝蟠桃会上酗酒戏了仙娥，贬汝下界投胎，身如畜类。幸汝记爱人身，在福陵山云栈洞造孽，喜归大教，入吾沙门，保圣僧在路，却又有顽心，色情未泯。因汝挑担有功，加升汝职正果，做净坛使者。”

非常清楚，八戒主要是“挑担有功”，他把行李担子一路挑到了灵山。

第二，扛尸体。

扛尸体这活可不是一般人能干的，既是重活、脏活、累活，还是恐怖活、苦逼活。乌鸡国的老国王夜里托梦给唐僧，说自己三年前被妖怪害了。孙悟空知道后，想去寻找老国王的尸体，可是又不愿意自己背尸体。于是，他哄着唐僧，让唐僧叫猪八戒跟自己去。到了御花园的井口边，孙悟空又骗猪八戒下井。等到八戒下到井底，才发现里面有个死皇帝。

猪八戒也算是神仙“出身”了，可他看到尸体时，也吓得脚软筋麻，赶紧叫孙悟空拉他上去。可孙悟空就是不拉，一定要八戒把尸体扛上来。八戒说：

“怎生爬得动！你想，城墙也难上。这井肚子大，口儿小，壁陡的圈墙，又是几年不曾打水的井，团团都长的是苔痕，好不滑也，教我怎爬？哥哥，不要失了兄弟们和气，等我驮上来罢。”

可以想象一下，这一口老井，三年前埋了死人，后来井口又被树枝盖住，里面肯定是既脏又臭，还黑洞洞的。如果让你下去背一个死人，你敢吗？

八戒虽然也害怕，但最后还是把老国王的尸体背了上来。

第三，搂荆棘。

第六十四回，师徒几人到了荆棘岭。八百里荆棘岭，“荆棘丫叉，薜萝牵绕。虽是有道路的痕迹，左右却都是荆刺棘针”。唐僧看了大惊，不知如何是好，孙悟空也没什么办法。沙和尚说，可以放一把火，把荆棘都烧光了再过去。可是这要烧到什么时候？正在大家都一筹莫展的时候，八戒主动站了出来。

> 好呆子，捻个诀，念个咒语，把腰躬一躬，叫：“长！”就长了有二十丈高下的身躯；把钉钯幌一幌，教：“变！”就变了有三十丈长短的钯柄；拽开步，双手使钯，将荆棘左右搂开：“请师父跟我来也！”

八戒很自豪，对着那块石碣说：“等我老猪与他添上两句：‘自今八戒能开破，直透西方路尽平！’”连唐僧也禁不住夸奖八戒：“徒弟呵，累了你也！”

第四，拱臭路。

过了荆棘岭不久，又来到了七绝山稀柿衕。为什么叫稀柿衕呢？当地一个老头告诉唐僧：

> “我这敝处地阔人稀，那深山亘古无人走到。每年家熟烂柿子落在路上，将一条夹石衚衕，尽皆填满；又被雨露雪霜，经霉过夏，作成一路污秽。这方人家，俗呼为稀屎衕。但刮西风，有一股秽气，就是淘东圊也不似这般恶臭。”

原来，所谓稀柿衕，其实就是稀屎衕，臭不可闻。唐僧听了连连皱眉。走到稀柿衕口，几个人都恶心得不行。一向神通广大的孙悟空也捂着鼻子说：“这个却难也。”一路全如屎一般，如何得过？最后还是靠八戒。他吃饱了饭，变作一头大猪，用嘴巴尽力拱开道路，一直干了好几天。有诗为证：

> 驼罗庄客回家去，八戒开山过衕来。
> 三藏心诚神力拥，悟空法显怪魔衰。
> 千年稀柿今朝净，七绝衚衕此日开。
> 六欲尘情皆剪绝，平安无阻拜莲台。

所以说，八戒也是可以做一些事的。他虽然有些懒，但如果知人善用，八戒也能起到不可或缺的作用。那么，用好八戒这样的人，需要注意什么呢？

第一，发挥他的特长。

八戒的特长是什么？一是力气大；二是不怕脏；三是水性好。关于“力气大”和“不怕脏”，前面已经说过，因此让他挑担、叫他拱路再合适不过了，他自己也乐意。关于八戒的水性，这里要多说几句。他虽然是一头猪，但前身却是天蓬元帅，掌管天河十万水军，所以水性特别好。因此，让八戒到水里活动，他反而来去自如。比如在流沙河，为了把沙僧引出来，孙悟空几次要八戒下水，八戒都毫无怨言，他抖擞精神，分开水路，直奔沙僧老巢，还在水里和他大战了数个回合。再比如在碧波潭，八戒被九头虫所捉，绑在水底柱子上。后来孙悟空来救他，解了他的绳子，他不但没有立即上岸，反对悟空说：“哥哥，你先走，等老猪打进宫殿。若得胜，就捉住他一家子；若不胜，败出来，你在这潭岸上救应。”悟空叫八戒仔细，他却又说：“不怕他！水里本事，我略有些儿。”接着便绰起钉钯，把龙宫搅了个天翻地覆。

另外，八戒也有三十六般变化，但是他变大容易变小难。所以在陈家庄的时候，孙悟空要他变成小姑娘一秤金，他就有些力不从心，还是悟空吹了一口仙气，才帮他把身子缩小了。而在七绝山稀屎衕，变个大猪拱臭路，对八戒来说却是小事一桩。

第二，让他做些力所能及的和喜欢的事情。

前面说过，八戒的本事其实并不算差，但他胆子小，容易怯战。因此，让他独自挑大梁，或者面对特别凶恶的敌人，他很难做到。也可以说，八戒不适合当主将、当冲锋，而更适合做副手、做辅助。前面还说到，八戒也打妖怪，但他很会观察，只要他认为有必胜的把握，还是很乐意出一把力的，甚至你不让他打他都不干呢。

比如打红孩儿的时候，先是孙悟空与红孩儿交战，八戒只在一旁观看。

那妖魔与孙大圣战经二十合，不分胜败。猪八戒在旁边，看得明白：妖精虽不败阵，却只是遮拦隔架，全无攻杀之能；行者纵不赢他，棒法精强，来回只在那妖精头上，不离了左右。

眼看孙悟空要取胜，八戒开始来劲了。

八戒暗想道："不好啊！行者溜撒，一时间丢个破绽，哄那妖魔钻进来，一铁棒打倒，就没了我的功劳。……"你看他抖擞精神，举着九齿钯，在空里，望妖精劈头就筑。

所以，我们看《西游记》的回目，其中也有几回用"助威""助力"这样的字眼，这都是指猪八戒，比如第六十一回"猪八戒助力破魔王 孙行者三调芭蕉扇"、第八十六回"木母助威征怪物 金色施法灭妖邪"。把他定位于一个帮手，八戒还是可以起到一些作用的。

正因为八戒本事不小而胆子不大，所以他很喜欢打两类妖精：一是老弱病残的妖精；二是女妖精。

第六十四回，在木仙庵，唐僧和几个老头谈诗论道，后来还来了一个杏仙姑娘，结果发现他们都是些树精。这几个树精什么武功也不会，八戒上来就是一顿钯，把他们全都筑死；第六十一回，为了拿到芭蕉扇，孙悟空和牛魔王一家缠斗，八戒带着土地阴兵赶来，把摩云洞的玉面公主一钯筑死；第七十九回，在柳林坡清华庄，寿星收服了白鹿精，孙悟空说还有个美女妖怪没抓住，猪八戒马上抖擞精神，径入洞府，最后把玉面狐狸打死。

最典型的事例发生在第五十五回，孙悟空正和蝎子精交战，两人从洞里打到洞外。这时八戒看到了：

慌得八戒将白马牵过道："沙僧，你只管看守行李、马匹，等老猪去帮打帮打。"好呆子，双手举钯，赶上前叫道："师兄靠后，让我打这泼贱！"

这时的八戒既不怯战，更不"软弱"，一看到有女妖精，"慌"得什么都不顾了，赶紧要上前参加战斗，还破天荒地叫孙悟空"靠后"。

后来，孙悟空被蝎子精扎伤，直叫头疼，说今天不能出战了。沙和尚也说，今天天晚了，明天再去救师父。可八戒却不依了。

八戒道："这等说，便我们安歇不成？莫管甚么黄昏半夜，且去他门上索战，嚷嚷闹闹，搅他个不睡，莫教他捉弄了我师父。"

八戒什么时候打妖怪这么积极过？只要是打女妖怪，他的积极性比谁都高。

其他的事情，如果是八戒喜欢的，他也非常愿意出力。比如当初在高老庄，八戒抢了高翠兰做老婆，他的老丈人虽然不愿意，但对这个女婿的劳动能力还是肯定的，所谓"耕田耙地，不用牛具；收割田禾，不用刀杖"。可见，在高太公家里，日常的这些农活猪八戒都是干的。后来，几位菩萨扮作美女，来试唐僧师徒的"禅心"。八戒为了显示自己能干，对贾夫人也有一番"表白"：

“虽然人物丑，勤紧有些功。若言千顷地，不用使牛耕。只消一顿钯，布种及时生。没雨能求雨，无风会唤风。房舍若嫌矮，起上二三层。地下不扫扫一扫，阴沟不通通一通。家长里短诸般事，踢天弄井我皆能。”

也就是说，只要八戒高兴，哪怕扫地通阴沟这种事情，他都是可以做的。

第三，对他多鼓励。

正因为八戒虽有些手段，但比较害怕困难，总觉得自己“不济”，所以，批评他、给他压力没什么用，他反而会越发退缩。如果他的主动性和积极性不能被调动起来，就算你让他做事，他也会“偷工减料”：叫他去化斋，他躲着睡觉；让他去巡山，他就编谎话骗人。

相反，八戒尽管身体庞大，性格却有点像小孩——他喜欢听好话，喜欢被人表扬，一听到好话就飘飘然，也就越发努力了。比如第二十九回，孙悟空因为三打白骨精被唐僧赶走，此时，宝象国国王要去抓黄袍怪，救出自己的女儿百花羞，问哪一位会降妖。八戒主动上前说：“自从东土来此，第一会降的是我。”国王不太相信，问他有什么手段。八戒马上当堂变化，唬得文武群臣战战兢兢。国王又问他，你降妖需要什么兵器？八戒说，不用别的，我有钯子。说完，便接过国王的酒一饮而尽，豪情万丈地独自去降妖了。再比如第六十二回，祭赛国国王请孙悟空去抓九头虫，猪八戒主动请战，要跟师兄一起去。唐僧很高兴，禁不住表扬他：“八戒这一向勤紧啊！”八戒听了更加得意，与悟空两人驾云而去。

第一十九问

猪八戒为什么动不动就要散伙

我们都知道，西天取经最后虽然成功了，但是过程却相当艰难，其中就有许多次面临散伙的局面。而在唐僧师徒几人当中，说散伙最多的是谁呢？当然就是猪八戒。

据有人统计，八戒总共九次说要散伙。

有的时候说要散伙还可以原谅，因为的确遇到了重大危机。比如在狮驼岭的时候，孙悟空和青狮精交战，孙悟空故意让青狮精吞了自己，他在青狮精的肚子里一通折腾。可猪八戒看到孙悟空被青狮精吞了，就以为孙悟空死了，回来就要分行李散伙。等孙悟空从青狮精的肚子里出来，看到八戒和沙僧正在那里分行李，而唐僧躺在地下打滚痛哭。是啊，如果孙悟空真的死了，那西天肯定是去不了了，散伙就散伙吧。

但是，很多时候并没有那么危险，甚至听到有些风吹草动，猪八戒也要散伙。比如在平顶山，功曹化作樵子给孙悟空传信，说前面有两个妖怪，很是神通广大。孙悟空便装哭吓唬八戒。我们来看原文：

好大圣，你看他弄个虚头，把眼揉了一揉，揉出些泪来，迎着师父，往前径走。八戒看见，连忙叫："沙和尚，歇下担子，拿出行李来，我两个分了罢！"沙僧道："二哥，分怎的？"八戒道："分了，便你往流沙河还做妖怪，老猪往高老庄上盼盼浑家。把白马卖了，买口棺木，与师父送老，大家散火。还往西天去哩？"长老在马上听见，道："这个夯货！正走路，怎么又胡说了？"八戒道："你儿子便胡说！你不看见孙行者那里哭将来了？他是个钻天入地，斧砍火烧，下油锅都不怕的好汉，如今戴了个愁帽，泪汪汪的哭来，必是那山险峻，妖怪凶狠。似我们这样软弱的人儿，怎么去得？"

妖怪都还没见到，八戒就要分行李散伙。

第八十二回，只因为听说唐僧被老鼠精抓去，老鼠精要和唐僧成亲，八戒就又要散伙了。

那呆子闻得此言，急抽身跑上山叫："沙和尚，拿将行李来，我们分了罢！"沙僧道："二哥，又分怎的？"八戒道："分了便你还去流沙河吃人，我去高老庄探亲，哥哥去花果山称圣，白龙马归大海成龙。师父已在这妖精洞里成亲哩！我们都各安生理去也！"

唐僧被妖怪抓去又不是第一次，抓去了还可以救回来。可八戒不管，他要分行李散伙。

想当初，八戒不是答应观音菩萨，跟随唐僧去西天取经了吗？却为什么动不动就要散伙呢？

细想之下，大概有以下几点原因。

第一，没有明确的目标。

有人可能会说了，怎么没有明确的目标呢？上西天，拜佛祖，取回真经，不就是明确的目标吗？但是我们别忘了，西天取经是唐僧的目标，并不是猪八戒的目标。唐僧受唐太宗之托，必须完成西天取经的任务。但猪八戒不一样，他为什么要到西天取经呢？取不取经跟他有多大关系呢？是的，八戒当初是答应观音菩萨，愿意跟唐僧到西天取经，但是我们来看看八戒当初是怎么说的。观音菩萨到长安寻找取经人，顺便要给取经人配几个徒弟。她经过福陵山，看到过去的天蓬元帅变作母猪，在这里吃人度日，便对他说："古人云：'若要有前程，莫做没前程。'你既上界违法，今又不改凶心，伤生造孽，却不是二罪俱罚？"这时，猪八戒是怎么回答的呢？

那怪道："前程！前程！若依你，教我嗑风！常言道：'依着官法打杀，依着佛法饿杀。'去也！去也！还不如捉个行人，肥腻腻的吃他家娘！管甚么二罪三罪，千罪万罪！"

猪八戒对于吃人度日这种生活根本不在乎，吃人就吃人吧，过一天算一天，管什么前程？

所以，后来八戒虽然答应了菩萨，做唐僧的徒弟，去西天取经，但这其实并不是他自己的主动选择。因此，在取经的路上，一旦遇到些困难，他就打退堂鼓；对于去往西天雷音寺的目标，八戒始终是模糊不定的。我们前面也提到过，在天竺国的时候，八戒向国王介绍自己时曾说："老猪先世为人，贪欢爱懒。一生混沌，乱性迷心。"他这里说的是"先世为人"，意思就是上辈子是这样的。但实际上，他这辈子也是这样的，还是"一生混沌，乱性迷心"。什么是"混沌"？就是不清晰、糊涂。八戒像猪一样活着，吃了睡，睡了吃，不知道自己究竟需要什么，也不知道自己到底要往哪里去。

就好比我们自己。如果我们没有一个明确的目标，就会活得稀里糊涂、浑浑噩噩，做起事来也会缺乏主动性和积极性。人生还是要有一个明确的目标，这样才能活出自己、活出意义、活出价值。

第二，没有足够的压力。

说猪八戒西天取经不是自己的主动选择，有人可能还不太信服：那唐僧、孙悟空、沙和尚到西天取经，就是自己的主动选择吗？应该也不是啊，那为什么他们没有像八戒这样总想散伙呢？

的确，要说主动选择，唐僧、孙悟空、沙和尚几个也不是。但他们每个人的情况都不同，而对于去西天取经，唐僧、孙悟空、沙和尚的压力都比猪八戒要大，猪八戒是压力最小的那一位。

我们可以一个一个来分析。首先看唐僧。唐僧为什么要去取经？因为他受唐太宗李世民所托。唐太宗办水陆大法会，让陈玄奘做“坛主”；不仅让他做坛主，还封他为全国佛教协会的主席。这是多么大的信任，又是多么大的面子。所以，当唐太宗问谁愿意去西天取经时，陈玄奘毫不犹豫地站了出来。此时的陈玄奘也不可能犹豫，不可以犹豫，这个重担非他莫属。这个时候他要是不站出来，那往小里说是不懂事，往大里说就是不识抬举了。唐太宗不仅要到西天取经，而且对取经大业十分重视，他亲自为唐僧送行，还在唐僧临走的时候与他结拜为兄弟，盼望他取到经后早点回来。唐僧心里非常清楚，事情发展到这个地步，他已经没有退路，他必须完成西天取经这项看起来不可能完成的任务。所以他对唐太宗说：“贫僧有何德何能，敢蒙天恩眷顾如此？我这一去，定要捐躯努力，直至西天。如不到西天，不得真经，即死也不敢回国，永堕沉沦地狱。”因此，在取经途中，尽管经常被各种各样的妖魔鬼怪吓得魂飞魄散，唐僧也只能前进。如果他取不到经，或者半途而废，他也没脸再回去了。

孙悟空呢？其实，孙悟空的取经意志也不是那么坚定，他跟随唐僧取经也是迫不得已。孙悟空被压五行山下五百年，时刻想出去，观音菩萨给他这么一个机会，他马上就答应了。可他真的是心甘情愿跟着唐僧取经的吗？并不是。孙悟空在取经的路上也有好几次想反悔。比如他跟了唐僧不久，因为打死了六个“毛贼”，唐僧批评了他，他就一个筋斗飞到了东海龙宫，后来因为看了龙宫里的一幅画才又回来。再比如，在鹰愁涧收服了小白龙后，孙悟空见到了观音菩萨，他扯住菩萨不放："我不去了！我不去了！西方路这等崎岖，保这个凡僧，几时得到？似这等多磨多折，老孙的性命也难全，如何成得甚么功果！我不去了！我不去了！"这才哪到哪啊，他就觉得多磨多折受不了了。既然如此，孙悟空为什么一直能坚持把西天取经的路走完呢？一是因为观音菩萨又给了他一点好处，比如那三根救命的毫毛，还许他"叫天天应，叫地地灵"，让他没有太多的后顾之忧；二是因为他有着沉重的压力——不去根本不行，紧箍圈在头上套得死死的，无论是唐僧，还是如来或观音，只要一念紧箍咒，他就得乖乖就范。没办法，他也只能一路向前。

沙和尚就更不用说了。他因为打破了玻璃盏被贬流沙河，只能靠吃人度日，还经常吃不饱。吃人度日也就罢了，最要命的是，玉帝还派人每七天用飞剑穿他的胸百余下。每七天就要被飞剑穿胸，没完没了，那个痛苦可想而知。如果沙和尚不去西天取经，修不成正果，他就只能再次回到流沙河，再次被飞剑穿胸，这肯定是他一万个不乐意的。

唐僧的坐骑白龙马也差不多。白龙马本是西海龙王的三太子，只因纵火烧了明珠，遭玉帝责罚，不仅被打了三百下，还要择日处死。也是幸亏观音菩萨说情，玉帝才答应暂免他的死罪，让他变成马身，驮着唐僧去西天取经。因此，尽管路途遥遥，白龙马也是义无反顾。对他来说，取经的过程，就是赎罪的过程，如果取经不成，他的死罪还是难逃。

可见，对于西天取经，唐僧、孙悟空、沙僧、白龙马都是背负巨大压力的。

而猪八戒呢？他如果不去西天取经，会导致什么样的结果呢？

回到高老庄，继续做高太公的女婿、高翠兰的丈夫！

筑土打墙，耕田耙地，白天吃些米饭烧饼，晚上搂着高小姐"困觉"。

这样的生活虽然比不了天蓬元帅，但至少也能温饱，更没有性命之忧，八戒甚至还很享受！

所以，对于西天取经，猪八戒没有什么压力，他是有退路的：经取不成，就回高老庄，过自己的小日子。

由此可见，人也是需要一些压力的，有压力才会有动力。完全没有压力，生活得太安逸，就会变成猪。

第三，没有高尚的追求。

把"高尚"这个词用在一头猪身上，总显得有点滑稽。是啊，八戒就是一头猪，他吃了睡、睡了吃，能有什么高尚的追求呢？我们来看看八戒在离开高老庄时对高太公是怎么说的：

"上复丈母、大姨、二姨并姨夫、姑舅诸亲：我今日去做和尚了，不及面辞，休怪。丈人呵，你还好生看待我浑家：只怕我们取不成经时，好来还俗，照旧与你做女婿过活。"

孙悟空喝骂他，说他在胡说。八戒却很认真："哥呵，不是胡说，只恐一时间有些儿差池，却不是和尚误了做，老婆误了娶，两下里都耽搁了？"猪八戒心心念念的其实并不是取经，而是回高老庄和高翠兰过小日子。

在取经的路上，八戒多次说过要散伙，每回也离不了高翠兰。比如前面提到的，因为看到孙悟空被青狮精吞了，八戒回来就要散伙。他对沙和尚说：

"分开了，各人散火：你往流沙河，还去吃人；我往高老庄，看看我浑家。将白马卖了，与师父买个寿器送终。"

八戒要散伙，总是忘不了三件事：分行李，回高老庄看浑家，卖了白马给师父送终。在八戒的眼里，浑家才是最重要的。这并不是谁强迫他的，而是他自己内心的想法。

八戒安于过他的小日子，他没有那么高尚和宏大的理想。西天取经对他来说太过遥远，还不如今朝有酒今朝醉，好好地享受现在的快乐。

如果说花果山时期的孙悟空是太不知足的话，那么，猪八戒就是太容易满足。一亩地，两头牛，老婆孩子热炕头，对于八戒来说就够了。

所以，他对于取不取经无所谓，经常想到的，却是散伙。

第二十问

唐僧为什么经常对猪八戒护短

我们看《西游记》，很多人应该都会有这样一个印象，那就是：唐僧经常听猪八戒的话却冤枉孙悟空。最典型的就是“三打白骨精”那一回，孙悟空说被打死的是妖怪，唐僧本来也有点相信了，可经不住猪八戒在旁边挑唆，他立刻又改变了主意，念起紧箍咒来，并最终把孙悟空赶走。

这样的事发生过很多次。用现在的话来说就是，唐僧对猪八戒有些护短。前面几回说了那么多八戒的事，八戒明明又贪又懒，唐僧却为什么总是听他的话，也经常原谅他的过错呢？

相反，唐僧对孙悟空却有些若即若离。照理说，孙悟空最能降妖，保护唐僧西天取经的最大功臣就是孙悟空，每次唐僧陷入危难，都是孙悟空去救他。而且，就资历来说，孙悟空也是唐僧的大徒弟。可唐僧为什么对孙悟空却没有猪八戒那么亲近呢？

有人说，这是因为唐僧昏庸，是非不分。

我觉得没有那么简单。

唐僧对八戒有些护短，这确实是真的。孙悟空自己也多次说过。

比如第三十二回，师徒几人到了平顶山。八戒负责去巡山，结果他偷懒，躺在草地里睡觉，还打算编个谎话回去交差。哪知道被孙悟空变作的蟭蟟虫全听见了。孙悟空回来把这些情况都告诉了唐僧，但唐僧不相信："他两个耳朵盖着眼，愚拙之人也。他会编甚么谎？又是你捏合甚么鬼话赖他哩。"——唐僧总认为八戒是个老实人，还怪孙悟空编鬼话。这时，孙悟空说：

"师父，你只是这等护短……"

第三十八回，孙悟空想让猪八戒去背老国王的尸体，又怕八戒不肯去，于是就先去找唐僧。

行者笑道："老孙的计已成了。只是干碍着你老人家，有些儿护短。"唐僧道："我怎么护短？"行者道："八戒生得夯，你有些儿偏向他。"

更典型的是在七十六回。孙悟空捉弄猪八戒，导致八戒被狮驼岭的妖怪抓去。唐僧知道以后，又责怪孙悟空，说你们师兄弟全无相爱之意。孙悟空说：

"师父也忒护短，忒偏心！罢了，像老孙拿去时，你略不挂念，左右是舍命之材；这呆子才自遭擒，你就怪我。"

可见，孙悟空对唐僧的护短非常不满——唐僧不是一般的护短，而是"忒"护短、"忒"偏心了。

因为唐僧护短，所以八戒犯错误以后，唐僧经常很快就原谅了他。比如前面说到的四圣试禅心，结果没有试出唐僧，却试出了八戒。八戒出了大丑，还被菩萨们吊在树上警告。这时，唐僧什么态度呢？

“那呆子虽是心性愚顽，却只是一味懞直，倒也有些膂力，挑得行李；还看当日菩萨之念，救他随我们去罢。料他以后再不敢了。”

唐僧不仅饶了八戒，还主动替他说好话。

而且，在取经的路上，唐僧经常不听孙悟空的话，反而听八戒的话。前面说到的“三打白骨精”就是一个事例。孙悟空跟唐僧说女孩是个妖怪，她罐子里装的并不是什么好吃的。唐僧也明明看见罐子里根本不是什么香米饭，却是青蛙、癞蛤蟆、长蛆之类，已经有三分相信孙悟空的话了。可是，八戒在旁边一唆嘴，说这是师兄使的障眼法，唐僧马上就相信八戒的话，念起了紧箍咒。

同样的事在第三十八回再次发生。孙悟空哄猪八戒把乌鸡国国王的尸体从井里背了回来，八戒内心不平，也反过来想捉弄一下孙悟空，就跟唐僧说师兄能医得活国王。孙悟空说，这个国王都死了三年了，哪能医得活？唐僧本来也觉得孙悟空说得有理，可八戒只说了一句话：“师父，你莫被他瞒了。他有些夹脑风。你只念念那话儿，管他还你一个活人。”唐僧马上就转变态度，又念起了紧箍咒。

再比如第五十回，师徒几人来到金兜山。唐僧让孙悟空去化斋，孙悟空怕唐僧被妖怪抓去，就用金箍棒在地上画了一个圈，叫他们三人待在圈子里别出来。

即取金箍棒，幌了一幌，将那平地下周围画了一道圈子，请唐僧坐在中间，着八戒、沙僧侍立左右，把马与行李都放在近身，对唐僧合掌道：“老孙画的这圈，强似那铜墙铁壁。凭他甚么虎豹狼虫，妖魔鬼怪，俱莫敢近。但只不许你们走出圈外，只在中间稳坐，保你无虞；但若出了圈儿，定遭毒手。千万，千万！至祝，至祝！”

孙悟空对唐僧是千叮咛万嘱咐，叫他不要出圈。可孙悟空刚走，猪八戒就说，我们坐在这圈子里就好像坐牢。唐僧便问八戒：“悟能，凭你怎么处治。”八戒说：“此间又不藏风，又不避冷。若依老猪，只该顺着路，往西且行。师兄化了斋，驾了云，必然来快，让他赶来。如有斋，吃了再走。如今坐了这一会，老大脚冷！”结果，孙悟空的“千万，千万”抵不过八戒的一句话，唐僧很快又信了八戒，出了圈子。

真的仅仅是因为唐僧昏庸愚拙、是非不分吗？

并不是。

我们可以换一个思路。请大家想想，在西天取经的队伍中，谁是唯一的“凡人”？

当然是唐僧。唐僧虽然前世是金蝉子，但他现在不是，他就是一个凡人。

而其他几个呢？都是神仙。

但是，在孙悟空、猪八戒、沙和尚这几个神仙中，谁更像“凡人”？

猪八戒。

所以，我们可以看到，唐僧和八戒更“近”，相对于孙悟空而言，他更能理解八戒。

唐僧是江流儿，是陈玄奘，是个凡人。八戒虽然不是凡人，但他也有着凡人的特点：喜欢吃、喜欢睡、喜欢美女。不知道大家在读《西游记》原著的时候有没有发现，取经路上，师徒四人中，总是要吃要睡的，就是唐僧和八戒两人。

我们先来看第二十三回。

正走处，不觉天晚。三藏道："徒弟，如今天色又晚，却往那里安歇？"行者道："师父说话差了。出家人餐风宿水，卧月眠霜，随处是家。又问那里安歇，何也？"猪八戒道："哥呵，你只知道你走路轻省，那里管别人累坠？自过了流沙河，这一向爬山过岭，身挑着重担，老大难挨也！须是寻个人家，一则化些茶饭，二来养养精神，才是个道理。"

要吃要睡的是唐僧和八戒，孙悟空"餐风宿水，卧月眠霜"就行了，沙和尚没说话。

再来看第四十七回。

一日，天色已晚，唐僧勒马道："徒弟，今宵何处安身也？"行者道："师父，出家人莫说那在家人的话。"三藏道："在家人怎么？出家人怎么？"行者道："在家人，这时候温床暖被，怀中抱子，脚后蹬妻，自自在在睡觉；我等出家人，那里能够！便是要带月披星，餐风宿水，有路且行，无路方住。"八戒道："哥哥，你只知其一，不知其二。如今路多险峻，我挑着重担，着实难走，须要寻个去处，好眠一觉，养养精神，明日方好捱担；不然，却不累倒我也？"

又是唐僧和八戒要吃要睡，孙悟空只要"带月披星，餐风宿水"，沙和尚还是没说话。

孙悟空可以五百年不吃不喝，只需要点铁丸铜汁就够了；睡觉当然也不需要，在树上坐一夜就行。

孙悟空是"神"，是"仙"，沙和尚像根木头，而唐僧和八戒两个更像"人"。

最有意思的是在第五十三回，师徒几人来到子母河边。

三藏见那水清，一时口渴，便着八戒："取钵盂，舀些水来我吃。"那呆子道："我也正要些儿吃哩。"即取钵盂，舀了一钵，递与师父。师父吃了有一少半，还剩了多半。呆子接来，一气饮干，却伏侍三藏上马。

又是唐僧和八戒两人喝了河里的水！

结果，两人怀孕了。

师徒们找路西行，不上半个时辰，那长老在马上呻吟道："腹痛！"八戒随后道："我也有些腹痛。"沙僧道："想是吃冷水了？"说未毕，师父声唤道："疼的紧！"八戒也道："疼的紧！"他两个疼痛难禁，渐渐肚子大了。用手摸时，似有血团肉块，不住的骨冗骨冗乱动。

真是可笑又可叹。

唐僧和八戒"同病相怜"，两人更有"共同语言"。

所以，八戒有一点色心，唐僧也觉得不算什么，唐僧能够体谅八戒，他自己何尝没有一点心动呢？八戒身体笨重，要吃要喝，唐僧也感同身受，谁能像孙悟空那样云来雾去、不食人间烟火呢？

红孩儿变作一个小孩，赤条条地吊在树上。唐僧一看，心中怜悯，让八戒去救他下来。孙悟空过来阻止，说这个小孩是个妖怪。唐僧骂孙悟空：

"这泼猴多大惫懒！全无有一些儿善良之意，心心只是要撒泼行凶哩！我那般说叫唤的是个人声，他就千言万语只嚷是妖怪！你看那树上吊的不是个人么？"

八戒刚要上去解绳子，孙悟空又拦住不让。这时，八戒也不怕孙悟空的金箍棒了，他"扛"住行者道：

"哥哥，这等一个小孩子家，你只管盘诘他怎的！他说得是，强盗只打劫他些浮财，莫成连房屋田产也劫得去？若与他亲戚们说了，我们纵有广大食肠，也吃不了他十亩田价。救他下来罢。"

什么叫“扛”？就是冒犯、顶撞，用现在的话说，就是“怼”。猪八戒为什么敢“怼”孙悟空？因为有唐僧撑腰，他和师父是站在一边的。

此时，唐僧又开口了：“孩儿，我上马来，我带你去。”

唐僧不仅让八戒放了红孩儿，还让孙悟空驮着他。

没有八戒的支持，唐僧是做不到的。

正因为唐僧和八戒两人有很多共同点，所以，唐僧从情感上更亲近八戒，也经常“八戒”“八戒”地叫着。其实，“八戒”是混名（诨名）。混名就是外号，我们都知道，叫一个人外号是亲密的体现。叫你大名，虽然正式，但也显得疏远。

唐僧给三个徒弟都起了混名，但是他只叫“八戒”，没叫过“行者”和“和尚”。对孙悟空，最好的时候，就是称呼“贤徒”。

相反，孙悟空稍有过失，唐僧就会开骂：泼猢狲，你这猴头……取经路上，唐僧两次把孙悟空赶走，而对猪八戒却没赶过一次。

那么，唐僧对孙悟空为什么总是若即若离呢？是不是仅仅就是上面所说的这些原因？当然也不是。唐僧和孙悟空之间的关系有点复杂，这个我们下回再说。

第二十一问

唐僧对孙悟空为什么若即若离

唐僧对孙悟空为什么若即若离？这个问题和前面一个问题看似毫不相干，其实很有关系。我们理解了唐僧和猪八戒的关系，也就能更好地理解唐僧和孙悟空的关系。前面讲到，唐僧为什么经常对八戒护短？因为他们两人比较相近：唐僧是一个凡人，而八戒最“像”一个凡人。沿着这样的思路，我们再多问一句：那取经队伍几个人中，谁最“不像”凡人呢？

当然是孙悟空。说他是神仙也好，是妖怪也罢，他本来就不是凡人。而且，他和凡人几乎没有共同点。

因此，他虽然是唐僧的大徒弟，但他离唐僧最“远”。

我们可以从以下几个方面来看。

第一，唐僧手无缚鸡之力，而孙悟空最能降妖除魔。

这点不用多说了。西天取经的路上，唐僧一次又一次被妖怪抓去，孙悟空一次又一次把他救出来。可以说，孙悟空是帮助唐僧完成西天取经的最大功臣，八戒和沙僧只是帮手而已。如果没有孙悟空，唐僧不可能走到西天，甚至根本就是寸步难行，分分钟就被妖怪抓去。有这么一个本领高强的徒弟当然是好事，不过，什么事都要靠着徒弟，离了徒弟自己命都活不成，这肯定让做师父的也非常尴尬。我们可以想象一下，有时候唐僧被妖怪抓去，正在那里哭，这时孙悟空变个小虫子叮在他的光头上，说师父别哭，老孙来救你了。如果你是唐僧，你会是什么感觉？——唉，自己真没用啊！

第二，唐僧性格比较软弱，孙悟空有些看不起他。

前面说到过，唐僧是个凡人，他的性格中有胆小、怕事、软弱的一面。而孙悟空的个性正好相反，玉皇大帝的位置也想坐一坐，太上老君的胡子也要摸一摸。所以，孙悟空对唐僧的软弱很看不起，他经常说唐僧“不济”。

比如在鹰愁涧，小白龙吃了唐僧的白马，唐僧就在那里哭：“既是他吃了，我如何前进！可怜呵！这万水千山，怎生走得！”孙悟空说，那我去把马找回来。唐僧又说，你要是走了，妖怪再来害我怎么办？孙悟空听了很不耐烦，干脆对着唐僧嚷了起来：

“你忒不济！不济！又要马骑，又不放我去，似这般看着行李，坐到老罢！”

再比如第五十六回。唐僧被一伙贼人抓住吊在树上，等孙悟空赶上以后，师徒俩有一段对话：

三藏道：“徒弟呀，还不救我一救，还问甚的？”行者道：“是干甚勾当的？”三藏道：“这一伙拦路的，把我拦住，要买路钱。因身边无物，遂把我吊在这里，只等你来计较计较。不然，把这匹马送与他罢。”行者闻言笑道：“师父不济。天下也有和尚，似你这样皮松的却少。唐太宗差你往西天见佛，谁教你把这龙马送人？”

这段话已经很好懂了，但是还可以再“翻译”一下——唐僧说：“徒弟啊，我被贼人吊在这里了，没办法，要不就把那匹白马送给他们吧。”孙悟空笑道（对唐僧一脸的不屑）：“天下有那么多和尚，我就没见过你这样皮松的，你也太差劲了。唐太宗是派你去西天拜佛的，谁让你把白马送人了？”

是不是跟老师训小学生似的？

如果你是唐僧，被自己的徒弟这样轻看、这样数落，你会喜欢孙悟空吗？

第三，唐僧虽然是师父，行动却经常受孙悟空摆布。

这点是和上面两点相联系的。正因为孙悟空最能降妖除魔，而唐僧“不济”，所以有时候为了逃避危险，或者为了收服妖怪，孙悟空就常常反客为主，唐僧也只能老老实实地听孙悟空的话。比如在救活了乌鸡国国王后，几人准备去王宫找假国王对质。唐僧有些害怕，还准备对假国王行跪拜大礼。孙悟空说：

> “师父不济。若是对他行礼，诚为不智。你且让我先走到里边，自有处置。等他若有言语，让我对答。我若拜，你们也拜；我若蹲，你们也蹲。”

孙悟空不仅要走在唐僧的前面，还要唐僧一切都听他的。这到底谁是师父谁是徒弟？

同样的事情还发生在灭法国。听说灭法国的国王无道，专门杀和尚，唐僧不知道怎么办才好。这时孙悟空出了一个主意，叫大家都戴上头巾，扮作俗人，也不要称什么师父师弟了，唐僧叫唐大官，八戒叫猪三官，沙僧叫沙四官，他自己则叫孙二官。孙悟空虽然是孙二官，但是却吩咐大官、三官和四官：“你们切休言语，只让我一个开口答话。”结果，“长老无奈，只得曲从”，师父事实上成了徒弟。

更过分的是在比丘国。比丘国的国丈说，用唐僧的心做药引，其效果比一千一百一十一个小孩的心还要好。国王便派人来抓唐僧。唐僧被吓得昏了过去，醒来后又战兢兢地“哀告”孙悟空：“贤徒啊！此事如何是好？”这时，孙悟空对他说：办法也是有的，就是我们换一换，我扮做你的模样，你扮做我的模样，我代你去剜心。唐僧自然非常感激，不但很感激，还说要做孙悟空的徒孙。我们来看原文：

行者道：“若要全命，师作徒，徒作师，方可保全。”三藏道：“你若救得我命，情愿与你做徒子做徒孙也。”

唐僧本来是孙悟空的师父，现在为了活命，居然情愿做孙悟空的徒子徒孙。听起来是不是特别滑稽？接着，孙悟空又在唐僧脸上抹了一把用八戒的尿和成的臊泥，把唐僧变成了自己的模样。尽管孙悟空是好意，也是为了救唐僧，但唐僧心里的滋味可想而知了。

第四，孙悟空经常能看破玄机，而唐僧只是肉眼凡胎。

我们都知道，西天取经一路要经历无数磨难，而其中有许多磨难是观音菩萨特意安排的。比如说“四圣试禅心”，文殊菩萨、普贤菩萨、观音菩萨、黎山老母，两男两女扮作几个美女来考验唐僧师徒。对于佛门弟子来说，戒色是最基本的，如果你连色都戒不了，还谈什么修心，还谈什么西天取经？可以想象，如果唐僧没有经受住考验，那他不仅取不了经，连所谓的高僧也做不成了，只能落得个臭名远扬。这场考验对唐僧来说是何等重要啊！可是，孙悟空有火眼金睛，他事先早就知道这是菩萨“在此显化我等”，但他并不跟唐僧说。如果你是唐僧，会不会有被愚弄的感觉？

这样的事情其实发生过多次。一会儿是功曹来传信，一会儿是金星来报魔，孙悟空知道这都是如来佛和观音菩萨做的“局”。所以，虽然降妖很辛苦，但孙悟空相信，即便自己降不了妖，到了关键时刻，也会有人来解救的。可唐僧就不一样了，他不仅蒙在鼓里，而且，那些罪都是他要实实在在地受的。

第五，孙悟空还有许多本领唐僧不知道。

孙悟空善能降妖除魔也就罢了，他在唐僧面前还显得高深莫测，他的本领好像无穷无尽。唐僧虽然认可孙悟空的武功，但并不知道他还有别的本事。在乌鸡国的时候，老国王的鬼魂深夜拜见唐僧，请孙悟空去降妖，当时唐僧就说："我徒弟干别的事不济，但说降妖捉怪，正合他宜。"孙悟空真的"干别的事不济"吗？事实并非如此，但唐僧却是这么认为的。比如在朱紫国，孙悟空揭了国王的榜文，要去给国王治病，唐僧知道后又纳闷又生气。纳闷的是，我从来没听说你这猴子还会治病啊；生气的是，你这回又要闯祸了，我又得受你的连累。所以唐僧很不耐烦，他对孙悟空喝道："你跟我这几年，那曾见你医好谁来！你连药性也不知，医书也未读，怎么大胆撞这个大祸！"还说"你那曾见《素问》《难经》《本草》《脉诀》，是甚般章句，怎生注解，就这等胡说散道，会甚么悬丝诊脉！"结果孙悟空当即拔出几根毫毛，变作丝线，真的搞起了什么"悬丝诊脉"，并很快道出了国王的症状，说他患了"双鸟失群"之症，被众人称作神医。

唐僧大跌眼镜，自然也很受伤——在这个徒弟面前，怎么总是下不来台呢？

第六，孙悟空在佛教修养上也不输唐僧。

在孙悟空面前，唐僧有什么优势，或者说可能有什么优势呢？那就是他的佛教修养。西天取经本来就是一场修行，而唐僧是有名的高僧、圣僧、东土大唐全国佛教协会的主席，自然可以凭借自己深厚的佛教修养教育孙悟空——你的金箍棒虽然厉害，但要论起修行来，那还得老老实实听我的。

可实际情况并不是这样。孙悟空不仅功夫本领为唐僧所望尘莫及，就是在佛教修养上也超过唐僧。在取经的路上，唐僧每见一座大山便战战兢兢，总是孙悟空开导他，还说你怎么又把《多心经》给忘了。

比如第四十三回，师徒几人到了黑水河边，唐僧听到水声，便感到心神不定。这时，孙悟空开始“教育”他：

行者笑道：“你这老师父，忒也多疑，做不得和尚。我们一同四众，偏你听见甚么水声。你把那《多心经》又忘了也？”唐僧道：“《多心经》乃浮屠山乌巢禅师口授，共五十四句，二百七十个字。我当时耳传，至今常念，你知我忘了那句儿？”行者道：“老师父，你忘了‘无眼耳鼻舌身意’。我等出家人，眼不视色，耳不听声，鼻不嗅香，舌不尝味，身不知寒暑，意不存妄想——如此谓之祛褪六贼。你如今为求经，念念在意；怕妖魔，不肯舍身；要斋吃，动舌；喜香甜，嗅鼻；闻声音，惊耳；睹事物，凝眸。招来这六贼纷纷，怎生得西天见佛？

再比如第九十三回，已经来到了灵山脚下，唐僧还是有些忧心。孙悟空对他说，你又把《多心经》给忘了吗？唐僧说，我天天念诵，怎么会忘了呢？

行者道：“师父只是念得，不曾求那师父解得。”三藏说：“猴头！怎又说我不曾解得！你解得么？”行者道：“我解得，我解得。”自此，三藏、行者再不作声，旁边笑倒一个八戒，喜坏一个沙僧，说道：“嘴鞑！替我一般的，做妖精出身，又不是那里禅和子，听过讲经，那里应佛僧，也曾见过说法！弄虚头，找架子，说甚么‘晓得，解得’！怎么就不作声？听讲！请解！”沙僧说：“二哥，你也信他？大哥扯长话，哄师父走路。他晓得弄棒罢了，他那里晓得讲经！”三藏道：“悟能、悟净，休要乱说。悟空解得是无言语文字，乃是真解。”

当着八戒、沙僧的面，唐僧也承认，悟空不仅会弄棒，也最会解《多心经》。

要知道，解经参禅可是唐僧的“专业”啊，在“专业”上还不及徒弟，这让唐僧这个师父情何以堪！

而且，西天取经，实际上也是去灵山朝圣。但是，沙和尚好几次说，只要跟着大师兄走一定能到，他从来没说过跟着师父走。

以上种种，如果放在你身上，你会是什么感觉呢？面对孙悟空，唐僧的心情很复杂，既需要他，又有点敬畏他。而一旦敬畏了，自然就亲近不起来。所以，唐僧对孙悟空，总不如对八戒来得那么自然。

当然，唐僧毕竟是唐僧，他也在努力，既努力改变自己的形象，也努力改变自己的心态。关于这一点，我们下回再说。

第二十二问

唐僧为什么要自己去化斋

前面说到，每到一个地方，唐僧都要吃要睡：“徒弟，如今天色又晚，却往那里安歇？”“悟空，我这一日，肚中饥了，你去那里化些斋吃。”是的，一般来说，化斋这件事都是孙悟空包了，因为他的筋斗云快，一去就是十万八千里，可以迅速飞到世界的任何一个角落。比如在流沙河的时候，唐僧要孙悟空去化斋，孙悟空一会就化了一钵素斋回来。唐僧对孙悟空说，既然附近有人家，那干脆去问问他有什么过河之策。孙悟空却回答说，那家子远得很呢，离这里有五七千里路。

所以，唐僧一般不可能自己去化斋的。如果他某一次提出自己要去化斋，徒弟们不仅感到惊讶，也不会依他。比如在盘丝岭的时候，唐僧就提出自己去化斋。结果孙悟空笑道：

“你看师父说得是那里话。你要吃斋，我自去化。俗语云：‘一日为师，终身为父。’岂有为弟子者高坐，教师父去化斋之理？”

猪八戒也说：

“师父没主张。常言道：‘三人出外，小的儿苦。’你况是个父辈，我等俱是弟子。古书云：‘有事弟子服其劳。’等我老猪去。”

是啊，明明有好几个徒弟，他们的手段都比自己高强，唐僧为什么还要自己亲自去化斋呢？

唐僧是这样跟孙悟空和猪八戒解释的：

“不是这等说。平日间一望无边无际，你们没远没近的去化斋，今日人家逼近，可以叫应，也让我去化一个来。”

也就是说，这个地方化斋很容易，前面就有一个村庄，我自己去就行了。

可是，且不说化斋是否真的容易，就算比较容易，现成的徒弟为什么不用呢？为什么一定要亲力亲为呢？

唐僧的真实想法只有他自己知道。在他离开几位徒弟、来到村庄前时，自言自语地说：

“我若没本事化顿斋饭，也惹那徒弟笑我：敢道为师的化不出斋来，为徒的怎能去拜佛。”

原来，真正的目的是证明自己！

唐僧为什么要证明自己呢？我们再来回顾一下前面一回的内容。唐僧在徒弟们面前，尤其在孙悟空面前显得很无能，没有武功不说，连引以为傲的佛教修养也常常比不过孙悟空，还一次一次地靠着徒弟的解救才逃脱苦难。老实说，唐僧觉得在徒弟们面前很没面子。因此，他想自己做点事情，让徒弟们看看，自己也是可以的。于是，他觉得盘丝岭这个地方风和日丽的，看起来没什么妖怪，正好是个表现的机会。

当然，唐僧没有表现好。这个地方也不太平，他被蜘蛛精抓去了。

唐僧试图证明自己，当然不止这一次，他不仅曾主动要求去化斋，也曾主动要求去借宿。借宿应该比化斋还难，因为化斋毕竟只讨要一些饭食，而借宿却要麻烦人家一晚上。但是唐僧还是去做了。比如在第三十六回，师徒几人到了乌鸡国的宝林寺，唐僧便主动要去借宿。他对徒弟们说：

“你们的嘴脸丑陋，言语粗疏，性刚气傲，倘或冲撞了本处僧人，不容借宿，反为不美。”

唐僧说这个话恐怕不是真心。以往借宿都是靠徒弟们，从来也没有因为他们嘴脸丑陋就借不到或者冲撞了僧人，怎么这回就有这种担心了呢？真正的原因恐怕还是他想证明一下自己。在他的想象中，借宿应该并不难，已经来到了寺庙门口，跟里面的僧人说一声就行了。所以，当寺庙的僧官不愿意借宿时，他很不理解：“院主，古人有云：‘庵观寺院，都是我方上人的馆驿，见山门就有三升米分。’你怎么不留我，却是何情？”

反正最后是没借到，唐僧的心情很差。

欲待要哭，又恐那寺里的老和尚笑他，但暗暗扯衣揩泪，忍气吞声，急走出去，见了三个徒弟。那行者见师父面上含怒，向前问：“师父，寺里和尚打你来？”唐僧道：“不曾打。”八戒说：“一定打来。不是，怎么还有些哭包声？”那行者道：“骂你来？”唐僧道：“也不曾骂。”行者道：“既不曾打，又不曾骂，你这般苦恼怎么？好道是思乡哩？”唐僧道：“徒弟，他这里不方便。”

没借到就没借到吧，唐僧怎么还哭了呢？估计一方面是委屈——不仅没借到，还被僧官说成是“油嘴滑舌”；另一方面是羞愧——本来是想证明自己的，现在却成了“反证”。所以，后来孙悟空出马，寺庙里的僧人恭恭敬敬地请唐僧入内时，唐僧给自己找了个台阶下，他对八戒说：“鬼也怕恶人哩。”

除了化斋、借宿之外，唐僧在其他方面也试图展示一下自己。前面说到，他虽然是孙悟空的师父，但好像什么事都是听孙悟空的，孙悟空叫他走在后面他就走在后面，孙悟空叫他扮唐大官他就扮唐大官，孙悟空让他抹一脸臊泥他就抹一脸臊泥。这哪像做师父的样儿？师父总要能够自己做主吧？于是，有时候唐僧也比较固执，他一定要自己做主。比如前面说到的，在金兜山的时候，孙悟空用金箍棒在地上画个圈子，叫唐僧几个坐在里面别出来。可唐僧为什么经不住八戒几句挑唆就出了圈子呢？并不是八戒说的话多有道理，根本原因在于，唐僧本来就不那么想听孙悟空的话——我是师父，你是徒弟，现在你拿根棍画个圈子，我就只能乖乖坐在里面，一动也不能动。哪有这种道理？于是，唐僧没怎么犹豫就出了圈子，结果被青牛精捉住。最后被孙悟空救出来时，唐僧很羞愧地对孙悟空说：“贤徒，今番经此，下次定然听你分付。”

一个领导对下属说以后一定听你吩咐，你想该是多么的别扭，这个做领导的又是怎样的心情呢？唐僧心里肯定是非常不情愿的。果然，嘴上说归说，行动却是另外一回事。第六十五回，师徒几人行至一座山中。唐僧陡然看见面前有座寺庙，上面写着“雷音寺”三个大字，慌得滚下马来，就要进庙去拜。孙悟空对他说，师父你再好好看看，庙门上明明是四个字，你怎么只看见了三个字？唐僧再仔细一看，原来雷音寺的前面还有个“小”字，此乃“小雷音寺”。但唐僧还是坚持要进去拜佛。孙悟空对他说：“不可进去。此处少吉多凶。若有祸患，你莫怪我。”唐僧早已忘记了自己以前说过的话，他根本不理孙悟空，一定要进去，结果被黄眉大王抓住。

仔细想来，唐僧的这些做法也情有可原。有这么一个本领高强的下属，哪个领导都会觉得有些尴尬——自己明明是领导，可什么事都要依靠下属，这让领导如何自处呢？又让领导如何面对这位下属呢？——所以，领导肯定想证明自己：不要以为非你不可，离开你我也一样可以。

《三国演义》中的刘备不也是这样的吗？刘备三顾茅庐，好不容易请得诸葛亮出山，真是如获至宝，如鱼得水。可在三国鼎立的局势已经形成，自己也已经称帝以后，他就不那么看重诸葛亮了，甚至总想摆脱诸葛亮的影子。因为关羽被害，刘备要御驾亲征，讨伐东吴。诸葛亮数次苦劝，刘备根本听不进去，还把诸葛亮的表文抛掷于地说："朕意已决，无得再谏！"

所以，如何处理与能力超群的下属的关系，也是对领导水平的重要考验。作为领导，首先应该认识到，下属某一方面的能力比自己强是很正常的。唐太宗是何等人物？可他在被泾河龙王鬼魂纠缠、即将死去的时候，还得靠自己的下属魏征。是魏征写了一封书信给阴司的判官崔珏，让他关照唐太宗，这才有了后来崔珏私改生死簿，为唐太宗加了二十年阳寿，又带他出离鬼门关的故事。可见，即使皇帝也不是万事皆能的，何况普通人呢？如果看到下属比自己能力强就百般排挤，千般打压，宁愿固执己见也不听良言，那就离失败不远了。我们还来看《三国演义》，袁绍和田丰的故事想必大家都知道。袁绍欲起大军讨伐曹操，谋士田丰屡次劝谏，袁绍都听不进去，还把田丰关到大牢里。结果，袁绍大败。照理说，既然田丰预言成真，袁绍应该反思自己，重用田丰。可他偏不。袁绍不仅没有重用田丰，反而把田丰给杀了。因为在袁绍看来，田丰的存在正好证明了自己的愚蠢，所以他宁愿失去一个卓越的谋士，也不想自己被人看笑话。如此心胸狭隘、小肚鸡肠，焉有不败之理？

但唐僧不是袁绍，他毕竟是一位高僧。十万八千里的取经路上，他也在修行，也在反省，也在进步。

前面说到，唐僧从本能上更亲近猪八戒，对孙悟空总有些若即若离。不过，细心的读者可能注意到，随着时间的流逝，唐僧后来越来越信任孙悟空，对猪八戒也不那么护短了。

第八十八回，因为孙悟空求雨救了凤仙郡满城百姓，唐僧对孙悟空非常满意，称赞孙悟空道：“贤徒，这一场善果，真胜似比丘国搭救儿童，皆尔之功也。”猪八戒却说：“今在凤仙郡施了恩惠与万万之人，就该住上半年，带挈我吃几顿自在饱饭，却只管催趱行路！”八戒想吃几顿饱饭也是人之常情，何况是他这个“饭桶”呢？不过，这次唐僧非但没有同情八戒，反而对八戒喝道：“这个呆子，怎么只思量掳嘴！快走路！再莫斗口！”

第九十二回，打败了犀牛精，当地二百四十家灯油大户都请他们吃饭，八戒非常开心。可唐僧急着赶路，一早上就叫八戒备马。八戒很不乐意，他还是想留在这里多吃几顿。唐僧便骂道：“馕糟的夯货！莫胡说！快早起来！再略强嘴，教悟空拿金箍棒打牙！”请注意，以前唐僧几乎都是偏信八戒而冤枉悟空，这回却是叫悟空打八戒了。结果八戒自己也很惊讶：“师父今番变了，常时疼我、爱我，念我蠢夯护我；哥要打时，他又劝解；今日怎么发狠转教打么？”

第九十四回，唐僧被天竺国的假公主抛绣球打中，成了“驸马”。师徒几人去见国王，临行的时候，唐僧叫徒弟们在皇宫里少说话，不要大呼小叫。八戒说，怕什么，我们和他是亲戚，他也不好怪我们。照理说，八戒的话虽然不妥，但也没犯什么大错。但是唐僧却大发脾气，喝道：“拿过呆子来，打他二十禅杖！”孙悟空真把禅杖拿来，唐僧举杖就打，吓得八戒直叫“驸马爷爷饶命”。

第九十六回，师徒几人在寇员外家住了几天，唐僧又要赶路，八戒又开始嘀咕。结果，唐僧再次喝骂八戒：“你这夯货，只知要吃，更不管回向之因，正是那‘槽里吃食，圈里擦痒’的畜生！”等到几人已经开始上路，八戒还在嘟囔，唐僧又骂八戒道：“泼孽畜，又来报怨了！常言道：‘长安虽好，不是久恋之家。’待我们有缘拜了佛祖，取得真经，那时回转大唐，奏过主公，将那御厨里饭，凭你吃上几年，胀死你这孽畜，教你做个饱鬼！”又是“畜生”，又是“孽畜”，又是“饱鬼”，唐僧对八戒是越骂越狠，却再也不骂孙悟空“猴头”“猢狲”了。

第二十三问

为什么很多人喜欢猪八戒

前面几回主要是围绕猪八戒来进行的，我们也说了一些八戒的缺点和问题，比如贪吃、爱财、好色、有点懒，等等。如果光看这几点，八戒似乎是个典型的“负面形象”。但是很奇怪，看过《西游记》以后，很多人都挺喜欢八戒的。这是为什么呢?

那当然是因为八戒不仅有缺点，也有优点。他是一个立体的、丰满的人物，让我们在某些方面产生了亲近之感。具体来说：

第一，八戒非常搞笑。

俗话说，每个班上都会有一个胖子，这个胖子还往往是大家的开心果。而猪八戒，就是西天取经队伍中的那个胖子。

十万八千里，很苦，很累，很单调，很寂寞，但也充满了欢乐。而这些欢乐，百分之九十九是八戒带来的。

四个人中，唐僧、沙僧就不用说了，一个严肃规矩，一个木讷刻板。沙和尚几乎就没笑过，唐僧最多也只是“喜”，很少见他“笑”。

孙悟空呢，虽然本领很大，但总是一副疾恶如仇的样子，搞笑也不是他的特长。

八戒就不同了，他仿佛生来就是搞笑的。

1. 打仗不忘搞笑。

在通天河，八戒和金鱼精交战。刚一出手，金鱼精就说，你是个半路出家的和尚，不然怎么使个钉钯呢？你原来肯定是帮人种菜的，结果把人家的钉钯拐来了。这个妖怪看来也是善于搞笑的，结果八戒顺杆就爬，他看到金鱼精手上的铜锤，就回他道，原来你也是半路上成精的。妖怪问，你怎么知道我是半路上成精的？八戒说，你那铜锤肯定是哪个银匠家的，你原来在那里打工，趁人不注意偷来的。

或许是八戒找到了乐子，后来在隐雾山折岳连环洞，八戒和豹子精打斗时，豹子精刚把兵器举起来，八戒就说，你原来是开染坊的。豹子精问，我怎么是开染坊的呢？八戒说，你不是开染坊的，怎么会使棒槌？呵呵。

2. 生死不忘搞笑。

取经途中，即便处在生死关头，八戒也经常拿别人开涮，哪怕对师父唐僧也不例外。比如第五十六回，因为孙悟空打得白龙马飞跑，唐僧一人走在了他们前面，结果被一伙强人抓到吊在树上。等到几个徒弟赶到，八戒却说：你们看，师父真会玩，他在那里荡秋千呢。第八十六回，唐僧被豹子精抓去，豹子精扔出一个假人头来骗他们，说你们的师父已经死了。兄弟几个信以为真，只好垒个坟把那个人头埋了，对着坟痛哭。孙悟空要去找豹子精报仇，八戒说：

“哥啊！仔细着！莫连你也捞去了，我们不好哭得：哭一声师父，哭一声师兄，就要哭得乱了。”

当然，八戒并不是拿别人的生死不当回事，他涮起自己来更狠。他多次被妖怪抓到，有时甚至就要丢命，但好像从来没有怕过，倒是经常一笑了之。比如在五庄观，孙悟空、猪八戒、沙和尚偷吃人参果，后来被镇元子捉到。镇元子命令手下把他们都用布牢牢裹起来，只留头和脸在外面。八戒说，上面留不留不要紧，下面倒要留个孔，我们好出恭。到了狮驼岭，师徒四人都被妖怪捉到，放在蒸笼里蒸，八戒被放在最下面一格。孙悟空说最上面蒸汽最大，最下面蒸汽最小。这对八戒而言本来是件好事，他不会马上被蒸死，但八戒还不忘调侃自己一回：

“哥呵，依你说，就活活的弄杀人了！他打紧见不上气，抬开了，把我翻转过来，再烧起火，弄得我两边俱熟，中间不夹生了？”

我们可能知道，林语堂先生是幽默大师，他曾说：“幽默是一种人生的态度，一种应付人生的方法。”这是一种什么态度、什么方法呢？其实就是面对困境、窘境的豁达、乐观，甚至自嘲。就这点来说，八戒的搞笑已经有些幽默的意味了。经过他这么一嘲，生死仿佛都不是事，哪怕自己死了，也可以博得大家一笑。

3. 好色不忘搞笑。

八戒好色是不假，但他的好色并不让人觉得有多么不堪。其中的重要原因就在于，他好色的时候也挺搞笑。比如在“四圣试禅心”那一回，贾夫人对他说，不知道该把哪个女儿许配给你。八戒说，那就把三个女儿都配给我。贾夫人很生气：难道你一人就要占我三个女儿？岂有此理！这时，八戒说：

“你看娘说的话。那个没有三宫六院？就再多几个，你女婿也笑纳了。”

到了天竺国，唐僧被假公主抛绣球打中，即将成为驸马。八戒听说了，后悔得不得了：

“早知我去好来！都是那沙僧惫懒！你不阻我呵，我径奔彩楼之下，一绣球打着我老猪，那公主招了我，却不美哉，妙哉！俊刮标致，停当，大家造化耍子儿，何等有趣！”

沙僧羞他，说你这么丑，公主能看上你？八戒说：“丑自丑，还有些风味。”

顺便说一句，八戒经常用“丑”来调侃自己。比如在西凉女国，女王看上了唐僧，派太师到馆驿来提亲。八戒说，师父要去取经，我可以留下来和女王成亲。驿臣嫌他丑，八戒却道：“粗柳簸箕细柳斗，世上谁见男儿丑？”在狮驼岭，太白金星变成老头来给他们报信，看到八戒也说他丑，八戒的回答是：“丑便丑，奈看，再停一时就俊了。”

我们在生活中可能有这样的体验：和有的人交往必须非常小心，因为他特别敏感，不知道什么时候哪句话就会伤害到他。和这样的人做朋友，自然会觉得累，久而久之，大家也就都疏远他了。但八戒不一样，他虽然长得丑，但不怕别人说，他自己也经常说。显然，这样的人非常耐压，跟这样的人交往，别人也会觉得很放松。

4. 日常不忘搞笑。

除了以上几点之外，在日常生活中，八戒也经常搞笑。比如在子母河，唐僧和八戒因为喝了河水怀孕了，到一个老婆婆家借宿。老婆婆说，你们幸亏来的是我家，要是到别人家，肯定早把你们杀了做了香袋。八戒说，不要紧，“他们都是香喷喷的，好做香袋；我是个臊猪，就割了肉去，也是臊的，故此可以无伤”。后来，八戒喝了落胎泉的水，打下了肚子里的胎儿。老婆婆说烧点热水给他们洗个澡，沙僧忙说洗不得，月子里洗澡会得病。八戒却一本正经地说：“我又不曾大生，左右只是个小产，怕他怎的？洗洗儿干净。”

类似的桥段在《西游记》中比比皆是，总是让人忍俊不禁。有这样的八戒做伴，谁能不愿意呢？我们可以想象一下，如果没有八戒，《西游记》该是多么的无趣。

第二，八戒懂得生活。

前面说到，八戒虽然也是神仙，但他是最像凡人的神仙。凡人的世界，八戒接触最多；凡人的生活，八戒也最懂。

我们可以回忆一下，当年在高老庄的时候，八戒就是一把干活的好手。高太公是怎么说他的呢？“耕田耙地，不用牛具；收割田禾，不用刀杖。”孙悟空假扮高翠兰，在小屋子里等猪八戒。猪八戒到来的时候，“高翠兰”有些埋怨，猪八戒却对“高翠兰”说：

“我也曾替你家扫地通沟，搬砖运瓦，筑土打墙，耕田耙地，种麦插秧，创家立业。如今你身上穿的锦，戴的金，四时有花果享用，八节有蔬菜烹煎，你还有那些儿不趁心处，这般短叹长吁，说甚么造化低了！”

猪八戒说的应该不是假话，高太公家的好多活都让八戒一人给干了。

另外，在“四圣试禅心”那一回，八戒也曾向贾夫人介绍自己的能耐，这个我们前面已经讲过，这里不妨再来温习一下：

“虽然人物丑，勤紧有些功。若言千顷地，不用使牛耕。只消一顿钯，布种及时生。没雨能求雨，无风会唤风。房舍若嫌矮，起上二三层。地下不扫扫一扫，阴沟不通通一通。家长里短诸般事，踢天弄井我皆能。”

无论是耕田、种庄稼，还是盖房子、扫地、通阴沟，大事小事八戒全会。八戒好像并不只是神仙或妖怪，他就是一个庄稼汉。

八戒的这些生活智慧在取经路上也得到了展示。比如师徒几人走到通天河边，河水看起来很深，但到底有多深呢，唐僧和孙悟空都不知道。八戒说，我来试试，看看它深浅如何。唐僧不以为然：“悟能，你休乱谈。水之浅深，如何试得？”八戒则告诉他：

“寻一个鹅卵石，抛在当中。若是溅起水泡来，是浅；若是骨都都沉下有声，是深。”

说得孙悟空也心服口服。

后来，金鱼精用“人工降雪”让通天河结冰，唐僧要踏冰而过。八戒给他出了两个主意：其一，用稻草把马蹄包起来。孙悟空开始也不知道八戒要稻草有什么用，但八戒告诉他，用稻草包着马蹄，马蹄就不会打滑，这样师父就不会从马上跌下来。其二，叫唐僧把九环锡杖横着拿在手上。孙悟空又不理解，还怀疑八戒有什么歹意。八戒又对孙悟空说：

“你不曾走过冰凌，不晓得。凡是冰冻之上，必有凌眼，倘或蹰着凌眼，脱将下去，若没横担之物，骨都的落水，就如一个大锅盖盖住，如何钻得上来！须是如此架住方可。”

孙悟空虽然暗笑，说“这呆子倒是个积年走冰的”，但估计此时他心里也是佩服八戒的。

第三，八戒比较单纯。

孙悟空经常称八戒为“呆子”。呆子是什么意思呢？就是让人感觉他比较傻、比较憨、比较木。其实仔细想想，这并不全是贬义，也说明八戒比较单纯，没有那么多心眼。

八戒单纯吗？应该说，他虽然有时候也会偷懒，但总的来说还是以呆傻为主。要说玩心眼，他比孙悟空差远了。在狮驼岭的时候，八戒自己曾说：

“师父，莫怪我说。若论赌变化，使促掐，捉弄人，我们三五个也不如师兄；若论老实，像师兄就摆一队伍，也不如我。”

对八戒的话，唐僧表示认同：“正是！正是！你还老实。”

正因为八戒比较老实，比较单纯，比较憨厚，所以他经常被孙悟空捉弄。比如我们前面提到的，在乌鸡国，孙悟空要去找老国王的尸体，但他自己不想扛，就去哄骗猪八戒。悟空对八戒说，我们俩去偷一件宝贝。八戒信以为真。可到了地方才知道，原来所谓的宝贝就是老国王的尸体，悟空是让他来扛尸体的。再比如到了隐雾山，孙悟空明明看见山里有妖怪，却骗八戒说前面有人家在斋僧，有好多白面馒头。八戒听了又信以为真，他问孙悟空：“哥哥，你先吃了他的斋来的？”孙悟空说，吃了，就是太咸。于是，八戒假装要喂马，连忙跑到前面去找饭吃，结果被一群小妖围住。

猪八戒和孙悟空都曾说自己老实，但客观而言，孙悟空肯定要比猪八戒精明。猪八戒还曾说自己是个“直肠的痴汉”，这或许正符合他的定位。直肠的痴汉，有时候呆，有时候傻，有时候笨，有时候搞笑。但不管怎么样，都让人觉得他并不算太坏，也不会对自己构成威胁，跟这样的人在一起，很放松，很好玩。

第二十四问

沙和尚为什么也能修成正果

前面说了那么多关于猪八戒的事，下面该说说沙和尚了。

在很多人的印象中，沙和尚这个人似乎没什么好说的。在取经队伍中，唐僧是师父，孙悟空、猪八戒、沙和尚是徒弟。唐僧总共只有三个徒弟，可这个沙和尚的存在感非常低，好像有他没他无所谓。大家看《西游记》的时候不知道有没有注意，所有的妖怪都是孙悟空和猪八戒打的，沙和尚没有打死一个妖怪。别说打死了，就是上前帮忙的时候也非常少。有的朋友可能说，不对啊，假孙悟空回到花果山，变出了假唐僧、假猪八戒和假沙和尚的时候，沙和尚不是把那个假冒的猴精给打死了吗？那个假冒的猴精能算是妖怪吗？应该不算，更不是唐僧西天取经路上遇到的妖怪。原文中明确说了，那个猴精只是个猴子变的，沙和尚把那个猴精打死以后，假孙悟空又选了另一个会变化的猴子，又变了一个假沙和尚。

另外，在西天取经的路上，沙和尚不仅话不多，做的事情也很有限。前面说过，孙悟空主要负责降妖，猪八戒主要负责挑担，偶尔也帮助猴哥降妖。而沙和尚呢，主要任务就是牵马。在到达灵山后，如来佛对唐僧师徒都有封赏，沙和尚被封为金身罗汉。原文是这么说的：

“沙悟净，汝本是卷帘大将，先因蟠桃会上打碎玻璃盏，贬汝下界，汝落于流沙河，伤生吃人造孽，幸皈吾教，诚敬迦持，保护圣僧，登山牵马有功，加升大职正果，为金身罗汉。”

如来佛说得非常清楚，沙悟净是“登山牵马有功”。登山牵马能有多大的功劳呢？就算还要照顾马匹，要给马喂草料，应该也是几人中活最轻的。这让我们不禁产生疑问：沙和尚何德何能可修成正果呢？他到底有什么过人之处呢？

有这些疑问当然是可以理解的。不过，如果你有足够的社会阅历，就会知道，其实沙和尚能做到这样非常不容易，某种意义上并不亚于孙悟空和猪八戒。

第一，沙僧能够忘记过去的辉煌，踏踏实实做好现在的事。

我们都知道，沙僧的前身是卷帘大将。卷帘大将是干什么的呢？所谓卷帘，就是把门帘卷起来。古代宫殿的门上通常会悬挂一个门帘，用布或者珠串等做成，上面还会有各种各样的图案，既好看，又能挡风防虫，同时也显得房子里面的主人很威严。当然，有了门帘，进出时就有些麻烦，而当一些大人物出入时，他手下的人就会帮他把这个帘子掀起来。卷帘大将是不是仅仅帮玉帝掀门帘的呢？那当然不是，实际上，他就是玉皇大帝的贴身侍卫。贴身侍卫虽然级别并不高，但因为常伴玉帝左右，所以肯定是玉帝的心腹，因此实际地位还是很高的。在流沙河和猪八戒交战时，沙僧对八戒有这么一番自我表白：

“玉皇大帝便加升，亲口封为卷帘将。

南天门里我为尊，灵霄殿前吾称上。
腰间悬挂虎头牌，手中执定降妖杖。
头顶金盔晃日光，身披铠甲明霞亮。
往来护驾我当先，出入随朝予在上。”

我们看这几句话，显然，沙僧对自己的过去还是非常自豪的——卷帘大将的职位是玉帝亲自封的；我整天待在最高领导的身边，玉帝到哪儿我到哪儿；我腰里挂着虎头牌，南天门一带我说了算——官虽不大，的确挺牛的，比“辽北第一狠人”彪哥强多了。

而且，下面沙僧还说了，当年王母娘娘办蟠桃会，他也是在场的。也就是在蟠桃会上，他失手打坏了玻璃盏，才被玉帝责罚。沙僧为什么能参加蟠桃会呢？是因为他卷帘大将的身份，还是跟着玉帝去的？我们不得而知，但至少他也是见过大场面的人了。

可是后来，沙僧做了唐僧的徒弟，还排名最末，基本没有什么存在感。

一下子从天上跌落到了地下，这前后的反差太大了。沙僧能适应吗？他的心态能平和吗？他会不会和悟空八戒争风吃醋、明争暗斗呢？

事实证明，这些担心都是多余的。

尽管主要任务只是牵马、喂马，但沙僧从来没有抱怨，他只是默默做好自己该做的事。他知道，现在的他，不再是卷帘大将了，而是唐僧的徒弟。人不能总是陶醉在过去的辉煌里，而是要认清现实，看清现在。就这一点来说，很多人就很难做到。而沙僧却能放下身段，做自己力所能及的事情，师父和师兄叫他干什么他就干什么。

第二，沙僧非常低调。

我们看《西游记》，都能感受到沙僧的低调，他的存在感很弱。沙僧的低调表现在哪儿呢？我想主要有两点。

1. 不该看的不看，不该问的不问，不该说的不说。或许因为沙僧以前是玉帝的贴身侍卫，其实也就是保镖，所以他很了解作为一个保镖的自我修养。我们可以脑补一下古代皇帝的贴身侍卫，比如太监什么的，皇帝和别人谈话，你能随便插嘴吗？你能把皇帝的话随便往外传吗？当然不能。沙僧也一样。所以沙僧的话特别少，性格也比较内敛。他基本上是听师父的，师父说什么就是什么，甚至唐僧和孙悟空发生矛盾，唐僧要念紧箍咒时，他也跟没事人一样，以至于后来孙悟空还怪他。事实上，西天取经十万八千里，唐僧和孙悟空、猪八戒都发生过矛盾，但沙和尚却从来没有和师父发生过争执。

2. 正面镜头一定要留给领导和主角，自己从来不争功。作为一个过去的侍卫、现在的配角，沙僧非常善于把握分寸，正面镜头一定要留给领导和主角，而绝不能抢领导和主角的风头，自己默默地把所有事都做了，却好像不存在一样。孙悟空一心降妖，想着显神通弄手段，要“留名”；猪八戒有时候还厚着脸皮和孙悟空争功，怕孙悟空占了便宜。而沙僧从来没有这样的事，他一心牵马，偶尔挑担降妖，他完成自己该完成的事，从不去争什么，更没有在兄弟之间离间挑唆。

当然啦，话说回来，一个人可以低调，但不能真的低到没有，不能真的什么事也不做。沙僧虽然不争功，但他的本事还是有的，真到需要他的时候，他也是尽心竭力的。比如在宝象国，国王请他们去降妖，救出百花羞公主，结果八戒自告奋勇，驾云而去。这时沙僧也主动请缨，说二哥一人不能对敌，我也去助他一臂之力。后来到了“前线”，八戒却临阵脱逃，沙僧依然独自一人和黄袍怪苦战。再后来，虽然被黄袍怪抓到，他又舍出性命，破天荒地撒了一次谎，替百花羞隐瞒了送信的事实。再比如在黑水河，唐僧和八戒被小鼍龙捉去，悟空有心去救他们，却感觉这河里水色不正，自己水性又不好，有些畏难之色。沙僧这时二话不说，马上脱了衣服，抡起降妖宝杖，径直钻入波中，并和小鼍龙大战了三十回合！

第三，沙僧的取经意志非常坚定。

沙僧虽然比较低调，但他做事很有目标感，不达目的决不罢休。拿西天取经来说，其实在取经团队的几个人中，沙僧的意志是最坚定的，甚至比唐僧还要坚定。八戒不用说了，多次闹着要散伙；孙悟空也好几次产生退悔之意，如果没有观音菩萨的紧箍圈，估计他也走不到灵山；唐僧身为领导，当然有为大家指明方向的责任，但他的性格过于软弱，走在路上经常战战兢兢，一遇到高山就害怕，一看到森林就想家，在镇海寺生了病也有些灰心。可沙僧从来没有，相反，他还经常开导悟空、八戒，要他们努力前行。

第四十回，唐僧被红孩儿抓去。悟空有些心灰意懒，说兄弟们散了吧，师父总是不听我的话，又被妖怪抓去了。八戒也连忙附和：是啊，早点散了，西天那么远，什么时候才能到。这时，沙僧的反应是：

> 沙僧闻言，打了一个失惊，浑身麻木道："师兄，你都说的是那里话。我等因为前生有罪，感蒙观世音菩萨劝化，与我们摩顶受戒，改换法名，皈依佛果，情愿保护唐僧上西方拜佛求经，将功折罪。今日到此，一旦俱休，说出这等各寻头路的话来，可不违了菩萨的善果，坏了自己的德行，惹人耻笑，说我们有始无终也！"

沙僧之所以会"浑身麻木"，还"打了一个失惊"，说明他从来没有想过要散伙，听孙悟空说要散伙，他很惊讶。不仅如此，他还给悟空、八戒上了一课，讲了西天取经的大道理，最后成功说服了二人。可以说，这次如果没有沙僧的坚持，取经队伍就真的散伙了。

第四十三回，师徒几人行至黑水河边，唐僧又开始感慨：唉，什么时候才能到得西天，取到如来真经啊。八戒也跟着嚷嚷：照这样走啊，一千年也到不了。可沙僧却说：

“且只捱肩磨担，终须有日成功也。”

第八十回，已经快到天竺国了，唐僧看到一座大山，再次勾起了他的思乡之情：也不知道西天在哪里，哪天才能回到唐朝见到天子。八戒则说：如来可能搬家了，不然我们怎么总走不到呢。而沙僧依然是那么淡淡却坚定地说：

“只把工夫捱他，终须有个到之之日。”

沙僧的这种毅力，的确非常人所有。

所以，沙僧虽然看起来不起眼，但他对自己很有认识，知道自己该干什么、能干什么，一旦认准就百折不挠。实际上，在取经队伍中，孙悟空和猪八戒虽然资历比沙和尚老，本领比沙和尚高，但他们俩都有些对自己认识不明、定位不清。孙悟空有点“年少轻狂”，自视太高，谁都不放在眼里，结果时而被现实教训；猪八戒则经常迷失在世俗和物欲中，失去目标和方向。唯有沙僧沉着笃定，虽然木讷，却仿佛汹涌波涛中的一叶扁舟，给人以信心和安定。因此，尽管沙僧很低调，却也成了取经队伍中不可或缺的一分子，并最终修成正果。

第二十五问

白龙马都做了哪些事

上回说到，在取经队伍中，沙僧算是默默无闻的一个人。不过，仔细想来，其实还不是太准确。因为还有比他更默默无闻的，那就是白龙马。由于白龙马只是一匹马，所以我们常常忘记了他的存在。

但是我们也知道，白龙马并不是一般的马，他原本和孙悟空、猪八戒、沙和尚一样，都是神仙。在《西游记》中，龙族的地位虽然并不是特别高，玉皇大帝和王母娘娘举办蟠桃会，席面上还有龙肝凤髓，但白龙马的前身毕竟是西海龙王的儿子。在龙族里面，海龙王应该是顶级的存在了。所以说，小白龙原本也是出身名门，即使不能继承王位，至少也是个王爷级别的。就此而言，小白龙比孙悟空、猪八戒和沙和尚都有背景，孙悟空、猪八戒、沙和尚原来都是草根，而小白龙却是根正苗红的神仙子弟。

然而天有不测风云，小白龙纵火烧了殿上明珠，不日就要被玉帝处死。小白龙为什么要烧明珠呢？是故意还是无意？这个所谓的“殿”是什么殿，难不成是玉帝的灵霄宝殿？那颗明珠又是什么样的宝珠，以致玉帝如此大发雷霆呢？这些原著并没有交代，我们也不得而知。但有一点是肯定的，小白龙在错误的地点做了错误的事情，犯下了忤逆大罪。他的父亲西海龙王也保不了他，甚至还主动向玉帝告状。自己的父亲把儿子告了，可想而知，情况是多么严重。结果，小白龙被吊在空中，遭到残酷毒打，过几天就要被斩。

小白龙真的很惨啊！所以，当观音菩萨到来，说可以免他死罪，但是要给取经人做个脚力时，他毫不犹豫地就答应了。此时的小白龙肯定没有想到，以后的日子将会是多么的艰难，也不会想到给唐僧做脚力是个什么样的身份和地位。

为什么要提到小白龙的身份地位呢？因为我们前面刚说了，小白龙以前是西海龙王的儿子，而以后将要成为唐僧的脚力，这个反差实在是太大了。请大家注意，小白龙后来化身为白龙马，一路上跟随唐僧西天取经，也是历经了千难万险，但他并不算是唐僧的徒弟。小白龙虽然也叫过唐僧师父，但那并不是正式的。我们可以从以下两个事实来证明这一点。

其一，观音菩萨为取经人寻找徒弟，找到孙悟空、猪八戒和沙和尚时，都曾为他们取法名。悟能、悟净都是菩萨取的，而悟空因为已经有了法名，所以菩萨没有另外为他取，但悟空也正好是悟字辈。也就是说，唐僧的正式徒弟都是悟字辈的。但菩萨遇到小白龙时并没有为他取法名，只是让他等候取经人来，好变作白马给取经人做脚力。显然，白龙马的地位和孙悟空、猪八戒、沙和尚是不一样的。

其二，唐僧一路收徒，收了徒弟以后，又给他们分别起了混（诨）名：悟空叫行者，悟能叫八戒，悟净叫和尚。但小白龙却没有混（诨）名。事实上，唐僧和小白龙连说话的机会都没有。在唐僧眼里，他只是一匹马而已。

我们前面说过，沙僧的可贵之处，其中之一就在于，他能够忘记过去的辉煌，踏踏实实做好现在的事。小白龙何尝不是如此呢？在这方面，他丝毫不输于沙僧。不管怎么说，沙僧现在还算是个神仙，他虽然被贬，但也还保持着人形。但小白龙不仅作为神仙的法力几乎丧失殆尽，而且连人形都没有了，他现在只是一匹马，一匹驮着唐僧走遍千山万水的马。要知道，孙悟空连养马都觉得丢人，更别说让他做马了。如果让孙悟空变成一匹马，给唐僧做脚力，估计他是一万个不愿意的。猪八戒呢，他背着唐僧的行李也经常抱怨。而小白龙却要整天驮着唐僧，一走就是十四年。这十四年时间里，翻过一座山，又面临一座山；过了一条河，又来到另一条河；一会儿是烂泥地，一会儿是荆棘丛；一会儿刮大风，一会儿下大雨；一会儿要踩冰河，一会儿要踏火焰山。这小白龙吃的苦啊，真的一点不比其他人少。

不知道大家有没有看过古希腊神话中西西弗斯的故事。西西弗斯因为得罪了众神，神便惩罚他，让他将一块巨大的石头推到山顶。石头是如此沉重，西西弗斯只有拼尽全力才能让它缓缓上行。可是，当他终于将巨石推到山顶的时候，一松开手，石头又飞快地滚落到山底。西西弗斯只好再次走下山去，重新将巨石推向山顶，重新开始这单调、无聊而又艰辛的过程。于是，就这样，日复一日，年复一年，西西弗斯陷入了永无止尽的苦役之中。

小白龙和西西弗斯有点像。他的苦役虽然只有十四年，但是作为一匹马，他知道西天取经到底需要经历多长时间吗？肯定是不知道的。在这看不到尽头的时间里，他只能日夜不停地走啊走。

而且，尽管孙悟空、猪八戒和沙和尚知道白龙马的身世，但他们并没有把白龙马当作自己的师弟，有了什么好处也不会想到他。比如在万寿山五庄观，悟空和八戒偷了几个人参果，特地喊来沙僧一起吃，却没有想到给白龙马留一个。是白龙马不喜欢吃人参果吗？当然不是。即使小白龙现在是马，水果马也是吃的。根本原因在于，他们根本没有把白龙马考虑在内。白龙马别说没吃到人参果，就是平时吃点草料估计也不容易，还要八戒或者沙僧牵他出去。可想而知，他肯定也饿了不少肚子，吃了不少苦。

还有，唐僧师徒几人每到一个地方都要借宿，且不说条件怎么样，至少有张床睡一下。可白龙马呢，他只能待在又臭又脏的马厩里。对比从前锦衣玉食的生活，小白龙的心情可想而知了。

但是，这一切小白龙都忍了。他没有任何怨言，他踏踏实实地走自己的路；十万八千里，翻山越岭，他驮着唐僧一步步前行。

而且，当形势十万火急的时候，白龙马又义无反顾，挺身而出。

第三十回，孙悟空因为三打白骨精已经回到花果山，沙僧被妖怪抓去，八戒也不知是死是活，而唐僧被黄袍怪变成了一只老虎，锁在铁笼子里。此时，黄袍怪却深得国王信任，国王还专门设宴款待他。怎么办？眼看唐僧危在旦在夕，白龙马心想："我今若不救唐僧，这功果休矣！休矣！"于是，他"顿绝缰绳，抖松鞍辔，急纵身，忙显化，依然化作龙，驾起乌云，直上九霄空里观看"。当看到黄袍怪正独自一人在喝酒时，小白龙又变成一个宫女，假装来给黄袍怪斟酒。接着，小白龙又给黄袍怪唱歌跳舞，趁机袭击黄袍怪。

可惜，黄袍怪功夫高强，小白龙根本不是对手。打了八九个回合，小白龙就手软筋麻，不能抵敌。仓皇之间，他的脚被黄袍怪打中。小白龙赶紧钻进御水河，才保住了一条性命。

此时，取经大业面临夭折，形势非常危险。原文中是这样说的：

意马心猿都失散，金公木母尽凋零。
黄婆伤损通分别，道义消疏怎得成！

但小白龙仍然没有放弃。等到八戒逃回来的时候，白龙马突然说话，告诉八戒师父被抓的事。八戒想散伙，但小白龙却不让。

小龙闻说，一口咬住他直裰子，那里肯放，止不住眼中滴泪道："师兄呵！

你千万休生懒惰！”

小白龙让八戒赶紧去花果山请大师兄回来。八戒起先不肯，可小白龙苦口婆心地给他做思想工作，八戒最后终于答应了。

这才有了后来孙悟空回来大战黄袍怪的故事。不得不说，这一回，小白龙立了大功。如果没有小白龙的努力，那后果的确难以想象。所以，原著中这样称赞小白龙：

三藏西来拜世尊，途中偏有恶妖氛。
今宵化虎灾难脱，白马垂缰救主人。

取经成功以后，如来佛是这样对白龙马说的：

“汝本是西洋大海广晋龙王之子。因汝违逆父命，犯了不孝之罪，幸得皈身皈法，皈我沙门，每日家亏你驮负圣僧来西，又亏你驮负圣经去东，亦有功者，加升汝职正果，为八部天龙马。”

八部天龙马，可以说是实至名归。

我们回顾一下这一回和上一回。其实，沙僧和小白龙在某些方面有相似之处，那就是：他们都非常务实，能够兢兢业业做好眼前的事，而不是自以为是，好高骛远。拿破仑曾说：“不想当将军的士兵不是好士兵。”其实，这句话换一种说法也正确，而且很可能更加正确，那就是：“只想当将军的士兵也不是好士兵。”在这个世界上，不是人人都能当将军，也不是只有当将军这一条出路。当不了将军，当一个士兵，踏踏实实做好自己的工作，同样能够实现自己的人生价值。

第二十六问

《西游记》中哪个妖怪最可怜

前面讲了那么多关于唐僧师徒的事情，下面我们也该来说一说妖怪了。

西天取经，十万八千里，几乎每到一个地方都会遇到妖怪。据统计，取经路上遇到的主要妖怪（不算那些小妖）有六十多个。这些妖怪自然各不相同，各有特点，组成了一个“妖怪大世界”。

今天我们要探讨的是：在这些妖怪当中，谁最可怜呢？

这个问题当然也是仁者见仁，智者见智。有人可能会说，白花蛇精和苍狼精最可怜，因为他们刚出场就被孙悟空打死了；也有人可能会说，红孩儿最可怜，因为他被观音菩萨收服时非常惨，双腿都被天罡刀穿透不说，最后两手也被死死地锁住，只能一步一拜，直到落伽山。

各有各的可怜之处。不过我认为，最可怜的妖怪，莫过于白骨精。

白骨精这个妖怪恐怕很少有人不知道的，孙悟空三打白骨精的故事早已家喻户晓。在很多人的心目中，可能还觉得白骨精挺厉害的，要不然怎么会这么出名呢？不过，如果我们仔细阅读原文，再对比一下其他妖怪，就会知道，白骨精其实挺可怜的。

为什么这么说呢？有以下几点理由。

第一，白骨精的势力范围非常小。

无论是山上的妖怪，还是水里的妖怪，都有自己的势力范围，有的势力范围还非常大。比如通天河里的金鱼精，整个八百里通天河水域都在他的控制之下，他想下雪就下雪，想结冰就结冰。再比如平顶山上的金角大王和银角大王，他们控制着六百里远近的平顶山区域。红孩儿虽然最后被观音菩萨打得很惨，但他的势力范围也十分可观。唐僧被红孩儿抓去以后，孙悟空曾打出山神土地来问话。山神土地告诉孙悟空，这里叫作六百里钻头号山，红孩儿不仅占山为王，甚至还把他们当佣人使唤。同样是女妖怪，老鼠精不仅控制着陷空山，光她的无底洞就有三百多里宽。

那白骨精的势力范围有多大呢？在白骨精第二次变成一个老婆婆被孙悟空打跑以后，她曾有段感慨。我们来看原文：

> 却说那妖精，原来行者第二棍也不曾打杀他。那怪物在半空中，夸奖不尽道："好个猴王，着然有眼！我那般变了去，他也还认得我。这些和尚，他去得快，若过此山，西下四十里，就不伏我所管了。若是被别处妖魔捞了去，好道就笑破他人口，使碎自家心。我还下去戏他一戏。"

说得非常清楚，"西下四十里，就不伏我管了"。也就是说，白骨精的势力范围只有四十里！

四十里，对于一个人类的强盗来说，或许并不算太小。但对于神仙妖怪而言，就非常可怜了，因为神仙妖怪一般都会腾云驾雾，腾云驾雾肯定比走路、跑步快多了，可刚刚起飞，就到边界了。

第二，白骨精的本领非常有限。

小时候看《西游记》，看到孙悟空三打白骨精的时候，觉得白骨精的本事挺大的。她一会儿变美女，一会儿变老人，还能化作一阵轻烟逃走。可是，如果我们仔细对比一下其他妖怪，就会发现，白骨精的本领实在有限，在妖怪里面根本不入流。

首先，她的变化太少。孙悟空会地煞七十二变，猪八戒会天罡三十六变，其他诸多神仙妖怪也都会各种各样的变化。白骨精呢，好像只会三种：变少女，变老太婆，变老爷爷。她假扮少女给唐僧送饭，可被孙悟空打跑以后，唐僧看到罐子里装的根本不是米饭，而是青蛙、癞蛤蟆、长蛆等。饭罐装的都是这些乱七八糟的东西，就算唐僧或猪八戒真的上当去吃了，不是马上就露馅了吗？难道白骨精就不能变出真的米饭来吗？说明她根本不会变，她的变化术很低级。

那有人可能会说，白骨精也会解尸法啊，孙悟空来打她，她弄阵轻烟就逃走了。这种法术其实也不算什么，多数神仙妖怪都会。我们看《西游记》的时候，应该都有这样的印象，妖怪和孙悟空交战，打了一会打不过，嗖的就化作一阵风或烟逃走了。比如红孩儿就用过解尸法，甚至功夫非常一般的虎先锋，也可以把虎皮留在石头上，自己却“脱真身，化一阵狂风，径回路口”。孙悟空和猪八戒交手的时候，原文曾说：“他两个自二更时分，只斗到东方发白。那怪不能迎敌，败阵而逃，依然又化狂风，径回洞里，把门紧闭，再不出头。”我们都知道，猪八戒是擅长变大的，不擅长变小的，擅长变重的，不擅长变轻的，但是变风他也是会的。可见，变烟、变风这种法术属于非常大众化的，根本谈不上有多高级。

其次，她的伪装术很不够。在《西游记》里，所有的神仙妖怪都会变化，而且多数变化都很隐秘，不容易识破。比如功曹变作樵夫来送信，孙悟空没看出来；山神土地变作老头送鞍辔给唐僧，孙悟空也没看出来。功曹在仙界的地位并不高，山神土地就更是神仙里面最低等的了，他们的变化却都能瞒过孙悟空的火眼金睛。可是白骨精变化的少女、老婆婆、老爷爷，都是刚一露面，就马上被孙悟空认出。在孙悟空面前，白骨精变了等于没变。

再次，她的打斗功夫几乎没有。孙悟空认出白骨精后，每次都是劈头就打。而白骨精毫无还手之力，只能化作一阵轻烟逃走。最终，她更是被孙悟空轻而易举地打死。

最后，白骨精没有法宝。对于妖怪来说，自己没什么功夫也不要紧，有个法宝也行，比如铃铛、绳子、圈子什么的。很多妖怪不就是这样吗？打不过孙悟空，马上就拿出宝贝，结果也是经常弄得孙悟空束手无策。可白骨精什么也没有。

第三，白骨精没有团队。

《西游记》里几乎所有的妖怪都不是独自一人，而是有团队的。他们有的有兄弟姐妹，比如平顶山的金角大王和银角大王，车迟国的虎力大仙、鹿力大仙和羊力大仙，盘丝岭的七个蜘蛛精，狮驼岭的青狮、白象和大鹏，豹头山虎口洞的七个狮子精，青龙山玄英洞的辟寒大王、辟暑大王和辟尘大王等。有的还有许多手下，比如金角大王和银角大王手下有几个著名的小妖：精细鬼、伶俐虫、巴山虎、倚海龙；红孩儿手下有云里雾、雾里云、急如火、快如风、兴烘掀、掀烘兴；九头虫手下有奔波儿灞、灞波儿奔；七个狮子精手下有刁钻古怪和古怪刁钻；金鱼精手下有大小水族等；赛太岁的獬豸洞口光把门的大小头目就有五百名；青狮、白象和大鹏更是训练了四万八千妖兵，盘踞在狮驼岭的各个山口，有的烧火，有的打柴，有的巡山，俨然一个齐齐整整的集团军！

俗话说，一个篱笆三个桩，一个好汉三个帮，单打独斗的力量毕竟是有限的。孙悟空够厉害了吧，可他也需要帮手。在狮驼岭的时候，孙悟空曾被装进阴阳二气瓶，后来用观音菩萨送的三根毫毛钻个小孔才逃出来。回来以后，他感慨地对唐僧说："常言道：'单丝不线，孤掌难鸣。'那魔三个，小妖千万，教老孙一人，怎生与他赌斗？"以孙悟空不服输的性格，决不肯轻易说出这样的话。他要猪八戒跟他一起去斗老魔。猪八戒不肯去，孙悟空又说：“兄弟，你虽无甚本事，好道也是个人。俗云：‘放屁添风。’你也可壮我些胆气。”是啊，独自一人，不仅什么照应都没有，想起来也孤单啊！

而白骨精，就是这么一个孤魂野鬼。她总是一个人，独自来，独自去，既没有朋友，也没有手下。被孙悟空打死就打死了，连个收尸的人都没有。再说句难听的话，就算抓住了唐僧，也只是一人享用，有什么乐趣可言？

第四，白骨精没有背景。

关于妖怪的背景，相信熟悉《西游记》的读者都知道，那真是太重要了。取经路上这么多妖怪，其中许多妖怪都是有背景的。有背景的妖怪不管怎么行凶作恶，最后都有主人来善后。当孙悟空举起手中的金箍棒，正要朝妖怪打去时，半空中总会传来一声叫喊：大圣，且慢动手。接着，天上的神仙就来了，他们真真假假地朝着妖怪大吼：孽畜，还不现出原形。于是，妖怪现出原形，乖乖地跟着主人走了。走到哪儿去了呢？天上。妖怪根本不会被打死，甚至连一点罪也不会受。

有一首老歌这样唱道：世上只有妈妈好，有妈的孩子像块宝。有背景的妖怪，其实就是有妈啊。有了妈妈的庇护，怎么着都好。他们到人间来作恶，就好像小孩子犯了点小错误。妈妈来了，轻轻地骂一句：这死孩子！拉着手就带回家了。

而白骨精呢，没有任何背景，她是个没妈的孩子。孙悟空把她打死的时候，悄无声息，只剩一堆粉骷髅躺在那里。

白骨精既无背景，又无团队，自己还没有特别的本事，也不知道从哪儿听来的消息，说吃了唐僧肉可以长生不老。是的，吃了唐僧肉可以长生不老，可那是你能吃得了的吗？都说癞蛤蟆想吃天鹅肉——想得美，现在还可以再加一句：白骨精想吃唐僧肉——自不量力。有志向当然好，但也要好好衡量一下自己的实力；如果超出了自己的实力，那面临的结果很可能就是粉身碎骨了。

第二十七问

《西游记》中哪个妖怪最厉害

上一回说到，《西游记》中最可怜的妖怪当属白骨精。那么，最厉害的妖怪是谁呢？

这个问题当然也是有争议的。有人可能会说，最厉害的妖怪是独角兕大王，他手里的圈子什么都能套，孙悟空拿他一点办法都没有；也有人可能会说，最厉害的妖怪是黄眉大王，他有一个搭包，也称人种袋，同样可以把任何东西都装到里面。是的，这两个妖怪的确非常厉害，但他们主要靠的是偷来的法宝。要论综合实力，我认为，最厉害的妖怪应该是大鹏。

为什么说大鹏最厉害呢？我们可以对照上一回所说的，白骨精之所以最可怜，是因为她的势力范围很小，她自身的本领也有限，她没有团队，没有背景。而大鹏则恰恰相反，他的势力范围很大，他的本领非常高强，他既有团队，也有背景。

下面我们就逐一来加以分析。

第一，大鹏的势力范围很大。

我们都知道，大鹏是狮驼岭的三个妖怪之一，青狮、白象和大鹏控制着整个狮驼岭。狮驼岭有多大呢？太白金星变作老头来给唐僧他们报信的时候说：

“此山叫做八百里狮驼岭，中间有座狮驼洞，洞里有三个魔头。”

狮驼岭足有八百里远近，可比白骨精的四十里大多了。

有人可能会说，三个妖王盘踞在狮驼岭上，也未必整个狮驼岭都归他们控制啊？那我们再来看太白金星接着是怎么说的：

“那三个魔头，神通广大得紧哩！他手下小妖，南岭上有五千，北岭上有五千；东路口有一万，西路口有一万；巡哨的有四五千，把门的也有一万；烧火的无数，打柴的也无数：共计算有四万七八千。这都是有名字带牌儿的，专在此吃人。”

太白金星说得很清楚，狮驼岭的南岭、北岭、东路口、西路口都在妖兵的控制之下。也就是说，整个狮驼岭都是属于三个妖王的。

而且，大鹏不仅和两位妖兄共享狮驼岭，他另外还有自己的势力范围。孙悟空变作“总钻风”哄骗小钻风的时候，小钻风跟孙悟空介绍大鹏时说：

“我大大王与二大王久住在狮驼岭狮驼洞。三大王不在这里住，他原住处离此西下有四百里远近，那厢有座城，唤做狮驼国。他五百年前吃了这城国王及文武官僚，满城大小男女也尽被他吃了干净，因此上夺了他的江山，如今尽是些妖怪。”

大鹏真正的势力范围是狮驼国。他把狮驼国的国王、官吏和满城男女都吃了，整个狮驼国都属于他了，现在，他自己就是狮驼国的国王。

在整部《西游记》中，有如此大势力范围的妖怪实在少有。

第二，大鹏的本领非常高强。

大鹏何德何能，可以吃掉狮驼国的所有人，并占国为王呢？应该说，他自身的本领还是非常高强的。我们可以从以下几点来看。

1. 大鹏的法术远超孙悟空。在经过狮驼岭的时候，孙悟空和大鹏只正面交过一次手。但仅仅这一次交手，就让孙悟空非常狼狈。当时，唐僧被妖怪抓到，孙悟空、猪八戒和沙和尚三人分别与青狮、白象和大鹏交战。猪八戒和沙和尚已经落败，孙悟空看到形势不妙，就想驾筋斗云逃走。可大鹏没费吹灰之力就赶上孙悟空了。我们来看原文：

> 三怪见行者驾筋斗时，即抖抖身，现出本像，搧开两翅，赶上大圣。你道他怎能赶上？当时如行者闹天宫，十万天兵也拿他不住者，以他会驾筋斗云，一去有十万八千里路，所以诸神不能赶上。这妖精搧一翅就有九万里，两搧就赶过了，所以被他一把挝住，拿在手中，左右挣挫不得。欲思要走，莫能逃脱。即使变化法遁法，又往来难行：变大些儿，他就放松了挝住；变小些儿，他又揝紧了挝住。复拿了径回城内，放了手，捽下尘埃，分付群妖，也照八戒、沙僧捆在一处。

我们都知道，孙悟空的筋斗云是他的独门绝活，一般的神仙妖怪都赶不上他。但是在大鹏面前，筋斗云好像是慢动作，大鹏只搧两下翅膀就赶上了。不仅赶上了，大鹏还把孙悟空“一把挝住”，孙悟空根本动弹不得。此时的孙悟空在大鹏手里，好像刚出壳的小鸡，一点还手之力都没有。应该说，孙悟空极少遇到如此强大的对手。

2. 大鹏很有心计。大鹏不仅武功厉害，他还很有计谋。唐僧为什么会被抓到？就是大鹏出的主意。当时，青狮和白象都已经被孙悟空打败。孙悟空钻到青狮的肚子里一通搅和，弄得青狮无奈求饶；后来，孙悟空又把金箍棒捅到白象的鼻子里，白象只好答应送唐僧过山。这时，大鹏却出了一个“调虎离山”计，假装送唐僧师徒过山，在半路上再找机会抓住唐僧。

> “着八个抬，八个喝路。我弟兄相随左右，送他一程。此去向西四百馀里，就是我的城池。我那里自有接应的人马。若至城边，……如此如此，着他师徒首尾不能相顾。要捉唐僧，全在此十六个鬼成功。”

结果真如大鹏所料，唐僧被活捉，计划圆满成功。

3. 大鹏有法宝。大鹏不仅本领高强，还有威力无比的法宝，那就是阴阳二气瓶。小钻风对孙悟空介绍大鹏的时候也曾说过，三大王“随身有一件儿宝贝，唤做‘阴阳二气瓶’。假若是把人装在瓶中，一时三刻，化为浆水”。估计孙悟空当时并不十分相信。孙悟空什么宝贝没见过？即便是太上老君的八卦炉，不也没把他怎么样吗？所以他肯定不以为然。后来，他被妖怪抓到，并且投进阴阳二气瓶，开始的时候他的确不在乎，还失声笑道：“这妖精外有虚名，内无实事。怎么告诵人说这瓶装了人，一时三刻，化为脓血？若似这般凉快，就住上七八年也无事！”但是很快，他就发现自己大意了。这瓶里一会儿喷出火来，一会儿钻出蛇来，让孙悟空非常难受。他变大，瓶就跟着变大；他变小，瓶也跟着变小。不一会儿，孙悟空的手臂都被烧软了。这下孙悟空慌了，居然都急哭了，甚至还留了“遗言”：

> “师父呵！当年归正，蒙观音菩萨劝善，脱离天灾，我与你苦历诸山，收殄多怪，降八戒，得沙僧，千辛万苦，指望同证西方，共果正道。何期今日遭此毒魔，老孙误入于此，倾了性命，撇你在半山之中，不能前进！想是我昔日名高，故有今朝之难！”

最后，还是靠着观音菩萨给的三根救命毫毛，孙悟空才把瓶子钻个小孔逃了出来。要知道，这三根毫毛是万不得已、实在没有办法的时候才能用的，由此也可见这个阴阳二气瓶的厉害。

第三，大鹏有团队。

大鹏不仅有团队，而且非常过硬。首先，他有两个妖王兄弟。青狮和白象虽然功夫不及大鹏，但也绝非等闲之辈，他们俩盘踞狮驼岭多年，积累了深厚的根基。大鹏甘愿拜他们为兄长，也说明他们的本领不可能太差。其次，青狮、白象和大鹏非常团结。所谓兄弟同心，其利断金。这三个妖王应该说是团结战斗的模范，就连孙悟空也非常羡慕。孙悟空和青狮精交战，钻进了青狮精的肚子里。谁知猪八戒却以为孙悟空被狮子吞了，回来就要散伙。孙悟空降伏青狮以后，回来看到八戒和沙僧正在分行李，很感慨地说：

“我道兄弟，这妖精有弟兄三个，这般义气；我弟兄也是三个，就没些义气。”

而且，青狮、白象虽然是大大王和二大王，但他们并不自傲，能够听取三大王的良言，最后顺利抓到唐僧。

当然，最后，大鹏的团队还表现在，他是狮驼国的国王，手下有无数的妖兵妖将。几个妖怪假装答应送唐僧过山，经过狮驼国的时候，孙悟空看到的是这一景象：

攒攒簇簇妖魔怪，四门都是狼精灵。
斑斓老虎为都管，白面雄彪作总兵。
丫叉角鹿传文引，伶俐狐狸当道行。
千尺大蟒围城走，万丈长蛇占路程。
楼下苍狼呼令使，台前花豹作人声。
摇旗擂鼓皆妖怪，巡更坐铺尽山精。
狡兔开门弄买卖，野猪挑担赶营生。

先年原是天朝国，如今翻作虎狼城。

大鹏的妖兵妖将，其数量之多，战力之强，恐怖之甚，和孙悟空的花果山比起来丝毫不差。所以，就连孙悟空这个天不怕地不怕的魔头也感到“悚惧”。

第四，大鹏有背景。

说到大鹏的背景，那就更厉害了，恐怕《西游记》中没有第二个妖怪能超过他。大鹏是何许人也？如来佛的舅舅。在孙悟空以为唐僧已死，到如来佛跟前哭诉的时候，如来佛是这样跟孙悟空说的：

“自那混沌分时，天开于子，地辟于丑，人生于寅，天地再交合，万物尽皆生。万物有走兽飞禽，走兽以麒麟为之长，飞禽以凤凰为之长。那凤凰又得交合之气，育生孔雀、大鹏。孔雀出世之时最恶，能吃人，四十五里路，把人一口吸之。我在雪山顶上修成丈六金身，早被他也把我吸下肚去。我欲从他便门而出，恐污其身，是我剖开他脊背，跨上灵山。欲伤他命，当被诸佛劝解：伤孔雀如伤我母。故此留他。在灵山会上，封他做佛母孔雀大明王菩萨。大鹏与他是一母所生，故此有些亲处。”

正因为和如来佛的这层关系，所以，大鹏的关系网非常了得。太白金星变作老头来跟唐僧师徒报信时就曾说：

“那妖精一封书到灵山，五百阿罗都来迎接；一纸简上天宫，十一大曜个个相钦。四海龙曾与他为友，八洞仙常与他作会。十地阎君以兄弟相称，社令、城隍以宾朋相爱。”

孙悟空当时根本不相信：哪有这么牛的妖怪？可后来事实教训了他，大鹏，的确就是这么牛。

正因为大鹏如此厉害，所以，只能由如来佛亲自收服。要知道，如来佛亲自出手收服的妖怪，在整部《西游记》中，只有大鹏一个。而且，不仅如来佛出面了，“过去、未来、见在的三尊佛像与五百阿罗汉、三千揭谛神”也一起到场，布散左右。如此阵势，实在壮观，也实在罕有！

再者，说是收服，其实并不准确。以往神仙来收服妖怪，都是一顿训斥：孽畜，还不早早皈依？一副主子对下人的口吻。事实上，当时青狮和白象已经皈依。可大鹏根本不听，他照样和如来佛叫板。最后，如来佛其实是哄着大鹏，用条件来交换，大鹏才答应归顺的。我们来看原文。

二菩萨既收了青狮、白象，只有那第三个妖魔不伏，腾开翅，丢了方天戟，扶摇直上，抡利爪要刁捉猴王。原来大圣藏在光中，他怎敢近？如来情知此意，即闪金光，把那鹊巢贯顶之头，迎风一幌，变做鲜红的一块血肉。妖精抡利爪刁他一下，被佛爷把手往上一指，那妖翅膊上就了筋，飞不去，只在佛顶上，不能远遁，现了本相，乃是一个大鹏金翅雕，即开口对佛应声叫道：“如来，你怎么使大法力困住我也？”如来道：“你在此处多生业障，跟我去，有进益之功。”妖精道：“你那里持斋把素，极贫极苦；我这里吃人肉，受用无穷。你若饿坏了我，你有罪愆。”如来道：“我管四大部洲，无数众生瞻仰，凡做好事，我教他先祭汝口。”

大鹏对如来毫不惧怕，直呼其名。如来没有办法，只好说：以后进贡的好东西先让你吃。

如此高规格的待遇，恐怕是别的妖怪想都不敢想的。西天取经路上的妖怪，如果大鹏自称第二，那谁又敢称第一呢？

第二十八问 红孩儿和小鼍龙的悲剧是怎么造成的

我们都知道，取经路上虽然出现过许许多多的妖怪，但他们的结局主要是两种：一是被神仙带走；二是被打死。

不过，同样是被神仙带走，具体情况却又大不相同。有的妖怪只是被神仙假模假样地训斥两句，基本上没有什么惩罚。比如金角大王和银角大王，他们俩本是太上老君看炉的童子，被观音菩萨借来，让他们化作妖怪考验唐僧师徒。后来太上老君亲自下界把他们收回。孙悟空本来已经把他们装到净瓶里化了，老君却“揭开葫芦与净瓶盖口，倒出两股仙气，用手一指，仍化为金、银二童子，相随左右”。文殊菩萨的青毛狮子下界为妖，淹死了国王，文殊菩萨来了也只是喝了句：“畜生，还不皈正，更待何时！”于是，青毛狮子现出原身，菩萨骑着它走了。即便是熊罴怪，虽然被观音菩萨套上了紧箍，却也上落伽山做了守山大神。

但是在《西游记》中，有两个妖怪的遭遇却比较惨，无论是他们的身世，还是他们的结局，都是一场悲剧。

这两个妖怪，一是红孩儿，二是小鼍龙。

我们先来看红孩儿。

红孩儿有多大呢？原文中山神土地告诉孙悟空说，他曾在火焰山修行了三百年。也就是说，红孩儿至少三百多岁。根据这个细节，有人便断定，红孩儿其实并不是小孩，他只是长了个小孩的身体而已。我认为并不是这样，因为红孩儿属于神仙妖怪，我们不能拿人类的年龄来比照红孩儿。三百岁对人来说的确是够年长的了，可在神仙妖怪的世界里，三百岁根本“不入流”，简直就是个婴儿。所以，红孩儿其实就是个小孩。红孩儿为什么又叫“圣婴大王”呢？因为他是神仙妖怪世界里的婴儿。

那有人要问了，你说红孩儿是个小孩，那他为什么没和父母亲住在一起呢？其实这就是红孩儿的可怜之处啊。红孩儿的父亲是大力牛魔王，而母亲则是翠云山芭蕉洞的铁扇公主罗刹女。照理说，一家三口本该相亲相爱、其乐融融，红孩儿则在父母跟前嬉闹撒娇才是。可是，红孩儿小小年纪却离家出走，独自一人住在号山枯松涧火云洞。为什么呢？因为这个家没有给他应有的温暖。父亲牛魔王看上了积雷山摩云洞的玉面公主，收她做了二奶。想必是这玉面公主既年轻又妖娆，还有百万家私倒赔，所以牛魔王很宠爱这个小妾，干脆就常住摩云洞，很少回家了。老公看上了别的女人，可想而知，罗刹女心里有多失落，对那个狐狸精玉面公主又是多么嫉妒。所以，她的“火”很大。而且，她就靠这把火维持生计。八百里火焰山，其实就是罗刹女的“妒火”！

红孩儿呢？小小年纪便经历这样的家庭变故，肯定是既失望又无奈。红孩儿虽然是个妖怪，但毕竟还是个孩子，他也需要父爱母爱啊！可现在，父亲整天在别的女人身边腻歪，母亲则被妒火烧得失去理智，这个家，真是没法待了。

于是，红孩儿离家出走。从此，一家三口，每人各守一洞。

红孩儿也有自己的秘密武器，而且，这个武器也是“火”——三昧真火，三昧真火是源自体内的火。红孩儿为什么会有火？因为他正处少年却得不到亲人的爱，他看不懂这个世界，他也不喜欢这个世界，他叛逆了。

所以，红孩儿的三昧真火乃是“叛逆之火”。

他叛逆得很彻底，他看不惯这世上的一切，他对一切的规则也都不管不顾。因此，在六百里号山，红孩儿不仅占山为王，性格也比较粗暴，他动不动就要打要骂，甚至对当地的基层干部——土地山神——也吆五喝六，经常把他们抓了去“烧火顶门”“提铃喝号”。

正因为红孩儿的三昧真火乃是叛逆之火，所以一般的水对它根本不起作用，孙悟空也拿它毫无办法。最后，只得请观音菩萨出面，用玉净瓶装了一海的水，才将三昧真火浇灭。

而要收服这个叛逆少年，菩萨采取了什么办法呢？或许，她也没有好法子，她选择了“暴力”。

观音菩萨让木叉把李天王的天罡刀借来，暗藏在莲花台下，引诱红孩儿坐上去。红孩儿果然中计。我们来看原文：

> 那妖精，穿通两腿刀尖出，血深成汪皮肉开。好怪物，你看他咬着牙，忍着痛，且丢了长枪，用手将刀乱拔。行者却道：“菩萨呵，那怪物不怕疼，还拔刀哩。”菩萨见了，唤上木叉：“且莫伤他生命。”却又把杨柳枝垂下，念声“唵”字咒语，那天罡刀都变做倒须钩儿，狼牙一般，莫能褪得。那妖精却才慌了，扳着刀尖，痛声苦告道：“菩萨，我弟子有眼无珠，不识你广大法力。千乞垂慈，饶我性命！再不敢恃恶，愿入法门戒行也。”

大腿上穿入刀尖，刀尖还倒弯成钩！大慈大悲救苦救难的灵感观世音菩萨，也能如此残忍！

红孩儿虽然表示愿意归顺，但是叛逆少年就是叛逆少年，刀一退去便又反悔，绰起长枪就往菩萨刺来。菩萨只得拿出最后一个紧箍圈，一圈变五圈，分别套在他的头上、两手和两脚上，靠金箍咒制服了他。

接着，菩萨又施展法术，使红孩儿的双手当胸合掌，再也不能打开！

更叫他一步一拜，只拜到落伽山为止！

《西游记》第四十二回的回目叫“大圣殷勤拜南海 观音慈善缚红孩”。观音菩萨这样做是否“慈善”呢？或者，她只能如此？

对这样的“问题少年”，如此用强，是否真的能让他洗心革面、重新做人？

至少，红孩儿的家人是不这么认为的。

在观音菩萨收红孩儿做了善财童子后，孙悟空每次遇到红孩儿的家人都要提起这件事，认为这是他的功绩：你看，幸亏我老孙，红孩儿现在得了正果了，多好！

可是，每次他都被红孩儿的家人骂得狗血喷头。

第一次发生在西凉女国。过子母河的时候，唐僧和八戒喝了河里的水怀孕了，需要落胎泉的泉水打胎。而把持着这落胎泉的，恰恰是红孩儿的叔叔——如意真仙。孙悟空见到如意真仙后便跟他攀亲，还说你侄儿现在做了善财童子，我们都不如他呢。谁知如意真仙却道：“我舍侄还是自在为王好，还是与人为奴好？”举钩就向孙悟空刺来。

第二次发生在火焰山。孙悟空去找铁扇公主借扇子，铁扇公主得知他是孙悟空后，便破口大骂：“你这泼猴！既有兄弟之亲，如何坑陷我子？”还口口声声说红孩儿被孙悟空害了，正要找他报仇呢。也正因为如此，铁扇公主死也不愿意借扇子给孙悟空。

第三次发生在摩云洞。孙悟空在这里见到了牛魔王。牛魔王本是孙悟空在花果山时期的结义兄弟，照理说应该有些情面。但牛魔王同样对孙悟空非常恼火，责问他“怎么在号山枯松涧火云洞把我小儿牛圣婴害了”。

三句话不合，两人便打了起来。

由此可知，红孩儿的家人应该对观音菩萨的做法也不以为然，对红孩儿的未来并不乐观。

小鼍龙比红孩儿还惨。

小鼍龙是泾河龙王最小的儿子。泾河龙王因为和袁守诚打赌，违背玉帝圣旨而被斩首。父亲死了，母亲无处安身，小鼍龙只得跟着母亲来到二舅舅西海龙王家里寄住。西海龙王这个舅舅对他们母子的态度怎么样呢？原著中虽然没有明说，但我们可以想象：这位西海龙王是出了名的严厉和自私，自己的儿子小白龙烧了殿上明珠，他便主动表奏天庭，说儿子犯了忤逆之罪，以致小白龙要被天庭问斩。对自己的儿子尚且如此，何况是外甥？而后来小鼍龙的母亲也病死了，小鼍龙更是被舅舅“外派”到了黑水河。要知道，这个黑水河本来是有主的，因此，把小鼍龙派到黑水河，意思显然就是说：你有本事你就抢，没有本事就自生自灭吧。

小鼍龙应该很委屈，但又有什么办法呢？寄人篱下，不受待见，要想活命也只能放手一搏了。于是，小鼍龙只能落草为寇，由原来的龙子变成了妖怪。

小鼍龙在抓到唐僧后，还写了一份请柬，隆重地邀请二舅舅来吃唐僧肉，显得非常孝顺。小鼍龙为什么要这么做？因为他缺爱。所有的问题少年，内心深处其实都是渴望被爱的。尽管舅舅对他并不怎么样，但他还是希望能够得到舅舅的喜欢。

可惜，这位二舅毫不领情。在得知外甥抓了唐僧后，西海龙王大惊失色，还派太子摩昂亲率兵马来讨伐小鼍龙。见到了摩昂，小鼍龙仍然和颜悦色，表哥长表哥短地叫着，还关切地问舅舅怎么没来。他的心里，是多么渴望能够重新获得家庭的温暖啊。但是，摩昂太子不仅不体恤这个表弟，反而对他破口大骂，要他立刻交出唐僧，“若有半个‘不’字，休想得全生居于此也！”可想而知，此时的小鼍龙，内心是多么的凄惨，又是多么的绝望！

小鼍龙说：从今以后，我也没什么亲人，也不去请什么客了，自家关着门，想怎么吃怎么吃！

林黛玉也是寄居在舅舅家，并没有谁欺负她，只是偶尔有些冷落。黛玉临死前便对紫娟说：“我在这里并没亲人。”

何况小鼍龙呢？他希望有亲人，可是，热脸贴了冷屁股，讨了个大大的没趣。他的心，已经死了。

摩昂亲自上阵，带领水族众将，抓住了小鼍龙，还用铁索穿了他的琵琶骨，把他押到孙悟空面前。

孙悟空倒是饶了他的死罪，可摩昂却说，死罪可免，活罪难逃，要把他交给父王发落。小鼍龙给孙悟空跪下，求孙悟空解开绳索，他好去河里放唐僧出来。可还没等孙悟空发话，摩昂却说：“大圣，这厮是个逆怪，他极奸诈；若放了他，恐生恶念。”于是，小鼍龙就这样被摩昂押着，回转西洋大海。

一个表哥，一个表弟，儿时也曾是亲密的玩伴。如今，一个是太子，一个是妖怪；一个是座上客，一个是阶下囚。

红孩儿和小鼍龙之所以成妖，显然都与成长环境有关。从他们的身世来看，的确比较可怜；而从他们最后的结果来看，又的确有些可悲。小鼍龙被抓到了，红孩儿的双手也被定住，但是，他们真的心服口服吗？他们的内心到底是怎么想的呢？如果有机会，他们会不会再次偷偷下界，重新为妖？

第二十九问

为什么要打死树精和杏仙

在取经路上众多的妖怪当中，有几个妖怪很特别，那就是几个树精和杏仙。当然，杏仙也是树精，但因为她是女的，年纪好像也比较轻，所以把她单独列出来。为什么说这几个树精比较特别呢？因为第一，《西游记》中几乎所有的妖怪都是动物成精，什么青牛精、狮子精、金鱼精、豹子精、蜘蛛精、蜈蚣精，等等，也有少数是天上的神仙下界或者神仙的童子下界，比如奎木狼、金角大王、银角大王等，而植物成精的极少，只有几个老树精和杏仙。第二，既然是植物成的精，它们就和动物成的精有所不同。动物成的精都想害唐僧，他们要么想吃唐僧肉，要么跟唐僧师徒过不去。而几个老树精和唐僧谈经论道，很高兴、很开心，气氛很融洽。后来又来了一个美女杏仙，杏仙也只是想和唐僧处个男女朋友。可以说，他们似乎完全没什么坏心思，唐僧在几个老树精的款待下还显得非常惬意。可是，孙悟空说他们都是妖怪，猪八戒则一顿乱钯，把他们都筑死了。

树精和杏仙为什么要被打死呢？就算是妖怪，他们何错之有，值得悟空、八戒下此狠手？孙悟空和猪八戒是不是属于滥杀无辜呢？

要理解这一点，我们还是先来仔细看一下原文。

这个故事发生在第六十四回：“荆棘岭悟能努力 木仙庵三藏谈诗”。

当时是个什么样的场景呢？师徒四人风尘仆仆，一路劳顿，唐僧更是经历了各种各样的磨难，一会儿被吊在梁上，一会儿被绑在树上，一会儿被水淹，一会被火烤，还总是吃了上顿没下顿，晚上睡觉也难得找到一个像样的地方。

如果换了你，你苦不苦？你累不累？你想不想歇一歇？

好不容易过了八百里荆棘岭，师徒几人连夜赶路，连觉都没睡。几个神仙徒弟虽然不在乎，但可想而知，唐长老肯定非常疲倦，能有个地方歇歇脚就好了。就在这时，前面出现了一个地方：

那前面蓬蓬结结，又闻得风敲竹韵，飒飒松声。却好又有一段空地，中间乃是一座古庙。庙门之外，有松柏凝青，桃梅斗丽。三藏下马，与三个徒弟同看。只见：

岩前古庙枕寒流，落日荒烟锁废丘。
白鹤丛中深岁月，绿芜台下自春秋。
竹摇青珮疑闻语，鸟弄馀音似诉愁。
鸡犬不通人迹少，闲花野蔓绕墙头。

请大家注意，这个地方不比唐僧师徒以前经过的山岭，这里“风敲竹韵，飒飒松声”“松柏凝青，桃梅斗丽”，显得非常清幽雅致。因此，以前唐僧每到一处山林都会心中害怕，叫大家仔细妖怪，可到这里却没有。孙悟空说：“此地少吉多凶，不宜久坐。”但唐僧什么话也没说。

紧接着，出现一个老头，谎称是荆棘岭的土地，弄一阵风把唐僧给摄走了。等唐僧睁开眼时，发现自己来到了另一个地方：

漠漠烟云去所，清清仙境人家。
正好洁身修炼，堪宜种竹栽花。
每见翠岩来鹤，时闻青沼鸣蛙。
更赛天台丹灶，仍期华岳明霞。
说甚耕云钓月，此间隐逸堪夸。
坐久幽怀如海，朦胧月上窗纱。

和刚才那个地方相比，这里更加风雅了，简直犹如仙境，也是个坐禅论道、静养修心的好地方。

能在这里歇歇脚，岂不美哉?

以往唐僧被妖怪弄一阵风抓去，他都非常恐惧，甚至还要哭。可这里不一样，他看了周围的环境以后，非常喜欢，还“渐觉月明星朗”。

而且，这里有四个老头，孤直公、凌空子、拂云叟和十八公。四个老头都是仙风道骨、鹤发童颜。更关键的是，老头们都非常尊敬唐僧，要跟他请教佛法。十八公对唐僧说：

“一向闻知圣僧有道，等待多时，今幸一遇。如果不吝珠玉，宽坐叙怀，足见禅机真派。”

要知道，唐僧虽然是个公认的“得道高僧”，但在几个徒弟面前，并没有什么用武之地：孙悟空的佛法修行并不比他差，还经常“教育”他，诸如“出家人莫说在家话”“把《多心经》再好好念一念”，等等，弄得唐僧很没面子；而八戒、沙僧对这些好像根本不感兴趣，跟他们说法无异于对牛弹琴。而现在，居然有几个神仙一般的老头虚心向自己讨教!

几个老头分别跟唐僧做了自我介绍，他们都已经一千多岁了。接着，唐僧也介绍了自己，此时的唐僧，不过四十来岁。

然而，尽管年龄如此悬殊，几个老仙翁再次表达了向唐僧请教的意思：

四老咸称道："圣僧自出娘胎，即从佛教，果然是从小修行，真中正有道之上僧也。吾等幸接台颜，敢求大教？望以禅法指教一二，足慰生平。"

可想而知，一路上都比较憋屈的唐僧，此时非常受用。如果说刚被几个老头摄来的时候，他可能还有点紧张，那么现在，经过几番恭维，他的心情逐渐放松了。于是，他"慨然不惧"，滔滔不绝，给几个老头上起课来：

"禅者，静也；法者，度也。静中之度，非悟不成。悟者，洗心涤虑，脱俗离尘是也……"

唐长老一口气讲了好多。以前和孙悟空、猪八戒、沙和尚在一起时，从来没见他讲过那么多佛法，他也没那个机会。这回，总算有发挥的舞台了。

而且，不仅唐僧讲得带劲，几个听众也特别捧场。唐僧一段话说完，老头们心悦诚服："圣僧乃禅机之悟本也！"

老头们不仅对唐僧的佛教修养赞不绝口，还一口一个"圣僧"地叫着，唐僧心里肯定相当受用。

此时的唐僧，早已把戒心丢到了九霄云外，他又跟着几个老头来到了木仙庵。

这木仙庵更好啊：

水自石边流出，香从花里飘来。
满座清虚雅致，全无半点尘埃。

唐僧感觉这里简直是个仙境，心里也是越发放松、越发喜欢。他已经等不到老头们先开言，便主动吟起诗来。

“禅心似月迥无尘。”

几个老头一个一个跟着续：“诗兴如天青更新”“好句漫裁抟锦绣”“佳文不点唾奇珍”“六朝一洗繁华尽，四始重删雅颂分”。

真是越聊越开心，越聊越投机。一首诗续完，唐僧说：我还想再吟两句。

四个老头对唐僧说：圣僧啊，你就别只吟两句了，你就吟个全篇给我们听听。

于是，唐僧笑吟一诗：

“杖锡西来拜法王，愿求妙典远传扬。
金芝三秀诗坛瑞，宝树千花莲蕊香。
百尺竿头须进步，十方世界立行藏。
修成玉像庄严体，极乐门前是道场。”

几个老头又是一片喝彩，也分别吟了一篇。

啊，唐长老好不尽兴，好不快活！

都说一生难得一知己。这几个老头，不就是唐僧的知己吗？唐僧作为一名高僧，能和几个知己终日谈经论道、品茶参禅，岂不快哉？

如果你是唐僧，是不是也很陶醉？

似乎还缺些什么。如此良辰美景，怎么能少了美人呢？

美人果然来了。

正话间，只见石屋之外，有两个青衣女童，挑一对绛纱灯笼，后引着一个仙女。那仙女捻着一枝杏花，笑吟吟进门相见。那仙女怎生模样？他生得：

青姿妆翡翠，丹脸赛胭脂。星眼光还彩，蛾眉秀又齐。下衬一条五色梅浅红裙子，上穿一件烟里火比甲轻衣。弓鞋弯凤嘴，绫袜锦拖泥。妖娆娇似天台女，不亚当年俏妲姬。

杏仙不仅非常漂亮，而且也会吟诗。

“上盖留名汉武王，周时孔子立坛场。
董仙爱我成林积，孙楚曾怜寒食香。
雨润红姿娇且嫩，烟蒸翠色显还藏。
自知过熟微酸意，落处年年伴麦场。”

杏仙的几句话引得几个老头齐声喝彩。漂亮的女子世上并不算少，但既漂亮又有才情的却很罕见。

如果能有这样一个女子终日相伴，夫复何求？

杏仙也很喜欢唐僧，她慢慢往唐僧身边凑，跟他坐得越来越近。

老头们也劝他，你和杏仙真是天生的一对，不在一起就可惜了。

木仙庵，对于唐僧来说，既有知己相伴，又有佳人相随，整个一温柔乡啊！如果唐僧留在这里，岂不快活？

我们可以想象一下，如果留在这里，唐长老的生活应该是非常惬意的：有一个漂亮温柔的美女陪伴，平时和几个老头谈谈诗，喝喝茶；杏仙一会儿偎在他的怀里，一会儿给他磨磨墨、倒倒水，娇语声声，软款柔柔。真是梦想中的桃花源，哪管他外面风吹浪打、秦汉魏晋。

但是，留下来还会导致另外一个结果，那就是：取经事业彻底中断，他曾经的承诺和誓言亦变成一纸空文，他也不再是那个人人敬仰的唐三藏和陈玄奘。

唐僧虽然是个凡人，但在这一点上他是非常清醒的：他的目标就是西天取经，所有有碍这个目标实现的事，都不是好事。因此，当唐僧听到几个老头撮合他和杏仙成亲时，才知道他掉进了一个温柔的陷阱。

三藏听言，遂变了颜色，跳起来高叫道："汝等皆是一类邪物，这般诱我！当时只以砥行之言，谈玄谈道可也；如今怎么以美人局来骗害贫僧！是何道理！"

在这一点上，唐僧还是有定力的，西天取经才是他要完成的终极理想。所以，他还要走，他不能留，他不能放纵自己。对取经这个宏大的理想而言，那些诗情画意和风花雪月，无疑是一服温柔的毒药，是迷人的妖精。

不知道大家有没有看过一部电影：《少年派的奇幻漂流》。

派是一个少年的名字，他们家是开马戏团的。有一次，他们全家带着马戏团里所有的动物一起搬家，结果遇到了海难，只有派和一头老虎逃到了救生筏上。派和老虎一直在海上漂流，九死一生，终于来到了一个小岛。这个岛上有各种各样的瓜果，有数不清的猫鼬。派躺在树上，伸手就可以吃到美味；老虎则根本不用捕食，猫鼬自动就会送到嘴边。

跟海上漂流的生活相比，这里简直就是天堂。

但是，派还是决定离开。因为他发现，花朵里有人的牙齿。

是的，这里不愁吃，不愁喝，很安逸。但正是因为太安逸了，你就会默默无声地消失在这里，人将不再是人，你也将不再是你自己。

一边是木仙庵，一边是荆棘岭，其实，这也是人生的某种写照。你以为这里是"漠漠烟云去所，清清仙境人家"，你可以在这里暂时小憩，吟风弄月，但你终究还是要离开、要远行。所以，几个老树精和杏仙看起来人畜无害，但也是一服温柔的毒药，在这里待久了，舒服是舒服了，恐怕唐僧也不再是那个立志取经的“圣僧”了。因此，尽管知道这里非常舒服，尽管知道前方还有无数的妖魔鬼怪，唐僧也不能流连于此。孙悟空、猪八戒和沙和尚几个找到唐僧后，孙悟空说：“师父不可惜他。恐日后成了大怪，害人不浅也。”而猪八戒则干脆几钯子把老树都筑倒了。

对于我们来说，又何尝不是如此呢？现在不是有一种说法吗，叫作“走出舒适区”。待在舒适区里的确挺舒适的，但久而久之，你就会越来越适应舒适区里的生活，你就像那个温水里的青蛙，再也无力跳出来了。所谓“为人谁不遭荆棘，哪见西方荆棘长”，在人生的路上，面对荆棘，面对坎坷，我们也只有硬着头皮，一点一点地开路前行。

第三十问

老鼠精的洞为什么那么深

在西天取经的路上，唐僧经历了几次情难。在这几次情难中，哪一关最难过呢？有人说是女儿国那一关，因为女儿国国王对唐僧情深意浓，甚至为了唐僧甘愿让出王位。如果唐僧留在女儿国，则不仅可以有美人陪伴，而且还能做女儿国的国王，这个诱惑实在是太大了。

不过，经过仔细阅读原文，我认为，唐僧最难过的情关，应该是在陷空山无底洞。

陷空山无底洞里有个妖怪，原本是个金鼻白毛的老鼠，却变作个美女，上半截身子绑在树上，下半截身子埋在土里，哄得唐僧善心大发，把她救了下来。妖怪却化作一阵风，把唐僧掳到了洞里。

唐僧被妖怪抓到洞里，这样的事很常见。孙悟空和猪八戒两人去找师父，开始的时候，孙悟空也不以为然——无论什么样的洞府，反正都能找到妖怪，无非是和妖怪大战几个回合，虽然过程可能有点曲折，但最后师父必定会被救出来，有何惧哉？

可是，当他们来到这陷空山无底洞门口的时候，孙悟空也有些惊讶：

“怪哉！我老孙自保唐僧，瞒不得你两个，妖精也拿了些，却不见这样洞府。八戒，你先下去试试，看有多少浅深，我好进去救师父。”

孙悟空是何等见识，但他看了这个洞以后也有些嘀咕，他自己不想先下去，却让八戒下去。想当初还是小石猴的时候，孙悟空就敢往水帘洞里跳，怎么现在反而不敢往无底洞里跳了呢？

因为他感觉这个洞比较怪，而且似乎特别深。

猪八戒也不愿意先下去，他对孙悟空说：

“这个难！这个难！我老猪身子夯夯的，若塌了脚吊下去，不知二三年可得到底哩！”

二三年才能到底，八戒可能有些夸张，但他显然也感觉到了，这个洞不是一般的洞。

孙悟空趴在洞口往里观看，更是诧异，这个洞周围足有三百余里，他对八戒说：“兄弟，果然深得紧！”

猪八戒听说更泄气了，又想散伙。没办法，孙悟空只得自己亲自跳入洞中。

行者却将身一纵，跳入洞中，足下彩云生万道，身边瑞气护千层。不多时，到于深远之间，那里边明明朗朗，一般的有日色，有风声，又有花草果木。行者喜道：“好去处啊！想老孙出世，天赐与水帘洞，这里也是个洞天福地！”

老鼠精的洞不仅深，而且非常美，孙悟空都感叹，真是个“好去处”。

孙悟空变作苍蝇飞到唐僧的光头上，让唐僧假装答应妖怪，请妖怪领唐僧到后花园，孙悟空自己则变成一个桃子，趁机钻到妖怪的肚子里。

唐僧依计而行。等老鼠精来的时候，便跟她说想到花园里散散心。老鼠精很高兴，带着唐僧来到了后花园。

这个后花园更美。

萦回曲径，纷纷尽点苍苔；窈窕绮窗，处处暗笼绣箔。微风初动，轻飘飘展开蜀锦吴绫；细雨才收，娇滴滴露出冰肌玉质。日匀鲜杏，红如仙子晒霓裳；月映芭蕉，青似太真摇羽扇。粉墙四面，万株杨柳啭黄鹂；闲馆周围，满院海棠飞粉蝶。更看那凝香阁、青蛾阁、解酲阁、相思阁，层层卷映，朱帘上，钩控虾须；又见那养酸亭、披素亭、画眉亭、四雨亭，个个峥嵘，华匾上，字书鸟篆。看那浴鹤池、洗觞池、怡月池、濯缨池，青萍绿藻耀金鳞；又有墨花轩、异箱轩、适趣轩、慕云轩，玉斗琼卮浮绿蚁。池亭上下，有太湖石、紫英石、鹦落石、锦川石，青青栽着虎须蒲；轩阁东西，有木假山、翠屏山、啸风山、玉芝山，处处丛生凤尾竹。荼蘼架、蔷薇架，近着秋千架，浑如锦帐罗帏；松柏亭、辛夷亭，对着木香亭，却似碧城绣幕。芍药栏，牡丹丛，朱朱紫紫斗秾华；夜合台，茉藜槛，岁岁年年生妩媚。涓涓滴露紫含笑，堪画堪描；艳艳烧空红佛桑，宜题宜赋。论景致，休夸阆苑蓬莱；较芳菲，不数姚黄魏紫。若到三春闲斗草，园中只少玉琼花。

这段对无底洞后花园美景的描绘非常详细，字数之多也着实罕见。

后来，孙悟空请来托塔李天王和哪吒三太子降妖，孙悟空和哪吒一起进入老鼠精的洞府。原著再次描写这个无底洞的美妙。

果然好个洞呵：

依旧双轮日月，照般一望山川。珠渊玉井暖弢烟，更有许多堪羡。

叠叠朱楼画阁，嶷嶷赤壁青田。三春杨柳九秋莲，兀的洞天罕见。

如此一而再再而三、费尽笔墨地描绘、赞美老鼠精的无底洞，吴承恩到底想表达什么？

大家可以想一想，这个洞是女妖精的洞，这个洞深得紧，这个洞非常美。

这个洞位于陷空山。孙悟空和猪八戒刚来到陷空山的时候发现，山的“正中间有缸口大的一个洞儿，爬得光溜溜的”。

是不是有点“少儿不宜”？

我们开始就说过，《西游记》的主题是修行、修心。修心需要戒除许多东西，而在这些需要戒除的东西当中，最难戒的，恐怕是“色”。

因为好色是男人的本能。对男人来说，女人太美了，太有吸引力了。

大家可能都听过这样一个故事：

老和尚带着小和尚下山。小和尚很好奇，因为他好多东西都没见过。小和尚一路上叽叽喳喳问个不停，老和尚则耐心地告诉他：“这个是牛，是庄稼人用它来耕田的；那个是狗，是用来看家护院的；那个是鸡，早上可以打鸣报晓……”

突然，小和尚看到一个漂亮的女人。他问师父：“这个是什么呢？”

师父说：“这个是老虎，她会吃人，千万不能靠近她。”

等到回到庙里以后，师父问小和尚：“今天下山一趟，看到了很多东西，你对什么东西印象最深刻呢？”

小和尚说：“我什么东西都不想，只想那会吃人的老虎，心里一整天都是她。”

《水浒传》的故事大家应该也都知道。高衙内看到林冲老婆后是什么感觉呢？“自见了许多好女娘，不知怎的只爱她，心中着迷，郁郁不乐。”他想尽办法把林娘子骗到陆虞候家，对着林娘子更是一番表白：“娘子，可怜见救俺。便是铁石人，也告的回转。”仿佛林娘子若不从他，他便要死了。而在林冲赶来把夫人救走、衙内无奈没有得手以后，他居然真的害了相思病，“眼见得半年三月，性命难保！”

荷尔蒙的力量真的是太强大了。

《金瓶梅》中的西门庆更加典型。潘金莲失手掉落了叉杆，正好打在西门庆的头上，西门庆正要发作，一抬头看见是个美女：

> 但见她黑鬒鬒赛鸦鸰的鬓儿，翠弯弯的新月的眉儿，香喷喷樱桃口儿，直隆隆琼瑶鼻儿，粉浓浓红艳腮儿，娇滴滴银盆脸儿，轻袅袅花朵身儿，玉纤纤葱枝手儿，一捻捻杨柳腰儿，软浓浓粉白肚儿，窄星星尖翘脚儿，肉奶奶胸儿，白生生腿儿，更有一件紧揪揪、白鲜鲜、黑裀裀，正不知是甚么东西。

在西门庆的眼里，潘金莲完全是个肉欲的化身，他看见的是潘金莲能看见的身体，想象的更是潘金莲看不见的身体。此时的西门庆，家里已经有好几房老婆，还常到妓院里去鬼混，可还是受不了潘金莲的诱惑。他对王婆说：

> “不知怎的，吃她那日叉帘子时见了一面，恰似收了我三魂六魄一般，日夜只是放她不下。到家茶饭懒吃，做事没入脚处。”

于是，西门庆花了很多心思，又破费了好些钱财，好不容易把潘金莲弄到手，最后还把她娶回家，做了第五房娘子。

坦率地说，有了荷尔蒙，自然就会有情欲，也自然就会喜欢异性，这没什么不好意思的。而且，现代科学也证明，过于压抑情欲对身体并不好。

但是问题在于，异性的吸引力太过强大，而正值青壮年的男人，情欲又往往特别旺盛，他很难合理地控制情欲，倒是经常放纵自己，以致不可收拾。

西门庆有妻还不够，他还要妾；有妾还不够，他还要妓；有妓还不够，他还要偷。

西门庆有六房娘子，却仍然觉得不够，还动不动就在外面偷腥。

对于女人，他好像永远不知道满足。潘金莲已经够漂亮了，但潘金莲不算太白，所以，他又喜欢上了更加白净的李瓶儿。可是，他真的只喜欢白净的女人吗？其实也不是，王六儿是紫膛色面皮，他照样喜欢。

家里的女人，他看上的就要；家外的女人，他也来者不拒。地位高贵的女人，如林太太，他要；地位卑贱的女人，如仆人、妓女，他也不在乎。

高挑身材的女人他喜欢，五短身材的女人他也喜欢。

丰满的女人他喜欢，苗条的女人他也喜欢。

比他年轻的女人他喜欢，比他年长的女人他也喜欢。

对于看上的女人，他是不分时间，不分地点，不分场合，随时随地都可以“战斗”。

所以，《金瓶梅》中的一个老婆子冯妈妈曾经这样说西门庆：“你老人家坐家的女儿偷皮匠——逢着的就上。”

而且，西门庆不仅要越来越多的女人，还要玩出各种各样的花样；不仅要玩出各种各样的花样，年纪轻轻还要借助各种工具和春药。

明明已经色欲过度，腰酸腿疼，他还马不停蹄地和几个女人展开“车轮大战”。

张竹坡曾经评价西门庆：

> 才遇金莲，但娶玉楼，才有春梅，又迷桂姐。纷纷浪蝶，无一底止，必至死而后死也。

西门庆后来果然死了，只有三十三岁。

五更时分，相火烧身，变出风来，声若牛吼一般，喘息了半夜。挨到巳牌时分，呜呼哀哉，断气身亡。

西门庆死得很惨，却也是自作自受。

西门庆的大老婆吴月娘曾劝西门庆多做善事，不要那么贪财好色。可西门庆不以为然，他对吴月娘说，只要散点财，就算强奸了嫦娥和织女也没什么。

但死神却容不得他。

西门庆死后，《金瓶梅》的作者兰陵笑笑生曾有一段评价：

看官听说，一已精神有限，天下色欲无穷。又曰“嗜欲深者生机浅”，西门庆只知贪淫乐色，更不知油枯灯灭，髓竭人亡。正是起头所说：

二八佳人体似酥，腰间仗剑斩愚夫。虽然不见人头落，暗里教君骨髓枯。

二八佳人，软玉温香，巧笑倩兮，美目盼兮，哪个男人不喜欢呢？只是你要知道，女人是个温柔乡，这个温柔乡又是个无底洞，无底洞又深又紧，一旦陷进去就很难爬出来。

孙悟空的筋斗云何等厉害，一去就是十万八千里，但他也害怕这个无底洞。

孙悟空变作苍蝇飞进无底洞，说要带唐僧出去。

三藏道：“进来的路儿，我通忘了。”行者道：“莫说你忘了。他这洞，不比走进来走出去的，是打上头往下钻。如今救了你，要打底下往上钻。若是造化高，钻着洞口儿，就出去了；若是造化低，钻不着，还有个闷杀的日子了。”

进来容易出去难。造化高的人才能出去；而有的人，陷进去就再也出不来了。

所以，在“四圣试禅心”一回中，猪八戒因为动了色心，被神仙们吊了起来。孙悟空看到以后，对着八戒好一通嘲讽，八戒不但不敢回嘴，还感到羞愧难当。后来，沙僧把八戒放了下来。此时，原著中有这么一段文字：

> 色乃伤身之剑，贪之必定遭殃。佳人二八好容妆，更比夜叉凶壮。
> 只有一个原本，再无微利添囊。好将资本谨收藏，坚守休教放荡。

老鼠精只是个不起眼的小妖怪，可是，唐僧走出这一难，原著足足用了四回之多，即第八十回“姹女育阳求配偶　心猿护主识妖邪”、第八十一回“镇海寺心猿知怪　黑松林三众寻师”、第八十二回“姹女求阳　元神护道”、第八十三回“心猿识得丹头　姹女还归本性”。要知道，这也是西天取经路上唐僧所经历的种种磨难中，作者吴承恩着墨最多的几难之一。可见，老鼠精虽然不起眼，但她作为女人，其对男人的诱惑，还是相当厉害的。

所以，面对那温柔的无底洞，你可要小心了。

第三十一问

唐僧到底有没有情欲

上回说到，金鼻白毛老鼠精的洞为什么那么深呢？其实是作者隐喻情欲对人的致命吸引力，对男人来说，女人就是个无底洞，很容易陷进去出不来。所以，在西天取经的路上，观音菩萨也给唐僧师徒设置了几次情关，来考验他们在女色面前的定力和意志。

妖怪都想吃唐僧肉，因为吃了唐僧肉可以长生不老。

为什么唐僧肉具有长生不老的功效？主要是三点原因：唐僧乃金蝉子转世，十世修行的好人，一点元阳未泄。

一点元阳未泄，这非常重要。

西天路上，唐僧好几次被女妖怪抓去，但唐僧都保住了自己的元阳。

也就是说，唐僧始终是个处男。

那么问题来了，唐僧到底有没有情欲？

孙悟空肯定是没有情欲的，他说自己“从小儿不晓得干那般事”，在《西游记》整部著作中，也没有哪个地方能看出孙悟空对女人有想法；猪八戒肯定是有情欲的，前面已有描述；沙和尚虽然像个木头，但他其实也有情欲——第九十四回，唐僧被天竺国公主抛绣球打中，带着几位徒弟去见国王，悟空、八戒、沙僧分别上前介绍自己，其中沙僧是这么说的：“老沙原系凡夫，因怕轮回访道。云游海角，浪荡天涯。常得衣钵随身，每炼心神在舍。因此虔诚，得逢仙侣。养就孩儿，配缘姹女……”这个老沙原来是有“仙侣”的，还生了孩子，他当然有情欲。

那么唐僧呢？他到底有没有情欲？

有人可能会说，唐僧怎么可能有情欲，他可是知名的得道高僧。

高僧就没有情欲？那可未必。佛、仙应该比高僧还要高得多吧，唐僧经过九九八十一难，最后才终于成佛。但是，读了原著你会发现，其实，有些佛、仙的情欲大得很。

黄袍怪把宝象国公主百花羞摄来，两人配了十三年夫妻，还生了两个孩子。这个黄袍怪虽然手段狠毒，但对百花羞却情深意笃、百依百顺。黄袍怪原来是谁？是天上二十八星宿之一的奎木狼，而百花羞公主则是披香殿玉女转世，他们两人早在天庭的时候就好上了，只不过玉女在转世为百花羞的时候失忆了。但尽管如此，奎木狼对百花羞还是一往情深。

天竺国的公主抛绣球打中了唐僧，这个公主却是个假的，乃月宫玉兔私自下凡，她原本是来找素娥报仇的。你报仇就报仇吧，看见唐僧路过又打起了主意，想尽办法要和唐僧成亲。显然，仙女也是有情欲的。

前面刚说过，陷空山无底洞的金鼻白毛老鼠，原来也是天上的小仙，只因偷了香花宝烛被贬下界，又唤作半截观音或地涌夫人，还是托塔李天王的义女。然而就是这只小老鼠，把个唐长老抓住，为了求他元阳几乎破了唐僧的童男身。

木仙庵的杏仙，感觉只是一个妙龄少女，最后却被八戒筑死，也只因为她有情欲，她要和唐僧“倚玉偎香，耍子去来”。

二郎神是怎么出生的？乃是玉帝妹子思凡，下界来“配合杨君”才生出来的。玉帝的妹子，自然也是神仙。

玉皇大帝自己有没有情欲呢？也有，不然怎么会有王母娘娘呢？玉帝和王母什么关系？有人说他们并不是夫妻，其实不然。我们看原著第五回，孙悟空负责看管蟠桃园，七仙女来摘蟠桃，她们是怎么对孙悟空说的：“我等奉王母懿旨，到此摘桃设宴。”后面又有好几处说到了“王母懿旨”。谁能下“懿旨”？只有皇后或太后。可见，王母娘娘要么是皇后要么是太后，她和玉帝要么是夫妻关系，要么是母子关系。母子关系难以成立。还是原著第五回，孙悟空偷了太上老君的仙丹，老君来找玉帝告状，“玉帝即同王母出迎”——两人是一起出迎的，符合皇帝皇后的身份；原著第七回，如来佛制服了孙悟空，天庭召开“安天大会”。此时，“只见王母娘娘引一班仙子、仙娥、美姬、毛女，飘飘荡荡舞向佛前，施礼曰……”如果王母娘娘是太后，太后会带着一帮仙女在如来佛面前跳舞，还给如来佛施礼吗？不可能。可见，玉帝和王母就是夫妻，玉帝对男女之情享受着呢。

那么如来佛有没有情欲呢？如来佛是佛祖，直接说他有情欲肯定不妥，但原著中对此做了隐晦的表达。毒敌山琵琶洞的蝎子精抓了唐僧，孙悟空与她交战，她对孙悟空说：“你那雷音寺里佛如来，也还怕我哩。”如来为什么怕她？因为蝎子精有所谓的“倒马毒”，她曾在如来的左手中指上扎了一下，如来也疼痛难禁。这说明什么？说明如来佛对情欲也不能完全免疫。

佛、仙都有情欲，那么妖怪呢？当然更是有的。牛魔王不仅有老婆还有二奶，两个女人之间醋劲大得很。赛太岁抢来了金圣宫娘娘，因为金圣宫娘娘浑身长刺，他不得沾身，于是又叫朱紫国国王送宫娥去。送宫娥干什么呢？当然是为了他享乐。盘丝洞的七个蜘蛛精捉了唐僧，把他吊起来，还剥了他的衣裳，虽然没有明说要干什么，但唐僧自己也知道，“这一脱了衣裳，是要打我的情了”。

可见，佛、仙、妖都有情欲，那作为凡人的唐僧怎么可能没有？

我们先来看唐僧的年龄。悟空、八戒、沙僧几个徒弟总是称呼唐僧为“老师父”，八戒背地里还经常叫他“老和尚”。唐僧这个和尚是不是真的很老、以至于没有情欲了呢？

西天取经路上，两次提到唐僧的年龄。

第六十四回，唐僧在木仙庵和几个树精谈诗。树精曾问唐僧“妙龄几何？”唐僧说：“四十年前出母胎，未产之时命已灾。”此时，唐僧四十岁。

第九十三回，唐僧到了给孤园布金寺，寺里的长老问唐僧高寿。唐僧说：“虚度四十五年矣。”给孤园已经在天竺国境内，给孤园再往西就是铜台府地灵县，而唐僧在地灵县跟寇员外聊天时曾说过，他们西天取经已历时十四年。我们知道，西天取经整个耗时就是十四年。也就是说，到了地灵县，基本就等于到灵山了。所以简单推理一下，唐僧最多也只在46岁就到了灵山。因此，西天取经过程中，唐僧的年龄是处于32—46岁或31—45岁之间。

因此，师徒四人中，“老师父”的年龄其实最小。唐僧正是青壮年，正处于男人的情欲旺盛期，他有情欲很正常。

在唐僧经历的九九八十一难中，其中就有好几次情难。而在这几次情难中，唐僧虽然都挺过来了，但他并非完全没有心动。

白骨精三戏唐三藏我们都知道，其实白骨精并没有想和唐僧配婚成亲的意思，她只是想吃唐僧肉，以求长生不老。但是白骨精变化的少女非常漂亮，以至唐僧动了凡心。何以为证？我们看原文是怎么写的。大家都知道，唐僧平时对几个徒弟喜欢唠唠叨叨，但和陌生人之间的话并不多。但当唐僧看到白骨精变化的少女后，却一反常态，主动和她搭讪，又是问她家住在哪里，又是问她到山里来干什么，显得出乎寻常的热情。

可正在两人谈得热乎的时候，孙悟空回来了。他二话不说，举棒便打。唐僧拦着不让打，还怪孙悟空行凶作恶。孙悟空说：

“师父，我知道你了，你见他那等容貌，必然动了凡心。若果有此意，叫八戒伐几棵树来，沙僧寻些草来，我做木匠，就在这里搭个窝铺，你与他圆房成事，我们大家散了，却不是件事业？何必又跋涉，取甚经去！”

孙悟空可能只是个调侃的话，但是唐僧什么反应呢？

那长老原是个软善的人，那里吃得他这句言语，羞得个光头彻耳通红。

如果唐僧没有动心，怎么会羞得“彻耳通红”？所以后来八戒稍微一撺掇，唐僧就念起紧箍咒来。其实，八戒虽然有点坏，但照他的说法，“我也只当耍子，不想那老和尚当真地念起来”，说明八戒只是闹着好玩。而唐僧之所以要念紧箍咒，实在是因为孙悟空的几句话戳到了他的心窝里，让他很难堪。

“四圣试禅心”一回，黎山老母、观音菩萨、文殊菩萨、普贤菩萨四人扮作几个美女，说是要“坐山招夫”。猪八戒当然是动心了，他“心痒难挠，坐在那椅子上，一似针戳屁股，左扭右扭的”。那么唐僧是什么感觉呢？

三藏坐在上面，好便似雷惊的孩子，雨淋的虾蟆，只是呆呆挣挣，翻白眼儿打仰。

这是一种什么状态？发呆、不知所措、激烈的思想斗争，你能说他一点都没动心吗？

在西凉女国，唐僧听从孙悟空的计策，假装答应女王的亲事，结果女王亲自到迎阳馆驿来接唐僧。女王看到唐僧后很满意，也不顾身份尊贵，张口就叫："大唐御弟，还不来占凤乘鸾也！"此时唐僧的反应是：

三藏闻言，耳红面赤，羞答答不敢抬头。

唐僧又一次羞得耳红面赤。在异性面前，意识到了情欲才会害羞，这是最简单的道理，还不懂得男女之情的小男孩、小女孩在一起是不会害羞的。

第八十回，唐僧师徒在树林里遇到了老鼠精。老鼠精当时变作个女子，把自己一半绑在树上，一半埋在土里。孙悟空说她是妖精，叫唐僧不要救她。唐僧起初倒是听了孙悟空的话，只管向前赶路。但是老鼠精不甘心，还在那里细细地叫。唐僧问徒弟们有没有听到女子的声音，大家都说没听到。为什么别人都没听到，偏偏唐僧听到了呢？只有一种解释：他心中情欲未了。后来唐僧终于忍不住，还是回来把女子给救了，师徒几人和女子一起来到镇海寺。在寺里的时候，唐僧生病了，可就在这时候，他还对孙悟空说："悟空，这两日病体沉疴，不曾问得你，那个脱命的女菩萨，可曾有人送些饭与他吃？"自己生病了，还不忘关心那个女子，谁能说没有怜香惜玉的成分在里面呢？

当然，尽管有情欲，唐僧却是极力压抑的。在几乎所有宗教里面，对情欲都是持压制甚至否定态度，因为情欲常常构成对理性的困扰，让人的心灵得不到安宁。如来佛有两个贴身弟子：阿傩和迦叶。据说迦叶家里非常富裕，可他既不爱钱财，也不爱美女。然而父母亲却要他和妙贤成婚，妙贤长得非常漂亮，也很贤惠。不过妙贤也是个立志修行的女子，结果两人一商量，决定一人睡一张床。后来父母知道了，只留一张床给他们，他们俩就一人睡觉，一人打坐，一生都没有肌肤之亲。

这样的故事广为传颂，迦叶和妙贤也被当作杜绝情欲的典范。所以在《西游记》中，唐僧也严格按照佛家的规矩生活，不允许有一点点情欲的苗头。孙悟空刚被唐僧解救出来，就打死了六个“毛贼”，他们“一个唤作眼看喜，一个唤作耳听怒，一个唤作鼻嗅爱，一个唤作舌尝思，一个唤作意见欲，一个唤作身本忧”。其实都代表着各种肉体的欲望。孙悟空要把他们都打死，不打死，西天路根本过不去。

同样，在《西游记》中，也经常出现要人压抑情欲的文字。比如第七十四回，“沙门修炼纷纷士，断欲忘情即是禅。须着意，要心坚，一尘不染月当天”；第七十八回，“素素纯纯寡爱欲，自然享寿永无穷”。唐僧为什么被犀牛精捉去？仅仅因为他在金平府看了一会儿灯，以致“宽了禅性”，所谓“爱赏花灯禅性乱，喜游美景道心漓”。因此，正确的态度是：“紧闭牢拴休旷荡，须臾懈怠见参差。”——一时一刻都不能贪欢生情。

而且，《西游记》中有个很有意思的现象，大多数读者可能没有注意：八戒打死的妖怪不多，但其中却有好几个女妖怪，比如牛魔王的“二奶”玉面公主、杏仙、比丘国的假皇后白面狐狸等。为什么八戒打死的女妖怪多？因为八戒是“欲”的象征，这些象征情欲的女妖怪必须被八戒打死，以表明人对情欲的控制和克服。

不过，情欲毕竟属于人类与生俱来的本能，一味地压制情欲是否可行，又是否合理呢？既然神仙都思凡，为什么凡人反而不能思凡呢？“四圣试禅心”一回，八戒想留下来，遭到了大家的耻笑，八戒却说：“大家都有此心，独拿老猪出丑。常言道：‘和尚是色中饿鬼。’那个不要如此？”话糙理不糙，可见和尚也很难真正断绝情欲。

八戒的话后来得到了印证。第八十一回，唐僧师徒带着老鼠精变化的女子来到镇海寺，“众僧一则是问唐僧取经来历，二则是贪看那女子，都攒攒簇簇，排列灯下”。一个“贪”字说明了一切——寺里的僧人们都排列在灯下不走，为什么？问候唐僧是假，看那女子是真，看了又看，馋得很。

第九十三回，天竺国的真公主素娥被假公主玉兔精摄到布金寺内。布金寺院主说她是个妖怪，把她关在一个小屋里，仅在门上留个小孔可以递饭。而那女子更是“装风作怪，尿里眠，屎里卧。白日家说胡话，呆呆邓邓的”。为什么要这么做？因为院主害怕她“恐为众僧点污”，而“那女子也聪明，即解吾意”。——因为害怕被众僧点污就只能关起来，还要“尿里眠，屎里卧”、装疯卖傻才能幸免，可见这些僧人们的情欲是多么可怕。

其实唐僧也爱看女人。白骨精变作少女来到唐僧面前的时候，是一幅什么样的场景呢？

圣僧歇马在山岩，忽见裙钗女近前。
翠袖轻摇笼玉笋，湘裙斜拽显金莲。
汗流粉面花含露，尘拂蛾眉柳带烟。
仔细定睛观看处，看看行至到身边。

这幅画面显然是通过唐僧的眼睛得到的，而且比较香艳。唐僧看得很仔细，目不转睛，一直看到女子行至跟前。

第七十二回，唐僧主动要去化斋，结果看到四个女子。他没有马上上前，而是“将身立定，闪在桥林之下”。在这桥林之下干什么呢？当然是好好地看看她们：

只见那女子，一个个：
闺心坚似石，兰性喜如春。
娇脸红霞衬，朱唇绛脂匀。
蛾眉横月小，蝉鬓叠云新。
若到花间立，游蜂错认真。

唐僧看了有半个时辰，才继续往前走，结果又看到三个女子，她们正在“踢球”。

> 蹴踘当场三月天，仙风吹下素婵娟。
> 汗沾粉面花含露，尘染蛾眉柳带烟。
> 翠袖低垂笼玉笋，缃裙斜拽露金莲。
> 几回踢罢娇无力，云鬓蓬松宝髻偏。

真的是粉嫩娇艳，软玉温香。唐僧又看了好久，才想起化斋的事来。

后来才知道，这七个女子都是蜘蛛精，唐僧也被蜘蛛精抓去，蜘蛛精还把唐僧“仙人指路”般地吊了起来。可就在这样的情况下，“那长老虽然苦恼，却还留心看着那些女子”。他看什么呢？如果是个又凶又丑的老妖怪，他还会“留心”看吗？

所以，如何对待情欲，虽然说起来容易，但真正做起来却很难。作为一个正值壮年的男人，就算唐僧有些情欲，谁又不能理解呢？

在女儿国，女王非常喜欢唐僧，亲切地称他为“御弟哥哥”。

> 只见那女王走近前来，一把扯住三藏，悄语娇声叫道：“御弟哥哥，请上龙车，和我同上金銮宝殿，匹配夫妇去来。”这长老战兢兢立站不住，似醉如痴。

唐长老“如痴如醉”，显然动了凡心。但是我想，即便如此，也没有人会怪他。

第三十二问

《西游记》中最痴情的妖怪是谁

上一回说到，其实，无论是神仙还是妖怪，其实都是有情欲的。男的喜欢女的，女的喜欢男的，这既是人之常情，也是神之常情和妖之常情。所以，才有那么多的神仙妖怪要结婚，要配偶，要抢女人。

那么，在《西游记》中，最痴情的妖怪到底是谁呢？

痴情的妖怪好像还挺多的，比如说赛太岁，好不容易抓来金圣宫娘娘，却近不得身，但还是对她很好；再比如说蝎子精，抓到唐僧以后，对唐僧百般温存，还亲自给唐僧喂馍馍吃。你能说他们不痴情吗？

不过，还有一个妖怪比他们更痴情。那就是黄袍怪。

黄袍怪何许人也？他本是天上的二十八宿之一，名副其实的神仙，地位也相当的高。可是，他喜欢上了谁呢？披香殿侍香的玉女。披香殿是什么地方？是古代国王吃饭的地方。在《西游记》中，也有好几次提到披香殿。比如第六十八回，唐僧师徒到了朱紫国，国王请他们吃饭，就曾说："在披香殿，连朕之膳摆下，与法师同享。"第八十七回，因为凤仙郡郡侯冒犯了玉帝，玉帝便惩罚该郡三年不下雨。孙悟空不知详情，上天来问原因，并寻找解决办法。结果几位天师把他引到披香殿里。

四天师即引行者至披香殿里看时，见有一座米山，约有十丈高下；一座面山，约有二十丈高下。米山边有一只拳大之鸡，在那里紧一嘴，慢一嘴，嗛那米吃；面山边有一只金毛哈巴狗儿，在那里长一舌，短一舌，餂那面吃。左边悬一座铁架子，架上挂一把金锁，约有一尺三四寸长短，锁梃有指头粗细，下面有一盏明灯，灯焰现燎着那锁梃。

米山和面山都在披香殿里，鸡和狗都在那里吃哩。可见，天庭的披香殿其实也是餐厅，只是餐厅的后厨而已。

因此，所谓披香殿侍香的玉女，其实就是天庭餐厅的服务员。可想而知，她在天庭的地位是非常低的。

但是奎木狼不在乎地位的差别，他爱上了这个餐厅的服务员。

有人可能又会说了，那真的是爱吗？只不过是两人偷情，互相满足一下情欲罢了。

这个问题提得非常好，因为它涉及对爱的理解。我相信，只要稍微上了点年纪，绝大多数人都会向往爱情。那么，到底什么是真爱呢？我们前面也说到过，《水浒传》里的高衙内看到林冲的娘子、《金瓶梅》里的西门庆看到潘金莲，都是冲动得不得了，恨不能马上就抱到怀里，否则就茶饭不思，甚至觉得自己都要死了。请问，这是爱吗？

我们肯定会说，这当然不是爱，这只是他们的情欲发作罢了。

那么，到底什么才是真正的爱呢？

只要有过爱情体验的人都知道，真正的爱，绝对不是仅仅要满足自己的情欲，而是满心满眼都是对方——默默地守候，无悔地付出，心里却充实而快乐；看不到他（她）时想着他（她），看到他（她）时愿意为他（她）做一切事情。

匈牙利著名诗人裴多菲的诗《我愿意是急流》，很多人在中学时应该都学过。

我愿意是急流，
是山里的小河，
在崎岖的路上、
岩石上经过。
只要我的爱人
是一条小鱼，
在我的浪花中
快乐地游来游去。
我愿意是荒林，
在河流的两岸，
对一阵阵的狂风，
勇敢地作战。
只要我的爱人
是一只小鸟，
在我的稠密的
树枝间做巢，鸣叫。
……

这首诗下面还有很长，这里就不全文引用了。总之就是说，他（她）是鲜花，我愿意做绿叶；他（她）是太阳，我愿意做地球；他（她）有呼唤，我立即就响应；我为他（她）而心跳，为他（她）而激动，为他（她）而茶饭不思，为他（她）而夜不能寐；当然，如果可以，我愿意为他（她）献出我的一切。

那么，奎木狼对披香殿侍女是爱情吗？他愿意为这个地位微贱的餐厅女服务员做一切事情吗？

他愿意。

奎木狼和披香殿侍女好上以后，两人相约来到人间。为什么一定要到人间呢？我们来看原文。当黄袍怪被抓回天庭时，玉帝和他有一段对话。

> 玉帝道："奎木狼，上界有无边的胜景，你不受用，却私走一方，何也？"奎宿叩头奏道："万岁，赦臣死罪。那宝象国王公主，非凡人也。他本是披香殿侍香的玉女，因欲与臣私通，臣恐点污了天宫胜境，他思凡先下界去，托生于皇宫内院。是臣不负前期，变作妖魔，占了名山，摄他到洞府，与他配了一十三年夫妇。'一饮一啄，莫非前定。'今被孙大圣到此成功。"

玉帝对奎木狼的行为很不理解：天上这么好，你为什么还要下界为妖呢？难道当妖怪比做神仙还好？

而根据奎木狼的说法，他和披香殿侍女之所以相约下界，是因为他们觉得自己的行为违反了天庭戒律，肯定为天庭所不容。只是，侍女先走一步，托生到宝象国王宫，成了宝象国的公主百花羞。后来，奎木狼"不负前期"，也托生下界。

天上的两个神仙互相喜欢，来到人间成为夫妇，享尽欢愉。这本来也谈不上什么痴情，谁能保证他们不也是情欲的满足呢？

但是这里有两点值得我们注意，正是这两点让我们相信，奎木狼对披香殿侍女的确是真爱。

第一，奎木狼下界以后没有侍女那么幸运。披香殿侍女投胎为宝象国公主，她在天庭的地位虽然卑贱，可在人间的地位却无比尊贵。或许，做个人间的公主比做天上的餐厅服务员还要好呢。所以，这位披香殿的侍女没什么好遗憾的。但奎木狼就不同了。他在天上是赫赫有名的二十八宿之一，可到了地上，却成了妖怪，又丑又恶。能够舍弃荣华富贵，不惜一切代价去找女朋友，你能说这不是真爱吗？

第二，更要命的，当奎木狼变成黄袍怪，好不容易找到以前的女朋友时，这位前餐厅服务员却完全失忆了。她不仅不记得自己曾经是天庭的餐厅服务员，也不记得自己还有个情人奎木狼。当黄袍怪把她摄到碗子山波月洞后，她眼前所见的只是一个面目狰狞的妖怪。

黄袍怪到底长什么样呢？当唐僧第一次见到黄袍怪时，看到他是这副模样：

青靛脸，白獠牙，一张大口呀呀。两边乱蓬蓬的鬓毛，却都是些胭脂染色；三四紫巍巍的髭髯，恍疑是那荔枝排芽。鹦嘴般的鼻儿拱拱，曙星样的眼儿巴巴。两个拳头，和尚钵盂模样；二只蓝脚，悬崖榾柮枒槎。

光是那“青靛脸，白獠牙”就够吓人了。所以唐僧当时就“唬得打了一个倒退，遍体酥麻，两腿酸软”。可想而知，当百花羞公主被黄袍怪摄来，看到面前是这么一个怪物时，她的心里是多么的恐惧、厌恶和绝望。虽然迫于无奈，百花羞和黄袍怪一起生活了十三年，但她心里时刻想着的，都是如何尽快逃离这个魔窟。

而黄袍怪呢？看着眼前这个心爱的女朋友，他肯定是百感交集，他多么希望百花羞能够早点恢复记忆，还像以前那样深情地扑到自己的怀里啊。

但是，十三年过去了，百花羞还是没有一点恢复记忆的迹象，她跟黄袍怪在一起，完全是出于无奈。

如果换了你，在这种情况下，还会一往情深地对待百花羞吗？

很多人可能都会放弃——算了吧，还是回到天庭，做自己的神仙；再说了，来日方长，女朋友还可以再找嘛。

但是黄袍怪做到了。尽管百花羞根本不认得他这个以前的情郎，但黄袍怪对百花羞却一直很好。

唐僧被黄袍怪抓到洞里以后，百花羞请唐僧带信给自己的父王，要父王来解救自己。于是，她来到洞外叫黄袍怪。

那妖王听得公主叫唤，即丢了八戒、沙僧，按落云头，撇了钢刀，搀着公主道："浑家，有甚话说？"

此时，黄袍怪与八戒沙僧在半空中激战正酣，听到老婆呼唤，仗也不打了，马上前来报到，亲热地"搀着公主"——还有比这更听话的老公吗？一个"搀"字，显出了他的多少柔情啊！

百花羞要黄袍怪把唐僧放了，让唐僧去为自己还愿。当然，公主完全是在撒谎，估计此时她自己心里也是忐忑不安，不知道黄袍怪会不会答应这个要求。可黄袍怪却非常爽快：

"浑家，你却多心呐！甚么打紧之事！我要吃人，那里不捞几个吃吃？这个把和尚，到得那里，放他去罢。"

放了唐僧以后，黄袍怪又转过头来对八戒说：我是看在我老婆的分上，才放了你师父，你们赶紧走吧。

只要老婆高兴就行，你能说黄袍怪不痴情吗？

后来，唐僧来到了宝象国，把公主的信交给了国王。八戒、沙僧应国王之请，又来打黄袍怪，结果沙僧被黄袍怪捉住。黄袍怪怀疑是公主偷偷送信，便拷问沙僧。沙和尚撒了谎，说绝没有公主送信之事。这时，黄袍怪是什么反应呢？

那妖见沙僧说得雄壮，遂丢了刀，双手抱起公主道："是我一时粗卤，多有冲撞，莫怪，莫怪。”遂与她挽了青丝，扶上宝髻，软款温柔，怡颜悦色，撮哄着她进去了。又请上坐陪礼……

上一次是“搀”，这一次干脆是“抱”了。双手抱起，软款温柔，又是说好话，又是赔礼道歉。在黄袍怪的心里，老婆真的就是他的公主啊！

这还没完。公主又让黄袍怪把绑沙僧的绳子松一松，黄袍怪马上照办。接着，黄袍怪又安排酒席，给百花羞压惊。吃了饭以后，黄袍怪要去认老丈人。公主说你的模样太丑，怕把父王吓着了。于是，黄袍怪马上就变成一个帅哥。到了宝象国朝门之外，他又是行礼，又是叩头，表现得非常真诚。

总之，为了讨老婆欢心，黄袍怪什么事都可以做。尽管百花羞早已失忆，可他却一直坚持前世的承诺，用自己的爱温暖着百花羞的心。

后来，百花羞被救回，再次成了宝象国的公主。而黄袍怪被押回天庭，再次成了奎木狼。只是，奎木狼被贬，玉帝让他去给太上老君烧火。当他望着炉膛里燃烧的火苗时，眼前应该还会常常浮现出百花羞的身影吧。

第三十三问

取经路上最危险的是什么时候

唐僧西天取经，十万八千里，耗时耗力不说，真是“步步有难，处处该灾”，无数次被妖怪抓去，一会儿吊到空中，一会儿沉到水底。孙悟空呢，虽然自认为神通广大，也经常被妖怪打得无可奈何，一会儿去求观音菩萨，一会儿去找如来佛祖。唉，西天取经，一路走来，真是太危险了，太难了。

不过，细想一下，取经路上最危险的是什么时候呢？

我认为是在狮驼岭的时候。

之所以这么说，主要是基于以下几点理由。

第一，狮驼岭的妖怪实力最为强大。

取经路上哪个妖怪最厉害？这个我们前面已经分析过，我认为是大鹏。而大鹏只是狮驼岭三个老妖中的一个。

另外两个老妖，一个是青狮精，一个是白象精。这两个妖怪的本领也非同小可，小钻风曾经向变作“总钻风”的孙悟空介绍说：

"我大王会变化：要大能撑天堂，要小就如菜子。因那年王母娘娘设蟠桃大会，邀请诸仙，他不曾具柬来请，我大王意欲争天，被玉皇差十万天兵来降我大王。是我大王变化法身，张开大口，似城门一般，用力吞将去，唬得众天兵不敢交锋，关了南天门。故此是一口曾吞十万兵。"

小钻风口中的这位"大王"就是青狮精。青狮精可以变大，也可以变小。而且，因为王母娘娘举办蟠桃宴没有请他，他就很不满意，打上天庭，十万天兵也降他不住。青狮精一口吞了十万天兵，吓得天兵把南天门都关了。

照小钻风的说法，青狮精也曾大闹天宫，原因和孙悟空一样，也是因为王母娘娘办蟠桃宴没有请他。所以很多人就产生了一个疑问：妖怪们经常说有人五百年前曾大闹天宫，这个大闹天宫的到底是谁呢？是孙悟空，还是青狮精？

不管是谁吧，有一点是肯定的，那就是，这个青狮精的神通也是非常了得。

白象精怎么样呢？小钻风是这么说的：

"二大王身高三丈，卧蚕眉，丹凤眼，美人声，匾担牙，鼻似蛟龙。若与人争斗，只消一鼻子卷去，就是铁背铜身，也就魂亡魄丧！"

白象的绝招是鼻子，用鼻子一卷，任何人都得死。

小钻风这番话有没有吹牛的成分呢？我们可以来看看两个妖怪和孙悟空的实际交战情况。孙悟空和青狮精交手时，原文是这么写的：

那老魔与大圣斗经二十馀合，不见输赢。原来八戒在底下见他两个战到好处，忍不住掣钯架风，跳将起去，望妖魔劈脸就筑。那魔慌了，不知八戒是个呼头性子，冒冒失失的吓人，他只道嘴长耳大，手硬钯凶，败了阵，丢了刀，回头就走。

青狮精实际的打斗功夫并不比孙悟空强，但是也不差多少，两人斗了二十多回合还不分胜负。后来是因为猪八戒加入，两个打一个，青狮精才败下阵来。不过，青狮精的嘴巴非常大，他一口把孙悟空吞了。只是因为孙悟空乃石头转化，后来又在太上老君的八卦炉中炼成了铜头铁脑，所以他很特别，可以在别人的肚子里存活。因此孙悟空在青狮精的肚子里乱搅一通，逼得青狮精没办法，才甘拜下风，答应送唐僧师徒过山。说实在的，孙悟空经常跑到别人肚子里去，男的肚子里去，女的肚子里也去，着实有些胜之不武。

大大王青狮精着了孙悟空的道，二大王白象精很不服气，他点起兵马前来叫战。孙悟空让猪八戒出战。

二怪即出营，见了八戒，更不打话，挺枪劈面刺来。这呆子举钯上前迎住。他两个在山坡前搭上手，斗不上七八回合，呆子手软，架不得妖魔……

八戒也曾是赫赫有名的天蓬元帅，当初和孙悟空打斗时并不太落下风。可在白象精面前，只七八个回合便败下阵来。可见，白象精也不是浪得虚名。

狮驼岭的几个妖怪是三兄弟，孙悟空、猪八戒、沙和尚也是三兄弟，如果他们一起交战，会是什么样的结果呢？原著在第七十七回给我们展示了这一场面。

却说那三个魔头齐心竭力，与大圣兄弟三人，在城东半山内努力争持……他六个斗罢多时，渐渐天晚，却又是风雾漫漫，霎时间，就黑暗了。原来八戒耳大，盖着眼皮，越发昏濛；手脚慢，又遮架不住，拖着钯，败阵就走，被老魔举刀砍去，几乎伤命；幸躲过头脑，被口刀削断几根鬃毛，赶上张开口咬着领头，拿入城中，丢与小怪，捆在金銮殿。老妖又驾云，起在半空助力。沙和尚见事不谐，虚幌着宝杖，顾本身回头便走，被二魔捽开鼻子，响一声，连手卷住，拿到城里，也教小妖捆在殿下。却又腾空去叫拿行者。行者见两个兄弟遭擒，他自家独难撑架，正是"好手不敌双拳，双拳难敌四手"。他喊一声，把棍子隔开三个妖魔的兵器，纵筋斗驾云走了。三怪见行者驾筋斗时，即抖抖身，现出本像，搧开两翅，赶上大圣。你道他怎能赶上？当时如行者闹天宫，十万天兵也拿他不住者，以他会驾筋斗云，一去有十万八千里路，所以诸神不能赶上。这妖精搧一翅就有九万里，两搧就赶过了，所以被他一把挝住，拿在手中，左右挣挫不得。欲思要走，莫能逃脱。即使变化法遁法，又往来难行：变大些儿，他就放松了挝住；变小些儿，他又揝紧了挝住。复拿了径回城内，放了手，捽下尘埃，分付群妖，也照八戒、沙僧捆在一处。

猪八戒、沙和尚毫无悬念地被抓。就连一向神通广大的孙悟空，在大鹏精面前也毫无还手之力！

请问，还有哪里的妖怪有如此强大的实力？

而且，前面已经说过，除了这几个老妖之外，狮驼岭还有四万七八千妖兵；在旁边的狮驼国里，更是妖精成群。整个狮驼岭一带，全是妖怪的天下，这里俨然一个天不管地不服的独立王国！

第二，在狮驼岭的时候取经队伍几乎散伙。

我们都知道，前面也说过多次，取经队伍中几个人的取经意志并不一致。其中猪八戒是最不坚定的，八戒曾多次说过要散伙，有时候听到些风吹草动就要分行李回高老庄。不过，八戒虽然嘴上经常说，但实际上并没有真的付诸行动。我们常常听到的话是，八戒一说要分行李散伙，沙僧就说：二哥，又分怎的？反正说来说去，最后并没有真的分行李，即便是孙悟空被唐僧赶回花果山，几个人也没有散伙，最后又走到一起，为了取经大业而共同奋斗了。

但是，在狮驼岭的时候，几个人真的要散伙了，八戒和沙僧真的开始分行李了。

孙悟空被青狮精吞到了肚子里，八戒看到以后，以为孙悟空这回必死无疑。于是，他回来告诉唐僧，说孙悟空被妖怪吃了，并和沙僧开始分行李，准备各走各的路了。等孙悟空从青狮精的肚子里出来，回来找唐僧时，正好看到八戒沙僧分行李的一幕。我们来看原文：

> 大圣收绳子，径转山东，远远的看见唐僧睡在地下打滚痛哭，猪八戒与沙僧解了包袱，将行李搭分儿，在那里分哩。

照理说，沙和尚的取经意志是非常坚定的。想当初，哪怕孙悟空有些灰心，他也都不为所动，坚决要去西天取经。可这一回他也动摇了——大师兄已经被妖怪吃了，西天是去不成了，干脆分行李散伙吧。

而唐僧呢，在地上打滚痛哭——取经大业算是完了，不仅完不成唐太宗交给的任务，自己的性命肯定也是不保，又丢人又丢命。

在西天取经的路上，这样的时候也从来没有过。

第三，唐僧师徒几人几乎死在狮驼岭。

在取经的路上，唐僧多次被妖怪抓去。妖怪为什么要抓唐僧呢？因为唐僧是金蝉子转世，十世修行的好人，一点元阳未泄，吃他一块肉，就可以长寿长生。所以，为了吃到唐僧肉，妖怪们舍生忘死，前赴后继，有的甚至为此断送了性命。不过，唐僧虽然经常被抓去，但极少真的面临被吃的命运——妖怪们要么要请长辈们来一起享用，要么要等天阴的时候，“细吹细打”地吃。而就在这个等待的过程中，孙悟空来了，最终把唐僧救走。

而在狮驼岭则不一样了。不仅唐僧被妖怪抓到，孙悟空、猪八戒、沙和尚也被抓到了。几个妖怪不管那么多规矩，也不等天阴，他们把唐僧师徒洗洗涮涮，直接上笼蒸了。

师徒们正说处，只闻得那老魔道："三贤弟有力量，有智谋，果成妙计，拿将唐僧来了！"叫："小的们，着五个打水，七个刷锅，十个烧火，二十个抬出铁笼来，把那四个和尚蒸熟，我兄弟们受用，各散一块儿与小的们吃，也教他个个长生。"

锅里的水已经烧开，几个人都被抬上笼屉。唐僧在第四格，孙悟空在第三格，沙和尚在第二格，猪八戒在第一格。下面干柴烈火，气焰腾腾。连一向稳重平和的沙和尚都被吓哭了。

第四格就是最上面的一格。蒸过馒头的朋友都知道，最上面的一格蒸汽最大，馒头也最先熟。

开始的时候，锅盖还没盖上，后来才盖上。

三藏慌了道："徒弟！盖上了！"八戒道："罢了！这个是闷气蒸，今夜必是死了！"沙僧与长老嘤嘤的啼哭。

沙和尚在哭，唐僧也哭了。

几个妖怪不按常理出牌啊，估计当时唐僧也绝望了。

幸好孙悟空暗中请来北海龙王，龙王把冷气吹入锅里，几个人才保得性命。

第四，在狮驼岭的时候孙悟空空前绝望。

孙悟空请来北海龙王，唐僧、八戒和沙僧都没有被蒸死。他们想逃出来，却惊动了几个老妖，结果只有孙悟空一人跑了，唐僧、八戒和沙僧又被抓住。而且，妖怪放出风来，说唐僧已经被几个老妖连夜吃了。

孙悟空变作小妖，混进狮驼洞，看见猪八戒。八戒也说："师父没了，今夜被妖精夹生儿吃了。"

行者闻言，忽失声泪似泉涌。

孙悟空又问沙和尚，沙和尚也说：“哥啊！师父被妖精等不得蒸，就夹生儿吃了！”

大圣听得两个言语相同，心如刀搅，泪似水流，急纵身望空跳起，且不救八戒、沙僧，回至城东山上，按落云头，放声大哭，叫道：“师父啊！

恨我欺天困网罗，师来救我脱沉疴。
潜心笃志同参佛，努力修身共炼魔。
岂料今朝遭蜇害，不能保你上婆娑。
西方胜境无缘到，气散魂消怎奈何！”

孙悟空万万没有想到，自己一路辛苦，降妖除魔，最后竟然在这里折戟沉沙。他心如刀绞，放声大哭。

孙悟空去找如来佛，见到如来佛的时候，再次“泪如泉涌，悲声不绝”。

行者跪在下面，捶着胸膛道：“不瞒如来说。弟子当年闹天宫，称大圣，自为人以来，不曾吃亏，今番却遭这毒魔之手！”

孙悟空捶胸顿足。他也认为自己从来没有吃过这么大的亏，这里的妖魔太狠毒了。

综合以上几点，说来到狮驼岭是唐僧师徒取经路上最危险的时候，大家应该没意见吧？事实上，过了狮驼岭以后，再没有特别厉害的妖怪了，取经的路途也相对顺利了许多。

当然，狮驼岭虽然危险，最后还是通过了。它也告诉我们，即便处于最困难的境地，只要有坚定的意志，只要团结一心、努力向前，或许也会柳暗花明。

第三十四问 

降伏妖怪最有效的方法是什么

在西天取经的路上，唐僧遇到了许多妖怪。当然，这些妖怪最后都被降服了。

不知道大家有没有想过，降服妖怪最有效的方法是什么呢?

孙悟空是非常喜欢暴力的。自从学会了筋斗云、七十二变，又得到了金箍棒，他就对自己的功夫特别自信，遇到任何不顺心的事，看到任何不如意的人，首先想到的就是用金箍棒说话。想当初，在东海龙王敖广那里才拿到金箍棒，他又跟敖广要披挂。敖广说没有，孙悟空就说："真个没有，就和你试试此铁！"后来，他上天做了弼马温，因为嫌官小不辞而别，"把公案推倒，耳中取出宝贝，幌一幌，碗来粗细，一路解数，直打出御马监，径至南天门。"再后来，他又要做齐天大圣，对前来征讨的巨灵神说："你看我这旌旗上字号，若依此字号升官，我就不动刀兵，自然的天地清泰。如若不依，时间就打上灵霄宝殿，教他龙床定坐不成！"

当然了，他后来没有打得过如来佛，被压在五行山下五百年。可尽管如此，等他出来以后，跟随唐僧西天取经，依然喜欢打打杀杀。第二十三回，师徒四人刚刚凑齐，八戒嫌担子重，发了几句牢骚，孙悟空便对八戒说：“但若怠慢了些儿，孤拐上先是一顿粗棍！”孙悟空觉得打人很有快感，动不动就要打人，几天不用金箍棒手就痒痒。第十五回，孙悟空和小白龙交手，小白龙变作水蛇不见了，他便唤出当方山神土地，对他们说：“伸过孤拐来，各打五棍见面，与老孙散散心！”第三十三回，银角大王用移山填海的法术，遣了几座大山压在孙悟空肩上。孙悟空得知后很生气，对山神土地说：“都伸过孤拐来，每人先打两下，与老孙散散闷！”第六十六回，孙悟空因为打不过黄眉大王，正在郁闷，日值功曹来提醒他不要懈怠，孙悟空喝道：“你这毛神，这向在那方贪图血食，不来点卯，今日却来惊我！伸过孤拐来，让老孙打两棒解闷！”

类似的地方有很多，孙悟空连八戒、土地山神、日值功曹等也不放过，打他们不仅可以起到需要的效果，还可以散心解闷。

对妖怪，孙悟空首先想到的当然也是打。在西天取经的路上，孙悟空遇到的前几个妖怪，他都是直接使用暴力。

第十七回，遇到熊罴怪，打——“你这贼怪！偷了袈裟不还，倒伤老爷！不要走！看棍！”

第二十一回，遇到黄风怪，打——“他二人在那黄风洞口，这一场好杀……”

第二十七回，遇到白骨精，打——“只见那行者自南山顶上，摘了几个桃子，托着钵盂，一筋斗点将回来，睁火眼金睛观看，认得那女子是个妖精，放下钵盂，掣铁棒当头就打。”

第三十一回，遇到黄袍怪，打——“且不必讲此闲话。只说老孙今日到你家里，你好怠慢了远客。虽无酒馔款待，头却是有的。快快将头伸过来，等老孙打一棍儿，当茶！”

孙悟空用暴力对付妖怪，有没有用呢？当然有用，他也的确打死了一些妖怪，比如白花蛇怪、红鳞大蟒、蜘蛛精等。白骨精经过孙悟空三次暴力击打，最后也死在他的棍下。不过，真正被孙悟空打死的妖怪并不多，相对来说，孙悟空的暴力对凡人更有效，更有震慑力。比如第十四回对六个毛贼、第五十六回对一伙强盗，以及我们前面提到过的，在第三十六回，唐僧去借宿没借到，而孙悟空把金箍棒往天井里一竖，宝林寺的和尚们就恭恭敬敬地把唐僧师徒请到庙里。但是对妖怪，他这种简单粗暴的做法经常并不奏效。

因为妖怪的本事也是不可小觑的，在许多妖怪面前，孙悟空的暴力没什么用，甚至还常常被妖怪欺负。

比如前面说到的那几个妖怪，孙悟空对熊罴怪，两人“斗了十数回合，不分胜负”。对黄风怪，两人“斗经三十回合，不分胜败”。而当黄风怪吹出一股恶风时，孙悟空毫无办法，他使用身外身法变化的许多小孙悟空被风吹得东倒西歪，他自己赖以自豪的火眼金睛也被风吹得睁都睁不开。对黄袍怪，则是“两个战有五六十合，不分胜负”。

至于那些更厉害的妖怪，比如青牛精、黄眉大王等，孙悟空更是一筹莫展，甚至被打得痛哭流涕。

在和黄袍怪交手时，孙悟空曾夸下海口：“不要胡说！莫说百十个，就有几千、几万，只要一个个查明白了好打，棍棍无空，教你断根绝迹！”可实际上他根本做不到，他的金箍棒并不像他吹得那么厉害。

而且，就算用暴力打赢了，有时候也会惹来麻烦。比如对白骨精，孙悟空三次暴力出击，虽然最终把白骨精打死，但惹得唐僧大怒，孙悟空自己也被赶走。

所以，孙悟空也慢慢醒悟了：暴力并不是解决问题的唯一办法，有时也不是最好的办法。

为了对付熊罴怪，孙悟空想到了观音菩萨。他把观音菩萨请来，轻松降服了熊罴怪。

为了对付黄风怪，孙悟空去请了灵吉菩萨。灵吉菩萨拿了根飞龙宝杖，念了些不知什么咒语，黄风怪便束手就擒，现出本相，原来是一只黄毛貂鼠。

听黄袍怪说认得自己，孙悟空猜他可能来自天庭。于是，他便一个筋斗来到天上，结果查得是奎木狼下界。

平顶山的金角大王和银角大王虽然自身功夫不算太高，但他们有五件宝贝非常厉害。孙悟空并没有和他们硬拼，而是采用骗和偷的办法，把他们的五件宝贝都弄到手，最终不战而胜。

对付车迟国的虎力大仙、鹿力大仙和羊力大仙，孙悟空则是和他们斗法，一会儿比呼风唤雨，一会儿比砍头下油锅，一会儿比猜盲盒，最后把他们一个一个都送进了阎王殿。

也就是说，除了暴力之外，孙悟空还用了另外两个主要方法：一是请神仙；二是斗智。

请神仙也是有讲究的，并不是每一个神仙都能降伏妖怪。这个神仙，要么是妖怪的主人，要么是妖怪的天敌。

很多妖怪都有主人，比如通天河里金鱼精的主人是观音菩萨，青牛精的主人是太上老君，黄眉大王的主人是弥勒佛，玉兔精的主人是太阴星君，等等。在主人面前，这些妖怪自然牛不起来，一般来说，只能乖乖就范。

当然，即便是主人来了，也得有真正能够降得住妖怪的法宝。太上老君的青牛下界，偷走了金钢琢。这个金钢琢着实厉害，孙悟空大闹天宫时就吃过它的亏。无论什么东西都能被它套走，在金钢琢面前，孙悟空赖以自负的金箍棒完全失去了战斗力。即便是太上老君来了，也心有余悸。当时，老君对孙悟空说：

“我那金钢琢，乃是我过函关化胡之器，自幼炼成之宝。凭你甚么兵器、水火，俱莫能近他。若偷去我的芭蕉扇儿，连我也不能奈他何矣。”

只有芭蕉扇能克金钢琢。最后，老君也正是靠着芭蕉扇才降服了青牛。

老君念个咒语，将扇子搧了一下，那怪将圈子丢来，被老君一把接住；又一扇，那怪物力软筋麻，现了本相，原来是一只青牛。

黄眉大王虽然是弥勒佛的童子，但因为黄眉大王手中有人种袋和狼牙棒，所以弥勒也不敢轻视。孙悟空来找弥勒佛帮忙，弥勒也只能用计取胜，他让孙悟空变作一个西瓜，找机会钻进黄眉大王的肚子里。

弥勒即把行者变的那瓜，双手递与妖王。妖王更不察情，到此接过手，张口便啃。那行者乘此机会，一毂辘钻入咽喉之下，等不得好歹就弄手脚：抓肠蒯腹，翻跟头，竖蜻蜓，任他在里面摆布。那妖精疼得傞牙俫嘴，眼泪汪汪，把一块种瓜之地，滚得似个打麦之场，口中只叫：“罢了！罢了！谁人救我一救！”弥勒却现了本像，嘻嘻笑叫道：“孽畜！认得我么？”那妖抬头看见，慌忙跪倒在地，双手揉着肚子，磕头撞脑，只叫：“主人公！饶我命罢！饶我命罢！再不敢了！”

可见，神仙也不是万能的。

在《西游记》的妖怪当中，蝎子精并不算特别厉害，但如来佛都有点怕她，被她刺了一下，手指也疼痛难忍。在西天取经的路上，每到急难关头，孙悟空想到最多的是观音菩萨，观音也确实法力通天，为孙悟空帮了不少忙，但是对蝎子精，观音菩萨也没有办法。

菩萨道：“这妖精十分利害。他那三股叉是生成的两只钳脚。扎人痛者，是尾上一个钩子，唤做‘倒马毒’。本身是个蝎子精。他前者在雷音寺听佛谈经，如来见了，不合用手推他一把，他就转过钩子，把如来左手中拇指上扎了一下。如来也疼难禁，即着金刚拿他，他却在这里。若要救得唐僧，除是别告一位方好。我也是近他不得。”

那么谁能降服蝎子精呢？昴日星官，因为他的本相是只大公鸡，公鸡是蝎子的天敌。

那怪赶过石屏之后，行者叫声：“昴宿何在？”只见那星官立于山坡上，变出本相，原来是一只双冠子大公鸡，昂起头来，约有六七尺高，对妖精叫一声，那怪即时就现了本像，是个琵琶来大小的蝎子精。星官再叫一声，那怪浑身酥软，死在坡前。

貌似谁都奈何不了的蝎子精，只听到昴日星官叫两声就死了。

黄花观的多目怪是个蜈蚣精，全身有无数个眼睛，可以放出万道金光。孙悟空被他的金光照得力软筋麻，只能变作穿山甲逃走。正在万般无奈之际，黎山老母化作一个妇人指点孙悟空，说紫云山的毗蓝婆可以降服此妖。而这个毗蓝婆的原身，则是一只老母鸡。

（毗蓝）即上前用手一指，那道士扑的倒在尘埃，现了原身，乃是一个七尺长短的大蜈蚣精。毗蓝使小指头挑起，驾祥云，径转千花洞去。

同样，毗蓝婆根本不费吹灰之力，只用手指一下，多目怪就现形了。

所以，降服妖怪最有效的方法是什么呢？只能说没有定法，最关键的是：找到它的天敌。这个天敌可以是它的主人，也可以是它的克星。卤水点豆腐，一物降一物，只要方法得当，便能起到四两拨千斤的奇效；相反，一味使用蛮力，倒有可能事倍而功半。

第三十五问

神仙为什么管不住自己的下属

我们看《西游记》的时候，应该都会注意到这样一个现象：西天取经路上众多的妖怪当中，有相当一部分是神仙的下属，它们或者是神仙的童子，或者是神仙的坐骑，或者和神仙有密切的关系，等等。下面我们就具体来看看，这些妖怪都有哪些。

黄风怪：灵山脚下得道的老鼠，因为偷油犯了法，归灵吉菩萨管辖收押。

金角大王、银角大王：太上老君看炉的两个童子。

青毛狮子：文殊菩萨的坐骑。

金鱼精：观音菩萨莲花池里的金鱼。

独角兕大王：太上老君的坐骑青牛。

黄眉大王：弥勒佛司磬的童儿。

赛太岁：观音菩萨的坐骑金毛犼。

大鹏精：如来佛的舅舅。

白鹿精：南极寿星的坐骑。

老鼠精：托塔李天王的义女。

九灵元圣：太乙救苦天尊的坐骑。

玉兔精：太阴星君的兔子。

另外，还有两个妖怪：黄袍怪和小鼍龙。因为他们本身就属于神仙，和上面所列的那些妖怪还不一样，所以不在这里的讨论之列。

也就是说，唐僧在西天取经路上遇到的妖怪当中，有十二个属于神仙的下属或坐骑，或者和神仙有密切的关系。

除了孙悟空、猪八戒、沙和尚和小白龙，唐僧总共多少次遇到妖怪呢？

二十八次，还包括上面所说的黄袍怪和小鼍龙。

也就是说，取经路上遇到的妖怪中，有将近一半是和天上的神仙有关系的。

那我们不禁要问了：神仙为什么管不住自己的下属呢？

要回答这个问题，我们还需要把上面的十二个妖怪再细分一下。仔细阅读原著就会发现，其中有两处妖怪是神仙特意派下界来的。

其一，金角大王和银角大王。金角大王和银角大王虽然没有什么特别的神通，却有五件非常厉害的宝贝：红葫芦、玉净瓶、七星宝剑、芭蕉扇和幌金绳。等到孙悟空把几件宝贝都或骗来或偷来以后，才收服了他们。这时，太上老君出现了，老君说金角大王和银角大王原是给他看炉的童子，几件宝贝也是他的东西。孙悟空有些不满：

“你这老官儿，着实无礼。纵放家属为邪，该问个钤属不严的罪名！”

可太上老君却告诉孙悟空，他的两个童子之所以下界为妖，是观音菩萨特意跟他借的，以此来考验唐僧师徒。孙悟空虽然心中很是不忿，但也只得作罢。

其二，青毛狮子。青毛狮子下界变作全真道士，把乌鸡国的国王推下水井，自己却又变成国王模样，在乌鸡国为君三年。孙悟空费了好大劲，才找到老国王的尸体，救活了老国王，又和妖怪大战了好几回。最后才知道，它是文殊菩萨的坐骑。孙悟空问文殊菩萨：

“菩萨，这是你坐下的一个青毛狮子，却怎么走将来成精？你就不收服他？”

结果，文殊菩萨告诉孙悟空，这是如来佛的旨意。因为乌鸡国的老国王得罪了文殊菩萨，所以让狮子来报仇。孙悟空说文殊菩萨是“报私仇”，但也无可奈何。

既然是神仙故意派下界的，当然就谈不上管得住管不住的问题。神仙不仅不想管，还乐见其成。

还有一个妖怪也比较特殊，就是老鼠精。老鼠精虽然自称是托塔李天王的义女，但实际只是名义上的，而且她并不与李天王住在一起，也不受李天王的管辖，所以和李天王其实没有必然关系。

那么，剩下的九个妖怪都是怎么回事呢？神仙为什么管不住他们呢？

所谓“管不住”，其实也分两种情况：其一，从客观上看，没有能力管；其二，从主观上看，没有尽到管的责任。

神仙是不是没有能力管住自己的下属或坐骑呢？当然不是。这些神仙的下属或坐骑作为妖怪虽然非常厉害，甚至还拥有能够克敌制胜的法宝，比如金钢琢、人种袋、紫金铃什么的，但是他们的主人也各有克制他们的绝招。只要主人一来，他们基本上都是立马就范；在主人面前，他们毫无还手之力。

那就只有一种可能了，神仙们没有尽到管的责任。

几乎所有神仙对孙悟空说的话都是差不多的，就是自己不注意让他们跑出来了。

说到金鱼精的来历时，观音菩萨告诉孙悟空：

“他本是我莲花池里养大的金鱼，每日浮头听经，修成手段。那一柄九瓣铜锤，乃是一枝未开的菡萏，被他运炼成兵。不知是那一日，海潮泛涨，走到此间。我今早扶栏看花，却不见这厮出拜。掐指巡纹，算着他在此成精，害你师父，故此未及梳妆，运神功，织个竹篮儿擒他。”

不知是哪天，金鱼趁着涨潮走了。观音菩萨的意思很明显：我不知道他什么时候下界的。

太上老君的青牛下界，化身独角兕大王，可把孙悟空给坑苦了。当孙悟空找到太上老君时，老君什么反应呢？

老君大惊道：“这业畜几时走了？”正嚷间，那童儿方醒，跪于当面道：“爷爷，弟子睡着，不知是几时走的。”老君骂道：“你这厮如何盹睡？”童儿叩头道：“弟子在丹房里拾得一粒丹，当时吃了，就在此睡着。”老君道：“想是前日炼的七返火丹，吊了一粒，被这厮拾吃了。那丹吃一粒，该睡七日哩。那业畜因你睡着，无人看管，遂乘机走下界去，今亦是七日矣。”

老君“大惊”，自然也是表示他根本不清楚有这回事。随后，他又当着孙悟空的面问童子，最后才知道，原来是童子睡着了，青牛无人看管，跑下界去。

弥勒佛的童儿又是怎么回事呢？弥勒佛说：

“他是我面前司磬的一个黄眉童儿。三月三日，我因赴元始会去，留他在宫看守，他把我这几件宝贝拐来，假佛成精。那搭包儿是我的后天袋子，

俗名唤做'人种袋'。那条狼牙棒是个敲磬的槌儿。"

意思就是说，我开会去了，他趁我不在家时跑了。

观音菩萨不仅跑了金鱼，还跑了金毛犼。孙悟空正要收服妖怪，菩萨来了。

菩萨道："他是我跨的个金毛犼。因牧童盹睡，失于防守，这孽畜咬断铁索走来，却与朱紫国王消灾也。"

因为牧童打盹，金毛犼跑了。

白鹿精是南极寿星的坐骑。孙悟空和猪八戒正要打杀白鹿，寿星来了。

寿星笑道："他是我的一副脚力，不意走将来，成此妖怪。"

"不意走将来"——反正也不是我的责任，当时我正在和东华帝君下棋。

九灵元圣又是怎么回事呢？孙悟空来到太乙救苦天尊处查问。

天尊闻言，即令仙将到狮子房唤出狮奴来问。那狮奴熟睡，被众将推摇方醒，揪至中厅来见。天尊问道："狮兽何在？"那奴儿垂泪叩头，只教："饶命！饶命！"天尊道："孙大圣在此，且不打你。你快说为何不谨，走了九头狮子。"狮奴道："爷爷，我前日在大千甘露殿中见一瓶酒，不知偷去吃了，不觉沉醉睡着，失于拴锁，是以走了。"

还是因为童子睡懒觉，才让狮子跑了。

玉兔精刚要被孙悟空打杀，太阴星君来了。

太阴道："与你对敌的这个妖邪，是我广寒宫捣玄霜仙药之玉兔也。他私自偷开玉关金锁，走出宫来，经今一载。我算他目下有伤命之灾，特来救他性命。望大圣看老身饶他罢。"

是玉兔"私自"走的，不关我太阴的事。

下属私自下界为妖，主人有没有责任呢？

当然有责任，至少也有管教不严之责。

孙悟空也是这么认为的。前面说到，在得知金角大王和银角大王是太上老君看炉的童子时，他说要问老君一个"钤属不严的罪名"。后来，因为青牛精一事，孙悟空再次去找老君，他责问老君：

"似你这老官，纵放怪物，抢夺伤人，该当何罪？"

对弥勒佛，孙悟空也不客气。

行者听说，高叫一声道："好个笑和尚！你走了这童儿，教他诳称佛祖，陷害老孙，未免有个家法不谨之过！"

也有个别神仙承认自己有错，比如灵吉菩萨。当孙悟空找到灵吉菩萨时，他对孙悟空说：

"我受了如来法令，在此镇押黄风怪。如来赐了我一颗'定风丹'，一柄'飞龙宝杖'。当时被我拿住，饶了他的性命，放他去隐性归山，不许伤生造孽。不知他今日欲害令师，有违教令，我之罪也。"

弥勒佛也承认自己有错。

弥勒道："一则是我不谨，走失人口；二则是你师徒们魔障未完：故此百灵下界，应该受难。我今来与你收他去也。"

不过，尽管承认自己有罪或有错，但神仙们并没有受到什么惩罚，菩萨还是菩萨，佛还是佛。

观音菩萨放纵金鱼精，或许，她知道自己有错，所以，她没有梳妆就跟着孙悟空来了，表示一下自己的重视。

但也仅此而已。事实上，没有一个神仙因为下属成为妖怪而受罚。

正因为不用承担责任，所以他们根本不以为意，甚至还要替下属说情、辩护。

不用承担责任，就没人真正重视。这是人性的弱点，也是神性的弱点。

那么，我们再多问一句：为什么这些神仙不用承担责任呢？是因为仙界的法度不严吗？

当然也不是。天蓬元帅调戏嫦娥被打了八百锤，还遭贬下界；卷帘大将打破了一个玻璃杯，也同样遭贬，又要每七日被飞剑穿胸；小白龙因为烧了殿上明珠，就要被问斩。可见，仙界的法度还是非常严格的。

而上面那些神仙们之所以不受惩罚，主要是因为他们都身居高位，他们都拥有仙界的"豁免权"。

大鹏精和如来佛有亲戚关系，真论起来，还是如来的舅舅。难道因为大鹏为妖就要惩罚如来吗？

弥勒佛，同样是佛祖，而且是未来佛，和如来佛基本平起平坐。既然你的亲戚可以为妖，我的坐骑为什么不行？

太上老君，有名的道祖，和如来佛不分高低，玉帝也要敬他三分，而且是天庭兵工厂的总司令，手中拥有无数"战略核武器"。谁能拿他怎么样？

观音菩萨的地位当然也不用多说。她虽然不是佛，却比许多佛还要尊贵。所以，她两次纵放下属，也无人敢问她的罪，她能做做样子就算不错了。

其他如文殊菩萨、灵吉菩萨、太阴星君、南极寿星、太乙救苦天尊等，也都不是小角色，他们在仙界都拥有广泛的势力。即便玉帝或如来，也犯不着为了某个小妖为难这些天神。再说了，为难他们，就是为难自己——自己身上有屎，又怎么好意思去说别人呢？

看来，要在仙界真正实行法治，也难啊。

第三十六问

妖怪是不是完全一无是处

无论是看过《西游记》原著的读者，还是看过《西游记》电视剧的观众，恐怕都有这样一个印象：妖怪实在是太讨厌了，他们不仅生得青面獠牙，凶恶丑陋，而且天性残暴，荼毒生灵，甚至以吃人度日。所以，妖怪被打死实在也是活该，大快人心得很。

的确，有好些妖怪是这样的，比如通天河的金鱼精，每年都要吃童男童女；比丘国的国丈（白鹿精）要用一千一百一十一个小孩的心肝给国王做药引子，实际上也是给他自己享用的；狮驼岭的三个妖怪——狮子精、白象精和大鹏精——更是吃人无数，把个狮驼洞口都弄得“尸山血海”“腥臭难闻”；等等。

不过，我们应该也知道一个简单的道理：十全十美的人是没有的，同样，一无是处的人也是没有的。妖怪就真的全是十恶不赦、毫无优点吗？其实，只要我们仔细阅读原著，就会发现，妖怪也并非一无是处，有的妖怪甚至还很有情义。

第一，有的妖怪还挺孝顺。

我们都知道，孙悟空乃天地生成，无父无母，我们也没听说猪八戒和沙和尚有什么直系亲属——八戒虽然娶过亲，但后来跟着唐僧西天取经，也算是了断了。沙和尚据说有老婆孩子，但后来也没联系了——所以他们不存在孝顺不孝顺的问题。唐僧原本是有亲人的，他的母亲殷温娇虽然自尽了，但父亲还在。前面说过，唐僧的父亲陈光蕊曾被刘洪所杀，但后来复活了。另外，他的奶奶、外公也都还活着。在第九回里，唐太宗李世民召集群臣，出朝的众官中，就有“马三宝、段志玄、殷开山、程咬金、刘弘基、胡敬德、秦叔宝等”，而这殷开山分明就是唐僧妈妈殷温娇的父亲，也就是唐僧的外公。唐僧的奶奶眼睛哭瞎了，还是唐僧帮她舔开的。不过，唐僧自幼出家，后来更是成了有名的高僧，他斩断了尘缘，也就不用考虑是否孝顺的问题了。

中国传统道德讲究“忠孝节义”，唐僧西天取经，按他自己的说法，就是“奉旨全忠”。那么，作为另一个非常重要的道德——孝——该由谁来体现呢?

居然是妖怪!

看过《西游记》的人都知道，妖怪抓到唐僧以后，都不会急着去吃。而之所以不马上吃，主要原因有两个：一是因为唐僧胆小、怕惊吓。一旦受惊吓，唐僧的肉就酸了，不中吃了，吃了也没有长寿长生的效果，所以要等天阴的时候，慢慢地、“细吹细打”地吃。二是不敢独享，要请来父母长辈一起吃。

《西游记》中妖怪第一次请长辈吃唐僧肉发生在第三十四回，金角大王和银角大王兄弟俩抓到了唐僧，派巴山虎和倚海龙两个小妖去请老母亲。结果，两个小妖以及那位老母亲（九尾狐狸）都被孙悟空打死。等孙悟空假扮的“老母亲”到来时，金角大王和银角大王还说：

“今早愚兄弟拿到东土唐僧，不敢擅吃，请母亲来献献生，好蒸与母亲吃了延寿。”

还有两次孝顺“模范”前面曾经提到，一次发生在红孩儿身上，一次发生在小鼍龙身上。红孩儿捉到唐僧后，便叫出云里雾、雾里云、急如火、快如风、兴烘掀、掀烘兴六健将，对他们说：

“你与我星夜去请老大王来，说我这里捉唐僧蒸与他吃，寿延千纪。”

连夜去请，何等诚心，何等孝顺！等到孙悟空假变的“牛魔王”赶到后，红孩儿更是对“牛魔王”诚恳地说：

“孩儿不才，昨日获得一人，乃东土大唐和尚。常听得人讲，他是一个十世修行之人，有人吃他一块肉，寿似蓬瀛不老仙。愚男不敢自食，特请父王同享唐僧之肉，寿延千纪。”

前面提到，红孩儿其实比较叛逆，和牛魔王的父子关系可能并不好，但面对唐僧肉这么珍贵的稀有之物，他还想到父亲，“不敢自食”。就算放到现在，又有几人能做到呢？

而小鼍龙的孝心更是可鉴。前面说到，小鼍龙从小丧父，和母亲寄居在舅舅西海龙王敖闰家里。后来母亲也死了，舅舅便把他打发到了黑水河，舅舅对他并没有多深的亲情。但小鼍龙对舅舅还是尊敬有加，好不容易抓到唐僧，他首先想到的，就是去请二舅爷来，“为他暖寿”，还恭恭敬敬地上了一篇表文：

愚甥鼍洁，顿首百拜，启上二舅爷敖老大人台下：向承佳惠，感感。今因获得二物，乃东土僧人，实为世间之罕物。甥不敢自用。因念舅爷圣诞在迩，特设菲筵，预祝千寿。万望车驾速临，是荷！

情真意切，一颗孝心跃然纸上，让人好感动。

第二，好多妖怪都比较疼老婆。

《西游记》中有老婆的妖怪不多，但只要有，对老婆都非常好，尽管这个老婆可能是抢来的，可能还近不得身，甚至老婆还常常欺骗他。

最疼老婆的妖怪无疑是黄袍怪，前面刚刚讲过。黄袍怪可说是一个宠妻狂魔，能够有这么一个妖怪做老公，实在是女人的幸福。这里不再重复。

另一个疼老婆的妖怪是赛太岁。唐僧师徒几人来到朱紫国，孙悟空悬丝诊脉，医好了国王，并说国王是患了“双鸟失群”之症。原来这国王的王后“金圣宫娘娘”三年前被妖怪赛太岁抓走，至今没有消息。后来，孙悟空变作小妖“有来有去”，来到赛太岁的麒麟山獬豸洞，见到了金圣宫娘娘，并要她把赛太岁的宝贝“紫金铃”骗过来。要知道，赛太岁和金圣宫娘娘的夫妻感情并不好，用赛太岁自己的话就是：“娘娘时常只骂。”老婆经常骂他，他还能听老婆的话？而且，金圣宫娘娘穿了紫阳真人给的一件棕衣，全身长刺，赛太岁三年时间不得近她的身，这个老婆其实是有名无实，赛太岁会那么在乎她？可是，当金圣宫娘娘依照孙悟空的计策，假意请赛太岁，并用手去搀他时，赛太岁却很惶恐：

“不敢！不敢！多承娘娘下爱，我怕手疼，不敢相傍。”

赛太岁尽管只是怕手疼，但他对金圣宫娘娘的谦恭却是真实的。接着，金圣宫娘娘又弄了几句花言巧语，大意就是说你没把我当自己人，你有三个宝贝都不托付给我。要知道，这三个紫金铃是赛太岁的“大规模杀伤性武器”，可以喷火喷烟喷沙，就是靠着它才能战胜孙悟空，他会轻易交给老婆保管？再说了，男人的随身武器为什么要交给老婆呢？这根本也不在理啊。可赛太岁却说：

“娘娘怪得是！怪得是！宝贝在此，今日就当付你收之。”

于是，赛太岁真的把几个宝贝铃铛解下来，交给了金圣宫娘娘。可见，赛太岁这个妖怪也是真心待他老婆，真心把金圣宫娘娘当作自己人啊。

再一个疼老婆的妖怪是牛魔王。有人可能会说了，牛魔王不是抛弃了原配铁扇公主，找了小三玉面狐狸吗？他怎么可能疼老婆呢？要知道，过去男人有三妻四妾很正常，牛魔王虽然找了个小三，但不等于抛弃了铁扇公主。孙悟空不是曾经变成牛魔王的模样去骗铁扇公主吗？当时，铁扇公主有些埋怨牛魔王：“大王宠幸新婚，抛撇奴家，今日是那阵风儿吹你来的？”不过，埋怨归埋怨，两人并没有断了关系。后来，铁扇公主又和假牛魔王一起喝酒，又对假牛魔王说：“大王，燕尔新婚，千万莫忘结发，且吃一杯乡中之水！”可见，这时候的牛魔王，是既有大老婆又有小老婆。

当然，此时的牛魔王更喜欢小老婆玉面狐狸。孙悟空假装是铁扇公主的人，跑到玉面狐狸那里，说是铁扇公主派来请牛魔王的。玉面狐狸大吃其醋，骂了孙悟空。孙悟空拿出金箍棒吓唬玉面狐狸，玉面狐狸连忙跑进屋，并跟牛魔王诉苦。

却说那女子跑得粉汗淋淋，唬得兰心吸吸，径入书房里面。原来牛魔王正在那里静玩丹书，这女子没好气倒在怀里，抓耳挠腮，放声大哭。牛王满面陪笑道：“美人，休得烦恼。有甚话说？”那女子跳天索地，口中骂道：“泼魔害杀我也！”牛王笑道：“你为甚事骂我？”女子道：“我因父母无依，招你护身养命。江湖中说你是条好汉，你原来是个惧内的慵夫！”牛王闻说，将女子抱住道：“美人，我有那些不是处，你慢慢说来，我与你陪礼。”女子道：“适才我在洞外闲步花阴，折兰采蕙，忽有一个毛脸雷公嘴的和尚，猛地前来施礼，把我吓了个呆挣。及定性问是何人，他说是铁扇公主央他来请牛魔王的。被我说了两句，他倒骂了我一场，将一根棍子，赶着我打。若不是去得快些，几乎被他打死！这不是招你为祸？害杀我也！”牛王闻言，却与他整容陪礼。温存良久，女子方才息气。

我们仔细玩味这一场景，是不是特别像一个小女人跟男人撒娇？玉面狐狸扑到牛魔王怀里放声大哭，而牛魔王则又是赔礼，又是温存，一会儿哄，一会抱。疼老婆如此，难怪玉面狐狸倒贴钱财也要招牛魔王做老公了。

第三，也有些妖怪很讲诚信。

在一般人的印象中，妖怪似乎都是奸诈伪善之徒，与诚信无缘。其实也不尽然。在第四十八回中，通天河的金鱼精正为如何抓到唐僧而犯愁，这时，鳜婆给他献计，说可以通过“人工降雪”把河面冻住，等唐僧在冰面上行走时，就可以轻易把他捉住。金鱼精大喜，当面许诺：

“你若有谋，合同用力，捉了唐僧，与你拜为兄妹，共席享之。”

后来，唐僧果然中计，踏冰过河掉进了冰窟窿。兴高采烈的金鱼精回到水府，大声高叫：“鳜妹何在？”——直接就叫上妹妹了。老鳜婆说，不敢当啊，不敢当。金鱼精却道：

“贤妹何出此言！‘一言既出，驷马难追。’原说听从汝计，捉了唐僧，与你拜为兄妹。今日果成妙计，捉了唐僧，就好昧了前言？”

说得是多么斩钉截铁、慷慨激昂！

在第八十五回中，隐雾山折岳连环洞的花皮豹子精也在为如何能吃到唐僧肉而烦恼。这时，一个小妖说，可以用“分瓣梅花计”抓住唐僧。豹子精当即承诺：

“这一去，拿不得唐僧便罢，若是拿了唐僧，决不轻你，就封你做个前部先锋。”

后来果然抓住了唐僧，豹子精也是进洞便喊：“先锋！”小妖忙说，不敢，不敢。豹子精道：

“何出此言？大将军一言既出，如白染皂。当时说拿不得唐僧便罢，拿了唐僧，封你为前部先锋。今日你果妙计成功，岂可失信于你？你可把唐僧拿来，着小的们挑水刷锅，搬柴烧火，把他蒸一蒸，我和你都吃他一块肉，以图延寿长生也。”

豹子精不仅兑现承诺，还要和小妖分享珍贵的唐僧肉。坦率地说，这些妖怪的诚信，恐怕今天好多人都比不上呢。

第四，还有些妖怪挺单纯。

《西游记》中最能弄鬼骗人的是谁？当然是孙悟空。他一会儿变作麻苍蝇，一会儿变作蟭蟟虫，一会儿变作小妖，一会儿又变作老怪，把那些妖怪哄得团团转。而我们在看《西游记》的时候，都会有一个强烈的印象：这些妖怪真是太笨了，太好骗了。

其实，妖怪之所以好骗，就是因为他们单纯。比如前面提到的黄袍怪和赛太岁，从来没想过自己的老婆会骗自己，还为自己的多心羞愧不已。

老妖怪单纯，小妖怪就更是单纯。第三十三回中，孙悟空看到精细鬼和伶俐虫手里的宝贝红葫芦和玉净瓶，算计把它们骗来，便说自己也有一个宝贝，叫作大紫金红葫芦。这个大紫金红葫芦其实是孙悟空用毫毛变的，孙悟空却说它可以装天，愿意用自己的宝贝换两个小妖的宝贝。两个小妖傻傻地信以为真，还说："妙啊！妙啊！这样好宝贝，若不换呵，诚为不是养家的儿子！"结果，两个小妖乖乖地把宝贝都给了孙悟空。孙悟空怕他们反悔，叫他们赌咒发誓。于是，两个小妖又发誓道："我两件装人之宝，贴换你一件装天之宝，若有反悔，一年四季遭瘟。"真是好气又好笑！

在第七十回中，小妖怪"有来有去"更是单纯得可爱。他原本是赛太岁的心腹小校，奉命前去下战书，却一边走一边自言自语：

"我家大王，忒也心毒。三年前到朱紫国强夺了金圣皇后，一向无缘，未得沾身，只苦了要来的宫女顶缸。两个来弄杀了，四个来也弄杀了。前年要了，去年又要；今年还要，却撞个对头来了。那个要宫女的先锋被个甚么孙行者打败了，不发宫女。我大王因此发怒，要与他国争持，教我去下甚么战书。这一去，那国王不战则可，战必不利。我大王使出烟火飞沙，那国中君臣百姓，莫想一个得活。那时我等占了他的城池，大王称帝，我等称臣，虽然也有个大小官爵，只是天理难容也！"

这么单纯善良的小妖，最后还是被孙悟空一棒打死，简直让人有些不忍。

还有，第七十四回中，孙悟空在狮驼岭遇到巡山的小钻风，就变作小妖的模样，还说自己是总钻风，唬得几个小钻风一愣一愣的。孙悟空问他们什么，他们便说什么，把自家三个大王的底牌都告诉孙悟空了。

看了以上这些，现在你还觉得妖怪完全一无是处吗？其实，这和我们看人一样。任何好人都有缺点，任何坏人也都有优点；我们对任何人都不要盲目崇拜，对任何人也不要简单否定。

第三十七问

为什么说小人物也很重要

《西游记》里有许多著名的"大人物"。比如说孙悟空，著名的齐天大圣，本领高强，战天斗地，一路上降妖除魔，每到关键时刻都能挺身而出。可以说，没有孙悟空，唐僧西天取经那是寸步难行；再比如玉皇大帝，虽然出场次数不多，但人家是三界之主，高天上圣大慈仁者玉皇大天尊玄穹高上帝，光修行就有两亿多年，谁人可比？太上老君，至尊道祖，收藏的各类法宝无数，天庭的兵工厂总司令，随便拿个什么圈子、绳子、葫芦，你就一点办法都没有；如来佛，西天佛祖，法力无边，手掌轻轻一挥就能置无数人于死地；观音菩萨，大慈大悲救苦救难灵感观世音，手持净瓶杨柳，拥有起死回生的能力，唐太宗见到也是磕头如捣蒜；其他的神仙妖怪，托塔李天王、哪吒三太子、二十八宿、黄眉大王、独角兕大王、青牛精、狮子精、白象精、大鹏精、白鹿精、金角大王、银角大王、虎力大仙、鹿力大仙、羊力大仙，乃至猪八戒、沙和尚，等等，也都各怀绝技。正是因为有了他们，《西游记》才显得无比精彩，西天取经的路途也才显得既非常艰难，又引人入胜。

不过，除了这些有名的“大人物”，《西游记》中也还存在着众多的“小人物”。这些小人物没什么名气，甚至根本就没有名字，但他们同样不可或缺，有时候还能起到关键的作用。

这些“小人物”可以分为下面几类。

第一类：取经团队中的“无名英雄”。

唐僧西天取经，观音菩萨为他配备了强有力的护卫团队：曾经的齐天大圣孙悟空，曾经的天蓬元帅猪八戒，曾经的卷帘大将沙和尚，曾经的西海龙王三太子白龙马。白龙马已经非常低调、近乎隐身了，但很多人不知道的是，其实围绕着唐僧的，还有更隐身、更低调的。实际上，除了孙悟空、猪八戒、沙和尚以及白龙马这些“明”的保镖，还有几十个“暗”的护卫，即六丁六甲、五方揭谛、四值功曹、一十八位护教伽蓝，总计三十九人。这些人都属于名不见经传的小神仙，在天庭虽然也有一定的职位，但根本就“不入流”。现在，他们被临时抽调，暗中保护唐僧，不到万不得已根本不能露面，可以说是典型的“幕后英雄”。而等到西天取经成功，唐僧、孙悟空、猪八戒、沙和尚、白龙马都成了正果，却没见如来佛给他们什么奖励。从这个意义上说，他们也算是“小人物”。

不过，在西天取经的路上，这些“幕后英雄”的作用却不可小觑，他们有时候甚至还举足轻重。如果没有他们，唐僧的性命或许早就不在了，取经大业也不可能完成。

这里只略举几例。

第十五回，唐僧和孙悟空来到鹰愁涧，小白龙把唐僧的白马给吃了。孙悟空要去找小白龙算账，唐僧却又怕没人保护自己，哭哭啼啼地不放孙悟空走，弄得孙悟空左右为难。这时，突然空中有人言语：

“孙大圣莫恼，唐御弟休哭。我等是观音菩萨差来的一路神祇，特来暗

中保取经者。”

孙悟空问他们到底有几个人。他们又说：

“我等是六丁六甲、五方揭谛、四值功曹、一十八位护教伽蓝，各各轮流值日听候。”

于是，孙悟空吩咐几位隐身神仙保护唐僧，自己才放心地去和小白龙打斗。后来，小白龙见打不过孙悟空，便钻到水底不出来。孙悟空要去请观音菩萨，唐僧又不让他去。这时，又是金头揭谛主动去请观音菩萨。菩萨到来，这才点化了小白龙。

第三十回，黄袍怪变成个帅哥，到宝象国认岳父。国王不认得妖怪，还以为他是个好人。黄袍怪告诉国王，唐僧不是真的取经人，是只猛虎。他还施展法术，当着国王的面，真的把唐僧变成了一只老虎。宝象国的兵士们上前对着唐僧一阵乱砍，“此时幸有丁甲、揭谛、功曹、护教诸神，暗在半空中护佑，所以那些人，兵器皆不能打伤”。

第三十七回，到了乌鸡国，为了弄清假国王的真相，唐僧在孙悟空的授意下去面见太子。但太子当时还不知道内情，反叫手下人来抓唐僧。这时，孙悟空暗中念起咒语：

“护法诸天、六丁六甲，我今设法降妖，这太子不能知识，将绳要捆我师父。汝等即早护持，若真捆了，汝等都该有罪！”

于是，那些隐身的神仙们暗中将唐僧护定，在唐僧面前筑起了一道看不见的墙，兵士们根本靠不近唐僧。

第六十五回，唐僧被黄眉大王捉住，孙悟空也被困在金铙之内，挣脱不得，烦躁不已。危急之中，孙悟空又叫出护教神祇，“揭谛闻言，即着六丁神保护着唐僧，六甲神看守着金铙，众伽蓝前后照察；他却纵起祥光，须臾间，闯入南天门里。”玉帝这才派来了二十八宿，最后帮助孙悟空逃出金铙。可以说，如果没有这些幕后英雄，孙悟空这次可能就完蛋了。

第二类：山神土地夜叉。

在神仙妖怪的序列中，山神土地夜叉都属于“基层干部”，或者是根本不入流的小兵小卒。比如说山神，他管辖的范围大约只有十里方圆，而且经常被人欺负，号山的山神不就被红孩儿抓来当差吗？土地爷则全是一些老头，动不动就要被孙悟空抓过来打几个孤拐。

应该说，他们算是不折不扣的小人物了。不过，你也别小瞧他们，有时候还真离不了他们。

山神土地的主要优势是什么呢？就是可以提供情报。因为他们是当地的基层干部，对地方上的情况非常熟悉。所以，孙悟空每每在不知所措的时候，就常常一棍子打出当地的土地山神，让他们讲讲这里的地理地貌、气候雨水，以及有什么妖怪，等等。比如前面提到的，在鹰愁涧的时候，小白龙因为打不过孙悟空，钻到了水里，孙悟空没办法，便念个“唵”字咒语，唤出土地山神，土地山神才告诉孙悟空关于鹰愁涧和小白龙的具体情况。

第二十四回，孙悟空在五庄观偷人参果，先打落了一个，却到处找不着。他又念动咒语，把土地爷叫出来。土地爷这才告诉他人参果的秘密：

“这果子遇金而落，遇木而枯，遇水而化，遇火而焦，遇土而入。敲时必用金器，方得下来。打下来，却将盘儿用丝帕衬垫方可；若受些木器，就枯了，就吃也不得延寿。吃他须用磁器，清水化开食用，遇火即焦而无用。遇土而入者，大圣方才打落地上，他即钻下土去了。”

这些弯弯道道，孙悟空怎么可能知道呢？要是没有土地爷，孙悟空他们肯定一个人参果也吃不着，全都钻到土里去了。

第七十九回，孙悟空和猪八戒去寻找白鹿精。国王告诉他们，这位妖怪变作的假国丈曾说自己住在柳林坡清华庄。可当孙悟空和猪八戒来到柳林坡时，却怎么也找不到清华庄在什么地方。这时，孙悟空又想到了此方土地。土地对悟空八戒说：

“大圣今来，只去那南岸九叉头一棵杨树根下，左转三转，右转三转，用两手齐扑树上，连叫三声‘开门’，即现清华洞府。”

如此隐秘所在，不是当地人肯定是不可能知道的。可以说，幸亏有了这些山神土地，孙悟空才能得到最及时和最准确的情报。

山神土地因为地位低贱，也没什么太大本事，所以他们一般不直接参加战斗。不过，也有少数例外。比如唐僧师徒遇阻火焰山的时候，当地的土地现身，不仅告诉孙悟空借芭蕉扇必须去找牛魔王，而且，最后真的到了剿除牛魔王的时候，他们更是亲自上阵参与战斗，最后和众神一起把牛魔王制服。

我们再来看夜叉。在《西游记》中，夜叉属于水族，主要负责水中的护卫与巡逻。夜叉虽然地位很低，但却是各个“项目”的末端，实际的执行都要靠他们来完成。比如唐僧的亲生父亲陈光蕊被歹人所害，后来沉冤得雪，龙王判光蕊还魂，是夜叉把陈光蕊送出江口，返回阳世。在乌鸡国，孙悟空哄猪八戒到井底去找宝贝，实际上是让他去背老国王的尸体。八戒起先不肯背，也是井龙王命令两个夜叉把国王的尸体送出水晶宫外。而如来佛整个传经计划的开始，也与巡水夜叉有关：渔夫张稍与樵子李定的聊天被夜叉听到，夜叉火速报告泾河龙王，这才引出了后来西天取经的故事。

第三类：小妖。

《西游记》中的各类小妖特别多，但只有少数有名有姓。这些小妖本来无足轻重，但在特定的时候也可以起到相当的作用。比如前面提到的，唐僧师徒几人到了通天河，金鱼精苦于捉不到唐僧，一旁的老鳜婆出了一个主意：先用法力“人工降雪”，把通天河冻住，等唐僧着急西行、踏冰过河时，突然破冰把他捉住。老鳜婆算是个什么人呢？估计已经是年老体衰、不太中用，对自己也没什么太多期望了。所以，当运用她的计策成功捉到唐僧，金鱼精真的要和她结为兄妹时，她自己都感到非常惶恐。还有，在隐雾山的时候，豹子精本来很害怕孙悟空，不敢对唐僧下手。可这时有个小妖提出了所谓的“分瓣梅花计”，即分成几路人马，把孙悟空、猪八戒、沙和尚都调开，然后老妖在半空中伸出拿云手捉拿唐僧。后来，孙悟空等人果然中计，唐僧也被妖怪抓去。这个小妖的地位可能就更低了，却成为抓住唐僧的功臣。

当然，小人物可能办成大事情，小人物也可能坏了大事情。

比如在观音院的时候，金池长老特别喜欢唐僧的锦襕袈裟，想把它长久留下来自己受用。可怎么才能长久留下来呢？这时，一个叫广智的小和尚献计，说可以杀了唐僧；而另一个叫作广谋的小和尚则说，杀了唐僧不好，用火烧最妙。结果，最后非但没有得到袈裟，活了二百七十多岁的金池长老也死在火堆里。虽说真正的罪魁祸首是金池长老，但与两个小和尚的推波助澜也不无关系。

小人物、普通人自然并不起眼，很多人不重视他们，甚至还会带着鄙夷的眼光看着他们。在平常的生活中，也有一些人的眼里只有“大人物”、比自己地位高的人物，他们看到“大人物”时低眉顺眼，看到“小人物”时却视若无睹。但实际上，我们的生活离不开小人物，小人物也可能成为我们人生的贵人。而且，对待小人物的态度，也是检验一个人人品素质的重要标准之一——那些面对清洁工、快递员这些所谓的“小人物”便颐指气使的人，恰恰暴露了他们内心的低俗、空洞和自卑；而真正胸怀宽广、能成大事的人，是没有分别心的，他们能够用平常心对待任何人，也能够用自己的温柔和善良去面对所有的人。

第三十八问

孙悟空和猪八戒的关系到底怎么样

孙悟空和猪八戒是师兄弟，他们都是唐僧的徒弟，一起保护唐僧西天取经。当然，这两兄弟的个性很不一样，一路上也是经常吵吵闹闹。于是，有人又对他们进行了“阴谋论”的解读，比如认为孙悟空和猪八戒都是肩负特殊使命的，他们分属不同的派别，甚至，猪八戒下界来的主要任务，就是要干掉孙悟空。按照这样的解读，孙悟空和猪八戒就不是什么兄弟，两人之间那岂止是明争暗斗，简直时刻想找机会置对方于死地。

这里，我们又一次重申：类似这种阴谋论的解读只是好玩而已，没有任何证据，也丝毫无助于真正理解《西游记》。如果《西游记》真的就是某某某的阴谋，就是某派和某派相争的“宫斗剧”，那它根本就没有资格位居四大名著之列。具体到孙悟空和猪八戒的关系，他们两人之间有矛盾不假，但也绝对不是你死我活的“敌我矛盾”，而更像兄弟之间的打闹嬉戏。

我们都知道，孙悟空挺会损人的，他和师父唐僧说话，常常都是嘴上没有把门的，把唐僧弄得很尴尬。对猪八戒，孙悟空就更是想怎么说就怎么说，一有机会就拿他开心。

孙悟空第一次调侃八戒是在什么时候呢？是在八戒被四位神仙耍弄了以后。

第二十三回，四圣试禅心，八戒出了大丑，被几个神仙吊在树上。等到唐僧、孙悟空、沙和尚三人发现猪八戒时，孙悟空是什么反应呢？

行者上前笑道：“好女婿呀！这早晚还不起来谢亲，又不到师父处报喜，还在这里卖解儿耍子哩！——咄！你娘呢？你老婆呢？好个绷巴吊拷的女婿呀！”

看到猪八戒这副狼狈相，孙悟空觉得非常好玩，这样的机会他是不会放过的，他要好好嘲弄一下这个呆子。而猪八戒呢？“见他来抢白，着羞咬着牙、忍着疼，不敢叫喊。”还是沙和尚看不过，走过去把八戒救了下来。

估计从这个时候起，猪八戒就和孙悟空“结仇”了。八戒心里肯定在想：这猴子，哪天有机会，我一定也捉弄捉弄你，让你也出出丑。

可是，不论是手上功夫，还是嘴上功夫，猪八戒都不是孙悟空的对手，想要“报仇”，猪八戒靠什么呢？

八戒本来也不知道靠什么，但一个偶然的机会，他发现了一个“秘密”。

在五庄观的时候，孙悟空推倒了镇元子的人参果树，镇元子回来以后，把唐僧师徒几个都抓了起来。孙悟空说有办法帮大家逃跑，猪八戒不相信，说孙悟空自己可以变小虫子跑了，却不管我们。这时唐僧道：“他若干出这个勾当，不同你我出去呵，我就念起旧话经儿，他却怎生消受！”猪八戒不知道“旧话儿经”是什么，孙悟空却主动告诉他，旧话儿经就是紧箍咒，只要唐僧一念紧箍咒，他就头痛欲裂。

说者无意，听者有心，八戒这下知道该怎么“整治”孙悟空了。

所以，几人过了五庄观，到了白虎岭，当孙悟空“打死”白骨精变化的女子、老太婆和老公公后，八戒马上就想到用紧箍咒这一秘密武器了。

结果一试之下，效果奇佳。自己不费吹灰之力，借助唐僧之嘴，就把个猴子弄得满地打滚、死去活来。

唐僧把孙悟空赶走，孙悟空对猪八戒是真的生气了，他对沙和尚说：“贤弟，你是个好人，却只要留心防着八戒詀言詀语……”

猪八戒是不是真的和孙悟空有仇，一定要把孙悟空赶走呢？其实不是，他也只是好玩而已。有什么证据吗？我们先来看第三十回中猪八戒对白龙马是怎么说的。当时，白龙马叫猪八戒去花果山请大师兄回来救师父，八戒说：

“兄弟，另请一个儿便罢了，那猴子与我有些不睦。前者在白虎岭上，打杀了那白骨夫人，他怪我撺掇师父念《紧箍儿咒》。我也只当耍子，不想那老和尚当真的念起来，就把他赶逐回去……”

八戒说他撺掇师父念紧箍咒“只当耍子”，应该是他的真心话。

可能有人还不赞成：猪八戒真的只是耍了好玩吗？那我们再来看在乌鸡国时，孙悟空和猪八戒两人互相捉弄的场面。

到了乌鸡国，死去的老国王托梦给唐僧，说自己三年前被妖魔所害，现在的国王是个妖精。为了寻找老国王的尸体，孙悟空需要猪八戒帮忙，他对八戒说，我们去偷一件宝贝。八戒听说有宝贝就答应了，但也有个要求：那宝贝偷了归我，你们都会化斋，我比较笨，攒点钱以后说不定能换口饭吃。结果孙悟空把猪八戒带到一口井边，说宝贝就在井里，让八戒下去找。可八戒下到井里才知道，原来孙悟空所说的宝贝竟然是国王的尸体，孙悟空是让自己来背尸体的！八戒起先还不肯背，孙悟空就说，你不背那我回去了。八戒说，你回哪儿去？孙悟空说，我回寺里继续睡觉去。八戒说，你回去，我就不回去了？孙悟空说，你能爬上来你就回去。八戒爬不上来，只得去背国王的尸体。

八戒好不容易把老国王的尸体背了上来，他很生气：这个猴子就是喜欢戏弄我。怎么办呢？他又想到了紧箍咒：

> "这猴子捉弄我，我到寺里也捉弄他捉弄，撺道师父，只说他医得活；医不活，教师父念《紧箍儿咒》，把这猴子的脑浆勒出来，方趁我心！"

听八戒这话，也真是好狠啊，要把猴子的脑浆都勒出来。但八戒真的是要孙悟空死吗？并不是。等到两人回去以后，八戒对唐僧说，师兄可以医得活死去的国王。孙悟空说：死人怎么医得活？唐僧一定要孙悟空医，真的念起了紧箍咒，勒得孙悟空眼胀头疼。这时八戒什么反应呢？

> 八戒笑得打跌道："哥耶！哥耶！你只晓得捉弄我，不晓得我也捉弄你捉弄！"

你不是捉弄我吗，我也捉弄捉弄你；我是打不过你，但有人能教训你；我告诉师父去，让师父念紧箍咒治你！八戒一边看着孙悟空受罪，一边叫"哥耶""哥耶"。这哪是什么"仇敌"，分明就是兄弟俩之间的怄气！

是的，孙悟空和猪八戒之间就是这样，他们是师兄弟，两人之间有许多不同，他们经常在师父面前互相告状，也经常互相捉弄。当然，还是孙悟空捉弄猪八戒的时候更多。

接着上面。听到猪八戒说他是故意捉弄自己，孙悟空又想歪点子了。

他对唐僧说，我可以去找医活国王的方子，但必须有人在国王的尸体边哭。八戒心想，这猴子肯定是要我哭呢。于是，他就告诉孙悟空，我可以哭，你快点去吧。但孙悟空又说，你不能干哭，不仅要哭出眼泪，还要哭出感情，要号啕大哭才行。八戒没辙，只好说，行行行，我哭给你看，真的号啕大哭起来。

在平顶山，孙悟空对猪八戒说，要么侍候师父，要么去巡山，你选一个。八戒选了巡山。可他有些懒，嘴里嘟嘟囔囔，脚下磨磨叽叽，没走多远就躲到草丛里睡觉去了。孙悟空变了个啄木虫在他嘴唇、耳后根啄了两下，然后又变作个蟭蟟虫盯在他身上，把他编的谎话全听来了。孙悟空很兴奋，连忙回来报告师父，害得八戒挨一顿骂。

在通天河，唐僧被金鱼精捉去，兄弟三人要下水去救师父。孙悟空说自己水性不好，猪八戒说我可以背你去。八戒什么时候这么卖力了呢？原来他心里打着小算盘："这猴子不知捉弄了我多少，今番原来不会水，等老猪驮他，也捉弄他捉弄！"可孙悟空太精明了，他拔了根毫毛，变了个假身趴在八戒身上，八戒没捉弄成。

到了隐雾山，孙悟空明明看见山里有妖怪，却骗八戒说前面有人家在斋僧，好多白面馍馍。八戒听说以后，馋虫顿起，就问孙悟空："哥哥，你先吃了他的斋来的？"孙悟空说，吃了，就是太咸。八戒却不管这些，他假装要喂马，连忙跑到前面去找饭吃，结果被一群小妖围住，幸而悟空又前来解救，八戒才得以逃脱。跑回来以后，唐僧问他怎么这么狼狈。

呆子放下钯，捶胸跌脚道："师父！莫要问！说起来就活活羞杀人！"长老道："为甚么羞来？"八戒道："师兄捉弄我！他先头说风雾里不是妖精，没甚凶兆，是一庄村人家好善，蒸白米干饭、白面馍馍斋僧的，我就当真，想着肚里饥了，先去吃些儿，假倚打草为名。岂知若干妖怪，把我围了，苦战了这一会。若不是师兄的哭丧棒相助，我也莫想得脱罗网回来也！"

我们可以脑补一下这个画面，猪八戒真是委屈大了。

不过，更有意思的是在狮驼岭，八戒两次被孙悟空捉弄。

八戒准备去和白象精打斗，但他心里也有些害怕，于是想出一个怪招：在身上拴一根救命索。

> 八戒道："怕他怎的！等我去打他一仗来！"行者道："要去便去罢。"八戒笑道："哥呵，去便去，你把那绳儿借与我使使。"行者道："你要怎的？你又没本事钻在肚里，你又没本事拴在他心上，要他何用？"八戒道："我要扣在这腰间，做个救命索。你与沙僧扯住后手，放我出去，与他交战。估着赢了他，你便放绳，我把他拿住；若是输与他，你把我扯回来，莫教他拉了去。"真个行者暗笑道："也是捉弄呆子一番！"就把绳儿扣在他腰里，撮弄他出战。

呆子毕竟是呆子，这一招能有何用，而且正中孙悟空的下怀。果然，当猪八戒要孙悟空拉救命索时，孙悟空不仅不拉，反倒把绳子松开了。

> 呆子手软，架不得妖魔，急回头叫："师兄，不好了！扯扯救命索，扯扯救命索！"这壁厢大圣闻言，转把绳子放松了，抛将去。

如此搞笑的场面一定是孙悟空喜欢看到的。我相信，很多人在读《西游记》的时候，看到这里也会笑的。

后来，孙悟空又去救八戒，但看到八戒时，又忍不住要捉弄他。于是，孙悟空变作蟭蟟虫，飞到他身边，轻轻地叫："猪悟能！猪悟能！"

> 呆子道："你是那个？"行者道："我是勾司人。"那呆子慌了道："长

官，你是那里来的？”行者道：“我是五阎王差来勾你的。”呆子道：“长官，你且回去上复五阎王，他与我师兄孙悟空交得甚好，教他让我一日儿，明日来勾罢。”

孙悟空说，不行，今天就是你的死期；当然，如果你给点盘缠给我，也可以商量。

禁不住孙悟空的“恐吓”，八戒终于说，我攒了四钱六分银子，在耳朵里藏着。

孙悟空到八戒耳朵里拿出银子，哈哈大笑！

那呆子认是行者声音，在水里乱骂道：“天杀的弼马温！到这们苦处，还来打诈财物哩！”行者又笑道：“我把你这馕糟的！老孙保师父，不知受了多少苦难，你倒攒下私房！”八戒道：“嘴脸！这是甚么私房！都是牙齿上刮下来的，我不舍得买了嘴吃，留了买匹布儿做件衣服，你却吓了我的。还分些儿与我。”

孙悟空从捉弄猪八戒中得到了无穷的快乐。

猪八戒为什么总是被孙悟空捉弄呢？因为他是呆子，他没孙悟空那么精明。在《西游记》中，孙悟空和猪八戒都曾说过自己“老实”。但到底谁更老实呢？当然是猪八戒。当初猪八戒被几位神仙吊在树上时，唐僧就曾说：

“那呆子虽是心性愚顽，却只是一味懞直，倒也有些膂力，挑得行李；还看当日菩萨之念，救他随我们去罢。料他以后再不敢了。”

应该说，唐僧的话是有些道理的。八戒虽然贪吃、好色，也有些懒，但是生性憨直，并没有太多的心机，和孙悟空相比就更是显得笨拙呆萌。也正因为猪八戒的这些特点，才让他成为取经路上的活宝，一个人人可以捉弄的开心果。

不过，捉弄归捉弄，孙悟空并不是真的希望八戒受罪，每次八戒被妖怪抓去，他总是尽心尽力地去解救。比如第六十三回，八戒被九头虫所捉，孙悟空尽管水性不好，还是变作一个螃蟹潜到水里，把捆着八戒的绳子咬断，八戒这才得以逃脱。所谓“木母遭逢水怪擒，心猿不舍苦相寻”，兄弟俩惺惺相惜啊！

而八戒呢，也从不“记仇”，前一分钟还在跟孙悟空打闹，后一分钟马上就“谨依兄命”；前一分钟还“天杀的弼马温”，后一分钟马上就“哥哥”“哥哥”地叫得亲热。虽然沙和尚也是孙悟空的师弟，但叫孙悟空“哥哥”最多的，还是猪八戒，而且还叫得最甜。不管这个哥哥怎么“欺负”他，他还是“哥”前“哥”后地叫个不停。前面说到，孙悟空骗八戒说山里有人家斋僧，结果八戒遇上妖怪，苦战不胜，这时孙悟空又担心八戒，前来解救，八戒一看到孙悟空来了，顿时威风大涨。妖怪都觉得奇怪，八戒怎么突然这么厉害。八戒却说：“我的儿，不可欺负我！我家里人来也！”——不管怎么闹腾，在八戒看来，孙悟空还是自己的“家里人”！

特别值得一提的是，猪八戒也曾救过孙悟空的命。在号山枯松涧火云洞，孙悟空和红孩儿打斗，红孩儿喷出三昧真火，孙悟空被火烧得受不了，一着急便投进了水里。结果，水火相逼，弄得“火气攻心，三魂出舍”，沙和尚把他从水里捞上来时，已经身体冰冷了。试想一下，如果猪八戒真要害孙悟空的话，这是最好的机会了。当时，沙和尚满眼是泪，以为孙悟空已经死了，可八戒却说他还没死。

八戒道："他有七十二般变化，就有七十二条性命。你扯着脚，等我摆布他。"

然后，八戒和沙僧两人一起，把孙悟空扶住。八戒"将两手搓热，仵住他的七窍，使一个按摩禅法"。顿时，孙悟空"气透三关，转明堂，冲开九窍"，这才活了过来。

由以上种种可见，孙悟空和猪八戒是什么关系呢？其实就是兄弟关系。我们可以想一想自己，亲兄弟之间也会有矛盾，甚至有时候也会吵得面红耳赤，但兄弟毕竟是兄弟，真的到了生死关头，兄弟还是非常齐心的。所以，尽管孙悟空和猪八戒常常互相捉弄，但那只是兄弟之间的打闹而已。

他两个搀着手，说说笑笑，转回见了唐僧。

这就是孙悟空和猪八戒的关系，这就是西天取经路上的兄弟。

第三十九问

金池长老为什么对着锦襕袈裟痛哭

说到金池长老，很多人可能会有点陌生。的确，在《西游记》中，金池长老的戏份不多，而且，“金池长老”这个名字还是在他死后才被提起的。

那么，金池长老究竟是谁呢？原来，他就是观音院的那个老院主。

提到这位老院主，大家肯定就有印象了。正是他，为了永久占有唐僧的锦襕袈裟，试图放火烧死唐僧和孙悟空，结果反倒害了自己。

故事本身似乎并没有什么特别，但金池长老在这一过程中的某些思想和作为却颇让人玩味。

我们先来回顾一下事件的大体经过。当时，唐僧和孙悟空师徒两人来到了观音院。刚坐下不久，这位老院主就出来了。他是个什么模样呢？

头上戴一顶毗卢方帽，猫睛石的宝顶光辉；身上穿一领锦绒褊衫，翡翠毛的金边晃亮。一对僧鞋攒八宝，一根拄杖嵌云星。满面皱痕，好似骊山老母；一双昏眼，却如东海龙君。口不关风因齿落，腰驼背屈为筋挛。

通过这段描述，我们可以感觉到，金池长老的确年龄很大了，据他自己后来介绍说，已经有二百七十岁。可想而知，在观音院里，他应该是个老资格的僧人了。

事实上，观音院的其他僧人对这位金池长老也非常敬重。其一，当金池长老出来的时候，大家都说："师祖来了。"显然，金池长老在这里是属于祖师爷级别的。其二，金池长老现在已经不是观音院的院主了，因为在原著中反复提到还有另一个院主。比如唐僧和孙悟空刚到院里的时候，原文就写道："内有本寺院主请道：'老爷们到后方丈中奉茶。'"这位院主应该是正值壮年。但是尽管有了新院主，大家对老院主还是一如既往地尊敬。后来金池长老要谋害唐僧，其他僧人也都跟着出谋划策，新院主也并没有说一个"不"字。

那么问题来了，既然金池长老都这么老了，在观音院还这么有地位，而且也已经不是现任院主了，他为什么还要颤巍巍地出来接待唐僧呢？没必要啊。

原文是这样说：

> 老僧道："适间小的们说，东土唐朝来的老爷，我才出来奉见。"

原来是因为唐僧他们是从遥远的东土来的，金池长老才不顾年老体衰，出来相见。

为什么听说唐僧是从东土来的，金池长老才出来相见呢？是因为他仰慕东土大唐吗？还是仅仅出于礼貌？

我们还是来看原文。金池长老见到了唐僧和孙悟空，略微寒暄了几句，就叫小童献茶。

这个细节恐怕绝大多数读者都没注意。金池长老让小童献茶，但实际上唐僧他们刚到院里的时候，新院主就已经献过茶了。

> 那院主献了茶，又安排斋供。天光尚早。三藏称谢未毕，只见那后面有两个小童，搀着一个老僧出来。

新院主已经献过茶，估计唐僧和孙悟空还没开始喝呢，金池长老就出来了。他又让小童献茶。

明明已经有茶了，为什么又要再次献茶呢？是金池长老老眼昏花，没看见唐僧和孙悟空面前的茶吗？还是他要换更好的茶给他们吃呢？

我们再来看原文：

> 有一个小幸童，拿出一个羊脂玉的盘儿，有三个法蓝镶金的茶钟；又一童，提一把白铜壶儿，斟了三杯香茶。真个是色欺榴蕊艳，味胜桂花香。三藏见了，夸爱不尽道："好物件！好物件！真是美食美器！"那老僧道："污眼！污眼！老爷乃天朝上国，广览奇珍，似这般器具，何足过奖？……"

小童一献茶，唐僧都看出端倪来了。这位金池长老献的茶好不好尚不知道，但是茶具那是绝对一流，惹得唐僧也禁不住连声夸赞："好物件！好物件！"

金池长老虽然嘴上很谦虚，但心里肯定是非常得意的。而且，我们可以推测，这位老院主很可能喜欢收藏各种奢侈品，用现在的话来说，是一位古董玩家。

接着，他就问唐僧了：

> "老爷自上邦来，可有甚么宝贝，借与弟子一观？"

果然，金池长老最关心的是唐僧有没有什么宝贝。这句话也彻底暴露了金池长老出来接待唐僧的真实目的。唐僧从遥远的东土大唐来，金池长老却并没有问东土大唐的民风民俗，也没有问东土大唐的人文历史，他问的是你有没有什么宝贝。

金池长老为什么要再次给唐僧献茶，而且用那么好的茶具呢？只有一种解释，那就是他在唐僧面前显摆。

金池长老虽然问唐僧有什么宝贝，但他对自己很自信，或者说很自负。他认为自己收藏的宝贝已经够多、够好的了，就算唐僧是从遥远的东土来的，可能会有一些他没见过的东西，但也不至于好到哪儿去。

唐僧很谨慎，他说："可怜！我那东土，无甚宝贝；就有时，路程遥远，也不能带得。"

孙悟空却说："师父，我前日在包袱里，曾见那领袈裟，不是件宝贝？拿与他看看何如？"

孙悟空说我们有个宝贝，就是那件袈裟。谁知孙悟空此话一出口，就引来了观音院全体僧人的冷笑。

众僧听说袈裟，一个个冷笑。行者道："你笑怎的？"院主道："老爷才说袈裟是件宝贝，言实可笑。若说袈裟，似我等辈者，不上二三十件；若论我师祖，在此处做了二百五六十年和尚，足有七八百件！"叫："拿出来看看。"那老和尚，也是他一时卖弄，便叫道人开库房，头陀抬柜子，就抬出十二柜，放在天井中，开了锁，两边设下衣架，四围牵了绳子，将袈裟一件件抖开挂起，请三藏观看。果然是满堂绮绣，四壁绫罗！

原来，金池长老收藏最多的宝贝就是袈裟，足有七八百件。你说袈裟是宝贝，不是很可笑吗？

前面我们说到，金池长老对自己的收藏很自负，喜欢显摆。如果说那时还带有猜测成分的话，那么此时就完全印证了。孙悟空说有件袈裟是宝贝，小和尚不以为然，老和尚也不以为然。不以为然也就罢了，他居然叫人开了仓库，把装满袈裟的柜子都抬出来，又牵起绳子，把袈裟都挂起来，让唐僧和孙悟空参观！

七八百件袈裟，都从柜子里拿出来，挂起来，还是有些麻烦的。但是金池长老不怕麻烦，他就是要让唐僧和孙悟空看看：你看，我有这么多袈裟！

我们可以想象一下，面对眼前遍地的袈裟，金池长老肯定非常得意，他的自负和显摆达到了极点。

然而，当孙悟空拿出锦襕袈裟时，金池长老傻眼了。

千般巧妙明珠坠，万样稀奇佛宝攒。
上下龙须铺彩绮，兜罗四面锦沿边。
体挂魍魉从此灭，身披魑魅入黄泉。
托化天仙亲手制，不是真僧不敢穿。

金池长老居然当时就哭了，还给唐僧跪下。

那老和尚见了这般宝贝，果然动了奸心，走上前对三藏跪下，眼中垂泪道：“我弟子真是没缘！”

老和尚仅仅是因为起了“奸心”，假情假意地哭给唐僧看的吗？并不是。后来唐僧勉强答应他可以把袈裟拿到后院，而到了后院，再一次面对锦襕袈裟时，金池长老又一次哭了。

却说那和尚把袈裟骗到手，拿在后房灯下，对袈裟号跳痛哭，慌得那本

寺僧不敢先睡。

这一回唐僧并不在跟前，他没有必要演戏，但还是哭了，而且哭得更厉害，把院里的僧人都惊动了。

二百七十岁，师祖级别的老人了，至于哭得那么惊天动地吗？老和尚为什么会如此痛哭呢？

因为反差太大了。前面说到，当挂出自己收藏的几百件袈裟时，金池长老的自负达到了极点，而在看到唐僧的锦襕袈裟时，他的自卑则达到了极点。

原来，世上还有那么好的袈裟；原来，自己引以为傲的收藏品不过是堆垃圾；原来，自己是如此的见识短浅，恰如井底之蛙！

在刚见到唐僧和孙悟空的时候，金池长老和他们寒暄。

老僧道："不敢！不敢！"因问："老爷，东土到此，有多少路程？"三藏道："出长安边界，有五千馀里；过两界山，收了一众小徒，一路来，行过西番哈泌国，经两个月，又有五六千里，才到了贵处。"老僧道："也有万里之遥了。我弟子虚度一生，山门也不曾出去，诚所谓'坐井观天'，樗朽之辈。"

金池长老虽然说自己是"坐井观天"，但只是一句客气话，他的内心可不是这么认为的。后来，唐僧问他的年纪，金池长老说自己二百七十岁了，孙悟空说这还是自己的万代孙儿。金池长老只当他是一句疯话，根本不以为然。接着，便是叫小童献茶。再后来，就是让众僧人抬出十二柜袈裟。

金池长老先前的语言和行为说明，他绝不认为自己真的是"坐井观天"。

而现在，锦襕袈裟放在面前，事实也摆在面前，他自己的确就是坐井观天，他就是井里那只可怜的小青蛙！

坐在井里，以为这口破井就是最好的地方，以为自己看到的碗口大小的天空就是世界的全部。这就是所谓的井底之蛙。

井底之蛙都挺自负，因为它以为自己掌握了世界的一切，它从来没有见识过更广大的东西。

如果有人跟它说，外面的世界大着呢，你看到的只是很小的一部分。它十有八九不会感谢这个人，反而会恨他，因为这样说等于否定了它的认知，也否定了它的过去。

而当有一天，它跳出井口时，就傻眼了。原来，世界真的很大，自己根本没有自负的资本，相反却很可怜。

金池长老号啕大哭，他二百七十年积攒起来的“自信”被摧毁了。

不过，其实他还有救，因为他还知道哭。哭，说明他知道自己错了，自己过去的自负只是一种幻象。

可惜，接下来，他却又走上了邪路。既然知道自己错了，自己只是个井底之蛙，那就跳出井口吧——把那七八百件旧袈裟扔掉一些，重新收集一些好袈裟——但他没有这样做，他想到的却是杀人，非法占有他人财物。结果，不但没有达到目的，还断送了自己的性命。

第四十问

曾经大闹天宫的孙悟空为什么常被妖怪打败

上一回我们讲了金池长老对着锦襕袈裟痛哭的故事。可能有的朋友会觉得奇怪：你怎么到现在才讲金池长老呢？观音院的故事可是早在西天取经刚开始的时候就发生了啊，你这是什么样的逻辑呢？

的确，如果单从时间上看，现在讲金池长老有点太晚了。不过，现在讲金池长老自然也有现在讲的道理。因为我们接下来又要重点讲一讲孙悟空了。

讲孙悟空和金池长老有什么关系？

有关系，而且很有关系。

表面看来，金池长老和孙悟空好像八竿子打不着，金池长老实际上也是间接死于孙悟空之手。但是，如果我们仔细阅读原著，观察两个人的个性，就会发现，他们两人有一个共同点：自负，喜欢卖弄。

金池长老的这一特点前面刚刚说过。而就在这一事件中，孙悟空的喜欢卖弄也充分表现了出来。

金池长老问唐僧可有什么宝贝，唐僧说没有，孙悟空却说：锦襕袈裟不是件宝贝吗？这时，唐僧把孙悟空扯住，悄悄地吩咐他：“徒弟，莫要与人斗富。你我是单身在外，只恐有错。”

应该说，唐僧的话很有道理。两人单身在外，为什么要和人斗富呢？可孙悟空根本不以为然。唐僧再次慎重地对孙悟空说：

“你不曾理会得。古人有云：‘珍奇玩好之物，不可使见贪婪奸伪之人。’倘若一经人目，必动其心；既动其心，必生其计。汝是个畏祸的，索之而必应其求，可也；不然，则殒身灭命，皆起于此。事不小矣。”

孙悟空仍然不以为意。

行者道:“放心！放心！都在老孙身上！”你看他不由分说,急急的走了去,把个包袱解开,早有霞光迸迸;尚有两层油纸裹定,去了纸,取出袈裟,抖开时,红光满室，彩气盈庭。

孙悟空根本不听唐僧的劝说，他急急忙忙地去把锦襕袈裟取出来。他就是要和金池长老斗富，就是要在金池长老面前卖弄、显摆， 好像生怕金池长老跑了似的。

是的，孙悟空特别喜欢卖弄、显摆。

想当初，菩提祖师为什么把他赶走？不就是因为他在众人面前变松树，祖师觉得他太爱显摆了吗？

祖师道：“你等起去。”叫：“悟空，过来！我问你：弄甚么精神，变甚么松树？这个工夫，可好在人前卖弄？……”

孙悟空为什么喜欢卖弄、显摆呢？因为自负。

前面我们说金池长老和孙悟空有一个共同点：自负，喜欢卖弄。有的读者可能会质疑：你明明说了两点，怎么是一个共同点呢？其实，这两者本质是一样的——因为自负，才喜欢卖弄；自负为卖弄之里，卖弄为自负之表。

孙悟空本来只是个小石猴，后来虽然做了猴王，也很谦虚，还不远万里去找菩提祖师学艺。

孙悟空的自负是从什么时候开始滋长的呢？就是从在祖师那里学到本事之后。

话说菩提祖师看孙悟空有些悟性，半夜三更传授了他长生妙道。孙悟空经过几年修习，就以为自己了不起了。

却早过了三年，祖师复登宝座，与众说法。谈的是公案比语，论的是外像包皮。忽问："悟空何在？"悟空近前跪下："弟子有。"祖师道："你这一向修些甚么道来？"悟空道："弟子近来法性颇通，根源亦渐坚固矣。"祖师道："你既通法性，会得根源，已注神体，却只是防备着'三灾利害'。"悟空听说，沉吟良久道："师父之言谬矣。我尝闻道高德隆，与天同寿；水火既济，百病不生，却怎么有个'三灾利害'？"

学了点长生之道，孙悟空就开始自负了，觉得自己"法性颇通""根源坚固"。祖师说以后还有个三灾利害，他却说"师父之言谬矣"。孙悟空为什么敢如此狂妄地认为师父的话都错了呢？因为在他看来，自己已经成仙了，已经达到很高的境界了。

后来，祖师又教了他七十二般变化。孙悟空慢慢地学会腾云了。

忽一日，祖师与众门人在三星洞前戏玩晚景。祖师道："悟空，事成了未曾？"悟空道："多蒙师父海恩，弟子功果完备，已能霞举飞升也。"祖师道："你试飞举我看。"悟空弄本事，将身一耸，打了个连扯跟头，跳离地有五六丈，踏云霞去够有顿饭之时，返复不上三里远近，落在面前，扠手道：“师父，这就是飞举腾云了。”

孙悟空心想，以前你说还有三灾利害，现在我学会了七十二变，应该可以躲过了吧？你看，我还会霞举飞升、腾云驾雾了。

估计此刻的孙悟空，满心里希望得到师父的夸奖：哎呀，悟空啊，你太厉害了，快赶上我了。

但是菩提祖师根本看不上——你这叫什么腾云，最多只能叫爬云。

接着，祖师又教给了孙悟空筋斗云。

学会了长生之法，学会了七十二变，学会了筋斗云，孙悟空更加自负、更喜欢卖弄了，最后因为当众变松树，被菩提祖师直接赶走。

被赶走就不卖弄了吗？不是。回到花果山后，孙悟空马上显神通、弄本事，先是打死了混世魔王，接着，偷了傲来国许多兵器，再后来，大闹东海龙宫和幽冥界，如前面所说，他把坑蒙拐骗、撒泼耍赖的事都干遍了。

孙悟空为什么敢这样，为什么喜欢这样？

因为自负。

他认为自己现在长本事了，没有谁能奈何得了他，上天入地，他无所不能。

当孙悟空感觉自己的兵器不行，几个老猴子问孙悟空是否可以下海时，孙悟空说：

“我自闻道之后，有七十二般地煞变化之功；筋斗云有莫大的神通；善能隐身遁身，起法摄法；上天有路，入地有门；步日月无影，入金石无碍；水不能溺，火不能焚。那些儿去不得？”

我们听听他的口气，是不是特别自负？

孙悟空上天做了弼马温，后来为什么弃官而去？表面看来是嫌官小，而深层次的原因是他认为，自己的本领高强，这个官职与自己的本事不匹配。

所以，他对前来挑战的巨灵神说：

> “且留你性命，快早回天，对玉皇说他甚不用贤！老孙有无穷的本事，为何教我替他养马？你看我这旌旗上字号，若依此字号升官，我就不动刀兵，自然的天地清泰。如若不依，时间就打上灵霄宝殿，教他龙床定坐不成！”

孙悟空不仅认为自己有本事，而且是“无穷的本事”。既然有“无穷的本事”，为什么要给你做马夫？老子不仅不给你做马夫，而且要和你一样，要做齐天大圣！

做了齐天大圣以后，孙悟空又大闹天宫。如来佛前来降伏。孙悟空虽然是个妖猴，但毕竟在天庭为官也有一阵子了，和许多天神都称兄道弟，如来佛的大名应该也是听说过的。但是，在如来佛面前，他依然非常自负。

> 佛祖道：“你除了长生变化之法，再有何能，敢占天宫胜境？”大圣道：“我的手段多哩！我有七十二般变化，万劫不老长生；会驾筋斗云，一纵十万八千里。如何坐不得天位？”

孙悟空认为自己的几样本领已经顶天了。现在，他齐天大圣都看不上了，直接要玉帝让位。

结果，如来佛根本没费吹灰之力，只轻轻地翻动手掌，就把他压在五行山下，五百年动弹不得。

说了那么多，可能又有读者疑惑了：你这一讲不是要说孙悟空为什么打不过许多妖怪吗？怎么感觉说了半天跟主题没什么关系呢。

非也。其实大有关系。

曾经大闹天宫、看似无所不能的孙悟空为什么打不过取经路上的许多妖怪？这是《西游记》中最让人关注的一个问题。有人认为，这是吴承恩写作的失误；也有人认为，这是因为孙悟空大闹天宫时，那些天兵天将都在“放水”；还有人认为，其实孙悟空并没有大闹天宫，他主要就是偷桃偷酒偷丹而已。

我认为，吴承恩之所以这样写，绝不是什么失误。他就是要通过取经路上屡次的失败，让孙悟空明白：其实你并不算什么，能打败你的人多着呢；你不要那么自负，更不要因为自负而喜欢卖弄手段。

我们一开始就说过，《西游记》的主题是“修心”。而对于孙悟空来说，认识到自己的渺小，收敛自己的杀心，是修心的重要环节。

古希腊哲人苏格拉底说：我自知自己无知。因为自知自己无知，苏格拉底才能一直保持谦虚的心态；因为自知自己无知，苏格拉底也才能不断提升自己；因为自知自己无知，苏格拉底反倒被认为是雅典最有智慧的人。

孙悟空则不然，自打跟着菩提祖师学了点本事，他总认为自己不得了了。

就算是被如来佛压在五行山下，他可能有点醒悟，但一旦出来，本性又完全暴露。

孙悟空被唐僧救出来以后，遇到了老虎。唐僧很害怕，孙悟空对唐僧道：

“不瞒师父说，莫道是只虎，就是一条龙，见了我也不敢无礼。我老孙颇有降龙伏虎的手段，翻江搅海的神通；见貌辨色，聆音察理；大之则量于宇宙，小之则摄于毫毛；变化无端，隐显莫测。剥这个虎皮，何为稀罕？见到那疑难处，看展本事么！”

“大之则量于宇宙，小之则摄于毫毛；变化无端，隐显莫测。”我们听孙悟空说的这个话，是不是还是一贯的自负？

“自小生来手段强，乾坤万里有名扬。

当时颖悟修仙道，昔日传来不老方。

立志拜投方寸地，虔心参见圣人乡。

学成变化无量法，宇宙长空任我狂。”

在独角兕大王面前，孙悟空这样自豪地介绍自己。

孙悟空的手段的确可以，但真的学成无量变化法了吗？真的宇宙长空任他狂了吗？

他自己以为是的。

但事实却根本不是。

孙悟空的七十二变和二郎神的差不多；孙悟空空战可以，水战却不行；孙悟空有火眼金睛，不怕火却怕烟，风也能吹得他眼睛酸痛。

在本质上，孙悟空和金池长老一样，也是个自以为是的井底之蛙。

一般来说，跟井底之蛙讲道理他是听不进去的，最有效的办法就是拿出事实来给他看。而对于孙悟空而言，就是给他迎头痛击，让他一次又一次尝到失败的滋味。

你不总是自以为了不起吗？你不总是喜欢弄神通显手段吗？其实，高手多着呢，你连一个小妖怪可能都打不过。

天外有天，人外有人。这是个简单的道理。而孙悟空，还要经过十万八千里才能真正领悟。

第四十一问

取经路上的孙悟空是如何被教训的

上一回说到，孙悟空很自负，而西天取经，十万八千里，对孙悟空来说，其中的一个重要修行，就是要重新认识自己，不要那么自以为是，不要总以为自己很了不起。

那么，孙悟空是如何一次又一次地被事实教训的呢？

我们先来看孙悟空和熊罴怪的战斗。

唐僧救了孙悟空以后，两人一路西行，熊罴怪其实是他们遇到的第一个妖怪。而就在这第一场真正的战斗中，孙悟空并没有占什么便宜。原文中说：

> 那怪与行者斗了十数回合，不分胜负。渐渐红日当午，那黑汉举枪架住铁棒道："孙行者，我两个且收兵，等我进了膳来，再与你赌斗。"

两人不分胜负，熊罴怪只是有些肚子饿了。后来，孙悟空假扮金池长老，混进熊罴怪的洞府，两人二次开战。

他两个从洞口打上山头，自山头杀在云外，吐雾喷风，飞砂走石，只斗到红日沉西，不分胜败。

还是“不分胜败”。

对此，孙悟空自己也承认。后来，唐僧问孙悟空：“你手段比他何如？”行者道：“我也硬不多儿，只战个手平。”

孙悟空不是自以为很厉害吗？怎么连第一个妖怪都打不过呢？最后，他只好去求观音菩萨。

观音菩萨收服了熊罴怪。到了高老庄，唐僧又收了猪八戒做徒弟，三人继续西行，来到了黄风岭。孙悟空和黄风怪没战几个回合，黄风怪就吹出一阵狂风，让孙悟空的火眼金睛睁都睁不开，甚至还害了眼病。

孙悟空对黄风怪的怪风不仅无计可施，仅论打斗功夫，黄风怪也不输于他。我们再来看当时孙悟空和猪八戒的一段对话：

八戒道：“师兄，那妖精的武艺如何？”行者道：“也看得过。叉法儿倒也齐整，与老孙也战个手平。却只是风恶了，难得赢他。”

孙悟空不仅承认黄风怪的风“恶”，也同样承认黄风怪和自己“战个手平”。

他只好又去请灵吉菩萨。

几人再次西行，唐僧又收了沙僧，来到了五庄观。

刚到五庄观的时候，两位童子和唐僧师徒有一段对话：

童子道：“三清是家师的朋友，四帝是家师的故人；九曜是家师的晚辈，元辰是家师的下宾。”那行者闻言，就笑得打跌。八戒道：“哥啊，你笑怎的？”

行者道："只讲老孙会捣鬼，原来这道童会捆风！"三藏道："令师何在？"童子道："家师元始天尊降简请上清天弥罗宫听讲'混元道果'去了，不在家。"行者闻言，忍不住喝了一声道："这个臊道童！人也不认得，你在那个面前捣鬼，扯甚么空心架子！那弥罗宫有谁是太乙天仙？请你这泼牛蹄子去讲甚么！"

听了清风、明月两位童子对镇元大仙的介绍，孙悟空"笑得打跌"，对他们的话根本不以为然，因为他认为童子在扯谎——镇元大仙哪有你们说的那么厉害？你们俩纯粹是在"捣鬼""扯空心架子"。

可是，当镇元大仙回来捉拿他们时，孙悟空却毫无还手之力。

大仙在半空现了本相，你看他怎生打扮：

头戴紫金冠，无忧鹤氅穿。履鞋登足下，丝带束腰间。体如童子貌，面似美人颜。三须飘颔下，鸦翎叠鬓边。相迎行者无兵器，止将玉麈手中捻。

那行者没高没低的，棍子乱打。大仙把玉麈左遮右挡，奈了他两三回合，使一个"袖里乾坤"的手段，在云端里，把袍袖迎风轻轻的一展，刷地前来，把四僧连马一袖子笼住。

孙悟空一直认为自己的金箍棒很厉害，简直天下无敌。可镇元大仙什么兵器也不用，只拿个拂尘左右遮挡，孙悟空就伤他不着。而且，镇元大仙是以一敌三，却一点不觉得吃力，好像在陪他们玩游戏。玩了几个回合，大仙不想玩了，用衣袖把他们几个连人带马装了进去。

后来，几个人跑了，镇元大仙追上来，又是不费吹灰之力，把几个人抓回。

悟空不识镇元仙，与世同君妙更玄。
三件神兵施猛烈，一根麈尾自飘然。
左遮右挡随来往，后架前迎任转旋。
夜去朝来难脱体，淹留何日到西天！

他兄弟三众各举神兵，那大仙只把蝇帚儿演架。那里有半个时辰，他将

袍袖一展，依然将四僧一马并行李，一袖笼去。

在镇元大仙面前，孙悟空的所谓神通根本不值一提，人家拿个扫把都能打败你。后来孙悟空到福禄寿三星那里寻找医活人参果树的方子，也曾对三星说：

“……他身无寸铁，只是把个麈尾遮架。我兄弟这等三般兵器，莫想打得着他。……”

在宝象国，遇到黄袍怪，“他两个战有五六十合，不分胜负”。孙悟空只得来到天庭，请玉帝帮忙。

在号山，遇到红孩儿，孙悟空被红孩儿的三昧真火烧伤，只得把自己浸到水里，结果水火相激，弄得他险些丧命。孙悟空只得又向观音菩萨求助。

在金嶋山，孙悟空和独角兕大王交手，“他两个战经三十合，不分胜负”。最后，独角兕大王拿出个圈子，把孙悟空的金箍棒轻松套走。

老魔王唏唏冷笑道：“那猴不要无礼！看手段！”即忙袖中取出一个亮灼灼白森森的圈子来，望空抛起，叫声：“着！”唿喇一下，把金箍棒收做一条，套将去了。弄得孙大圣赤手空拳，翻筋斗逃了性命。那妖魔得胜回归洞，行者朦胧失主张。

孙悟空只好又上天庭求救，但每次都失败，哪吒、火德星君、水德星君、十八罗汉等皆不是妖怪的对手。最后，还是太上老君亲自前来，牵走了青牛。

在毒敌山，孙悟空和猪八戒两个对一个，大战蝎子精。尽管如此，仍是“三个斗罢多时，不分胜负”。后来，蝎子精使出倒马毒，孙悟空更是头痛难忍，只得再次求助于神仙，最后昴日星官吓死了蝎子精。

在火焰山，孙悟空战牛魔王，“这大圣与那牛王斗经百十回合，不分胜负”。后来，孙悟空和猪八戒二对一，牛魔王依然未落下风。最后，还是无数天兵佛将到来，才将牛魔王收服。

在祭赛国，孙悟空战九头虫，“他两个往往来来，斗经三十馀合，不分胜负”。后来，二郎神带着梅山六兄弟路过，孙悟空也顾不得过去的仇怨，厚着脸皮请人家帮忙，九斗虫才被二郎神的细犬咬伤逃走。

在小雷音，孙悟空遇到黄眉大王，又是“他两个斗经五十回合，不见输赢”。后来，二十八宿等天兵天将一起上阵，黄眉大王也应付自如。

老妖魔公然不惧，一只手使狼牙棒，架着众兵；一只手去腰间解下一条旧白布搭包儿，往上一抛，滑的一声响亮，把孙大圣、二十八宿与五方揭谛一搭包了，通装将去，挎在肩上，拽步回身。

最后，还是弥勒佛出面，收服了黄眉大王。

在麒麟山，孙悟空战青毛犼，还是“两个战经五十回合，不分胜负”。而且，孙悟空奈何不了妖怪的宝贝紫金铃。紫金铃既可以喷烟也可以喷沙，弄得孙悟空非常狼狈，只得找两个鹅卵石把鼻孔塞住。

在黄花观，孙悟空大战多目怪。多目怪虽然武艺不及孙悟空，但他全身有千只眼睛，会放金光。

行者慌了手脚，只在那金光影里乱转，向前不能举步，退后不能动脚，却便似在个桶里转的一般。无奈又炮燥不过，他急了，往上着实一跳，却撞破金光，扑的跌了一个倒栽葱；觉道撞的头疼，急伸手摸摸，把顶梁皮都撞软了。

实在无奈，孙悟空只得变作穿山甲，在地底下钻了二十多里，才得以逃走。最后还是请毗蓝婆收服了妖怪。

到了狮驼岭就不用说了，前面已经讲过，孙悟空要逃走，可大鹏鸟只把翅膀搧两搧就赶上了。而且，大鹏把孙悟空“一把挝住，拿在手中，左右挣挫不得”。跟老鹰抓小鸡似的。最后是如来佛亲自出面，收服了大鹏。

在玉华州，孙悟空同样打不过九灵元圣。

你看他身无披挂，手不拈兵，大踏步走到前边，只闻得孙行者吆喝哩。他就大开了洞门，不答话，径奔行者。行者使铁棒当头支住，沙僧抡宝杖就打。那老妖把头摇一摇，左右八个头，一齐张开口，把行者、沙僧轻轻的又衔于洞内，教：“取绳索来！”

九灵元圣既不要兵器，也不戴披挂，只一张嘴，就把孙悟空等人咬住。最后，妖怪被太乙救苦天尊收服。

在青龙山，孙悟空大战辟寒、辟暑、辟尘三大王。

孙行者一条棍与那三个妖魔斗经百五十合，天色将晚，胜负未分。只见那辟尘大王把扢挞藤闪一闪，跳过阵前，将旗摇了一摇，那伙牛头怪簇拥上前，把行者围在垓心，各抡兵器，乱打将来。行者见事不谐，唿喇的纵起筋斗云，败阵而走。

孙悟空落败。最后只得又上天庭，请来四木禽星收服。

甚至到了天竺国，小小的玉兔精也能和孙悟空“斗经半日，不分胜败”。

一次又一次被妖怪打败，孙悟空有些无奈。在小西天的时候，他屡次不敌黄眉大王，搬来几拨救兵也无济于事，渐渐感觉心灰意懒。功曹来提醒孙悟空，还是要赶紧想办法救唐僧。

行者闻言及此，不觉对功曹滴泪道：“我如今愧上天宫，羞临海藏；怕问菩萨之原由，愁见如来之玉像！才拿去者，乃真武师相之龟、蛇、五龙圣众。教我再无方求救，奈何？”

堂堂齐天大圣，居然也被妖怪打得无可奈何！

在许多人的印象中，孙悟空是齐天大圣，他应该是《西游记》中最厉害，也最为神通广大的。

其实根本不是。

在西天取经的路上，孙悟空一路降妖除魔。但细数起来，真正被孙悟空降伏或打死的妖怪其实并不多，而且多是一些不太起眼的妖怪，比如白骨精、九尾狐狸、红鳞大蟒、蜘蛛精、玉华州的几个狮子精等。而能和孙悟空打个平手，或者孙悟空根本打不过的妖怪，却比比皆是。

很多人可能还不知道，孙悟空不仅经常被妖怪打败，甚至还经常被打得痛哭。

在《西游记》中，孙悟空曾经哭过许多次。当然，这里面有时是因为唐僧被抓去，他伤心得哭。但也有好几次，是因为他被妖怪打败而痛哭流泪。

比如在号山，孙悟空被猪八戒救活后，仍然痛彻肺腑，心有余悸。

沙僧搀着行者，一同到松林之下坐定。少时间，却定神顺气，止不住泪滴腮边，又叫："师父啊！

忆昔当年出大唐，岩前救我脱灾殃。
三山六水遭魔障，万苦千辛割寸肠。
托钵朝餐随厚薄，参禅暮宿或林庄。
一心指望成功果，今日安知痛受伤！"

孙悟空很受伤。可让他受伤的远远不止红孩儿。

在金嶋山，孙悟空的金箍棒史无前例地被独角兕大王套走。

话说齐天大圣空着手败了阵来，坐于金嶋山后，扑梭梭两眼滴泪，叫道：

“师父呵！指望和你：

佛恩有德有和融，同幻同生意莫穷。
同住同修同解脱，同慈同念显灵功。
同缘同相心真契，同见同知道转通。
岂料如今无主杖，空拳赤脚怎兴隆！”

在小雷音寺，黄眉大王用个搭包就把孙悟空和许多天兵天将装了进去。逃出来以后，孙悟空又哭了。

却说行者跳在九霄，全了性命，见妖兵回转，不张旗号，已知众等遭擒。他却按下祥光，落在那东山顶上，咬牙恨怪物，滴泪想唐僧，仰面朝天望，悲嗟忽失声，叫道：“师父阿！你是那世里造下这迍邅难，今生里步步遇妖精。似这般苦楚难逃，怎生是好！”

在黄花观，孙悟空虽然变作穿山甲逃走了，但身心都非常痛苦。

你看他硬着头，往地下一钻，就钻了有二十馀里，方才出头。原来那金光只罩得十馀里。出来现了本相，力软筋麻，浑身痛疼，止不住眼中流泪，忽失声叫道：“师父呵！

当年秉教出山中，共往西来苦用工。
大海洪波无恐惧，阳沟之内却遭风！”

孙悟空不仅是哭，而且是失声痛哭。

前面说到，孙悟空是非常自负的，而对付自负之人最好的办法，就是用事实教训他。孙悟空一次又一次地被打败，被打得痛哭流涕，被打得万般无奈只得求助于各路神仙。或许，经过取经路上的十万八千里，他终于能够认识到：其实，自己并没有那么厉害，比自己牛的人多着呢；即便本领高强如如来佛或观音菩萨，都没那么高调，自己有什么理由狂妄自负呢？

第四十二问

“真假孙悟空”中的假孙悟空是六耳猕猴吗

“真假孙悟空”（也叫“真假美猴王”）的故事在《西游记》中非常出彩，电视剧播放到这一桥段时，观众们也都看得津津有味。

两个孙悟空，长得一模一样，手拿一样的金箍棒，有着一样的本事，都说自己是真的，唐僧念紧箍咒两个都说疼。不仅唐僧、猪八戒、沙和尚分不出真假，就是各位天神、观音菩萨、玉皇大帝也认不出来。

这个假孙悟空究竟是谁呢?

有人说，书中的如来佛不是说了吗，假孙悟空是六耳猕猴。

> “我观假悟空乃六耳猕猴也。此猴若立一处，能知千里外之事；凡人说话，亦能知之；故此善聆音，能察理，知前后，万物皆明。与真悟空同像同音者，六耳猕猴也。”

接着，如来佛还用钵盂把六耳猕猴罩住，让孙悟空把他打死。

既然是如来佛亲口说的，假孙悟空是六耳猕猴，似乎没有什么异议，有理有据。

当然，也有人再次展开想象的翅膀，用阴谋论来解释这一事件。他们认为，被如来佛按住的是真孙悟空，六耳猕猴打死了孙悟空，最后到西天取经成功的是六耳猕猴。如来佛为什么要让六耳猕猴打死真孙悟空呢？因为取经计划是太上老君暗中安排的，如来佛要破坏他的取经计划。

对于这种“阴谋论”，我还是以前的观点——类似的说法纯属“戏说”，好玩罢了，不可当真。

不过，真假孙悟空的故事倒是非常值得我们关注和探讨，这里面的确隐藏着许多秘密。被孙悟空打死的真的是六耳猕猴吗？

如果我们仔细阅读原著，就会发现，其实，假孙悟空根本就不是六耳猕猴。

为什么这么说呢？理由很简单：假孙悟空和真孙悟空太像了，六耳猕猴根本没有这样的神通。

我们都知道，孙悟空乃是天地生成的一个猴精，或许几万年、几十万年才能出产一个。而且，经过菩提祖师的指点和太上老君八卦炉的锻炼，他更是具有非常独到的个人特点。

第一，独特的筋斗云，一个筋斗十万八千里，一般人追不上。

第二，独特的金箍棒，重达一万三千五百斤，一般人拿不动。

第三，独特的身外身法，可以变化出无数个自己，也可以变化出无数根金箍棒。

第四，会七十二变，虽然有的神仙也可以做到，但他的变化也算非常多了。

第五，有火眼金睛，千里之外能够看到蜻蜓展翅。

正是因为把这些特点集于一身，才成就了我们所看到的、我们所喜欢和欣赏的孙悟空。

请问，在整部《西游记》中，从头到尾，还有哪个神仙或妖怪，也能够把这些特点集于一身？

根本没有。

妖怪一般也会变化，《西游记》里的妖怪，有的曾经变作观音菩萨，有的曾经变作唐僧，有的曾经变作猪八戒。但却从来没有妖怪变作孙悟空，更没有妖怪既变作孙悟空，还拿着金箍棒，还会驾筋斗云。

现在，突然冒出来一个名不见经传的什么六耳猕猴，居然有如此神通。能不让人怀疑吗？

六耳猕猴和孙悟空太像了。

是谁第一个发现假孙悟空的呢？

是沙和尚。

孙悟空因为打死了杨老汉的儿子，唐僧把孙悟空撵走了。唐僧让沙和尚到花果山去找孙悟空讨行李。沙和尚来到花果山的时候，看到假孙悟空（就是所谓的六耳猕猴）正坐在高台之上。显然，花果山的猴子们完全没有认出假孙悟空是六耳猕猴。

假孙悟空跟沙和尚说自己要去西天取经，并变出了唐僧、八戒和沙僧。沙僧大怒，把假沙僧打死了，并跑到观音菩萨那里告状。结果，却发现观音菩萨身边也有一个孙悟空。

观音菩萨这里的孙悟空听说花果山还有一个孙悟空，便和沙僧一起来到花果山。于是，两个孙悟空正式见面，并大战了一场。

两条棒，二猴精，这场相敌实非轻。都要护持唐御弟，各施功绩立英名。真猴实受沙门教，假怪虚称佛子情。盖为神通多变化，无真无假两相平。一个是混元一气齐天圣，一个是久炼千灵缩地精。这个是如意金箍棒，那个是随心铁杆兵。隔架遮拦无胜败，撑持抵敌没输赢。先前交手在洞外，少顷争

持起半空。

我们注意看这段原文。真假孙悟空两个功夫几乎相等，不分胜负。

我们都知道，单论打斗能力，孙悟空在《西游记》各路神仙妖怪中还是相当可以的。何曾听说什么六耳猕猴有这样的本事？

沙和尚认不出两人的真假。两个孙悟空“且行且斗，只嚷到南海，径至落伽山，打打骂骂，喊声不绝”。

那么，天神和菩萨能不能认出来呢？

众诸天与菩萨都看良久，莫想能认。

观音菩萨想了一个办法，就是念紧箍咒。

菩萨唤木叉与善财上前，悄悄分付：“你一个帮住一个，等我暗念《紧箍儿咒》，看那个害疼的便是真，不疼的便是假。”他二人果各帮一个。菩萨暗念真言，两个一齐喊疼，都抱着头，地下打滚，只叫：“莫念！莫念！”菩萨不念，他两个又一齐揪住，照旧嚷斗。

紧箍圈是如来佛发明的，紧箍咒是如来佛亲自教给观音菩萨的。紧箍圈套在孙悟空头上，紧箍咒也只对孙悟空一个人起作用。应该说，观音菩萨想到用这个办法来找出假孙悟空，是非常可行的。

但是，照样无用，两人都喊头疼。

观音菩萨居然也“无计奈何”，认不出。

这问题可就大了。观音菩萨是谁？她虽然不是佛，却法力无边，很少有妖怪是她也无计可施的。

而且，观音菩萨还有“慧眼”。在孙悟空被唐僧撵走时，孙悟空就来找过观音。当时观音菩萨是怎么对孙悟空说的呢？

好菩萨，端坐莲台，运心三界，慧眼遥观，遍周宇宙，霎时间开口道：“悟空，你那师父顷刻之际，就有伤身之难，不久便来寻你。你只在此处，待我与唐僧说，教他还同你去取经，了成正果。”

菩萨的慧眼能够看透一切。

但是现在，她也看不出两个悟空哪个是真，哪个是假。岂不怪哉？

两个孙悟空又打到玉帝跟前。

玉帝即传旨宣托塔李天王，教：“把照妖镜来照这厮谁真谁假，教他假灭真存。”天王即取镜照住，请玉帝同众神观看。镜中乃是两个孙悟空的影子，金箍、衣服，毫发不差。玉帝亦辨不出，赶出殿外。

在两个孙悟空面前，照妖镜都失效了，玉帝同样认不出。

两人又打到唐僧面前，唐僧念紧箍咒。这招观音菩萨已经试过了，没用。

接着，两个孙悟空打至森罗殿下。两人都对阴君诉说冤情。

阴君闻言，即唤管簿判官一一从头查勘，更无个“假行者”之名。再看毛虫文簿，那猴子一百三十条已是孙大圣幼年得道之时，大闹阴司，消死名一笔勾之，自后来凡是猴属，尽无名号。查勘毕，当殿回报。阴君各执笏，对行者道：“大圣，幽冥处既无名号可查，你还到阳间去折辨。”

阴间并没有六耳弥猴的文簿。怎么可能突然冒出一个六耳猕猴呢？

地藏王菩萨让谛听“听个真假”。

那兽奉地藏钧旨，就于森罗庭院之中，俯伏在地。须臾，抬起头来，对地藏道：“怪名虽有，但不可当面说破，又不能助力擒他。”地藏道：“当面说出便怎么？”谛听道：“当面说出，恐妖精恶发，搔扰宝殿，致令阴府不安。”又问：“何为不能助力擒拿？”谛听道：“妖精神通，与孙大圣无二。

幽冥之神，能有多少法力，故此不能擒拿。”地藏道：“似这般怎生祛除？”谛听言：“佛法无边。”地藏早已省悟，即对悟空道：“你两个形容如一，神通无二，若要辨明，须到雷音寺释迦如来那里，方得明白。”

这段话非常有意思。第一，无论是谛听还是地藏王菩萨，都再次指出，他们两个不仅长得一模一样，而且神通也一般无二。第二，谛听已经知道是怎么回事了，但他不敢明说。第三，谛听为什么不敢明说呢？因为妖怪本事和孙大圣一样，幽冥界的神仙打不过，说出来怕惹祸。

再次回到前面说过的话题，哪个妖怪能和孙悟空不仅长得如此相像，手段和本领又如此一样的厉害呢？

通过以上对真假两个孙悟空行为的描述，相信很多读者已经隐隐约约地感到，那个假孙悟空，其实并不是什么六耳猕猴，它就是孙悟空自己变的。

地藏王让他们两个到如来佛处辨明。

果然，当他们来到如来佛这里时，如来佛就点明了他们的身份。

流通诵读之际，如来降天花普散缤纷，即离宝座，对大众道：“汝等俱是一心，且看二心竞斗而来也。”

请注意，如来佛说的是“二心竞斗”，而不是“二人竞斗”或“二妖竞斗”。

如来的意思很清楚：你们都是一心，现在有个人有“二心”了。

《西游记》第五十八回的回目就叫“二心搅乱大乾坤　一体难修真寂灭”。

当两个孙悟空打上西天时，原文还这样写道：

看那两个行者，飞云奔雾，打上西天。有诗为证。诗曰：

人有二心生祸灾，天涯海角致疑猜。
欲思宝马三公位，又忆金銮一品台。

南征北讨无休歇，东挡西除未定哉。

禅门须学无心诀，静养婴儿结圣胎。

这里同样说得相当明确：孙悟空生了“二心”，假悟空就是真悟空的“二心”；而人一旦有了“二心”，就会生出“祸灾”，修行就难以持续。所以，要把“二心”除掉。

因此，非常清楚，非常肯定，假孙悟空并不是什么六耳猕猴，就是孙悟空自己。

我们都知道，妖怪难以变出孙悟空，难以变出金箍棒，更难以变出和孙悟空一样的神通。

而孙悟空要变出另外一个自己，却非常轻松。

在《西游记》中，孙悟空多次运用“身外身”法变出自己，有时候甚至是成百上千地变。

比如在和黄风怪交战时，两人打斗三十回合，不分胜负。

这行者要见功绩，使一个“身外身”的手段：把毫毛揪下一把，用口嚼得粉碎，望上一喷，叫声：“变！”变有百十个行者，都是一样打扮，各执一根铁棒，把那怪围在空中。

在和金角大王交手时，孙悟空又运用这一手段。

这老魔与大圣战经二十回合，不分胜负。他把那剑梢一指，叫声“小妖齐来！”那三百馀精一齐拥上，把行者围在垓心。好大圣，公然无惧，使一条棒，左冲右撞，后抵前遮。那小妖都有手段，越打越上，一似绵絮缠身，搂腰扯腿，莫肯退后。大圣慌了，即使个身外身法，将左胁下毫毛拔了一把，嚼碎喷去，喝声叫：“变！”一根根都变做行者。你看他长的使棒，短的抡拳，再小的没处下手，抱着孤拐啃筋，把那小妖都打得星落云散，齐声喊道：“大王啊，事不谐矣！难矣乎哉！

满地盈山，皆是孙行者了！”

遍地都是孙行者。能做到这一点的，只有孙悟空自己。

另外，在车迟国的时候，为了救庙里的僧人，孙悟空给他们每人一根猴毛，并对他们说，只要叫一声“齐天大圣”，他就会出现。

众僧有胆量大的，捻着拳头，悄悄的叫声：“齐天大圣！”只见一个雷公站在面前，手执铁棒，就是千军万马也不能近身。此时有百十众齐叫，足有百十个大圣护持。众僧叩头道：“爷爷！果然灵显！”行者又分付：“叫声‘寂’字，还你收了。”真个是叫声：“寂！”依然还是毫毛在那指甲缝里。

对孙悟空来说，变出另一个自己太容易了，只需要一根猴毛！

因此，根本没有什么六耳猕猴。真假孙悟空，实际上是寓意孙悟空的“二心”。

那么，孙悟空为什么会生出“二心”呢？他的“二心”又是什么呢？

且看下回分解。

第四十三问

紧箍咒的正式名称叫什么

唐僧虽然手无缚鸡之力，但他会念紧箍咒。只要一念紧箍咒，哪怕神通广大如孙悟空，也会头痛欲裂，眼胀身麻，只得乖乖听话。

唐僧会念紧箍咒，恐怕几乎所有中国人都知道。

但是你知道吗，“紧箍咒”其实是个通俗的说法，并不是它的正式名称。

那么，紧箍咒的正式名称（或者叫“学名”“大名”）是什么呢？

原著中明确告诉了我们。

孙悟空刚被唐僧从五行山下救出来不久，便打死了六个毛贼。唐僧说了孙悟空几句，孙悟空便一个筋斗跑了。这时，观音菩萨变作一个老太婆，送给唐僧一领棉布直裰和一顶嵌金花帽，让他找机会给孙悟空穿戴上。

三藏道：“承老母盛赐；但只是我徒弟已走了，不敢领受。”老母道：“他那厢去了？”三藏道：“我听得呼的一声，他回东去了。”老母道：“东边不远，就是我家，想必往我家去了。我那里还有一篇咒儿，唤做‘定心真言’，又名做‘紧箍儿咒’。你可暗暗的念熟，牢记心头，再莫泄漏一人知道。我去赶上他，教他还来跟你，你却将此衣帽与他穿戴。他若不服你使唤，你就默念此咒，他再不敢行凶，也再不敢去了。”

说得非常清楚，紧箍咒的正式名称叫作“定心真言”。

定心，再次验证了《西游记》“修心”这一主题。

细心的读者可能还记得，在一开始的时候，我们曾讨论过《西游记》的主题是什么。我认为它的主题是“修心”，并讲了四点理由。其实，还有一点理由当时没有说，这就是今天我们要讲的——紧箍咒的大名又叫“定心真言”。

当然，紧箍咒是专门针对孙悟空的。那么，我们自然要问：孙悟空需要定什么心呢？

孙悟空的不定心，主要体现在两个方面。

第一，他西天取经的心并不是太坚定。

第二，他的杀心太重而善心不足。

这两者往往又是相互联系，经常纠缠在一起的。

孙悟空为什么要到西天取经，是他自己自觉自愿的吗？当然不是。而且，在这个过程中，他多次反复。

因为被如来佛压在五行山下，一向好动好跳的孙悟空却动弹不得。五百年，他受够了，他一心只想着怎么能出去。

所以，当观音菩萨经过五行山时，孙悟空看到菩萨，态度非常谦恭。

菩萨道：“姓孙的，你认得我么？”大圣睁开火眼金睛，点着头儿高叫道：“我怎么不认得你？你好的是那南海普陀落伽山救苦救难大慈大悲南无观世音菩萨。承看顾！承看顾！我在此度日如年，更无一个相知的来看我一看。

你从那里来也？”

孙悟空居然对观音菩萨说：“承看顾，承看顾。”意思就是：你能来看我，真是太感谢了；你要是能再想办法救我出来，那就更感谢不尽了。

性情高傲的齐天大圣什么时候变得这么客气了？想当初，他在玉帝面前不也总是大大咧咧的吗？此时的孙悟空，只要能够获得自由，什么都会答应。

果然，孙悟空主动开口求观音菩萨了。

大圣道，“如来哄了我，把我压在此山，五百馀年了，不能展挣。万望菩萨方便一二，救我老孙一救！”

受了五百年的罪，孙悟空总算是有点“悔过”的意思。但观音菩萨却对他说：“你这厮罪业弥深，救你出来，恐你又生祸害，反为不美。”

这时，孙悟空再次立即表达了悔过的意思。

大圣道：“我已知悔了。但愿大慈悲指条门路，情愿修行。”

接着，菩萨又问孙悟空，是否愿意跟取经人做个徒弟，一起去西天拜佛求经。

孙悟空又是立即满口应承：“愿去，愿去。”

答应得又爽又脆，让人觉得有点假。

此时的孙悟空，真的从内心里“知悔”了吗？真的从内心里“愿去”吗？

相信很多人都有这样的体验：有些事情先答应下来再说，至于能不能做到，自己心里并不确定。

孙悟空其实也是这样的。所以，只要稍微遇到一点不顺，他就要反悔。

因为打死几个毛贼，唐僧批评了孙悟空几句，他便将身一耸，说一声：“老孙去也！”

飞到了东海龙宫，孙悟空看到了一幅画——圯桥三进履，又听了龙王几句劝，他又飞回到唐僧身边。此时，唐僧正在路旁闷坐。

这行者，须臾间看见唐僧在路旁闷坐。他上前道：“师父！怎么不走路？还在此做甚？”

孙悟空跟个没事人一样，他根本没有向唐僧道歉，反而问唐僧：师父，你怎么不走路呢？——倒好像是唐僧的不是了。

估计唐僧心里也在嘀咕：这猴子，说来就来，说去就去，嘴上跑火车，说话没一个准头。

于是，他便哄孙悟空戴上了观音菩萨送的帽子，念起了紧箍咒。

三藏道：“你今番可听我教诲了？”行者道：“听教了！”“你再可无礼了？”行者道：“不敢了！”

此时的孙悟空，真的听教了吗？真的不敢无礼了吗？

同样不是。还是和前面一样，先答应下来再说。

他口里虽然答应，心上还怀不善，把那针儿幌一幌，碗来粗细，望唐僧就欲下手，慌得长老口中又念了两三遍，这猴子跌倒在地，丢了铁棒，不能举手，只叫：“师父！我晓得了！再莫念！再莫念！”

哪里是什么听教？哪里是什么不敢无礼？只要有机会，他连师父都敢打死！

唐僧再念紧箍咒，孙悟空再次求饶。

但他的心里还是愤愤不平。当听到唐僧说是一个老婆婆教他念紧箍咒的时候，孙悟空大怒道：

“不消讲了！这个老母，坐定是那个观世音！他怎么那等害我！等我上南海打他去！”

前面刚承观音菩萨“看顾”，求她给自己指一条生路，现在就要上南海打她！

唐僧对孙悟空说：猴子你傻啊，这紧箍咒就是观音菩萨教我的，她自己肯定会念啊，你去打她，她念起咒来，你不就死了？

孙悟空一听有理，当即对唐僧跪下哀告道：

“师父！这是他奈何我的法儿，教我随你西去。我也不去惹他，你也莫当常言只管念诵。我愿保你，再无退悔之意了。”三藏道：“既如此，伏侍我上马去也。”

孙悟空又说“再无退悔之意了”。

这回是不是真的“定心”了呢？

非也。

师徒两人来到鹰愁涧，观音菩萨亲自来收服小白龙。孙悟空一见到观音便大骂：

“你这个七佛之师，慈悲的教主！你怎么生方法儿害我！”

观音菩萨点化了小白龙。孙悟空依然不满意。

行者扯住菩萨不放道：“我不去了！我不去了！西方路这等崎岖，保这个凡僧，几时得到？似这等多磨多折，老孙的性命也难全，如何成得甚么功果！我不去了！我不去了！”

不去了，不去了。这才是孙悟空真实的心愿。他压根儿不想去西天取什么经，他不想跟着唐僧整天受罪，他还是想做自由快活的齐天大圣。

结果，观音菩萨跟哄小孩似的对孙悟空说：你放心去吧，到关键时候我会来救你的。

又给了孙悟空三根救命毫毛。

孙悟空这才又答应继续保唐僧上路。

而当来到了号山，唐僧被红孩儿抓走以后，孙悟空再次动摇：

行者道："兄弟们，我等自此就该散了！"

孙悟空的理由是：师父不听人说，以致被妖怪抓走。

但显然，也反映出他内心对西天取经依然不是十分坚定。

虽然脚在走，但"心"却并不"明"。这就是取经途中早期的孙悟空。

这种不坚定，在"真假孙悟空"一回集中表现了出来。

而这又和我们前面说到的孙悟空的"杀心"太重有密切关联。

孙悟空神通广大，本领高强。这我们都知道。

同样，他的杀心也非常重。

第十四回，孙悟空遇到六个"毛贼"。

行者伸手去耳朵里拔出一根绣花针儿，迎风一幌，却是一条铁棒，足有碗来粗细，拿在手中道："不要走！也让老孙打一棍儿试试手！"唬得这六个贼四散逃走，被他拽开步，团团赶上，一个个尽皆打死。剥了他的衣服，夺了他的盘缠，笑吟吟走将来道："师父请行，那贼已被老孙剿了。"

请注意，孙悟空不仅杀人如儿戏，而且很残忍。他将人打死，还要剥了人的衣裳，还要“笑吟吟”地走过来告诉唐僧——在孙悟空的眼里，杀人根本不是什么恶行，相反却很好玩。

第二十八回，孙悟空因为三打白骨精，被唐僧撵回了花果山。回到花果山后，听说山上的猎户欺负猴子，他便大展手段，把这些猎户通通打死，还哈哈大笑。

大圣按落云头，鼓掌大笑道：“造化！造化！自从归顺唐僧，做了和尚，他每每劝我话道：‘千日行善，善犹不足；一日行恶，恶自有馀。’真有此话！我跟着他，打杀几个妖精，他就怪我行凶，今日来家，却结果了这许多猎户。”

显然，此时的孙悟空，对唐僧要他行善的理念并不认同——你总叫我行善，不要行凶，我今天就行凶给你看看；打死几个妖精算什么，你看，我打死了这么多猎户！

孙悟空不仅对西天取经有“二心”，而且，用自己的“杀心”向唐僧挑战！

第五十六回，唐僧独自飞马向前，又遇到了一伙强盗。等孙悟空赶到时，唐僧连忙骑马跑了。可他又特地吩咐八戒，让他去告诉孙悟空别杀人。

长老兜马道：“徒弟呵，趁早去与你师兄说，教他棍下留情，莫要打杀那些强盗。”

可是，当八戒赶来，把师父的话告诉孙悟空时，孙悟空已经打死了两个人。不仅打死了，还满不在乎。孙悟空对猪八戒说，有两个强盗被他打出“豆腐”来了。

唐僧心中不忍，让八戒挖个坑，把两个强盗的尸体埋了，还为他们念了《倒头经》。唐僧认为两个强盗虽然不善，却罪不至死。但孙悟空仍不以为然，还放出大话来：

“遭瘟的强盗，你听着！我被你前七八棍，后七八棍，打得我不疼不痒的，触恼了性子，一差二误，将你打死了。尽你到那里去告，我老孙实是不怕：玉帝认得我，天王随得我；二十八宿惧我，九曜星官怕我；府县城隍跪我，东岳天齐怖我；十代阎君曾与我为仆从，五路猖神曾与我当后生；不论三界五司，十方诸宰，都与我情深而熟，随你那里去告！”

意思就是说：我就杀人了，你能拿我怎的？

后来，他们又遇到这一伙强盗，其中还有杨老汉的儿子。杨老汉曾经留宿他们，并对唐僧说过自己的儿子不那么孝顺。唐僧再次叮嘱孙悟空：“切莫伤人，只吓退他便罢。”结果孙悟空根本不听，操起金箍棒，把这些强人几乎全部打死。

打死以后还不算，孙悟空又专门找那杨老汉的儿子。

行者问那不死带伤的贼人道：“那个是那杨老儿的儿子？”那贼哼哼的告道：“爷爷，那穿黄的是！”行者上前，夺过刀来，把个穿黄的割下头来，血淋淋提在手中，收了铁棒，拽开云步，赶到唐僧马前，提着头道：“师父，这是杨老儿的逆子，被老孙取将首级来也。”

孙悟空把杨老汉儿子的头割下来，血淋淋地提在手上，拿给唐僧看。

这无疑是在向唐僧示威：你不是怪我杀人了吗？看，我又杀了一个！

至此，谁都能感受到孙悟空那无处安放的“杀心”。

所以，这一回的结尾写道：“心有凶狂丹不熟，神无定位道难成。”而这一回的回目是“神狂诛草寇 道昧放心猿”。

一个“凶”字，一个“狂”字，道出了孙悟空的内心世界——他的“心”太躁动了，他需要“定心”。

我们可以说唐僧迂腐，也可以说唐僧懦弱，却不可以说唐僧“不善”。

尽管唐僧也会错怪孙悟空，但他的心无疑是善的，他也经常劝孙悟空要有善心，不要动不动就杀人。

而孙悟空好像完全没听进去。所以，唐僧大怒，再次撵走孙悟空。

接着，“假”悟空出现，大骂唐僧：“你这个狠心的泼秃，十分贱我！”抡起金箍棒，把唐僧压倒在地。

孙悟空还觉得自己挺委屈，跑去找观音菩萨诉苦。观音菩萨却说：

> “唐三藏奉旨投西，一心要秉善为僧，决不轻伤性命。似你有无量神通，何苦打死许多草寇！草寇虽是不良，到底是个人身，不该打死。比那妖禽怪兽、鬼魅精魔不同。那个打死，是你的功绩；这人身打死，还是你的不仁。但祛退散，自然救了你师父。据我公论，还是你的不善。”

观音肯定了唐僧的善心，而孙悟空却是“不善”。

前面说到，那个假悟空，其实就是孙悟空的“二心”，是另一个孙悟空，是那个充满杀气、心怀不满、对取经也不是那么坚定的孙悟空。

第五十八回的回目是“二心搅乱大乾坤　一体难修真寂灭”——有二心是不行的，有了二心，什么修行都是白费。

所以，孙悟空需要紧箍咒，需要“定心”。如果心定不下来，他就不可能保护唐僧取经成功，他也不可能最终成为斗战胜佛。

如来为什么把“假”悟空罩住，让真悟空把他打死？因为只有孙悟空亲自动手，才能真正除掉自己的“二心”。

细心的读者可能会注意到，在取经的路上，孙悟空的杀心逐渐有所收敛。

第九十七回，师徒几人从寇员外家出来，路上又遇到强盗。这伙强盗打劫了寇员外家的财物，现在又要来抢劫唐僧师徒。按照孙悟空以前的个性，肯定又是拿金箍棒说话，把他们全部打死。但这回他却没有，他只是使个定身法把他们定住，然后变出三十根绳子将他们捆起来，等审问清楚以后，就把他们全都放走了。

第四十四问

孙悟空到底需要悟什么

我们看《西游记》，印象最深的人应该是孙悟空，很多人也都非常喜欢孙悟空。可是，我们有没有想过，孙悟空为什么叫孙悟空呢？

前面说过，孙悟空这个名字是菩提祖师起的。祖师之所以让猴王姓孙，是因为它“正合婴儿之本论”，希望孙悟空像个婴儿，天真朴实，无性无求。那么，“悟空”又是什么意思呢？既然是“悟”，那孙悟空到底需要悟什么呢？

大家可能也都知道，佛家认为，贪、嗔、痴为三毒，此三毒残害身心，是修行的大忌，因此一定要努力戒除。前面我们还说过，猪八戒贪食、贪色、贪财，他是个猪，是个呆子，是“馕糠的夯货”。孙悟空似乎与猪八戒正好相反：精明，灵巧，什么也不贪。

其实并不是。在贪、嗔、痴这三毒中，孙悟空至少占两样，就是贪和嗔。

孙悟空可以不吃不喝不睡。被压在五行山下五百年，他只是饿了吃铁丸，渴了喝铜汁；西天取经路上那么辛苦，他也从来不困。在五庄观，因为偷吃人参果被镇元大仙捉到，师徒四人连夜逃命，唐僧非常困乏，在马上打盹儿，结果被孙悟空一通嘲笑：“师父不济！出家人怎的这般辛苦？

我老孙千夜不眠，也不晓得困倦。”

当然，孙悟空同样不贪财、不贪色。在“四圣试禅心”一回，唐僧问孙悟空是不是要留下来，孙悟空说：“我从小儿不晓得干那般事。”

不过，有一样东西，孙悟空是特别贪的，那就是“名”。如果我们仔细阅读原著，就会发现，孙悟空对“名”特别看重，他对“名”的重视、对“名”的追求超乎常人。

我们可以想一想，在西天取经的路上，每当孙悟空遇到妖怪，他都怎么跟妖怪介绍自己的。

“我就是五百年前大闹天宫的齐天大圣。”

孙悟空为什么喜欢别人叫他“齐天大圣”呢？因为这个“名”很响亮。且不论大闹天宫是好是坏，但至少非常有名，所以他一直为此而自豪。当然，如果有某个妖怪不知道齐天大圣这个名号，他就非常愤怒。

相反，孙悟空最讨厌别人叫他什么？

弼马温。不管是妖怪这样叫还是八戒这样叫，他都恼怒不已。

因为他认为弼马温官太小，没品，只是个养马的，丢人，坏他的名声，从此羞于提起。

取经路上，每当听说有妖怪，唐僧经常吓得跌下马来，甚至骨软筋麻、口不能言，八戒也经常畏首畏尾、退缩不前。可孙悟空的态度却不一样。

他是“喜”——听说有妖怪，他就很高兴。

比如在陷空山，唐僧救下了老鼠精变化的女子，并把她带到了镇海禅林寺。可是，他们一行几人在寺里住了三天，寺里的和尚便少了六个人。和尚们对孙悟空说，庙里可能有妖精，那些不见的和尚应该是被妖精吃掉了。这些和尚一边说一边流泪，心里害怕得很。

行者闻言，又惊又喜道："不消说了，必定是妖魔在此伤人也，等我与你剿除他。"

"惊"可以理解，但他为什么还"喜"呢？因为又可以大显神通、"扬名立万"了。

所以，替人家拿妖怪，孙悟空不仅不要酬谢，甚至倒贴他都愿意。

在高老庄，唐僧和孙悟空师徒二人遇到了高才。高才奉高太公之命到处寻人捉妖怪（后来的八戒）。孙悟空听说后，主动揽下这件事，还说这是"你的造化，我有营生。这才是凑四合六的勾当……一来照顾郎中，二来又医得眼好"。在孙悟空看来，让他去捉妖怪，是照顾他的"生意"，他求之不得。

在驼罗庄，李老头请孙悟空捉妖怪（红鳞大蟒）。按照常理来说，本来是老头有求于他，但是孙悟空却还朝老头"唱个喏"说："承照顾了。"八戒不理解：老头请你拿妖怪，你怎么还朝他唱喏？孙悟空说："贤弟，你不知，我唱个喏就是下了个定钱，他再不去请别人了。"替人家拿妖怪，还说是人家照顾他，还要"下定钱"给别人，这不是倒贴是什么？

在平顶山，功曹来报信，说前面有妖怪。孙悟空就故意让八戒先去，希望八戒被妖怪抓到，自己再去救八戒，这样"好显我本事出名"。

在车迟国，孙悟空发现智渊寺里关押着五百名和尚。和尚们跟孙悟空诉说了自己被道士欺压的苦难身世，还说梦中有神灵对他们说，要耐心等待，齐天大圣来了以后自然会救他们。孙悟空听了以后非常高兴："莫说老孙无手段，预先神圣早传名。"

在隐雾山，孙悟空发现山里有许多小妖，却回来骗八戒说前面有人家正在斋僧，让八戒到村子里去吃斋，等八戒被妖怪抓去了，他再去救八戒，如此"才能出名"。

在乌鸡国，孙悟空哄猪八戒去偷"宝贝"（实际上是让八戒去背国王的尸体）。八戒答应了，但是要求偷了宝贝归他。孙悟空回答得很干脆：

“老孙只要图名，那里图甚宝贝，就与你罢便了。”

“老孙只要图名。”孙悟空说的这个“名”是指哪方面的呢？是善良，是道德，是才情，还是清廉？

当然都不是。孙悟空所看重的这个“名”，其实就是“本事”。或者说得更直白一点，就是神通和手段。他之所以听说有妖怪就“喜”，是因为他又可以大展本领，显神通弄手段了。

“官封弼马心何足，名注齐天意未宁。”所谓老孙有“无穷的本事”，如何替他养马？就算做了“齐天大圣”，孙悟空仍然“意未宁”。

可以说，孙悟空的本事越大，他的欲望就越大，他的心魔也就越重。

孙悟空不爱财，不爱利，不爱女人，没有情欲，但却极端爱“名”。他的心魔，就是“名”。

就此而言，孙悟空也是“我执”的典型：他执着于自己心目中的那个“我”，那个无所不能、无往不胜、无人不怕的“我”。

他被自己的“神通”迷住了双眼，真的以为自己“齐天”甚至“胜天”了。所以，明明是如来佛五根肉红色的手指，他却看不出来，还真的以为自己一筋斗到了天边。

同样，随着孙悟空手段和神通的增长，他也越来越“嗔”。

“嗔”是什么意思？通俗地说，就是易怒，脾气大，稍不如意就生气。

孙悟空脾气不小，我想只要熟读《西游记》的人都知道。

但孙悟空“小时候”可不是这样的。大家还记得吗，猴王当初到菩提祖师处学艺时，祖师问他姓什么？他说：“我无性。人若骂我，我也不恼；若打我，我也不嗔，只是陪个礼儿就罢了。一生无性。”

可是，后来的孙悟空真的是“人若骂我，我也不恼；若打我，我也不嗔”吗？恰恰相反，只要稍不如意，他就会跳起来，为了一点点小事就火冒三丈。

第四回，太白金星下界来请孙悟空上天做官。孙悟空驾筋斗云先到南天门，几位天将拦住孙悟空，不让他进。

猴王道：“这个金星老儿，乃奸诈之徒！既请老孙，如何教人动刀动枪，阻塞门路？”正嚷间，金星倏到。悟空就觌面发狠道：“你这老儿，怎么哄我？被你说奉玉帝招安旨意来请，却怎么教这些人阻住天门，不放老孙进去？”

“觌面”什么意思？就是脸贴着脸。孙悟空对着太白金星一通好骂。

做了几天弼马温，当孙悟空得知这个官职“不入流”时，同样大怒。

猴王闻此，不觉心头火起，咬牙大怒道：“这般渺视老孙！老孙在那花果山，称王称祖，怎么哄我来替他养马？养马者，乃后生小辈下贱之役，岂是待我的！不做他！不做他！我将去也！”忽辣的一声，把公案推倒，耳中取出宝贝，幌一幌，碗来粗细，一路解数，直打出御马监，径至南天门。

在浮屠山，乌巢禅师在传给唐僧《多心经》后，又留下了几句话，其中说道：

“野猪挑担子，水怪前头遇。多年老石猴，那里怀嗔怒。你问那相识，他知西去路。”

这很明显告诉我们，老石猴是“嗔怒”的代表。

而最能体现孙悟空“嗔”的，则是在五庄观。

孙悟空明明偷了人家的人参果，却撒谎抵赖。后来在唐僧的“教育”下承认了。两个童子又说果子还少一个，嘴里有些骂骂咧咧。

就恨得个大圣钢牙咬响，火眼睁圆，把条金箍棒揝了又揝，忍了又忍，道："这童子只说当面打人。也罢，受他些气儿，送他个绝后计，教他大家都吃不成！"

你不是在这里叽叽歪歪吗？你不是说我们偷吃了你的人参果吗？我不仅要偷吃，干脆把你的果树推倒，大家都吃不成！

可见，孙悟空再也不是"小时候"的美猴王了，他的脾气大得吓人，甚至"一生受不得气"。

五庄观这一回吴承恩到底想说明什么呢？在第二十六回的回首有一首诗：

处世须存心上刃，修身切记寸边而。
常将刃字为生意，但要三思戒怒欺。
上士无争传亘古，圣人怀德继当时。
刚强更有刚强辈，究竟终成空与非。

"心上刃"为忍，"寸边而"为耐。"处世须存心上刃，修身切记寸边而。"显然，是说处世、修身需要忍耐，不要动不动就发怒。

那为什么孙悟空"小时候"能够做到"人若骂我，我也不恼；若打我，我也不嗔"，以后反而变了呢？

很简单，他"长本事"了。因为有了本事，他可以不用再忍耐了；因为有了本事，他可以弄神通显手段，以打败别人为快乐了。

所以，孙悟空的"贪"和"嗔"，其实都和他的"本事"有关。

因为有了本事，孙悟空的脾气越来越大；因为希望别人知道他的本事，他就要显本事，就要留名、扬名。

在弄神通显手段的过程中，孙悟空感到了无穷的快乐。

第十四回，唐僧和孙悟空遇到六个强盗。

那贼闻言，喜的喜，怒的怒，爱的爱，思的思，忧的忧，欲的欲，一齐上前乱嚷道：“这和尚无礼！你的东西全然没有，转来和我等要分东西！”他抡枪舞剑，一拥前来，照行者劈头乱砍，乒乒乓乓，砍有七八十下。悟空停立中间，只当不知。那贼道：“好和尚！真个的头硬！”行者笑道：“将就看得过罢了！你们也打得手困了，却该老孙取出个针儿来耍耍。……行者伸手去耳朵里拔出一根绣花针儿，迎风一幌，却是一条铁棒，足有碗来粗细，拿在手中道：“不要走！也让老孙打一棍儿试试手！”唬得这六个贼四散逃走，被他拽开步，团团赶上，一个个尽皆打死。

站在这里让你打，你打我好像给我挠痒痒；等我打你的时候，跟玩似的，不费吹灰之力。孙悟空很得意。

类似的场面在第五十六回再次出现。唐僧师徒又遇上了一伙强盗，孙悟空扮作小和尚，强盗要打劫他的财产，孙悟空却说要分那伙强盗的财产。强人当然不依，往孙悟空的光头上就砍，孙悟空“只当不知”。

好大圣，耳中摸一摸，拔出一个绣花针儿道：“列位，我出家人，果然不曾带得盘缠，只这个针儿送你罢。”那贼道：“晦气呀！把一个富贵和尚放了，却拿住这个穷秃驴！你好道会做裁缝？我要针做甚的？”行者听说不要，就拈在手中，晃了一晃，变作碗来粗细的一条棍子。那贼害怕道：“这和尚生得小，倒会弄术法儿。”行者将棍子插在地下道：“列位拿得动，就送你罢。”两个贼上前抢夺，可怜就如蜻蜓撼石柱，莫想禁动半分毫。这条棍本是如意金箍棒，天秤称的，一万三千五百斤重，那伙贼怎么知得。大圣走上前，轻轻的拿起，丢一个蟒翻身拗步势，指着强人道：“你都造化低，遇着我老孙了！”那贼上前来，又打了五六十下。行者笑道：“你也打得手困了，且让老孙打一棒儿，却休当真。”

接着，孙悟空抡开金箍棒，把许多强盗都打死了。

可以想象，这个过程，在孙悟空看来，何等过瘾、何等痛快、何等显手段！

正因为有“无穷的手段”，孙悟空喜欢“显手段”。在他看来，说别的没用，“手段”才是最重要的，用金箍棒说话最管用。

想当初，在东海龙宫，刚得到金箍棒，他又跟龙王要披挂，龙王说没有，他就对龙王说：“真个没有，就和你试试此铁！”

在宝林寺，唐僧先去借宿，结果没借着。于是，孙悟空出马。他二话不说，只将金箍棒变得和脸盆一样粗，竖在天井里，不仅要住宿，还让庙里的和尚都搬出去。和尚们有些犹豫，孙悟空便把门口的石狮子打得粉碎。于是，所有的和尚都乖乖地服软。

因为感受到了暴力的作用，享受到了暴力的好处，所以孙悟空喜欢暴力，甚至迷信暴力。对于孙悟空来说，弄神通显手段本身就非常有快感，它跟是非善恶无关。所以，在孙悟空眼里，打死妖怪很快乐，打死人也很快乐，他并没有多少珍惜人命、积德行善的想法。

孙悟空三打白骨精，唐僧怪他行凶作恶，孙悟空说他打死的是妖怪，不是人。可回到花果山后，他弄阵狂风，害死了许多猎户，照样不以为然，还扬扬得意。

后来打死杨老汉的儿子等许多强盗，孙悟空还是出于同样的逻辑。人命并不算什么，暴力带给他的快感，胜于积德行善的要求。正如观音菩萨对孙悟空所作所为的评价：“似你有无量神通，何苦打杀许多草寇！草寇虽是不良，到底是个人身，不该打死……据我公论，还是你的不善。”

也可以说，孙悟空是信奉弱肉强食的丛林法则的——谁的拳头厉害谁就是老大，谁的本领高强谁就有话语权，积德行善之类的话太虚了。

当初观音菩萨来收服熊罴怪时，给熊罴戴上了一个禁箍。孙悟空说：

“诚然是个救苦慈尊，一灵不损。若是老孙有这样咒语，就念上他娘千遍！这回儿就有许多黑熊，都教他了帐！”

后来，孙悟空大战红孩儿，又请观音菩萨来帮忙。菩萨用净瓶装了一海的水来灭红孩儿的三昧真火。在倾倒海水之前，观音菩萨先让众神把三百里远近的生灵都送到高处安生。孙悟空暗中叹道：

“果然是一个大慈大悲的菩萨！若老孙有此法力，将瓶儿望山一倒，管甚么禽兽蛇虫哩！”

孙悟空打死白骨精变化的老太婆时，唐僧曾说他：“你是个无心向善之辈，有意作恶之人。”

孙悟空是不是完全无心向善呢？当然也不是。但他的善念的确不足，他更喜欢显神通弄手段的快感。

其实，这一点菩提祖师早看出来了。当年孙悟空学了点本事，就在师兄弟面前卖弄，变了棵松树，祖师便不要他了，还说“你这去，定生不良”。为什么定生不良？就是因为孙悟空太喜欢“弄神通显手段”，并且在这种“弄神通显手段”里沾沾自喜，为自己的“神通广大”而扬扬得意。相反，如果谁不看重他的手段，不把他当回事，他就恼怒不已。菩提祖师看透了孙悟空，他认为这是一个严重的问题，而且，孙悟空必定要为此付出巨大的代价。

我们再来看前面说过的那首诗：

处世须存心上刃，修身切记寸边而。
常将刃字为生意，但要三思戒怒欺。
上士无争传亘古，圣人怀德继当时。
刚强更有刚强辈，究竟终成空与非。

上士无争，圣人怀德。不要因为你有了点本事就到处显摆，更不要因为自己有了些手段就行凶杀人。武林高手最高的境界不是杀人害人，而是健身护体、保境安民。

再说了，刚强更有刚强辈，你以为你有手段，比你有手段的人多着呢。

真正的高人，往往是深藏不露的；真正的高手，反而不轻易出手，得饶人处且饶人，更不会卖弄自己的本事。

有本事却不滥用本事，做了大事却不留名，这才是真正的大侠。

在这方面，孙悟空还差得很远，他的确还需要“悟”。

第四十五问

唐僧有没有打过诳语

“出家人不打诳语。”我们虽然不一定是佛教徒，但这句话应该很多人都知道，唐僧也经常用这句话教育几个徒弟。

“诳语”是什么意思呢？一是指谎话，二是指大话，总之就是不切实际的话。唐僧是有名的高僧，对佛教的教义更是打内心里尊崇。大家还记得吗，唐僧决定西天取经的时候曾说过，“遇佛拜佛，遇塔扫塔”，看见个小雷音寺都一定要进去拜一拜。所以，他对“出家人不打诳语”这句话也时时牢记在心，并常常告诫徒弟们一定要严格遵守。

唐僧第一次教育徒弟不要说谎是在什么时候呢？是在第十四回。当时，唐僧刚收了孙悟空为徒，因为孙悟空打死了六个强盗，说了孙悟空几句，孙悟空便跑了。后来，孙悟空听老龙王劝说，又回到唐僧身边。唐僧问他去哪儿了，孙悟空说到东海老龙王家讨了杯茶吃。唐僧不相信，便说：

> “徒弟呵，出家人不要说谎。你离了我，多一个时辰，就说到龙王家吃茶？”

以后，他又多次这样教育徒弟，要他们不要说谎。

在五庄观，清风、明月发现人参果少了几个，怀疑是孙悟空他们偷吃了。孙悟空起初不承认，还对两个童子发脾气。唐僧对孙悟空说：

“徒弟息怒。我们是出家人，休打诳语，莫吃昧心食。果然吃了他的，陪他个礼罢。何苦这般抵赖？”

在凤仙郡，因为看到这里三年没有下雨，百姓饱受干旱之苦，孙悟空准备上天庭，请玉帝下旨降雨。唐僧知道后，嘱咐孙悟空道：

“既然如此，你去为之，切莫打诳语。”

不能打诳语，不要说谎，已经成为唐僧刻在心灵深处的信条。

可是，唐僧自己有没有打过诳语呢？

唐僧的确尽量做到实话实说，甚至被妖怪抓到了也是如此。比如在金平府的时候，唐僧被犀牛精抓去，犀牛精问唐僧什么来历，唐僧便把自己姓什么、叫什么、来干什么的、有几个弟子、各叫什么名字，等等，一五一十全都交代了。而这一回的回目就叫“金平府元夜观灯 玄英洞唐僧供状”。

西天取经成功以后，师徒几个又路过通天河，老鼋问唐僧有没有帮自己问过佛祖曾经拜托唐僧的事。

原来那长老自到西天玉真观沐浴，凌云渡脱胎，步上灵山，专心拜佛及参诸佛菩萨圣僧等众，意念只在取经，他事一毫不理，所以不曾问得老鼋年寿，无言可答，却又不敢欺打诳语，沉吟半晌，不曾答应。

宁愿不说话也不撒谎，唐僧似乎真的生来就不会打诳语。

其实不然。唐僧也多次打过诳语。

第一次，撒谎骗孙悟空。

前面说过，因为孙悟空说自己到龙王那里喝茶，唐僧第一次教育孙悟空不要说谎。可是紧接着，他自己就开始撒谎了。

为了让孙悟空戴上观音菩萨刚给的紧箍圈，唐僧说自己饿了，孙悟空说，那我去化斋。

> 三藏道："不用化斋。我那包袱里，还有些干粮，是刘太保母亲送的。你去拿钵盂寻些水来，等我吃个儿走路罢。"行者去解开包袱，在那包裹中间见有几个粗面烧饼，拿出来递与师父。又见那光艳艳的一领绵布直裰，一顶嵌金花帽，行者道："这衣帽是东土带来的？"三藏就顺口儿答应道："是我小时穿戴的。这帽子若戴了，不用教经，就会念经；这衣服若穿了，不用演礼，就会行礼。"

短短的几句话，唐僧撒了两次谎。其一，衣帽明明是观音菩萨给的，唐僧开始时不知道老婆婆就是观音菩萨，但后来已经知道了，还"撮土焚香，望东恳恳礼拜"。但他却说东西是刘太保母亲送的。其二，这些衣帽有什么用呢？观音菩萨已经告诉唐僧了，还传授给了他紧箍咒，可唐僧却说这些衣帽穿戴了以后，不用学就会念经和行礼。

而且，唐僧是"顺口儿答应道"——撒谎撒得很自然，张嘴就来。

第二次，撒谎骗女王。

在女儿国，因为被女王看上，唐僧很是烦恼。这时孙悟空跟他出主意，说可以先答应女王，就说你留在这里，让我们三个徒弟独自去取经，到时候你送我们出城，然后我使个定身法把他们全定住，你还是跟我们一起走，所谓"假亲脱网之计"。孙悟空这不是明摆着要唐僧打诳语欺骗女王吗？可唐僧不但没有怪孙悟空，反而"如醉方醒，似梦初觉"，还"深感贤徒高见”。

等到酒席吃完，唐僧也的确按照孙悟空说的做了。

> 三藏道：“敢烦陛下相同贫僧送他三人出城，待我嘱付他们几句，教他好生西去，我却回来，与陛下永受荣华。无挂无牵，方可会鸾交凤友也。”

唐僧说好了嘱咐徒弟几句话就回来，可根本没有回来。喜宴都办过了，等于他和女王已经成婚，所以唐僧说还要去西天取经时，女王很惊讶，扯住唐僧道：“御弟哥哥，我愿将一国之富，招你为夫，明日高登宝位，即位称君，我愿为君之后。喜筵通皆吃了，如何却又变卦？”但唐僧还是变卦了，空留女王一人独自伤心落泪。

第三次，撒谎骗强盗。

第五十六回，师徒几人走到一座大山深处。孙悟空把白龙马打了一下，马儿便带着唐僧，独自飞奔向前。结果，唐僧遇到了一伙强盗，强盗要唐僧拿出钱财，否则就要打他。

> 长老一生不会说谎，遇着这急难处，没奈何，只得打个诳语道：“二位大王，且莫动手，我有个小徒弟，在后面就到。他身上有几两银子，把与你罢。”

孙悟空身上哪有什么银子？唐僧自己也知道自己打了诳语。

第四次，撒谎骗老鼠精。

唐僧被老鼠精摄进了无底洞。这个无底洞深不可测，连孙悟空也感到要救唐僧出来很困难。没奈何，孙悟空想了个主意。他让唐僧假意应承老鼠精，并要老鼠精一起逛花园，而他自己则变作个红桃子，骗老鼠精吃下。唐僧答应了。

> 师徒们商量定了，三藏才欠起身来，双手扶着那格子，叫道：“娘子，娘子。”

那妖精听见，笑唏唏的跑近跟前道："妙人哥哥，有甚话说？"三藏道："娘子，我出了长安，一路西来，无日不山，无日不水。昨在镇海寺投宿，偶得伤风重疾，今日出了汗，略才好些；又蒙娘子盛情，携来仙府，只得坐了这一日，又觉心神不爽。你带我往那里略散散心，耍耍儿去么？"那妖精十分欢喜道："妙人哥哥倒有些兴趣，我和你去花园里耍耍。"

老鼠精一口一个"妙人哥哥"，对唐僧可真是痴情啊！她哪里知道，这个"妙人哥哥"是特意骗她的。

等到到了花园，唐僧又故意摘了孙悟空变的红桃给老鼠精。

三藏躬身将红桃奉与妖怪道："娘子，你爱色，请吃这个红桃，拿青的来我吃。"妖精真个换了，且暗喜道："好和尚啊！果是个真人！一日夫妻未做，却就有这般恩爱也。"

老鼠精更加喜欢唐僧了，觉得他会疼人，她哪知道唐僧此举可能要她的命啊！

"长老一生不会说谎。"他哪是一生不会撒谎啊，唐长老撒的谎也并不少呢。

唐僧几个徒弟撒的谎就更多了。

孙悟空自不必多言。在通天河的时候，老鼋要背唐僧过河，唐僧有点不相信老鼋，觉得它的背上不稳当。孙悟空却劝唐僧："师父啊，凡诸众生，会说人话，决不打诳语。"但其实他打的诳语最多。且不说孙悟空经常或变老怪，或变小妖，去哄骗妖怪，"编成的鬼话，捏出的虚词"一套一套的，就是其他的谎话也多了去了。下面略举几个典型的。

第五回，为了赴蟠桃会，孙悟空骗赤脚大仙，说今年先到通明殿演礼。

第二十五回，因为偷吃人参果，孙悟空还推倒了果树，师徒几人连夜逃跑，后来被镇元大仙追上。镇元大仙问他们有没有经过万寿山五庄观，孙悟空连忙说：“不曾，不曾，我们是打上路来的。”

第四十四回，为了救车迟国的五百个和尚，孙悟空让看管的道士把他们全放了，说他们全是自己的亲戚。

第八十五回，孙悟空捉弄八戒，骗八戒说前面有人家在斋僧，有好多白米干饭和白面馍馍。

猪八戒总是自称自己老实，唐僧也经常说他老实，但八戒也经常撒谎。比如前面说到的，孙悟空让猪八戒去巡山，结果八戒躲到草丛里睡觉，还特意编了一套谎话来骗唐僧。孙悟空三打白骨精被唐僧撵走，后来唐僧被黄袍怪抓去了。为了请孙悟空回来，八戒来到了花果山，说“师父想你才让我来请你的”；孙悟空不信，八戒又骗他说，有个妖怪根本不怕你，还要“剥你的皮，抽你的筋，啃你的骨，吃你的心，把你剁碎了用油烹”。

沙和尚撒过谎没有？老沙虽然话不多，但同样会撒谎。第三十回，宝象国公主百花羞请唐僧捎信给她的父王。结果后来沙和尚被抓到，黄袍怪问有没有捎信这回事。沙和尚说：

> “那妖怪不要无礼！他有甚么书来，你这等枉他，要害他性命！我们来此问你要公主，有个缘故。只因你把我师父捉在洞中，我师父曾看见公主的模样动静。及至宝象国倒换关文，那皇帝将公主画影图形，前后访问。因将公主的形影，问我师父沿途可曾看见，我师父遂将公主说起。他故知是他儿女，赐了我等御酒，教我们来拿你，要他公主还宫。此情是实，何尝有甚书信？你要杀就杀了我老沙，不可枉害平人，大亏天理！”

老沙不仅撒了谎，还编了个故事，说的跟真的似的。所以，当时黄袍怪“见沙僧说得雄壮，遂丢了刀，双手抱起公主……”

可见，尽管常受师父教诲，但三个徒弟根本就没当回事，撒起谎来都是一套一套的，用八戒的话就是：“我们是扯谎架桥，哄人的大王。”

唐僧师徒会打诳语，那么神仙打不打诳语呢？也打。

前面说到，观音菩萨变成个老婆婆，送给唐僧一些衣帽，当时她是怎么说的呢？

老母道：“我有这一领绵布直裰，一顶嵌金花帽。原是我儿子用的。他只做了三日和尚，不幸命短身亡。我才去他寺里，哭了一场，辞了他师父，将这两件衣帽拿来，做个忆念。长老呵，你既有徒弟，我把这衣帽送了你罢。”

这衣帽里藏着紧箍圈，紧箍圈明明是如来佛给她的，可观音菩萨却说是她儿子用的，观音菩萨有儿子吗？

唐僧说，自己的徒弟走了，拿了衣帽也没用。这时，观音菩萨又对唐僧说：

“东边不远，就是我家，想必往我家去了。我那里还有一篇咒儿，唤做‘定心真言’，又名做‘紧箍儿咒’。你可暗暗的念熟，牢记心头，再莫泄漏一人知道。我去赶上他，教他还来跟你，你却将此衣帽与他穿戴。他若不服你使唤，你就默念此咒，他再不敢行凶，也再不敢去了。”

紧箍咒是真的，但观音菩萨明明住在南海，东边哪里是她的家？再说了，观音菩萨后来也没有去找孙悟空，是孙悟空听了东海老龙王的话才回来的。

如来佛身为佛祖，却也撒过谎。当初孙悟空大闹天宫，玉帝请如来佛帮忙。如来对孙悟空说：

“我与你打个赌赛：你若有本事，一筋斗打出我这右手掌中，算你赢，再不用动刀兵苦争战，就请玉帝到西方居住，把天宫让你；若不能打出手掌，你还下界为妖，再修几劫，却来争吵。”

如来明明说，即便孙悟空输了，也只是让他不要再闹，赶紧下界为妖去。

可当孙悟空真的输了时，如来“翻掌一扑，把这猴王推出西天门外，将五指化作金、木、水、火、土五座联山，唤名‘五行山’，轻轻的把他压住”。刚刚说过的话，如来就反悔了，难怪后来孙悟空说“如来哄了我”。

那么问题来了，明明说“出家人不打诳语”，唐僧（以及其他的神仙妖怪）却为什么一次又一次地打诳语呢？

而且，唐僧打诳语的时候脸不红心不跳，几次撒谎特别是骗孙悟空戴紧箍圈，他从来没有为此而感到难堪或羞愧。

因为他有自己的解释。

第五十六回，唐僧对强盗撒了谎，后来孙悟空赶了上来，唐僧对孙悟空说：

“我说你身边有些盘缠，且教道莫打我，是一时救难的话儿。”

我撒谎是为了救难，并没有别的恶意，我的“心”是好的。

“心是好的”是不是就可以撒谎？当然，我们知道，在平时的生活中，的确有“善意的谎言”这一说法——孩子要吃药，父母骗孩子说药一点也不苦；老人得了重病，儿女跟他说没什么大事。

只是，第一，“心”好不好谁知道呢？慈禧太后过六十大寿，清政府明明没钱，她却要大操大办。太后的理由就是：只有我的生日过体面了，国家才体面。言下之意就是：我不是为了我自己，我是为了国家啊。

第二，好心的谎言真的就有好的结果吗？唐僧骗孙悟空戴上了紧箍圈，他肯定很满意，但孙悟空肯定不这么认为；孙悟空骗清风、明月说没有偷吃人参果，又骗镇元大仙说没有经过他的五庄观，结果引出一场灾祸。

当然，也有人说，该不该打诳语，不能一概而论，要看具体情况，要随机应变。

那问题又来了，什么时候可以“变”呢？可以“变”到什么程度呢？唐僧跟强盗撒谎，他说是“一时救难的话儿”，可他哄孙悟空戴紧箍圈的

时候，也没什么“难”啊。

因此，所谓随机应变，这个“机”、这个“变”其实很难把握。这一次，你随机了，你应变了，得到了一个让你满意的结果；接着，下一次你又随机了，又应变了。可以想象，慢慢地，你就会变得没有任何原则，很多事情也都会走向反面。

于是，这个问题变成了一个哲学问题。

我们这里就不多啰唆了，有兴趣的朋友可以自行深入探讨。

第四十六问

唐僧凭什么能当领导

在西天取经的几位“男主角”中，可能很多人最不喜欢的就是唐僧。在不少人看来，唐僧不仅胆小怕事、迂腐懦弱，还经常是非不分、絮絮叨叨，这样的人凭什么能做孙悟空、猪八戒和沙和尚的师父，凭什么能成为西天取经团队的领导？甚至有人认为，作者吴承恩这样安排，有着浓厚的讽刺意味。

真的是这样吗？唐僧真的是这么一个不堪之人，完全没有资格担当取经团队的领导吗？

其实不然。唐僧虽然有许多缺点，但也自有他的独特之处和过人之处。

第一，有背景。

当领导当然要有能力，但背景也是相当重要的。有背景你就有靠山，你就有支撑，在关键时候就可以得到强有力的支持。而我们知道，唐僧的背景，那可是相当了得。

1. 家庭出身好，父亲是状元，外公是丞相。

关于这一点，前面我们已经介绍过，这里不妨再强调一下。唐僧虽然小时候受尽苦楚，甚至连小命都几乎不保，但他的家世却非常显赫。我们来看原文：

这个人自幼为僧，出娘胎就持斋受戒。他外公见是当朝一路总管殷开山。他父亲陈光蕊，中状元，官拜文渊殿大学士。一心不爱荣华，只喜修持寂灭。查得他根源又好，德行又高；千经万典，无所不通；佛号仙音，无般不会。

父亲是唐太宗钦点的状元，外公是当朝总管，这家庭出身放在任何年代都不是一般人能比的。唐僧决定西天取经之后，虽然再也没有提到过他的外公和父亲，但他们两人都还是存在的。就好比现在有的国家拥有核武器，虽然并没有真的使用，但威慑力摆在那里，谁也不敢小觑。

2. 干哥哥是皇帝。

唐太宗对西天取经非常重视，得知陈玄奘愿意去取经后，特地和他结拜为兄弟。原文这样写道：

唐王大喜，上前将御手扶起道："法师果能尽此忠贤，不怕程途遥远，跋涉山川，朕情愿与你拜为兄弟。"玄奘顿首谢恩。唐王果是十分贤德，就去那寺里佛前，与玄奘拜了四拜，口称"御弟圣僧"。

唐太宗不仅和玄奘结拜为兄弟，而且不仅是嘴上说说的，真的是到"寺里佛前"，和"玄奘拜了四拜"。堂堂大唐皇帝，和一个普通人对拜，这对于唐太宗来说，可能也是绝无仅有。从此以后，唐僧又多了一个称号：御弟。"御"这个字可不是随便用的，它一出现，就代表了皇帝，任何人都不敢小觑。比如唐僧出发不久，就来到了大唐国的边界。

早有镇边的总兵与本处僧道，闻得是钦差御弟法师，上西方见佛，无不恭敬，接至里面供给了，着僧纲请往福原寺安歇。本寺僧人一一参见，安排晚斋。斋毕，分付二从者饱喂马匹，天不明就行。及鸡方鸣，随唤从者，却又惊动寺僧，整治茶汤斋供。斋罢，出离边界。

无论是地方官员，还是本地僧人，对唐僧都是毕恭毕敬，好茶好饭地侍候着，只因他是“御弟法师”。可想而知，如果唐僧只是一个普通的僧人，他们的态度会这样好吗？

西天取经的过程中，就连孙悟空介绍唐僧或自己时，也经常提到“御弟”。比如他对熊罴怪介绍自己就说：“是你也认不得你老外公哩！你老外公乃大唐上国驾前御弟三藏法师之徒弟，姓孙，名悟空行者……”在高老庄，孙悟空对高才介绍唐僧：“烦你回去上复你那家主，说我们是东土驾下差来的御弟圣僧，往西天拜佛求经者……”到了女儿国，女王看上了唐僧。身为女王，她当然知道御弟代表着什么。所以，女王对唐僧的称呼始终是“御弟哥哥”——“御弟哥哥，请上龙车，和我同上金銮宝殿，匹配夫妇去来。”“御弟哥哥，你吃荤吃素？”“御弟哥哥，我愿将一国之富，招你为夫……”

3. 师父是如来佛。

唐僧乃金蝉子转世，本为如来佛的二弟子，只因上课没有好好听讲，才被如来佛责罚，贬下界来。这也是众人皆知的事情。虽然唐僧自己失忆了，对过去的事情一点不知道，但如来佛知道，观音菩萨知道。所以，唐僧西天取经，虽然经过了十来个国家，花了十四年时间，路上好像也遇到了许多妖魔鬼怪，但没有几个真敢吃他的。相反，如来佛和观音菩萨不仅为他配备了几个神仙作为保镖，还暗中派了许多天兵天将护持，确保唐僧不会受到任何实质上的伤害。

因此，我们可以看到，唐僧貌似只是一个凡人，但他的背景可不是盖的，他在神、人两界都是可以“通天”的。光凭这一点，就没有几人能够做到。

第二，有资源。

“资源”是什么意思？就是我作为领导，可以为公司、为单位争取到

“项目”。有了项目才有事做，有事做才有效益、才有钱赚，这个公司或单位也才能生存下去，发展壮大。领导的能力，很大程度上就在于他能不能争取到资源。

唐僧的“资源”或“项目”是什么呢？就是西天取经。通过西天取经，不仅唐太宗可以用来超度亡魂，唐僧可以永世留名，而且，跟随他的几个徒弟也都可以赎罪，修成“正果”。

西天取经这个“项目”可真够大的。它是如来佛亲自策划，观音菩萨亲自担任 CEO，且得到玉帝全力支持的。当初观音菩萨要孙悟空保唐僧西天取经，还曾答应他“叫天天应，叫地地灵”。也就是说，为了确保这个“重大项目”顺利实施，天庭和佛界的任何资源都可以调用，其他任何事情都要为这个项目让路。在平顶山的时候，孙悟空为了骗取精细鬼和伶俐虫手里的葫芦和净瓶，说自己手里用猴毛变的宝贝可以装天。结果，玉帝也只好配合他，真的让哪吒用黑旗子把日月星辰都遮蔽了。

如此重大的项目，却是为唐僧“量身定制”的。虽然当初观音菩萨说是到东土来寻找取经人，其实它非唐僧莫属。我们不要忘记，唐僧出世的时候，就有南极星君秘密告知殷温娇，说她生下的孩子是观音菩萨特地送给她的，日后会有大用。后来，观音菩萨奉如来旨意，到长安寻找取经人，还没见到唐僧，只是听唐太宗说有个叫陈玄奘的法师，观音就把锦襕袈裟和九环锡杖都免费送给他了。这充分说明，在如来佛和观音菩萨的心中，西天取经这个重大项目，早已内定了，非唐僧莫属。

孙悟空曾经想脱离唐僧，独自去西天取经。我们前面讲到，因为打死了杨老汉的儿子，孙悟空再次被唐僧撵回了花果山。等到沙和尚赶到花果山，跟孙悟空讨要行李时，孙悟空就对沙和尚说：

“贤弟，此论甚不合我意。我打唐僧，抢行李，不因我不上西方，亦不因我爱居此地。我今熟读了牒文，我自己上西方拜佛求经，送上东土，我独成功，教那南赡部洲人立我为祖，万代传名也。”

但是沙和尚却比孙悟空清醒，他对孙悟空说：

“师兄言之欠当。自来没个‘孙行者取经’之说。我佛如来造下三藏真经，原着观音菩萨向东土寻取经人求经，要我们苦历千山，询求诸国，保护那取经人。菩萨曾言：取经人乃如来门生，号曰金蝉长老。只因他不听佛祖谈经，贬下灵山，转生东土，教他果正西方，复修大道。遇路上该有这般魔障，解脱我等三人，与他做护法。兄若不得唐僧去，那个佛祖肯传经与你！却不是空劳一场神思也？”

是啊，西天取经是内定给唐僧的项目，就算你孙悟空到了灵山，佛祖也是不认同的。

第三，有道德。

唐僧讲道德、有善心，这一点恐怕任何人都难以否认。所谓“扫地恐伤蝼蚁命，爱惜飞蛾纱罩灯”，他无论对人还是对物，都非常赤诚，具有深深的怜悯心和同情心。在乌鸡国，八戒把老国王的尸体背回来，唐僧见到以后便“泪如雨下”。八戒笑他，说他又不是你爹，你干吗那么伤心？结果唐僧对八戒说：

“徒弟啊，出家人慈悲为本，方便为门。你怎的这等心硬？”

在号山，看到红孩儿变作的小孩赤条条吊在树上，唐僧心疼不已，一定要让八戒把他救下来，还叫他和自己一起骑白马。在陷空山，看到老鼠精变的女子被绑在树上，他也是非常同情，三番五次要孙悟空去救她。孙悟空说她是妖怪，唐僧却说：

“徒弟呀，古人云：‘勿以善小而不为，勿以恶小而为之。’还去救他救罢。”

到了比丘国，听馆驿的驿臣说，国王要用一千一百一十一个小儿的心肝做药引，唐僧悲痛不已，连声道：“苦哉！苦哉！痛杀我也！”八戒说：国王害的是他自己的子民，跟你有什么关系，你哭什么？唐僧再次教育八戒：

“徒弟呵，你是一个不慈悯的！我出家人，积功累行，第一要行方便。怎么这昏君一味胡行！从来也不见吃人心肝，可以延寿。这都是无道之事，教我怎不伤悲！”

我们可以说唐僧愚笨，认不得好人和妖怪，但我们却绝对不会说他心地不善。事实上，也正是在这一方面，他经常和孙悟空发生冲突。应该看到，唐僧虽然经常冤枉孙悟空，但他的出发点却是好的：他是要孙悟空积德行善，不要动不动就起杀心、打杀好人。在“三打白骨精”一回中，唐僧曾对孙悟空“语重心长”地说：

“出家人行善，如春园之草，不见其长，日有所增；行恶之人，如磨刀之石，不见其损，日有所亏。”

应该说，唐僧的话是没有错的，出家人慈悲为怀，如果失去了慈悲心肠，那所谓的修心修行就都是一句空话。正如前面说到的，孙悟空虽然本领高强，但他的慈悲心的确还不够，回到花果山，打死了许多猎户，还颇不以为意；后来打死了杨老汉的儿子，居然还把人头提来给唐僧看，基本上等同于向唐僧“示威”。如果不是因为唐僧不断地唠叨，孙悟空的好胜要强、喜欢打杀之心是很难改变的。

而且，唐僧自幼为僧，他的善良已经刻在内心，并不只是做给别人看的。

在金岘山，孙悟空去化斋了，唐僧、八戒和沙僧三人出了圈子，走进一座庙宇。猪八戒看到里面有几件背心，就想拿过来穿。唐僧道：

“不可！不可！律云：‘公取窃取皆为盗。’倘或有人知觉，赶上我们，到了当官，断然是一个窃盗之罪。还不送进去与他搭在原处！我们在此避风坐一坐，等悟空来时走路。出家人不要这等爱小。”

猪八戒说，反正没人看见，有什么要紧。唐僧又教育八戒说：

“你胡做呵！虽是人不知之，天何盖焉！玄帝垂训云：‘暗室亏心，神目如电。’趁早送去还他，莫爱非礼之物。”

即使没人看见，可是，“天”会看见。在唐僧心中，是始终存在一个“天”的。所以，无论有没有人看见，他始终自觉遵守着道德戒律。就这一点来说，他的几位徒弟完全赶不上师父。

第四，有意志。

这一点前面其实也提到过了。唐僧虽然是一个凡人，在西天取经的路上，就数他受的罪最多，甚至他经常被妖怪吓得哭，但他取经的意志非常坚定，从来没有因为害怕、因为困难而退缩过。

西天取经有多难呢？唐僧虽然也做了足够的思想准备，但实际过程仍然大大超过了他的预期。在临走之前，徒弟们曾经问他大概多长时间能回来，唐僧说或二三年，或五七年。上路的时候，唐太宗也问过他几时可回，唐僧说“只在三年，径回上国”。是啊，就算是二三年，时间也不算短了。再说了，一路上人生地不熟，妖魔鬼怪出没，能熬过二三年也相当不容易。唐僧刚走出不远，来到五庄观，就以为快到西天了。当时，他看到一座庄园，就对徒弟们说：

“徒弟，我一向西来，经历许多山水，都是那嵯峨险峻之处，更不似此山好景，果然的幽趣非常。若是相近雷音不远路，我们好整肃端严见世尊。”

结果孙悟空告诉他：“十万八千里。十停中还不曾走了一停哩。”

师徒几人走到通天河的时候，先是八戒用鹅卵石试了水的深浅，结果发现河水不是一般的深；接着孙悟空跳在空中观看，以他平常能看千里的火眼金睛居然看不到对岸。唐僧大惊，连眼泪都下来了：

“徒弟呀，我当年别了长安，只说西天难走，那知道妖魔阻隔，山水迢遥！”

西天，的确是非常远，也非常难走啊。即便齐天大圣孙悟空、天蓬元帅猪八戒，也多次打退堂鼓，但唐僧却从来没有。他虽然吃的苦最多，却好似一个“孤勇者”，带领大家卓绝前行。在取经成功、回到唐朝以后，唐太宗曾作文称赞唐僧：

我僧玄奘法师者，法门之领袖也。幼怀真敏，早悟三空之功；长契神清，先包四忍之行。松风水月，未足比其清华；仙露明珠，讵能方其朗润！故以智通无累，神测未形。超六尘而迥出，使千古而传芳。凝心内境，悲正潜灵；栖虑玄门，多门讹谬。思欲分条振理，广彼前闻；截伪续真，开兹后学。是以翘心净土，法游西域。乘危远迈，策杖孤征。积雪晨飞，途间失地；惊沙夕起，空外迷天。万里山川，拨烟霞而进步；百重寒暑，历霜雨而前踪……

“乘危远迈，策杖孤征……万里山川，拨烟霞而进步；百重寒暑，历霜雨而前踪。”唐太宗说得真好啊！的确，作为领导，有着坚定的目标，并带领大家努力去实现它，是非常重要的。这一点唐僧做到了。我们可以想象，就算孙悟空降妖除魔的本领很强，但如果让他做领导，取经大业也是不可能最后完成的。

所以，细细想来，唐僧能当上“领导”并不是没有理由的。正如人民文学出版社在《西游记》前言中写道的：

> 唐僧的形象虽然与历史上的玄奘反差巨大，但也在《西游记》中获得了另一种艺术生命。历史上勇猛精进的高僧，到了《西游记》中，变得离开了徒弟的帮助，简直寸步难行，甚至连一碗斋饭都化不到。一有风吹草动，就吓得魂飞魄散。同时还有是非不分、昏庸偏执、心胸狭窄、自私嫉妒等弱点。不过，他依然表现了虔诚悟道、持戒精进的高僧品格，是取经队伍不可替代的精神领袖。比起他本领非凡的“妖徒”来，他经受了更多的磨难和诱惑，却从不动摇，“铁打的心肠朝佛去”。事实上，没有唐僧的坚持不懈，取经队伍早就作鸟兽散了。有时候，一个坚强有力的人完成某种事业并不足为奇，而一个软弱无能的人要做出同样的业绩，更让人感佩不已，因为他不仅在战胜困难，还要战胜自己。所以，唐僧也由此得到了徒弟们由衷的尊敬。

第四十七问

唐僧取经为什么不让孙悟空驾云背着走

我们看《西游记》应该都知道，唐僧取经需要经过十万八千里，而孙悟空的筋斗云也是一去十万八千里。也就是说，从长安到灵山，孙悟空只需要翻一个筋斗就到了。

作者为什么要这么写呢？难道仅仅是一种巧合吗？

当然不是。

我们先来看看孙悟空翻一个筋斗大概需要多长时间。在第二十四回，孙悟空曾和八戒沙僧谈到过自己筋斗云的速度。当时几个人在议论雷音寺什么时候才能到，孙悟空说：

> "这些路，若论二位贤弟，便十来日也可到；若论我走，一日也好走五十遭，还见日色。"

天还没黑，他就能飞到雷音寺五十遍。我们就以早上六点到晚上六点、总计十二小时计算，他一小时大约能到雷音寺四遍，即一个筋斗大约需要十五分钟。

也就是说，到达雷音寺，唐僧用了十四年，而孙悟空只要十五分钟就够了。

那人们自然就要问了：既然如此，那唐僧取经为什么不让孙悟空驾云直接背过去呢？为什么还要经过漫长的十四年，还要受那么多苦、遭那么多罪呢？

关于这个问题，猪八戒也曾经问过孙悟空。唐僧遇阻流沙河，猪八戒得知孙悟空有筋斗云的功夫，就不解地问他："哥呵，既是这般容易，你把师父背着，只消点点头，躬躬腰，跳过去罢了；何必苦苦的与他厮战？"

孙悟空反问猪八戒："你不会驾云？你把师父驮过去不是？"

猪八戒说："师父的骨肉凡胎，重似泰山，我这驾云的，怎称得起？须是你的筋斗方可。"

是啊，孙悟空的筋斗云在《西游记》中是非常厉害的神通，背个唐僧有何不可？

此时，孙悟空是这样回答猪八戒的：

"我的筋斗，好道也是驾云，只是去的有远近些儿。你是驮不动，我却如何驮得动？自古道：'遣泰山轻如芥子，携凡夫难脱红尘。'像这泼魔毒怪，使摄法，弄风头，却是扯扯拉拉，就地而行，不能带得空中而去；像那样法儿，老孙也会使会弄……"

孙悟空说自己的筋斗虽然比八戒飞得远，但本质都是驾云，也背不动唐僧；即使能背动，也只是"扯扯拉拉，就地而行，不能带得空中而去"。这样拉拉扯扯的，不仅非常不舒服，而且肯定飞不远。

孙悟空的话是真的吗，他真的不能带着别人飞行吗？

我们仔细研究原著就会发现，并非如此。

别的且不说，孙悟空的金箍棒有多重？一万三千五百斤。孙悟空整天拿着个一万多斤的棒棒，根本没有任何感觉。唐僧能有多重？就算一百五十斤吧，跟金箍棒相比，基本可以忽略不计，怎么背个唐僧就背不动了呢？

在平顶山的时候，银角大王变作道士，谎称自己受了伤，不能行走，唐僧便让孙悟空背着他。银角大王不仅自己趴在孙悟空背上，还使用“移山倒海”的法术，把须弥山和峨眉山都遣来压在孙悟空左右两肩。结果，孙悟空仍然可以“挑着两座大山，飞星来赶师父”！

可见，孙悟空的“承重力”是非常强的，他也完全可以背着别人飞行。刚从菩提祖师那里学艺归来，孙悟空就灭了混世魔王。当时，有许多小猴子被混世魔王抓去，孙悟空是怎么把他们弄回来的呢？

（悟空）对众道：“汝等跟我回去。”众猴道：“大王，我们来时，只听得耳边风响，虚飘飘到于此地，更不识路径，今怎得回乡？”悟空道：“这是他弄的个术法儿，有何难也！我如今一窍通，百窍通，我也会弄。你们都合了眼，休怕！”好猴王，念声咒语，驾阵狂风，云头落下，叫：“孩儿们，睁眼。”众猴脚踊实地，认得是家乡，个个欢喜，都奔洞门旧路。

三五十个猴子，加起来显然比一个唐僧要重多了，孙悟空可以带着他们飞行，让他们瞬间回家。

孙悟空有没有带着别人飞过呢？也带过。在宝象国，百花羞公主被救出来以后，就是孙悟空他们驾云带回来的。

那公主只闻得耳内风响，霎时间径回城里。

到底是谁带的呢？原著中没有明说，应该是孙悟空带的。而且，就算是八戒或沙僧带的，八戒、沙僧带得，难道孙悟空带不得？

到了朱紫国，金毛犼被收服以后，孙悟空要带金圣宫娘娘回国。

行者将菩萨降妖并拆凤原由备说了一遍，寻些软草，扎了一条草龙，教：“娘娘跨上，合着眼，莫怕，我带你回朝见主也。”那娘娘谨遵分付。

行者使起神通，只听得耳内风响。半个时辰，带进城，按落云头，叫：“娘娘开眼。”那皇后睁开眼看，认得是凤阁龙楼，心中欢喜，撇了草龙，与行者同登宝殿。

这里说的就很清楚了，是孙悟空带着金圣宫娘娘飞行。金圣宫娘娘一个女流，被孙悟空带着飞，也没有觉得不舒服，顷刻之间就回家了。

孙悟空甚至还带过猪八戒飞。在乌鸡国，孙悟空和猪八戒到御花园去找老国王的尸体。八戒把老国王的尸体从井里背上来后，就是孙悟空带着他逃离皇宫的。

好大圣，捻着诀，念声咒语，往巽地上吸一口气，吹将去，就是一阵狂风，把八戒撮出皇宫内院。躲离了城池，息了风头，二人落地，徐徐却走将来。

猪八戒本来就够重的了，可孙悟空不仅带着猪八戒，八戒身上还背着死去的国王，照样在天上来去自如。

其实，带着人飞行，对于神仙妖怪来说，都是非常简单的事情。无论是前面提到的百花羞公主还是金圣宫娘娘，她们都是被妖怪弄阵风摄入洞府的。在比丘国，唐僧要孙悟空救那些待在鹅笼里的一千一百一十一个小孩，孙悟空便召集了城隍、土地、社令、五方揭谛、四值功曹、六丁六甲等，让他们各自弄风把装着小孩的鹅笼都“摄”走了。这些神仙都是不知名的小神，但“摄人”一点问题没有。

唐僧也经常被妖怪“摄去”。

在黄风岭的时候，唐僧就曾被虎先锋摄去。

那怪见他赶得至近，却又抠着胸膛，剥下皮来，苫盖在那卧虎石上，脱真身，化一阵狂风，径回路口。路口上那师父正念《多心经》，被他一把拿住，驾长风摄将去了。

在荆棘岭，唐僧被树精十八公摄去。

那老者见他打来，将身一转，化作一阵阴风，呼的一声，把个长老摄将起去，飘飘荡荡，不知摄去何所。慌得那大圣没跟寻处，八戒、沙僧俱相顾失色，白马亦只自惊吟。三兄弟连马四口，恍恍惚惚，远望高张，并无一毫下落，前后找寻不题。

到了金平府，唐僧被犀牛精摄去。

少时，风中果现出三位佛身，近灯来了。慌得那唐僧跑上桥顶，倒身下拜。行者急忙扯起道："师父，不是好人，必定是妖邪也。"说不了，见灯光昏暗，呼的一声，把唐僧抱起，驾风而去。

唐僧每次被妖怪抓到，几乎都是妖怪弄一阵风"摄去"的。在上面所举的几个事例中，虎先锋、树精、犀牛精都属于功夫非常一般的妖怪。也就是说，弄风摄人是所有神仙妖怪的"基本功"，根本不是什么高级的法术。

孙悟空其实也"摄"过唐僧。

在车迟国，唐僧要和虎力大仙比赛坐禅。唐僧自己上不了高台，孙悟空说没关系，我可以帮你上去。

行者拔一根毫毛，变做假像，陪着八戒、沙僧，立于下面，他却作五色祥云，把唐僧撮起空中，径至东边台上坐下。

等到唐僧坐禅胜利后，“行者仍驾祥云，将师父驮下阶前……”

综合以上种种，其实，孙悟空是完全可以背着唐僧到西天灵山的。

有人可能说了，孙悟空可以背，但是背不了十万八千里那么远。

就算背不了那么远，那背过一些危险的地方总可以吧？比如说背过通天河，背过荆棘岭，背过火焰山，等等。

为什么一定要费那么大劲，要唐僧亲自走过去呢？

上面说到，孙悟空和猪八戒有一段对话。在这段对话的后半截，孙悟空道出了不能背着唐僧到灵山的真实原因。

> “但只是师父要穷历异邦，不能够超脱苦海，所以寸步难行也。我和你只做得个拥护，保得他身在命在，替不得这些苦恼，也取不得经来；就是有能先去见了佛，那佛也不肯把经善与你我：正叫做‘若将容易得，便作等闲看’。”

背是可以背的，但是背过去是不算数的。西天取经，就是要唐僧经历一次又一次的磨难，这样才能体现他的诚心。有了如此诚心，到达灵山以后，佛祖也才会传经给他，取经的人也才会对真经倍加珍惜。“若将容易得，便作等闲看”——好东西不能轻易给你，你一个筋斗十五分钟就取走了，很可能不到十五分钟你又把它给扔掉了。

前面我们也多次提到，所谓“修行”，“修”和“行”是相联系的，西天取经的过程，就是一步一步“行”的过程，不能靠“飞”。

想当初，对于往东土传经，如来佛就是这么想的，也是这么安排的。

在雷音寺举办的一次大会上，如来发布了他的传经计划。他认为，东土的南赡部洲非常落后，一定要用三藏真经去拯救他们。但是如来又很担心：

“叵耐那方众生愚蠢，毁谤真言，不识我法门之旨要，怠慢了瑜迦之正宗。怎么得一个有法力的，去东土寻一个善信，教他苦历千山，询经万水，到我处求取真经，永传东土，劝化众生，却乃是个山大的福缘，海深的善庆。谁肯去走一遭来？”

“苦历千山，询经万水”，越是难得到，你就越在乎。书非借不读，一头小猪难侍候，两头小猪抢食吃。

所以，西天取经的路途，唐僧是要一步一步走过去的。他“步步有难，处处该灾”，却不能有任何的投机取巧，不能让孙悟空直接背过去。

每到一个地方，他们还要倒换通关文牒，这个通关文牒非常重要。

第九十八回，唐僧师徒已经来到了灵山。

四众到大雄宝殿殿前，对如来倒身下拜。拜罢，又向左右再拜。各各三匝已遍，复向佛祖长跪，将通关文牒奉上。

如来佛是要看通关文牒的，而不是说只要你到了雷音寺就行。通关文牒上盖满了他们所经过的各地的官印，为什么一定要盖上当地的官印呢？因为盖上了官印，就可以说明两点。其一，他们实实在在地到过了这里，而不是或者从天上飞过去，或者从边上绕过去的；其二，他们不仅经过了这里，而且没有采用打打杀杀的手段，他们是得到当地政府认可的，他们一路播撒的是善良而不是仇恨。

所以，等到唐僧历经千难万险，终于到达灵山，见到佛祖的时候，他首先向佛祖奉上了通关文牒。

佛祖仔细看了，才吩咐阿傩、迦叶传经给唐僧。

第四十八问

孙悟空的“混名”为什么叫作“行者”

《西游记》中的几个“男主角”都有好几个名字，比如孙悟空又叫美猴王，又叫弼马温，又叫齐天大圣，还叫斗战胜佛，等等。我们都知道，“悟空”这个法名是菩提祖师取的，“悟能”和“悟净”两个名字是观音菩萨取的。唐僧在收了他们几个做徒弟以后，又分别给他们起了“混名”。什么是混名呢？其实就是诨名、绰号。很多朋友小时候可能都被别人起过绰号，或者给别人起过绰号。绰号并不是随便起的，而是符合这个人某些方面的特点。比如唐僧给猪悟能起的绰号叫作“八戒”，是让他戒了“五荤三厌”；沙悟净为什么又叫“沙和尚”呢？是因为“三藏见他行礼，真像个和尚家风”。而孙悟空，唐僧给他取的绰号则是“行者”。因此，孙悟空也经常被叫作孙行者。

那么，唐僧为什么把悟空叫作“行者”呢？其中蕴含着怎样的意思呢？

行者，在佛教中是指苦行的僧人；按照一般的理解，所谓“行者”，字面上的意思也是指行路的人。

那是不是说，唐僧给孙悟空取名为行者，是希望孙悟空多多行路呢？

有人可能马上就会反驳：那不可能，孙悟空一个筋斗十万八千里，他行的路还少吗？

孙悟空行的路似乎真的不少，所谓“点头径过三千里，扭腰八百有余程”；他的筋斗云在《西游记》中很少有人比得上，朝游北海暮苍梧，一会儿上天庭，一会儿下地府，他去过的地方可多了。

但是，很多人可能都没有注意到一个奇怪的现象：唐僧师徒几人快到灵山的时候，孙悟空却说不认得这里具体是什么地方。

第九十六回，师徒几人又来到一座城垣前。

> 三藏问道：“徒弟，此又是甚么去处？”行者道：“不知，不知。”八戒笑道：“这路是你行过的，怎说不知？却是又有些儿跷蹊。故意推不认得，捉弄我们哩。”

原来，这个地方是铜台府地灵县，猪八戒说孙悟空以前来过的。孙悟空以前到底有没有来过呢？

唐僧到西天拜佛求经，最终的目的地是灵山的大雷音寺。那我们先要问一问：孙悟空来过灵山吗？

肯定是来过的。

证据一，唐僧师徒一路西行，都是孙悟空在带路。前面我们说过，沙和尚好几次说，只要跟着大师兄走，一定可以到灵山。

证据二，唐僧收了猪八戒以后，曾经遇到过乌巢禅师。乌巢禅师不仅传授给了唐僧《般若波罗蜜多心经》，还给唐僧留下了一首诗，其中说道：

> “野猪挑担子，水怪前头遇。多年老石猴，那里怀嗔怒。你问那相识，他知西去路。”

老石猴显然是指孙悟空，孙悟空虽然总怀嗔怒，但他知道西去的道路。

证据三，在西行的过程中，到底走到了什么地方，离灵山还有多远，别人不知道，孙悟空却知道。

比如第二十四回，几人来到五庄观附近。

三藏在马上欢喜道："徒弟，我一向西来，经历许多山水，都是那嵯峨险峻之处，更不似此山好景，果然的幽趣非常。若是相近雷音不远路，我们好整肃端严见世尊。"行者笑道："早哩！早哩！正好不得到哩！"沙僧道："师兄，我们到雷音有多少远？"行者道："十万八千里。十停中还不曾走了一停哩。"

第三十六回，到了乌鸡国。

三藏道："徒弟呀，西天怎么这等难行？我记得离了长安城，在路上春尽夏来，秋残冬至，有四五个年头，怎么还不能得到？"行者闻言，呵呵笑道："早哩！早哩！还不曾出大门哩！"八戒道："哥哥不要扯谎。人间就有这般大门？"行者道："兄弟，我们还在堂屋里转哩！"沙僧笑道："师兄，少说大话吓我。那里就有这般大堂屋，却也没处买这般大过梁啊。"行者道："兄弟，若依老孙看时，把这青天为屋瓦，日月作窗棂，四山五岳为梁柱，大地犹如一敞厅！"八戒听说道："罢了！罢了！我们只当转些时回去罢。"行者道："不必乱谈，只管跟着老孙走路。"

证据四，孙悟空亲口说过自己曾到过灵山好几次。

第六十五回，几人来到了小雷音寺。唐僧以为已经到了灵山，就要进去拜佛。

行者道："不是，不是！灵山之路，我也走过几遍，那是这路途！"

证据五，仔细搜索《西游记》原著，孙悟空的确好几次去找如来佛。

如来佛住的地方就是西天雷音寺，那孙悟空自然是去过雷音寺的。

第一次，孙悟空屡次被青牛精的圈子击败，搬了好几拨天兵天将都无济于事，最后只得去向如来佛求救，如来给了他十八粒金丹砂。

第二次，因为发生了“真假孙悟空”事件，谁都分辨不出哪一个是真哪一个是假，两个孙悟空直打到如来佛跟前。

第三次，孙悟空被狮驼岭的三个妖怪哄骗，以为唐僧已经被妖怪吃了，去找如来佛哭诉。原文说：

好大圣，急翻身驾起筋斗云，径投天竺。那里消一个时辰，早望见灵山不远。须臾间，按落云头，直至鹫峰之下。

可见，孙悟空不仅来过灵山，还不止一次地来过。

那么，为什么到灵山的路，孙悟空有的认得，有的却不认得呢？是他的记忆出了什么问题吗？

不是。

关于这一点，孙悟空自己倒是说得很清楚。上面说到，师徒几人来到铜台府地灵县，猪八戒问孙悟空为什么不认得这里的路，孙悟空是这样回答的：

“这呆子全不察理！这路虽是走过几遍，那时只在九霄空里，驾云而来，驾云而去，何曾落在此地？事不关心，查他做甚，此所以不知。”

原来是这样。因为孙悟空虽然几次到过灵山，但都是飞来的。一个筋斗十万八千里，他不是在“行”，是在“飞”，比现在的火箭还快。

为什么来过的地方却不知道？因为只是在天上驾云，不曾落地。在天上飞，云里雾里的，地上的事情自然没那么留意，甚至根本就没看见。

也就是说，“飞”和“行”还不是一回事。所谓修行，是要“行”的，而不能总在天上飞。

飞固然快，但看到的东西少，相应的经历、体验也少。打个比方，如果你要观赏沿途的风景，会选择坐飞机吗？当然不会，因为坐飞机几乎什么也看不到。就算是坐高铁，也还太快了，所以有人到现在还喜欢坐绿皮火车。

如果是坐马车、驴车，或者干脆全程步行，那就更不一样了。

前面一回我们说到，唐僧取经为什么不让孙悟空直接背过去？因为唐僧取经的过程，就是修行的过程，他需要通过一步一步的“行”来修炼自己的心智，证明自己的佛心。而孙悟空呢？他同样需要“行”。

孙悟空“小时候”还是很重视“行”的。为了拜师学艺，他独自一人撑着小木筏，漂洋过海，流落街头十几年才访得菩提祖师。菩提祖师答应收他为徒，但过了七八年祖师才传授他长生之法。

在这七八年的时间内，孙悟空主要都干什么呢？“扫地锄园，养花修树，寻柴燃火，挑水运浆。”

可以想象，猴子本来是急性子，七八年时间里都在打杂，很不容易。但孙悟空并没有抱怨。

我们看一些武侠影视剧，师傅收了徒弟，也是经常要他先扫三年的地。

为什么要先扫地、不直接传授他武艺？

因为这个过程既是磨炼你心性的过程，也是考验你的过程，看你的“志”坚不坚、“心”诚不诚。

孙悟空坚持下来了。祖师传了他长生之法。

再过了三年，祖师才教他筋斗云。

然而，有了本事以后，孙悟空变了。比如，学会了筋斗云，他再也不想走路了，屁股一扭就是成百上千里，那多爽！

用现在的话说，孙悟空有点“飘”。

既然是飘在空中，他当然对很多地方都不熟悉。

第九十八回，已经到了雷音寺，金顶大仙来接他们，要带他们进去。

行者道：“不必你送，老孙认得路。”大仙道：“你认得的是云路。圣僧还未登云路，当从本路而行。”行者道：“这个讲得是。老孙虽走了几遭，只是云来云去，实不曾踏着此地。既有本路，还烦你送送。”

以前走的是“云路”，而要成佛，必须走“本路”。什么是本路呢？我想，所谓本路，就是实实在在的路、脚踏实地的路。

云路，就是飞的路；在云路上飞，也就是在天上“飘”着。

孙悟空本领高强，但也正因为本领太强了，他开始“飘”了，他太把自己当回事了。

因此，孙悟空还需要历练；他需要真正的“行”，要做一个脚踏实地的“行者”；十万八千里，他也要陪着唐僧一步步走过去。

唐僧需要经历，需要修行；而孙悟空、猪八戒、沙和尚同样需要经历，需要修行。西天取经，不仅是对唐僧的考验，也是对孙悟空、猪八戒和沙和尚的考验。

我们都知道，唐僧有九九八十一难，但其中有些“难”并不是唐僧经历的。比如“山压大圣二十五难”，为什么也算在唐僧头上呢？还有的甚至根本算不上“难”，比如“收降八戒十二难”，为什么也列在八十一难里面呢？

其实，这里所说的“难”，不单是指他们所受的“苦难”，也泛指一种“经历”，而且是他们师徒四人共同的经历。师徒四人，虽然个性各不相同，却都是取经团队不可缺少的一部分，甚至也可以说代表了一个人的多个侧面。对于他们来说，这些经历都是一种“行”，最终也都融入他们的血脉之中。

我们反复说过，所谓“修行”，“修”和“行”是分不开的；而这个“行”，必须是自“本路”而行。

曾经有些年轻人也被称为“飘一代”。为什么叫“飘一代”呢？因为他们虽然也在生活，但似乎不那么接地气，他们走的也是“云路”，在天上飘着。

在天上飘着，很少和真实的生活接触，也就不会真正理解生活。比如说，有的人虽然也和别人一样每天吃三顿饭，但花费了大量时间在游戏里、在网络上，对身边的事情却可能并不了解。

再比如说，现在的社会已经是信息时代，手机里、网络上，到处都有各种各样的信息，宅在家里、躺在床上，什么都可以看到。但那并不真正属于你。你是“看到”了，你是“知道”了，但因为你没有体验、没有经历，你的所谓“知道”只是“记得”这些文字或图像而已，它们深层的意义你并不太知道。

而《西游记》要告诉我们的是，所谓“西游”，自然是要游历、经历的。有经历才有体会，有体会才有智慧；取经的过程，也就是经历的过程。“寻穷天下无名水，历遍人间不到山”，等你经历了足够多的事情，“经”自然就取到了。

相反，总在天上飘着是不行的。《西游记》里就有两个小妖，一个叫云里雾，一个叫雾里云。我只能说，吴承恩太有才了。

第四十九问

孙悟空更愿意做齐天大圣还是斗战胜佛

十万八千里，历经种种魔障，孙悟空终于到了灵山，他也成佛了。

如来亲口对孙悟空说：

> 孙悟空，汝因大闹天宫，吾以甚深法力，压在五行山下，幸天灾满足，归于释教。且喜汝隐恶扬善，在途中炼魔降怪有功，全终全始，加升大职正果，汝为斗战胜佛。

成佛，意味着孙悟空得了“正果”，不仅摆脱了“罪犯”的身份，而且重新获得了天庭的“编制”。

这是多少妖怪梦寐以求的啊！

佛的地位自然非常尊贵，即便鼎鼎大名的观音，也还只是个菩萨。在《西游记》的结尾，大家都向诸佛致敬。一共有多少位佛呢？四十八位。也就是说，从此以后，孙悟空就正式进入了佛界的最高层，成为四十八位最受人尊敬的佛之一。

而且，“斗战胜佛”这个名字孙悟空应该也是满意的。喜欢战斗，而且能够战胜，这正是孙悟空内心一直的追求。前面说过，孙悟空不是特别好“名”吗？能够成为这样的一位佛，孙悟空应该非常满意了吧？

不过，也有人说，如果我是孙悟空，我就不要做什么斗战胜佛，我还是更愿意做齐天大圣。

因为成佛意味着重新进入体制，要受到各种各样的约束，以孙悟空的个性，他能够接受这样的约束吗？

甚至有人还在设想《西游记》的续集：孙悟空成佛以后，整天闷闷不乐，远远没有当年的齐天大圣那般快乐自在。

是啊，齐天大圣时期的孙悟空是最自由自在的。

准确地说，在被压五行山之前，孙悟空都是自由的象征。

他想去龙宫就去龙宫，想入地府就入地府，想要什么就要什么，心中从来没有什么忌惮。虽然也曾到天庭短暂为官，做过弼马温和齐天大圣，但他并不服从天庭的管辖，不顺心就走，不满意就打，看见玉皇大帝也不下拜，最多也只是冲着他拱拱手而已。

这时候的孙悟空，是何等自由自在，不服天，不理地，一根金箍棒打遍天下，谁敢阻挡都叫他粉身碎骨。

孙悟空第一次离开天庭，回到花果山，哪吒前来讨伐。孙悟空对他说：

“你只看我旌旗上是甚么字号，拜上玉帝，是这般官衔，再也不须动众，我自皈依。若是不遂我心，定要打上灵霄宝殿。”

一切都要“遂我心”。“遂我心”，就是自由。

对于孙悟空来说，自由，是多么的珍贵，也是多么的让人向往！

然而，他却被压在了五行山，失去自由五百年。

五百年桑田沧海
顽石也长满青苔
只一颗心儿未死
向往着逍遥自在
哪怕是野火焚烧
哪怕是冰雪覆盖
依然是志向不改
依然是信念不衰

被压在五行山下，却依然向往着“逍遥自在”，无论如何都“志向不改”。电视剧中的插曲催人泪下，让无数观众对孙悟空产生了深深的同情。

为了重新获得自由，孙悟空答应观音菩萨，愿意做唐僧的徒弟，保护他去西天取经。

他以为又可以回到从前逍遥自在的生活了，可是，没走多远，就被戴上了紧箍圈。

从此以后，他不再是想象中的那么自由。金箍棒虽然还是非常厉害，但即便手无缚鸡之力的唐僧，只要动动嘴唇，就可以让他头痛欲裂。

孙悟空对这个紧箍圈简直是恨透了。每次要离开取经队伍的时候，他都不忘去找观音菩萨或如来佛，让他们念一念松箍咒，去掉自己头上的这个圈。

那么，如来佛为什么要给孙悟空戴上紧箍圈呢？

当然，我们知道，如来佛的紧箍圈并不是专为孙悟空准备的，只是孙悟空头上的圈我们印象更深而已。但是，对于紧箍圈的作用，如来佛却说得非常明确。在确定观音菩萨担任寻找取经人的任务以后，如来便拿出了三个箍儿，并对观音说：

“此宝唤做‘紧箍儿’；虽是一样三个，但只用各不同。我有‘金紧禁’的咒语三篇。假若路上撞见神通广大的妖魔，你须是劝他学好，跟那取经人做个徒弟。他若不伏使唤，可将此箍儿与他戴在头上，自然见肉生根。各依所用的咒语念一念，眼胀头疼，脑门皆裂，管教他入我门来。”

意思很明确，紧箍儿的作用是“管教”，是为了让别人听“使唤”。换句话说，就是为了限制他的自由。

因为自由虽然可贵，但如果没有约束，自由也可能变味，成为无法无天。

被戴上紧箍圈以后，孙悟空非常恼火，三番五次想把紧箍圈取下来。当得知是观音菩萨给了唐僧紧箍圈以后，他更是对着观音大骂。

行者闻得，急纵云跳到空中，对他大叫道：“你这个七佛之师，慈悲的教主！你怎么生方法儿害我！”

而观音菩萨则说：

“你这猴子！你不遵教令，不受正果，若不如此拘系你，你又诳上欺天，知甚好歹！再似从前撞出祸来，有谁收管？”

戴着紧箍圈虽然难受，虽然失去了一些自由，但观音菩萨说的话有没有道理呢？

因为推倒了镇元大仙的人参果树，孙悟空到处寻找能够救活人参果树的秘方，来到了福禄寿三星处。三星说这里没方，要孙悟空再到别的地方找找。孙悟空说师父只给了三日期限，过了三日，又要念紧箍咒。此时，三星笑道：

“好！好！好！若不是这个法儿拘束你，你又钻天了。”

三星也认为孙悟空应该受到些约束，否则不知道他又能做出什么坏事来。

的确，在西天取经的路上，孙悟空好几次打退堂鼓。唐僧刚收他为徒时，只因为说了他几句，他便一个筋斗跑了。

可以想象，如果没有紧箍圈，孙悟空不可能跟随唐僧，走完十万八千里的路程。

那他就永远得不到“正果”，从此以后便永远是个妖怪。

当然，也有人会说，做个妖怪又如何？自由自在比什么都重要。猪八戒当年不也曾说过吗：“前程！前程！若依你，教我嗑风！常言道：‘依着官法打杀，依着佛法饿杀。’去也！去也！还不如捉个行人，肥腻腻的吃他家娘！管甚么二罪三罪，千罪万罪！”

其实，孙悟空的经历，就是我们一生的写照。

很“小”的时候，他还只是一个石猴，连名字都没有，就乘着一只小木筏，从东胜神洲经南赡部洲，跨越两重大海，来到了西牛贺洲。

他找到了菩提祖师，诚恳地要跟他学艺。

初见菩提祖师，祖师问他姓什么，他说：

“我无性。人若骂我，我也不恼；若打我，我也不嗔，只是陪个礼儿就罢了。一生无性。”

无性，不恼，不嗔。菩提祖师很喜欢，并让他姓“孙”，说他像个婴儿。

那时候的孙悟空，仿佛一个孩子，天真无邪。

菩提祖师所在的地方，叫作“灵台方寸山，斜月三星洞”。前面我们说过，所谓“灵台方寸山，斜月三星洞”，是“寻心”的意思。其实，灵台方寸山就是灵山。也就是说，孙悟空“小时候”就来过灵山。那时候，他很有“心”。

不过，后来孙悟空长本事了，不仅喜欢显摆，而且“一生受不得人气”，只有他骂人打人的份儿，别人何尝敢惹他?

就好比我们自己，小时候很单纯、很朴实、很乖。到了青春期便开始叛逆，想怎么样就怎么样，处处跟大人对着干。

所以，菩提祖师把孙悟空赶走，还说："你这去，定生不良。凭你怎么惹祸行凶，却不许说是我的徒弟。"

有很多人在猜测，菩提祖师到底是谁，为什么他后来再也没有露过面?有人说是如来佛，有人说是太上老君，等等。

其实，我倒认为，菩提祖师是谁并不重要，他象征着我们的父母或老师。孙悟空离开菩提祖师，代表我们长大了，我们必然要离开父母，要外出谋生，要自己去闯天下了。从此以后，父母不再是我们的依靠，我们也永远不可能像小时候那样回到父母的怀抱，接受父母的庇护。在外面做了错事，也不要说是父母教的，我们自己，要承担所有的责任。

回到花果山的孙悟空，继续做他的猴王，而且，仗着一身的本领称霸一方。那时候的他，自由挥洒，豪情万丈，天地之间，舍我其谁。

所有人都喜欢这时候的孙悟空，所有人都向往成为这时候的孙悟空，"破苍穹，傲气万千重，誓与天公齐朝东"。

只是，离开"灵台方寸山"的孙悟空，长了本领，也长了脾气，他不再是那个"人若骂我，我也不恼；若打我，我也不嗔"的"婴儿"。他长大了，他到处"弄神通显手段"；他离灵山越来越远，离自己的"初心"越来越远。

有人说，孙悟空不该去天庭，这样他就可以在花果山永远称王称霸，永远做个自由自在的美猴王。

但是不可能。

天庭，其实就是社会的象征。青春期是叛逆的，却也是自由的。但人总要长大，总要进入社会，不可能永远像青春期那样随心所欲。

孙悟空以前也有不少朋友，六个结义兄弟、独角鬼王、七十二洞妖王，外加本部猴属，等等，足有四万七千多人。但这时候的他，还没有真正进入“社会”，他还在他那个小圈子里混，还不知道“社会”是什么样的。

天庭有天庭的规矩，孙悟空什么都不懂，见了玉帝也不行礼，只唱个喏。他还和以前一样，凡事但求“遂我心”，想干什么就干什么，想吃就吃，想睡就睡，想偷桃就偷桃，想偷丹就偷丹。

但是，社会是有规则的，没有规则也就不成其为社会。因此，等待孙悟空的，注定是挫折和失败。

“又翻越山千纵，又腾过万里空，终是敌不过五指的沉重。”

被压五行山，是孙悟空人生的低谷。他唯有忍耐。

五百年后，唐僧把他解救出来，孙悟空重新开始，重新上路。

却说那孙行者请三藏上马，他在前边背着行李，赤条条，拐步而行。

曾经的齐天大圣，连一件像样的衣服都没有，一瘸一拐地牵着马。

他还是原来的孙悟空，他也不再是原来的孙悟空，现在，他是孙行者。

他又被戴上紧箍圈，时刻面临紧箍咒的威胁。

一个山，一个圈；一个很重，一个很紧。

既然要进入社会，就要接受社会的考验，甚至，经受社会的毒打。

在西天取经的路上，孙悟空虽然仍很自信，但一次又一次地被妖怪“毒打”。

曾经豪情万丈的齐天大圣，却常常泪飞如雨。

他也曾动摇过，也曾经想到过放弃。

“也能善，也能恶，眼前善恶凭他作。善时成佛与成仙，恶处披毛并带角。”十万八千里，孙悟空一路走来，既与外在的魔打斗，也与心中的魔纠缠。

最后，他坚持了下来。本来，他一个筋斗就可以到的，但是，他陪着唐僧，一步一步地走。

他重又到达灵山，他修成了“正果”。

孙悟空还是念念不忘头上的紧箍圈，他依然向往自由。唐僧对他说：

“当时只为你难管，故以此法制之。今已成佛，自然去矣。岂有还在你头上之理！”

紧箍圈自然消失了，因为经过十万八千里的修行，孙悟空也变了，他现在不再那么无法无天，他知道应该做什么、不该做什么了。

孔子说：“从心所欲不逾矩。”矩，已经生在了心中。

所以有人说，孙悟空头上的“圈”没有了，心里的“圈”却长了起来，我情愿做齐天大圣，也不想做斗战胜佛，我要永远自由自在，我要永远做自己的主人。

我相信，如果真的可以选择，孙悟空也更愿意做齐天大圣。

但那只是美好的幻想。

因为齐天大圣虽然快活，却是不可持续的。

欲戴皇冠，必承其重。永远自由自在是不可能的。

五行山，紧箍圈，十万八千里，人生很快乐，人生也很沉重，很无奈。

孙悟空更愿意做齐天大圣还是斗战胜佛？其实，他没有选择的权利，他唯有一直向前走，接受命运的挑战。

而我们每一个人，内心深处都有一个齐天大圣，却又向往成为斗战胜佛。

孙悟空为什么那么受人喜欢？原来，孙悟空就是我们自己啊！

第五十问

唐僧到底能不能取到真经

唐僧西天取经，历经十四年，十万八千里，可以说什么苦都吃过了，最后，终于来到灵山，见到了如来佛，如来亲口让阿傩和迦叶传给他三藏真经。

唐僧为什么这么执着，为什么一定要来取这个“经”呢？

因为这个“经”太好了。

在唐太宗举办的水陆大法会上，观音菩萨亲自出场，担任三藏真经的形象大使和代言人。她说东土的小乘佛法还不算好，而西天大雷音寺的大乘佛法三藏“能超亡者升天，能度难人脱苦，能修无量寿身，能作无来无去”。临走的时候，又从半空中留下一张简帖：“礼上大唐君，西方有妙文。程途十万八千里，乘早进殷勤。此经回上国，能超鬼出群。若有肯去者，求正果金身。”

这三藏真经简直太神了，包医百病。

所以唐太宗立即派唐僧去取，还情愿与他拜为兄弟。唐僧临走的时候，太宗又往他的酒杯里撒了一撮土，叫他别忘了家乡，盼望他能尽快取到真经，早点回来。

唐僧当然也很努力，受了那么多苦，吓哭了那么多次，却依然不放弃。第八十一回，唐僧在镇海寺生了病，感觉自己快不行了，还想着写封信给太宗，说“有经无命空劳碌，启奏当今别遣人。”——经还是要取的，但我快死了，陛下您赶紧派别人来。

作为传经总策划的如来佛，更是认为他的三藏真经是宝贝。如来佛之所以要传经，一方面当然是想扩大自己的影响；另一方面，他也希望用他的真经拯救大唐众生。在灵山举办的一次盂兰盆会上，如来就曾这样说：

“我观四大部洲，众生善恶者，各方不一：东胜神洲者，敬天礼地，心爽气平；北俱芦洲者，虽好杀生，只因糊口，性拙情疏，无多作践；我西牛贺洲者，不贪不杀，养气潜灵，虽无上真，人人固寿；但那南赡部洲者，贪淫乐祸，多杀多争，正所谓口舌凶场，是非恶海。我今有三藏真经，可以劝人为善。”

如来认为他所在的西牛贺洲最好，而东土大唐所在的南赡部洲最坏。南赡部洲整个就是一落后地区，法治环境、精神文明、思想道德等都很差。

而只要有了三藏真经，这一切都能得到解决。唐僧到达灵山，取到“真经”以后，如来又亲口对他说：

“此经功德，不可称量。虽为我门之龟鉴，实乃三教之源流。若到你那南赡部洲，示与一切众生，不可轻慢。非沐浴斋戒，不可开卷。宝之！重之！盖此内有成仙了道之奥妙，有发明万化之奇方也。”

真是一部神“经”啊！

唐僧以前虽然还没有见过三藏真经，但他对如来佛和观音菩萨的话肯定深信不疑，所以，他对如此艰难的取经行动才能做到非常执着。而且，在唐僧的心目中，不仅三藏真经非常神圣，就连如来佛所在的西牛贺洲也特别让人向往。

第二十七回，才走到白虎岭，离真正的西天灵山还远着呢，看到白骨精变化的老公公，唐僧就非常感慨：

> “阿弥陀佛！西方真是福地！那公公路也走不上来，逼法的还念经哩。”

第七十二回，唐僧遇到蜘蛛精变化的女子。唐僧说是来化斋的，几个女子说：斋僧也不能在马路当中啊，请到屋里坐。

> 三藏闻言，心中暗道：“善哉，善哉！西方正是佛地！女流尚且注意斋僧，男子岂不虔心向佛？”

第七十八回，唐僧来到比丘国朝堂。当听说唐僧是从东土大唐而来，往西方拜佛求经时，国丈不以为然，还说“西方之路，黑漫漫有甚好处！”此时，唐僧反驳道：

> “自古西方乃极乐之胜境，如何不好？”

第九十六回，唐僧师徒来到寇员外家门口。看到门里边影壁上挂着一面大牌，写着“万僧不阻”四个字，唐僧再次感慨：

> “西方佛地，贤者，愚者，俱无诈伪。那二老说时，我犹不信，至此果如其言。”

可见，唐僧对“西方”真是非常崇拜啊！一说到“西方”便满脸满眼的羡慕和敬仰。

但是，“西方”人自己却不这样看。

在黄风岭，唐僧遇到一个老头，要跟他借宿。

三藏道：“贫僧是东土大唐和尚，奉圣旨，上雷音寺拜佛求经。适至宝方天晚，意投檀府告借一宵，万祈方便方便。”那老儿摆手摇头道：“去不得，西天难取经。要取经，往东天去罢。”

在荆棘岭，唐僧和几个树精在木仙庵谈经论道，拂云叟说：

“道也者，本安中国，反来求证西方。空费了草鞋，不知寻个甚么？……”

在金平府的慈云寺，当得知唐僧是从东土大唐来的，慈云寺院主赶忙下拜。唐僧把院主搀起，问他为何行此大礼，院主说：

“我这里向善的人，看经念佛，都指望修到你中华地托生。才见老师丰采衣冠，果然是前生修到的，方得此受用，故当下拜。”

唐僧对“西方”充满敬仰，要到“西方”取经；而“西方”人却说取经要到“东方”，甚至希望来世能托生于东土。

“西方”人为什么想托生东土呢？

因为“西方”并不像如来佛说的那么好。

如来佛好几次说他的西牛贺洲最好，南赡部洲最差。除了上面提到的在盂兰盆会上的讲话以外，在九十八回，唐僧已经到达灵山，正式传经之前，如来佛又亲自对他说道：

“你那东土乃南赡部洲。只因天高地厚，物广人稠，多贪多杀，多淫多诳，多欺多诈；不遵佛教，不向善缘，不理三光，不重五谷；不忠不孝，不义不仁，瞒心昧己，大斗小秤，害命杀牲，造下无边之孽，罪盈恶满，致有地狱之灾……”

在如来的口中，南赡部洲简直和地狱差不多。

但是，西天路上最狠毒的妖怪在哪里？

恰恰是西牛贺洲！

西天路上最惨的地方又在哪里？

仍然是西牛贺洲！

何以为证？

要证明这一点，我们先要弄清楚唐僧师徒走到什么地方，才算是进入了西牛贺洲的地界。

从南赡部洲往西就是西牛贺洲，这没有疑问，当年孙悟空拜师学艺，也是先从东胜神洲到了南赡部洲，再由南赡部洲到了西牛贺洲。虽然原著中没有明确说哪里就是西牛贺洲，但有两个细节可以给我们提供线索。

在“四圣试禅心”一回中，唐僧曾问贾妇人这里是什么地方？贾妇人答道：“此间乃西牛贺洲之地。”

在西凉女国，女王问唐僧通关文牒上怎么没有几个徒弟的名字。唐僧说他们不是唐朝人，都是半路上收的：

“大的个徒弟，祖贯东胜神洲傲来国人氏；第二个乃西牛贺洲乌斯藏人氏；第三个乃流沙河人氏……”

也就是说，至少从第十九回收八戒开始，他们就进入了西牛贺洲，此后他们所经过的宝象国、乌鸡国、车迟国、西凉女国、祭赛国、朱紫国、比丘国、灭法国、凤仙郡、天竺国，等等，都在西牛贺洲境内。

而西牛贺洲的妖怪之多、手段之毒、景象之惨，都超出了唐僧甚至孙悟空的想象。

在车迟国，国王听信虎力大仙、鹿力大仙、羊力大仙几个妖怪的谗言，捉了二千多个和尚，让他们“劳改”、当佣人、做苦工，结果累死、冻死了六七百，自尽的又有七八百，只有五百个和尚还在苦熬。

在狮驼岭，青狮、白象和大鹏三个妖怪横行霸道，无恶不作，就连孙悟空这个天不怕地不怕的“齐天大圣”都觉得悚惧：

骷髅若岭，骸骨如林。人头发躧成毡片，人皮肤烂作泥尘。人筋缠在树上，干焦晃亮如银。真个是尸山血海，果然腥臭难闻。东边小妖，将活人拿了剐肉；西下泼魔，把人肉鲜煮鲜烹。

在灭法国，国王要杀一万个和尚，到唐僧师徒到来时，已经杀了九千九百九十六个。

在凤仙郡，因为连年干旱，以致“富民聊以全生，穷军难以活命。斗粟百金之价，束薪五两之资。十岁女易米三升，五岁男随人带去。城中惧法，典衣当物以存身；乡下欺公，打劫吃人而顾命……一连三载遇干荒，草子不生绝五谷。大小人家买卖难，十门九户俱啼哭。三停饿死二停人，一停还似风中烛”。

西牛贺洲，真的像如来所说的“不贪不杀，养气潜灵”吗？

对这些惨象，如来佛不知道吗？

不，他知道。

第五十二回，孙悟空因为打不过独角兕大王，不知道这个妖怪是什么来历，准备去问问如来佛。当时，他对哪吒等人说：

“如今且上西天去问我佛如来，教他着慧眼观看大地四部洲，看这怪是那方生长，何处乡贯住居，圈子是件甚么宝贝……”

也就是说，孙悟空知道，佛都是有“慧眼”的，他可以知道地上发生的一切事情。

等到孙悟空真的来到西天，问如来佛这是什么妖怪时，如来佛的反应是：

如来听说，将慧眼遥观，早已知识。

果然，如来佛真的有慧眼，他可以“遥观”。既然如此，他怎么会不知道地上发生的事情呢?

第五十七回，孙悟空第二次被唐僧赶走，他去找观音菩萨，想请菩萨念念松箍咒，去掉他的紧箍。观音菩萨说没有松箍咒，还要看看唐僧的“祥晦”。

好菩萨，端坐莲台，运心三界，慧眼遥观，遍周宇宙，霎时间开口道……

菩萨也是有慧眼的，只要她想看，什么都能看见。

既然佛和菩萨都能看见，那他们为什么对人间惨象不管不顾呢？如来佛那里不是有“真经”可以劝人为善吗？他为什么不用这真经来治理西牛贺洲呢?

只能说这个“真经”没有如来佛说的那么灵验，他管了也没多大用。

唐僧很执着，也很天真，他认为“西方”尤其是如来所在的天竺国一定是佛国净土。前面说到，他在寇员外家门口曾感慨：“西方佛地，贤者、愚者，俱无诈伪。”可是等他们几个从寇员外家出来，却被一伙贼人打劫，这伙贼人还在寇员外家烧杀抢掠，寇员外也被他们踢死；而寇员外的老婆居然又诬陷说“点火的是唐僧，持刀的是猪八戒，搬金银的是沙和尚，打死你老子的是孙行者”。

这就是唐僧所说的“西方佛地，贤者、愚者，俱无诈伪”？

要知道，这里就在如来佛的眼皮底下！

因此，唐僧要到西方取经，却有人要到东方取经。

《西游记》我们都知道，但我们可能不知道的是，清朝的蒲松龄先生还曾写过一篇小说，叫作《西僧》。说西方有十二个僧人，历经十八年，经过火焰山、流沙河等地，死了十个人，最后终于有两个人到达东土。他们为什么宁愿舍弃性命也要投东呢？因为“西土传中国名山四：一泰山，一华山，一五台，一落伽也。相传山上遍地皆黄金，观音、文殊犹生。能至其处，则身便是佛，长生不死”。

有人要西游，有人要东游。所以蒲松龄说，如果两个人中途相遇，必定相视而笑。

可见，绝对的“真经”是没有的。

历史上有许多人，都希望能够得到各种各样的所谓“真经”，似乎只要有了真经，就可以成为独孤求败的武林高手，成为独霸天下的绝代名家；当然，这个真经，也可以成为定国安邦的不二法宝。

为了这个“真经”，争斗抢夺、大打出手的事也时有发生。

“真经”真有那么灵吗？

金庸先生小说中描写的九阴真经够厉害的了，但也有人练了走火入魔。

唐僧最终取回了三藏真经，可唐太宗还是死了，大唐也没有千秋万代。

真经是什么？《西游记》从另一个侧面告诉我们，真正的真经是靠修行、修心得到的，它就是你的经历、你的阅历。恰如清代作家张书绅在《新说西游记》中所言：“人生斯世，各有正业，是即各有所取之经，各有一条西天之路也。”人生的经，是要靠自己感悟、自己修炼的。

第八十五回，师徒几人走到隐雾山，唐僧担心有妖怪，又有些神思不安。

行者笑道："你把乌巢禅师的《多心经》早已忘了。"三藏道："我记得。"行者道："你虽记得，还有四句颂子，你却忘了哩。"三藏道："那四句？"行者道：

"佛在灵山莫远求，灵山只在汝心头。
人人有个灵山塔，好向灵山塔下修。"

听了孙悟空的话后，唐僧说：

"徒弟，我岂不知？若依此四句，千经万典，也只是修心。"

的确，这首诗可以说是整部《西游记》修心的总括。每个人心中都有一个灵山，所谓修心，关键并不在于往西方还是往东方，而是在自己的内心要有一种坚定的信仰。

很多读者可能都会注意到一个细节：唐僧第一次取到的经是无字经。为什么无字，真的是阿傩和迦叶搞错了吗？其实未必。在得知阿傩和迦叶传了无字经给唐僧后，燃灯古佛说："东土众生愚迷，不识无字之经……"如来佛更是点明："白本者，乃无字真经，倒也是好的……"可见，无字经才是"真经"。有字经是固定的，显然，没有任何固定的文字能够解决一切问题。而且，有字经是怎么来的？是唐僧用紫金钵盂换来的。换句话说，有字经是有价值的，而无字经是无价值的。

无价值，既可以说是完全无用，也可以说是无价之宝。

这个无字经，其实就是你的人生、你的阅历。唐僧师徒四人，经过十四年，行程十万八千里，苦历九九八十一难，唐僧不再是以前的唐僧，悟空也不再是以前的悟空，八戒、沙僧也不再是以前的八戒、沙僧了，唐僧变得身轻体健，悟空头上的紧箍也自然脱落。所以，他们已经取到了"真经"，"真经"已经融化在他们的骨肉和血液里。如果说唐僧师徒取到了真经，那么这个真经恰恰就是那无字之经。